한 우물 파기
한문공부 60년
(IV)

허권수 지음

보고사
BOGOSA

1995년 10월, 귀주성(貴州省) 귀양(貴陽) 중국역사문헌학회에서
맨 왼쪽 중국 하문대학 후진평(侯眞平) 교수, 중앙 필자

1980년부터 2000년까지 필자가 선사 연민 선생으로부터 받은 서간첩

1995년 10월, 중국 귀주성 황과수폭포(黃果樹瀑布) 앞에서

1996년 11월, 중국 계림(桂林) 리강(灕江) 배 위에서
왼쪽부터 필자, 연민 선생, 강영(姜瀅) 사장

1996년 11월, 중국 무한(武漢)
황학루(黃鶴樓)에서
왼쪽부터 화중사범대학 주국림(周
國林) 교수, 강영 사장, 연민 선생,
하유집(河有楫) 선생, 필자

1996년 11월, 중국 악양(岳陽)의 악주부학(岳州府學)

1996년 필자가 새로 정리한 관례홀기(冠禮笏記) 표지

1997년 10월, 성주(星州) 한주(寒洲) 이진상(李震相) 선생 고택에서

此以有漢文學、然書必史而金使

吾書蓋唇之差明唇吾學界唇

吾民族一天恨乃以願余今志辽病

兵三年鬪病一條戊子一書寿

蹟也迎而不犯高寿墟也是固不

敢自負焉敢望 吳眼字傷批

1997년 조선문학사에 대해 필자의 질의에 답한 연민 선생 서신

1998년 10월, 덕천서원(德川書院) 향사 시. 뒷줄 중앙 필자

1998년 10월, 은사 연민(淵民) 이가원(李家源) 선생 경상대학교 한문학과 초청 특강

1998년 10월, 진주 방문 기념으로 남긴 연민 선생 친필

1998년 10월, 연민 선생 모시고 하동군 옥종면(玉宗面) 사산서당(士山書堂) 방문
강영 사장, 연민 선생, 하유집(河有楫) 선생, 필자

1998년 11월, 연민 선생 모시고 도산서원(陶山書院) 방문
왼쪽부터 윤덕진 교수, 하유집 선생, 연민 선생, 강영 사장, 한 사람 건너 필자

1998년 12월, 북경사범대학 진영롱(秦永龍), 주서평(朱瑞平) 교수 경상대학교 방문
오른쪽에서 두 번째 진영롱, 다섯 번째 주서평

1999년 7월, 남명학연구소 남명학당 하계 한문연수 수료식. 덕천서원에서

1999년 9월 1일, 선사 연민 선생을 모시고 백두산 정상에 올라

1999년 9월, 백두산 유람일기 등 필자의 한문 일기

1999년 10월, 도산서원 추향(秋享) 분정판(分定板)

1999년 10월, 도산서원 퇴계 선생 향사(享祀) 때 재유사(齋有司)를 맡아

2002년 7월, 제16회 퇴계학국제학술대회, 중국 장춘(長春)

2002년 7월, 제16회 퇴계학국제학술대회 논문 발표

2006년 북경대학 중앙도서관 앞

2006년 북경대학 한국학연구중심에서

서문

보잘것없는 내 스스로 생각해도 내가 살아온 길이 다른 사람과 달리 매우 특이하여 누구에게 한번 내 이야기를 실컷 했으면 하는 생각이 없지 않았다. 2017년 2월 35년 근무하던 경상대학교를 퇴직하면서 "내 이야기를 담은 자서전을 한번 써 보면, 쓸 것이 있을 것이다."라고 생각하여, 쓸까 말까 미루다가 퇴직 직전에 몰아서 며칠 만에 다 썼다.

제1권을 기대와 두려움 속에 내었더니, "공부는 그렇게 하는 것이군요.", "어려서부터 자기 뜻을 세워 한문공부를 하기 시작하여 흔들리지 않고, 계속하는 것이 존경스럽습니다.", "자기 분야에 집중하여 한길로 가는 허 교수님 같은 분이 존경스럽습니다. 허 교수님 같은 분이 대우받는 공정한 사회가 되어야 합니다.", "책에 나오는 이야기에 지어낸 소설이 많지요?", "어린이가 어떻게 그렇게 자기주장이 강할 수 있습니까?" 등등 전화, 문자, 메일, 종이 편지 등으로 많은 분들이 계속해서 격려해 주었다.

그 이후 제1권은 의외로 많은 분들이 계속 찾아 3판을 찍었다. 5천여 권의 책이 지금은 품절되고 다시 찍어야 할 형편이다. 내 이야기를 듣고 1권을 보기를 간절히 기다리는 분들이 지금도 많이 있다. 내가 생각해도 "어찌 이런 일이 있을 수 있나? 단조로운 한문 공부하는 이야기인 내 책에 무슨 볼 것이 있다고 이럴까?"라고 할 정도로 반응이 좋았다.

거기에 힘입어 해마다 자서전을 한 권씩 내었다. 2020년 2월 허권수연학후원회(許捲洙研學後援會) 총회에서 제4권을 출판해서 회원들에게 반포하려고 원고는 다 써 놓았다. 그런데 뜻하지 않게 전 세계를 마비시킨 코로나가 발생하여 총회를 열지 못했고 책도 출간하지 못했다. 많은 회원들이 "책 언제 나옵니까?", "총회는 못 해도 책은 출판해서 부쳐주면 될 것 아닙니까?"라고 후원회 본부에 요청도 하고 원망도 하는 모양이다. 이는 불초의 책에 관심이 많다는 것을 증명해 주는 좋은 일이다.

이제 코로나가 사그라들어 금년 3월 25일을 정기총회 일자로 정해 놓고, 보고사 출판사의 도움으로 원고를 정리하여 제4권을 출판하려고 한다.

제4권은 1995년 8월 중국에서 돌아온 이후부터 2006년 중국에 다시 가기까지 10년 동안의 대학교수 생활이 주가 된다. 대학교수 생활은 틀에 박혀 특이할 것은 없지만, 그래도 필자는 다른 교수들과는 약간 다르게 유림, 서원, 중국 관계 등 다양한 면이 조금은 있다. 생장기의 성장 변화를 그대로 담은 제1권만큼 흥미진진하지는 않을 것이나, 한 사람의 대학교수가 어떻게 살아가는지를 볼 수 있고, 대학교수 생활이 어떠한지, 우리나라 중국의 학계가 어떠한지 등등을 살펴볼 수 있는 자료가 없지 않을 것이다. 아울러 벌써 30년 전의 이야기가 되니, 세상이 급격히 바뀌는 과정도 알

수 있을 것이다. 공부하는 사람에게 도움이 되고, 젊은이들의 인성 함양에도 도움이 되었으면 한다.

나이 들어가면서 점점 나은 자아 형성, 학문 성숙, 능력 향상 등을 기하려고 노력하지만, 뜻과 같지는 않다. 학문은 학교에서 잠시 하는 것이 아니고, 학교와 상관없이 평생 하는 것이니, 목숨이 붙어 있는 한 계속 정진할 생각이다.

2012년 봄 3백 명으로 시작한 허권수연학후원회 회원들이 이제 8백여 명으로 불어나 머지않아 1천 명을 돌파할 것 같다. 여기에는 지극정성으로 관심 갖고 도와주는 후원회의 회원, 회장, 부회장, 이사, 감사, 사무총장, 사무국장, 이사, 감사 등 모든 분들의 헌신적인 노력이 있기 때문이다. 다시 한번 머리 숙여 깊이 감사드린다.

보잘것없는 책을 기다리는 여러분들에게 실망을 드리지 않고 읽을거리가 있었으면 더없이 좋겠다.

2023년 3월 7일 새벽에,
허권수(許捲洙) 경지(敬識)

차례

한 우물 파기

한문공부 60년

학문의 바다를 보고 귀국

나는 한문학(漢文學)이란 학문을 평생의 과업으로 삼아 공부해 왔다. 어려서부터 중국에 한번 가기를 그렇게 염원했다가, 마침 좋은 기회가 생겨 소원대로 1년 반을 머물다가 돌아왔다. 내가 중국을 좋아하고 중국에 가서 공부하기를 원했던 것은, 중국을 위해서가 아니고, 우리의 한문학을 좀 더 깊이 있게 잘하고자 하는 나의 강렬한 지적 탐구심의 발로였다. 나의 궁극적 목표는 우리 조상들이 남긴 우리의 한문학 연구에 있지, 중국 문학이나 중국 역사를 연구하기 위한 것이 아니다.

사실 조선시대는 모든 학자들이 열심히 공부하면서도 성균관(成均館)이나 팔도의 향교(鄉校) 등에서 쓰는 교재가 전부 중국 것이고, 과거시험의 내용도 전부 중국에 관한 것은 대단한 문제가 있다.

그러나 조선왕조는 중국에 무조건 사대하는 나라는 아니었고, 상당히 자주적이었다. 국가체제나 관직제도도 중국과 크게 달랐다. 한문학도 그 시문(詩文)의 체재는 중국과 비슷했지만, 내용은 많이 달랐다.

조선 전기에 나온 삼국 이래 조선 초기까지의 시문을 다 모은 『동문선(東文選)』의 서문에서 편찬 책임자인 사가(四佳) 서거정(徐居

正)이 『동문선』에 실린 우리 조상들의 시나 문장을 두고 이미, "이는 우리 동쪽 나라의 글이지, 송(宋)나라나 원(元)나라 글이 아니고, 한(漢)나라나 당(唐)나라의 글이 아니고, 바로 우리나라의 글이다. 마땅히 중국 역대의 글과 함께 천지 사이에서 퍼져 알려져야 한다. 싹 없어져서 전해지지 않아서야 되겠는가?[是則我東方之文, 非宋元之文, 亦非漢唐之文, 而乃我國之文也. 宜與歷代之文, 并行於天地閒, 胡可泯焉而無傳也哉?]"라고 하였다.

다산(茶山) 정약용(丁若鏞) 선생도 아들에게 보낸 편지에서, "최근 수십 년 이래로 이상한 주장이 있어 우리 문학을 아주 배척하고 있다. 우리나라의 옛 문헌이나 문집에는 눈도 주지 않으려 하니, 이런 것이 문제가 아니고 무엇이겠느냐?"라고 말하여 조선의 지식인들이 우리나라의 옛것은 알지도 못하고 선배 학자들이 의논했던 것을 읽지 않는다면 비록 그 학문이 고금을 꿰뚫고 있다 해도 그저 엉터리일 뿐이라고 비판했다.

1945년 해방 이후 성균관장에 추대되었던 심산(心山) 김창숙(金昌淑) 선생이 성균관의 체재를 크게 개혁하였다. 행적도 별로 알려지지 않은 공자의 제자 등 중국 역대의 많은 인물들의 위패를 다 철거하고, 성균관 동무(東廡) 서무(西廡)에 종사되어 있던 우리나라 선현 열여덟 어른을 성균관 대성전(大成殿) 안으로 올려 모셨다. 이런 일 등이, 곧 우리의 자주성의 회복이었다.

흔히 한문학을 전공하면, 사대주의적으로 중국을 무조건 좋아하는 사람으로 간주하고, 내 주변의 가까운 사람 가운데도 그렇게 생각하는 사람이 많다. 그러나 한문학을 전공하는 사람이 중국의 문화나 학문을 좋아하는 것은, 우리 한문학을 좀 더 정확하게 깊이 있게 이해하기 위해서다. 그래서 중국을 자주 왕래하고 중국 학자들을 자주 만나고, 중국 책을 많이 사는 것이다. 궁극적인 목표는 우리의 민족정신이 담긴 우리 고전을 정확하게 잘 알기 위해서다.

당(唐)나라 중기의 시인 원진(元稹)의 시에, "일찍이 너른 바다를 지나온 사람에게는 물 같은 물 되기가 어렵다네.[曾經滄海難爲水.]"라는 구절이 있다. 넓은 바다를 구경한 사람 앞에서 냇물 정도 이야기해서는 상대가 안 된다는 뜻이다.

나는 1년 반 동안 북경사범대학(北京師範大學)에 체류하면서, 중국 학자들의 공부하는 방식을 보고 여러 가지로 배운 것이 많았고, 내가 공부해 오던 방식에 대해서 고칠 점이 많다는 것을 알았다. 나는 그때까지 1년에 논문 2, 3편 쓰고, 학회 활동을 다른 교수들보다 조금 열심히 하고, 책 좀 사는 것으로 은근히 '공부 열심히 하는 교수'라는 자부심을 갖고 지냈다.

사실 우리나라는 1948년 정부 수립 이후 각지에 대학이 많이 설립됐지만, 그때까지만 해도 대학교수 가운데 정상적으로 대학에서 학자 훈련을 받은 교수는 몇 안 되고, 대부분 일제강점기 때 중등학교 교사하던 사람들이 대학에 올라와서 교수 노릇을 하고 있었다. 교수가 어떻게 해야 하는지 바로 아는 교수가 거의 없었다. 그래서 대학교수가 어떻게 연구하는 것인지, 학생을 어떻게 가르쳐야 하는 것인지, 정해진 규범이 없어 잘 몰랐다. 대학교수 가운데 상당수는 대학을 다녀본 적이 없는 사람들도 적지 않았다. 그 당시는 괴짜 교수로 통했지만, 지금 같으면 대학교수하기 힘들었을 엉터리인 것이다. 술을 안 마시면 강의가 안 되어 강의할 때 술병을 들고 들어가는 교수도 있었고, 심지어 성적을 내지 않다가 직원이 재촉하니까, 그냥 생각나는 대로 전화로 점수를 불러주어 성적을 낸 교수도 있다고 한다. 정상적인 수업을 안 하는 교수는 한둘이 아니었다. 이름만 대면 알 수 있는 유명한 시인은 서울의 저명한 대학 국문과 교수였는데, 1학년 학기 초에 학생 대표를 불러 "내가 해수(咳嗽 : 기침병)가 심해서 별도의 당부가 있을 때까지는 강의 안 할 테니 찾아오지 말아라." 해 놓고는, 4학년 마칠 때 "졸업 축하한다. 강의가 중요한 것이 아니다. 각자 잘 알아서 해라."라고 했다고 한다.

그래서 어떤 학생이 총장에게 그 사실을 알렸는데, 총장도 "시인은 시만 잘 쓰면 되지, 강의가 중요한 것이 아니다."라고 했다고 한다. 그 제자 되는 사람에게 내가 직접 들은 이야기다.

완전히 엉터리로 하고서도 대학교수 노릇하는 사람이 한둘이 아니었고, 대학의 관리자도 그래도 되는 줄 알았고, 언론들도 아무 문제 삼지 않았다. 그러나 학생들에게 어마어마한 손해를 끼쳤고, 우리나라 학문 발전에도 큰 장애가 되었다.

1945년 해방되던 시점에 우리나라 전체에 이학박사(理學博士)는 5명밖에 없었다고 한다. 그 당시 박사는 대부분 의학박사였다. 1971년 내가 고등학교 3학년 때 마산고등학교 도서관에서 『한국박사록』이라는 책을 발견하고, 관심 있는 문학박사 숫자를 한번 헤아려 본 적이 있었는데, 그때까지 대한민국에 문학박사가 명예박사까지 포함해서 120명 정도밖에 안 되었다. 우리가 잘 아는 유명한 최현배(崔鉉培), 이희승(李熙昇), 이병도(李丙燾), 양주동(梁柱東) 등 한국학계의 대표적인 학자들도 학위논문을 제출해서 받은 정식 문학박사가 아니고, 그들의 업적이나 지위를 인정해서 대학에서 수여한 명예문학박사였다. 비록 정식으로 국가가 수립된 지 얼마 안 되었다고 하지만, 한 나라를 대표하는 대학자 대접을 받는 분들이 논문을 써서 얻은 박사가 아니고, 예우 차원의 명예박사라는 것이 우리나라의 학문 수준이 어떤지를 말해 준다.

그때까지는 정식 박사학위를 받은 사람들이라 해도, 석사과정이나 박사과정을 마치고 소정의 시험을 통과해서 박사를 받은 것이 아니고, 논문만 내면 심사해서 박사를 받았다. 그러니 문학박사라도 석사학위 없이 바로 박사학위를 받았다. 이른바 구제박사(舊制博士)였다. 심지어 서울 시내 어떤 이름 있는 대학에서는, 60년대 중반까지 대학에서 박사학위를 배출하지 못하니까, 졸업생 가운데 교수하는 좀 이름 있는 학자에게는 기존의 저서나 논문을 심사해서 박사학위를 준 적도 있고, 심지어 논문도 없이 박사학위를 주기도 했다. 그러니 명예박사나 정식박사나 별 차이도 없었다.

1970년대 중반까지도 대학교 교수도 논문을 써야 할 의무가 있는 것은 아니므로, 학문적인 탐구심이 있는 교수들만 연구하여 논문을 발표하고 학회 활동을 하였고, 대부분의 교수들은 학생 가르치는 일만 하면 되는 줄 알았다.

교수의 강의 시간도 한 과목을 3시간, 2시간씩 붙여 놓았는데, 학기 초에는 2시간 정도 하다가 나중에는 1시간 정도 하는 것이 예사고, 어떤 교수는 학기 초에 강의 한두 번쯤 하다가 마는 경우가 많았다. 대학에서 정상적인 수업을 한 것은 70년대 후반부터이고, 대학원에서 학위과정을 정상적으로 운영한 것은 80년대 이후부터였다.

교수들의 월급도 중등교사와 다를 바가 없었다. 중등교사들은 보충수업이라도 하지만, 대학교수는 그것도 안 되면서 쓰임새는 더 많으니, 생활은 더 어려운 경우가 많았다. 그때는 연구비라는 것이 없었다. 연구하는 교수는 고향의 논밭을 팔아 와서 그 돈으로 연구하고, 일반 교수들은 아예 연구할 생각도 안 했다. 서울대학교도 마찬가지였다. 대학교수가 어떻게 해야 하는지 아는 사람이 거의 없었기 때문이다.

대여섯 명 되는 자녀들 대학도 다 못 보낸 교수가 많았다. 내가 아는 가까운 친척이 농업고등학교 교감으로 있었는데, 수원에 있는 서울농대에서 교수로 초빙되어 미리 한번 둘러보러 갔다가 선배 교수들이 점심으로 밥 대신 고구마를 먹고 있는 것을 보고, 많은 어린 자식들 먹여 살릴 생각에 수입이 조금 나은 고등학교 교감으로 눌러앉아 있었다.

그러다가 경제사정이 좀 나아진 70년대 중반 이후 들어와서 박정희 대통령이 대학교수 연구수당이라는 것을 처음 지급하기 시작하면서, 대학교수의 실질적인 월급이 크게 올랐다. 그러나 이때는 박 대통령이 유신체제를 시작할 때로써 대학교수들 대우를 좀 좋게 해준 것이 대학교수들의 정치적 불만을 달래기 위한 의도라는 말도 있다.

어쨌든 그냥 연구수당만 지급할 수는 없으니까, 80년대 초부터

1년에 의무적으로 논문을 1편 이상 써서 발표하도록 했다. 1년에 1편을 못 쓸 경우, 연기하는 사유서를 내야 했는데, 그다음 해에는 2편을 써야 했다. 교내 연구논문집을 발간하고 교내 연구소 등에서도 모두 논문집을 만들어 냈다. 논문 싣기가 쉽지 않으니, 학술지가 갑자기 많아졌다.

대부분의 교수들은 1년에 1편만 쓰면 된다는 생각을 갖고 지냈다. 의무적으로 1편의 논문을 쓰게 하니, 전국적으로 대학교수들의 논문 편수는 많아졌지만, 억지로 쓰는 논문이 많아 질이 떨어지는 논문이 많았다.

좋은 논문이란 연구자가 그 분야에 관심을 갖고서 꾸준히 연구하다가 쓰고 싶을 때 쓴 것이라야 좋은 논문이 될 수 있다. 평소에 놀다가 편수 채우기 위해서 단시일에 갑자기 얼렁뚱땅 써내는 논문은, 좋은 논문이 될 수 없었다. 평소에 연습 안 하던 운동선수가 갑자기 대회에 참석하여 좋은 성적을 낼 수 없는 것과 같은 이치다.

그리고 대학교수가 좋은 논문을 쓰기 위해서는, 도서관에 좋은 책이 많아야 하고, 실험실에 최신 실험시설과 장비가 많아야 하는데, 이는 하루아침에 해결될 문제가 아니었다. 그러니 지방대학과 서울에 있는 대학 사이에 차이가 크게 났다.

그래서 90년대 초에 와서는 의무적으로 1년에 1편 쓰는 제도는 없애고, 그 직급에 있는 동안 연수에 상관없이 2편 이상 쓰면 진급도 되고, 재임용도 되는 것으로 바꾸었다. 예를 들면 부교수로 있는 5년 동안에 2편만 쓰면 되었다.

1990년대 이후로는 정년보장교수라는 것이 생겨서, 정교수가 되어 몇 년 지나면, 정년보장수가 되는데, 그때부터는 논문 편수에 상관없이 정년 때까지 신분이 보장되는 것이다.

1990년 이후 경상대학교에서는 5년마다 교수들의 연구업적을 모아서 『교수연구업적집』이라는 책자를 내어 배포했는데, 인문대학 모 학과의 교수 전원이 5년 동안 쓴 논문의 총 편수가 한문학과 교수 한 사람이 쓴 것의 반에도 미치지 못한 경우도 있었다. 그래서 대학 내에서 한문학과 교수들은 워낙 논문을 많이 써서 '논문 쓰는 기계냐?'라는 야유를 당한 적도 있었다. 내가 나이는 젊지만, 한문학과 제1호 교수고 최선임자라, 모범을 보이지 않을 수 없는 위치에 있어, 최선을 다하지 않을 수 없는 상황이었다.

아무튼 나는 그때까지 열심히 공부한다고 생각하고 있었는데, 중국 가서 중국 학자들 하는 것을 보고는 새롭게 눈을 뜨게 되었다. 우선 중국 학자들 가운데는 동서양에 다 통한 학자들이 많았다. 20세기 들어와서 중국 젊은이들 가운데는 미국이나 유럽에 유학한 사람이 많아 의외로 중국 학자들 가운데는 서양을 잘 아는 교수가 많았다.

내가 갔을 때는 이런 세대들의 교수는 대부분 현직에서 은퇴했지만, 대학 캠퍼스 안에서 그대로 살고 있었다. 중국 교수들은 숙소가 학교 안에 있었는데, 퇴직해도 대개 학교 안에 그대로 살았다. 전하는 이야기로는 북경대학 내 교수 숙소 뜰에 허름하게 차려 입은 할머니들이 모여 앉아 이야기하고 놀고 있는데, 그들이 외국인들을 만나면 바로 영어, 불어, 독어로 유창하게 이야기한다고 한다. 1930년대, 40년대에 유럽, 미국 등지에 유학한 여자 교수 출신이거나, 교수인 남편이 유학하는 동안 장기간 외국에 체류했던 사람들이기 때문이었다.

물론 중국 교수 가운데도 허울만 교수이고 얼렁뚱땅 대충 교수 흉내 내는 사람도 많다. 내가 만난 중국 학자 가운데서 학문이 넓고 업적이 풍부한 학자 몇 사람을 소개하면 다음과 같다.

북경대학 부총장을 지낸 계선림(季羨林 : 1911~2009) 같은 분은, 독일에서 10년 유학하면서 독일어는 물론이고, 영어, 불어, 러시아어, 산스크리트어, 빠리어, 토하라어[6, 7세기 트루판 일대에서 쓰던 언어] 등에 달통할 정도로 습득하였다. 그뿐만 아니라 불교학, 인도사(印度史), 중국 문학, 비교문학, 문예이론 방면에 두루 능통하였다. 저서 역서 등이 50여 권 정도 된다. 중국에서 '국학대사(國學大師)', '학계태두(學界泰斗)', '국보' 등의 칭호로 일컬어지는데, 물론 본인은 그런 칭호를 극구 사양했다.

북경대학 외국어과의 허연충(許淵沖 : 1921~2021) 교수는, 지금까지 4백여 종의 번역서를 냈는데, 영어로 된 고전을 중국어로 번역한 책이 1백 종, 불어로 된 고전을 중국어로 번역한 책이 1백 종, 중국 고전을 영어로 번역한 책이 1백 종, 중국 고전을 불어로 번역한 책이 1백 종이다. 동양인으로서는 최초로 2014년 세계에서 가장 뛰어난 번역가에게 주는 영예로운 상인 북극광상(北極光賞)을 받았고, 노벨 문학상 후보에도 올랐다. 1백 세 가까운 연세인데도 지금도 셰익스피어 전집을 완역하겠다고 매일 새벽 3시까지 컴퓨터 앞에 매달려 있더니, 2021년 101세로 세상을 떠났다.

앞에서 이미 언급했지만, 중국사회과학원(中國社會科學院) 역사연구소장과 청화대학(清華大學) 역사과 교수를 지낸 이학근(李學勤 : 1933~2019) 교수는 저서 3백 종, 논문 1,500편을 쓴 상상을 초월하는 신화적인 대학자다. 중국에서도 '고문자학(古文字學)의 통재(通才)', '백과사전식 학자' 등의 칭호로 일컬어진다. 저서가 3백 권이라는 말을 듣고, "아무리 신화적인 인물이라 해도 그렇지, 어떻게 저서가 3백 권에 달할 수 있겠어?" 하고 의문을 갖고 있었다. 그러다가 어떤 책방에 가니, 그의 저서와 논문 목록이 정리된 책이 있어 사 왔는데, 살펴보니 정확하게 3백 권 저서의 제목과 개요가 적혀 있고, 논문 1,500편에 대한 발표일자, 발표한 학술지가 나와 있었다.

장서의 양에 있어서도, 연경대학(燕京大學) 교수와 중국 정부 문화부차장을 지낸 정진탁(鄭振鐸)은 7만 권, 당도(唐弢)라는 문학가의 장서는 5만 권 정도이다. 재야학자 고섭(高燮)은 장서가 30만 권이고, 전문학자는 아니지만, 중국 국가주석 모택동(毛澤東)의 장서가 7만 권에 이른 사실은 앞에서 이미 언급하였다.

우리나라의 경우, 초대 한국정신문화연구원(韓國精神文化研究院) 원장을 지낸 이선근(李瑄根) 박사는 장서를 모두 연구원에 기증했는데, 약 2만 4천 권 정도 되었다. 은사 연민(淵民) 이가원(李家源) 선생은, 원래 3만 권이라 했는데, 단국대학교에 기증한 뒤에 정확하게 헤아려 보니, 양장본이 1만 9천 권 정도, 한적이 4천 권 정도 되었다. 소설가 이병주(李炳注) 씨가 장서 4만 권이라 했는데, 경상대학교 도서관에 기증한 뒤에 헤아려 보니, 1만 2천 권 정도 됐다. 그분이 세상을 떠난 뒤에 중간에 누가 빼돌렸는지는 모르겠으나, 중국 학자나 문인들과 비교할 때 벌써 양에서 차이가 크게 났다.

그래서 나는 중국에 1년 반 있으면서, '지금까지 내가 공부한 방식은 너무나 안이하고 소규모라는 것을 깨닫고는, 더 열심히 더 큰 규모로 광범위하게 공부해야겠다'고 다짐하였다. 중국에 체류한 것이 학문에 더욱 크게 눈을 뜬 계기가 되었다.

　　자기의 주된 전공 분야만 열심히 하면 된다고 생각하고, 가장 효율적인 방법으로 자기 주된 전공 분야만 열심히 연구하는 교수가 대부분이다. 전체를 모르면서 자기 전공만 한다면, 얼마 지나지 않아 더는 발전이 없다. 예를 들면 의사가 몸 전체를 모르면서 눈만 연구하면, 눈에 대해서 정확하게 알 수 있겠는가? 몸을 모르면서 눈을 정확하게 알 수 없는 법이다. 능력에 한계가 있고, 여건이 안 되어서 그렇지만, 폭넓게 공부하면 대상을 보는 정확도가 높아지고 깊어진다. 둑을 쌓을 적에 아래를 넓게 쌓아서 위로 갈수록 차츰차츰 폭을 좁혀 가는데, 가장 효율적으로 쌓겠다고 둑의 아랫부분과 윗부분의 폭을 거의 차이 없이 쌓아 가면, 높게 쌓아 올릴 수가 없는 것과 같은 이치다.

중국 고전 3천 권 사서 귀국하다

'어떤 한 가지에 미치면 도(道)가 통한다'는 말이 있다. 내가 어려서부터 미친 것은 바로 한문이다. 밥을 굶어 본 사람은 음식의 소중함을 안다. 마찬가지로 책은 보고 싶은데 볼만한 책이 없을 때 그 안타까운 심정은 겪어본 사람만이 알 것이다.

1995년 8월 21일 1년 반 동안의 중국 북경사범대학(北京師範大學) 방문학자 생활을 마치고 귀국하였다. 1년 반 동안 골라서 산 책이 3천여 권을 넘었다.

북경에 1년 반 동안 있으면서 인문고전 서적을 파는 중요한 서점을 정기적으로 다니며 필요한 책이나 꼭 비치해 두어야겠다는 책을 거의 다 사 모았다.

당시 중국의 책값은 아주 저렴하였다. 전체 물가도 아주 저렴하여 우리나라의 5분의 1에도 미치지 못했는데, 책값은 더욱 쌌다. 우리 돈으로 단돈 1백 원, 2백 원 하는 책이 있었을 정도였다.

중국의 책값은 싼데, 문제는 운송비였다. 운송비가 당시로서는 배로 부쳐도 만만치 않았다. 대개 책값의 반이 운송비로 들어갔다. 책이 많을 경우 운송비도 만만치 않았다. 1백만 원어치 책을 사면 운송비가 5십만 원이 들었다. 그래서 처음에는 한국으로 부치는 문제 때문에 책 사는 것을 상당히 자제했다.

그런데 1994년 중국에 가서 얼마 있으려니까, 한국 택배회사가 중국에 들어와 한국에 물건 부치기가 아주 쉬워졌다는 이야기가 돌았다. 확인해 보니 사실이었다. 중국 우체국이나 해운회사보다 아주 싸게 짐을 부칠 수 있게 되어 그때부터는 마음 놓고 책을 샀다.

운송회사에서는 컨테이너에 넣어 책하고 이삿짐을 부쳤다. 운송회사 직원 몇 명이 차를 가지고 와서 나의 책과 생활도구 등을 싣고 갔다. 몇 년 전만 해도 책 부치려면 날을 잡아 유학생 몇 명 불러서 택시로 우체국까지 가서 부쳐야 했는데, 무거운 책을 이리저리 옮기는 것도 문제지만, 작은 상자에 넣어 일일이 무게를 달아서 한국에서 받을 주소, 중국에서 부치는 주소 등을 하나하나 다 써넣어야 하니, 보통 일이 아니었다. 시간도 많이 들었다. 그러나 지금은 그럴 필요 없이 간단하게 해결되었다. 내 책과 이삿짐을 채우고도 공간이 많이 남아 나와 거의 같은 시기에 귀국하는 대구 소재 대학의 교수 두 사람의 짐도 같이 실어 주었다.

한국에 귀국한 지 한 달쯤 뒤인 9월 하순에 중국에서 부친 책이 도착했다. 택배회사에서 부산에서 진주까지 실어다 주었다. 중국에서 책을 부치면, 90년대 초까지만 해도 세관에 가서 책 내용을 신고하고, 정부기관의 직원이 포장을 풀어서 내용상 공산주의와 관련이 있는 불온서적이 있는지 없는지 점검하였다. 그들은 내용도 모르면서 책을 매직 등으로 지우거나 삭제하거나 심지어 압수하는 경우도 있었다. 그 뒤 직접 가지는 않아도 앞으로 문제가 되면 본인이 다 책임지겠다는 서약서 같은 것을 보내야 책을 보내주었다. 그들이 보아서 이상한 책이 있으면, 호출하여 조사하였다.

몇 년 사이에 중국 책을 마음대로 살 수 있고, 국내로 반입할 수 있는 환경이 너무나 많이 좋아졌다.

내가 중국에서 올 적에 중국에서 번역한 『김일성회억록(金日成回憶錄)』이라는 책을 샀다. 혹 문제될까 걱정을 했는데, 문제없이 통과되었다.

일단 아파트 앞 베란다와 응접실에 80여 개의 책 상자를 빼곡히 재어 놓았다. 그다음부터 틈을 내어 방 하나에 밀쳐놓았던 책도 다시 정리하고, 중국에서 새로 온 책은 책장 20개를 새로 짜서 내 손으로 하나하나 꽂았다. 이미 있는 책에다 새로 3천 5백 권을 더하니, 책장을 벽에만 붙여서는 안 되고, 거실 한가운데도 놓아야 했다. 집이 더 이상 정상적인 주거공간이 될 수 없었다. 학교에 있는 연구실에도 더 이상 책이 들어갈 공간이 없었다.

책이란 것은, 다른 사람이 정리해서는 사용하는 데 문제가 있다. 사용하는 자신이 정리해야 한다. 우선 전공에 따라서 사전이나 자주 보는 책은 앉아 있는 책상 주변에 꽂아 두어야 한다. 그 외 사용 빈도에 따라서 적절하게 꽂아야 한다. 책 분류가 보기보다 쉽지 않다. 형태적으로 중국 책, 한국 책, 고서, 현대서 이런 식으로 분류하면 될 것 같지만 그것은 이론상 가능하고 실제로는 말할 수 없이 복잡하다. 역사, 철학, 문학 이런 식으로 분류할 수도 없다. 한 권의 책 속에 역사, 철학, 문학의 내용이 다 들어 있는 포괄적인 것도 있기 때문이다. 책 한 권을 들고 한참을 생각해야 그 책이 들어갈 자리를 찾을 수 있다. 다른 사람이 손대면, 중요한 책인데도 여러 책 속에 숨어버려 활용할 수 없는 경우도 있다. 크기도 서로 많이 달라 같은 내용의 책인데, 커서 다른 책하고 같이 둘 수 없는 것도 있다. 그래서 일정한 기준 없이 대충 정리해 두는 수밖에 없는데, 대충 정리하면 찾는 데 시간이 오래 걸린다.

책 목록을 만들어 정리하라고 권하는 사람들이 많지만, 평생 늘 시간에 쫓기다 보니 목록을 만들 시간이 없다. 그러나 나는 책이 어디 있는지는 거의 다 안다. 나의 습관 가운데 별스러운 부분이 있어 찾으려고 하는 책은 끝까지 찾기 때문이다. 어떤 때는 책 찾다가 하던 공부를 못 하고 날을 새는 경우도 간혹 있다. 밤새도록 필요한 책 찾느라 이 방 저 방 다니다 보면, 나중에는 다리가 아플 정도이다. 그 대신 워낙 많이 탐색했기에 어떤 책이 몇 번째 책장 몇 번째 칸 어디에 있다는 것을 거의 다 안다. 사람의 얼굴이 다 다르고 복장이 다 다르듯, 책도 표지 모양, 표제 글자, 책 디자인 등이 다 다르기 때문에 기억이 상당히 잘 된다.

약 3개월 걸려서 책을 정리하고 나니 기분이 흐뭇하였다. 다른 사람이 어떻게 생각할지 몰라도 나로서는 천하의 어떤 부자도 부럽지 않은 심경이었다. 옛날 중국 남북조시대(南北朝時代) 동진(東晉)의 학륭(郝隆)이란 학자가 있었는데, 어려서부터 책을 좋아하여 안 본 책이 없을 정도로 박학하였다. 그러나 집이 몹시 가난하였다.

계절이 바뀌어 음력 7월 7일이 되면 가을 기후가 되어 공기 중에 습기가 없어져 날씨가 맑고 공기가 깨끗해진다. 이런 날씨가 되면 옛날 중국의 귀족들이나 부자들이 집에 있는 비단, 옷, 가구, 책 등을 밖에 내놓고 화창한 햇볕에 하루 말린다. 그래야 습기가 없어져 좀이 안 쓸고 보관해도 탈이 없게 된다. 이를 포쇄(曝曬)라고 한다. 오늘날이야 좀이 거의 멸종을 했지만, 좀이란 벌레는 눈에 안 보일 정도로 작은데, 이것이 비단옷이나 책 등을 안에서 갉아먹는데, 순식간에 옷이나 책을 완전히 망쳐버린다. 오늘날은 국가사회나 단체에 보이지 않게 해가 되는 사람을 '암적(癌的)인 존재'라고 일컫지만, 옛날은 '좀 같은 인간'이라고 일컬었을 정도로 좀이 골칫거리였다.

포쇄하는 것은, 가구나 물품의 습기 제거가 목적이지만, 귀족이나 부자들이 과시하려는 심리도 상당히 작용했다. 학륭은 가난하여 내놓을 비단이나 가구가 없었다. 그래서 길 가운데에 드러누워 자기 배를 내놓고 햇볕에 쬐고 있었다. 지나가던 사람들이 처음 보는 광경이라 모두 이상하게 여겨 물었다. 그러자 학륭은 "내 배 속의 책을 말리고 있소."라고 대답했다. 귀족들이 물질적인 풍요를 자랑할 때, 학륭이 자기의 학식에 자부심을 갖고서 우스개처럼 한 말이지만, 이 속에는 물질적인 풍요를 자랑하는 귀족을 두고 경멸하는 풍자도 아울러 들어 있다.

명품을 좋아하는 사람은 명품을 손에 넣으면 기분이 좋아지듯이, 나는 필요한 책을 어느 정도 갖추게 되니 기분이 좋았다. 이렇게 기분 좋게 지내면서 1년 반의 외국 생활로 생긴 공백을 메꾸며 지내고 있는데, 몇 달 뒤 뜻하지 않은 데서 말썽이 발생했다. 그때는 이웃끼리 친하게 지내라고 행정당국에서 매달 반상회라는 것을 하게 했다. 일제강점기 때 시행하다가 새마을운동이 한창인 1976년에 박정희 대통령에 의해 부활되어 정부 시책을 전달하기도 하고 주민들이 자치적으로 어떤 문제에 대해서 의논해서 결정을 내리기도 했다.

반상회 날이 매달 정기적으로 정해져 있었고, 아파트나 동네 앰프에서 "반상회 날이니 참석하십시오."라고 방송하기도 했고, 통반장들이 참석을 독려하러 다니기도 했고, 심지어 참석 안 한 사람에게 벌금을 물리기까지 하는 곳도 있었다고 한다. 전국적으로 같은 날 밤에 하는데, 그날의 참석률이 전국적으로 몇 퍼센트라고 방송하기도 했고, 모범적으로 반상회를 하는 현장을 저녁 9시 뉴스에서 바로 중계하기도 하고, 촬영하여 두었다가 두고두고 방송에 소개하기도 할 때다.

주민들의 집을 돌아가면서 했는데, 보통 5층 아파트 한 통로 10가구가 한 반(班)이다. 중국에 있는 1년 반 동안 전혀 참석을 못했으니, 중국서 돌아온 몇 달 뒤 우리 집에서 반상회를 하게 되었다. 당시 살던 곳은 하대동(下大洞) 삼전아파트였다.

처음으로 우리 집에 들어선 이웃 사람들이 모두 깜짝 놀랐다. 다른 집과 달리 텅 비어 있어야 할 거실 한가운데 책장이 빽빽이 서 있으니 말이다. 다른 집에서는 거실에서 반상회를 하면 되는데, 우리 집은 거실이 없으니 안방에서 했다.

참석했던 대부분의 사람들이 처음 보는 광경이라, 아파트 무너질 가능성이 크다고 심각하게 걱정했다. 그때까지만 해도 개인 집에 그렇게 책이 많은 것은 모두 처음 보았기 때문이다. 그날은 그냥 모여 이야기하다가 헤어졌는데, 사람들이 돌아간 뒤 이를 심각하게 문제 삼아, 아파트 반장에게 직접 건의하여 아파트 안전도 검사를 해보라고 했다. 책이 무거우니, 아파트가 그 무게에도 안전한지 그렇지 않은지 점검하라는 것이었다.

나는 그때 26평 5층 아파트 4층 맨 서쪽 가에 살고 있었다. 여러 이웃들의 권유로 안전도 검사를 받아보니, 그 정도 무게로는 괜찮다고 진단 결과가 나왔는데도, 이웃 사람들이 만날 때마다 인사말을 한 뒤에 꼭 "집 무너질까 겁납니다.", "책이 무거운데, 아파트가 견딜 수 있을까요?" 등등의 말을 덧붙였다. 나도 모르게 마음의 부담이 되었다. 이야기하는 사람은 가끔이지만, 듣는 사람은 거의 매일 듣게 되었다. 『한서(漢書)』에 나오는 중국 속담에 "천 사람이 손가락질하면 병 없이도 죽는다.[千夫所指, 無病而死.]"라는 말처럼, 어떻든 여러 사람들의 입에 수시로 오르내리는 것은 마음이 편한 일은 아니었다.

그리고 아파트 여기저기에 책장을 넣고 나니 집이 너무 좁아 정상적인 생활을 하기가 어려웠다. 다니면 사방에 부딪쳤다. 특히 밤에 다니다 보면, 책 모서리에 칼뼈가 받쳐 다치는 일도 심심찮게 있었다. 이차저차해서 이사를 가기로 결심했다.

그때 살던 삼전아파트는 내가 태어나서 처음으로 소유한 집이었으므로 무척 애정이 갔다. 88년에 교수 1년 치 월급의 대출을 안고 분양받아 아직 분양금을 반도 못 갚았는데, 7년 정도 살다 보니 집값이 상당히 올랐다. 그리고 중국에 1년 반 있으면서 생활비가 워낙 싸고, 교수 월급 1년 치에 해당하는 연구비를 받았으므로 자금의 여유가 좀 생겼다. 나라 사이의 환율이라는 것이 묘한 것이라서 1년 반 동안 책 사고, 가족 4명이 생활하고, 중국 곳곳 수많은 곳에 여행을 다녔는데도, 1년 반 동안 교육부에서 받은 연구비로 다 충당이 되고, 학교에서 나오는 월급은 한 푼도 안 쓰고 그대로 모였다. 형제간들에게 약간의 인심을 쓰고도 그 당시 25평 아파트 한 채 살 정도의 돈이 여유가 있었다.

나와 거의 같은 조건으로 미국에 파견갔던 교수는 생활비가 모자라 여기저기 돈을 빌리다 보니, 결국 돌아와서 사는 아파트를 처분하고 전세로 옮겨간 경우와는 완전 대조적이었다.

이웃 주민들로부터 무너진다고 걱정하는 말을 듣는 것이 부담된다는 이유로 이사를 결정하였다. 다른 아파트로 이사 가도 1층이 아니면, 또 이런 시비에 얽힐 것이 뻔하기 때문에 약간의 여유 자금도 있고 해서, 주택으로 이사하려고 마음먹고 상당 기간 집을 보러 다녔다. 마음에 드는 주택을 구하기가 쉽지 않았다. 그래서 우선 조금 넓은 다른 아파트에 전세로 살면서 책 보관하기에 적당한 주택을 구해 보려고 계속 노력했다.

1997년 4월에 같은 하대동에 있는 올림피아아파트로 전세를 얻어 갔다. 이 아파트는 88년 한국에서 올림픽 개최하던 해 지어 이렇게 이름을 붙였는데, 당시로서는 드물게 지하 주차장도 있는 등 최신 시설이었다.

이사 가는 아파트가 45평 정도로 면적이 20평 정도 더 넓어졌으니, 전에 비하면 환경이 월등히 좋아졌다. 벽이란 벽에는 책장을 붙이고, 방 하나는 아예 방 가운데부터 책장을 줄 세워 책을 넣었다.

본래 우리 집사람이 마당 있는 주택을 원해서 전세 살면서 몇 년을 다녔는데도 적절한 주택이 나오지 않았다. 혹 마음에 드는 집이 있으면 값이 너무 비싸 도저히 살 수 있는 경우가 아니었다. 그 나머지는 오래되거나 구조가 마음에 안 들거나, 학교에서 거리가 너무 먼 교외에 있어 선택하기 쉽지 않았다. 나는 시골 사람이라 아파트를 괜찮게 생각했는데, 집사람이 주택을 좋아해서 가려고 마음먹고 1년 반 동안 주택을 찾았지만, 결국 얻지 못했다.

1995년 귀국 후에도 1년에 학회 등으로 3, 4차례 중국에 갔고, 가면 책을 2, 3백 권씩 사 왔다. 1992년 수교 이후로 중국서적을 수입 판매하는 중국 서점도 서울에 몇 군데 생겨났다. 그 중국 서점에서 매달 새로 수입된 중국서적 목록을 보내왔으므로 전화만 하면 책을 신속하게 보내주었다. 그래서 책이 기하급수적으로 늘어났다.

우리 집사람은 계속 주택으로 이사할 목적에 적당한 주택을 찾아 다녔고, 심지어 교외로도 가 봤지만 마땅한 집이 없었다. 그러다가 사천시 곤양(昆陽)에 면적에 비해 아주 싼 집이 나왔다. 집사람도 권하고, 소개한 어떤 교수 부인도 권했지만, 학교와의 거리가 20킬로가 넘고 또 본래 음식점 하던 집이라 내키지 않아서 안 가기로 했다. 공부하는 사람은 본부가 한 곳이라야 하고, 학교와 사는 집이 너무 멀면 불편한 점이 한두 가지가 아니다. 갑자기 꼭 봐야 할 책이 필요할 때, 30분 이내로 갈 수 있어야지 1시간 2시간이면 안 된다. 논문을 쓰다가 그 책을 찾아 그 문제를 증명하지 않으면, 더 이상 앞으로 나갈 수 없는 경우도 있다.

남의 아파트에 전세로 사니까, 많은 책을 갖고 언제 또다시 이사해야 할지 모르므로 마음이 안정되지 못해, 자기 집이 필요하다는 것을 절실히 느꼈다. 그래서 주택은 포기하고 다시 괜찮은 아파트로 이사 가기로 했다. 그렇게 해서 진양호(晋陽湖) 아래 새로 짓는 한보아파트 45평을 분양받고, 이사를 계획하고 있었다. 앞에는 남강이 흐르고 강 건너편에는 망경산(望京山)이 있고, 아파트 앞에는 공원이 있고, 뒤로는 석갑산(石岬山)이 있어 환경이 아주 좋았다. 진주에서도 좋은 아파트로 소문이 났다. 그러나 그 당시만 해도 거기는 남강을 건너는 다리가 없었으므로 학교까지 오는 데 거의 1시간이 걸렸다. 출퇴근하는 데 하루에 2시간을 허비하게 되니, 일단 가기 싫었다. 그래서 일단 이사를 가지 않고, 전세를 계속 살면서 그 아파트는 다른 사람에게 전세를 주었다가 곧 팔아버렸다. 사람들이 "지금 값이 한창 오르는데, 이런 아파트를 왜 팝니까?" 하고 말렸지만 팔았다.

학교도 가깝고 시내도 가까운 옛날 진주역 남쪽의 주약동(株藥洞) 한주럭키아파트 45평형을 1억에 사서 이사를 하였다. 지은 지 10년이 넘었지만, 약간 손질해서 이사했다.

중국 갔다 와서 약간의 여유 자금이 있어서, 사는 아파트 몇 동뒤에 28평형 아파트를 3천만 원 주고 전세로 얻어 전문적인 서재로 꾸몄다. 그 집 주인은 우리 대학 공과대학 교수였는데, 이사하는 날 내 책의 양을 보고서 깜짝 놀라 "월급 받아서 책만 다 샀습니까? 도서관 차려도 되겠습니다."라고 했다.

서재를 따로 분리하니, 그제야 안방, 거실 등이 정상적으로 사는집이 되었다. 책도 좀 정상적으로 꽂히게 되어 쉽게 이용할 수 있었다. 전에 비좁을 때는 책장 앞에 또 책을 눕혀 재어 놓았기 때문에밑에 있는 책을 빼내려면 몇 십 분, 심하면 한두 시간 정도 작업을 해야 했다.

그러나 따로 꾸민 서재가 사는 집 바로 옆에 붙어 있으면 괜찮겠지만, 몇 동을 지나 있다 보니 문제가 없지 않았다. 그때는 휴대폰이 없을 때였고, 전화비가 적잖이 비쌀 때라 전화 한 대 더 놓을 수도 없었다. 집에 갑자기 일이 있거나 손님이 오면 집사람이나 애들이 직접 와야 했다. 내가 급하게 처리해야 할 일이 있어 식사시간에 맞추어 가지 못하면, 집에서는 정상적인 시간에 식사할 수 없었다. 또 손님이 와서 식사하러 따라 나가게 되면, 반드시 집에 가서 나간다고 이야기하고 가야 했다. 간혹 집에 이야기하지 않고 나갔다가 집에서는 애타게 기다리는 경우도 있었다.

또 밤에 공부하다가 잠잘 시간이 되어 정리하고 집에 가면, 가는 동안에 찬바람을 쐬다 보니 잠이 다 깨어버린다. 막상 집에 가면 잠이 안 왔다. 그렇다고 서재서 자고 다음 날 아침에 집에 가면 아침마다 밖에서 들어오는 모습이 출근하는 이웃 사람들의 눈에 띄는 것도 마음이 편치 않았다.

따로 서재만 차리면 좋을 줄 알았는데, 차려 놓고 보니 또 문제가 없지 않았다. 같은 아파트에서 마주 보는 집이거나, 아래 위층이면 몰라도 몇 동 건너뛰어 있으니 좋은 것만은 아니었다.

2000년 11월 절강성(浙江省) 온주(溫州)에 중국훈고학회(中國訓詁學會)가 있어 갔다가 집에 전화를 해 보니, 집사람이 이야기가 "아주 좋은 집이 있어 이사를 해야겠다."고 했다. 내가 의아해서 "지금 사는 곳으로 이사한 지 1년밖에 안 되었고, 또 새로 집수리한다고 적지 않은 돈이 들었는데, 무슨 이사냐?"고 물었더니, "지은 지 얼마 안 되었고, 진주서 제일 잘 지은 아파트인데, 분양이 안 돼서 아주 싼값에 팔기에 사기로 계약했다.”고 했다.

사정은 이러했다. 지금 살고 있는 아파트는 도동대림빌라라는 이름으로 진주 동쪽 선학산(仙鶴山) 동쪽 기슭 높은 곳에 산 날개를 깎아 터를 닦아 지은 18세대용 빌라로, 건설회사 대림산업에서 진주에서 제일 넓게 제일 좋게 고급아파트를 지어 비싼 값에 분양하려고 했다. 45평 아파트가 1억 할 적에, 3억 5천만 원으로 분양하려고 했다. 평수는 69평이고, 높이는 두 줄은 4층, 두 줄은 5층으로 되어 있다. 아파트 앞은 동산을 만들고 호수도 파고 나무숲을 가꾸고 해서 경관을 좋게 만들어 고급주택으로 조성하려고 했다. 당시만 해도 앞이 탁 트여 저 멀리 동남쪽 산들이 다 보이는 전망이었다.

그때 진주의 땅값이 계속 올라가는 추세였는데, 공사가 다 되어갈 즈음에 땅 주인이 땅값을 더 요구하였다. 건설업체 대림산업에서는 원래 계약했던 대로 해야지 무슨 소리냐고 일언지하에 거절하였다. 그때만 해도 아파트 공사하는 데 시일이 상당히 걸렸는데, 계약할 때하고 공사 끝났을 때하고 땅값의 차이가 크게 났던 것이다.

대림산업에서 땅 주인을 좀 잘 무마했으면, 어떻게 되었을지 모르겠는데, 거절당하자 화가 난 땅 주인이 당장 소송을 걸었다. 소송을 하는 동안은 공사가 다 끝난 아파트라도 분양을 못 하게 법으로 정지하였다.

2년여의 소송 끝에 땅 주인이 졌다. 그러자 원래 팔기로 했던 도동대림빌라 앞의 땅을 팔지 않고, 그 땅에 재빨리 법에 저촉이 되지 않는 범위 내에서 가장 바짝 붙여서 11층 아파트를 지어, 햇빛이 못 들어오게 앞을 막아 버렸다. 그러니 고급으로 지은 도동대림 빌라지만, 전망이 꽉 막혔고, 마당에 승용차 두 대가 교차하기에도 어려운 공간만 남아 앞이 답답하게 되어 정상적인 모양이 아니게 되었다.

그렇게 되니 최고의 자재로 잘 지은 고급 아파트지만, 18채 가운데 1채만 제값에 분양되고, 나머지는 분양이 되지 않았다. 값을 낮추어 2억, 그다음에 1억 7천, 그다음에 1억 5천으로 싼값에 분양하자, 몇 가구가 더 들어왔다. 나중에는 1억 3천까지 내려갔고, 거리에 플래카드를 걸어서 판매를 촉진하고 있었다.

내가 중국에 가 있는 동안에, 우리 집사람은 애초에 이사할 생각은 전혀 없이 친구 따라 구경하러 들어갔다가 보니 집이 아주 마음에 들었다. 특히 내 책을 넣기에 충분해 정상적인 집안생활이 될 것 같아 보여 불현듯 사고 싶은 마음이 생겼다.

그러나 살고 있는 아파트를 고쳐서 이사한 지 1년도 채 안 되어 현실적으로 이사하기 어려웠다. 구경을 마치고 나오면서 판매 담당자에게 농담 비슷하게 "1억 2천에는 안 됩니까?"라고 말하고 왔다.

누군지도 이야기 안 하고 그냥 친구 따라갔다가 구경하고 오는데, 어떻게 알았는지 밤에 전화가 왔다. "5백만 원만 더 주십시오. 그러면 커튼하고 새시하고 해 드리겠습니다."라고 살 것을 강하게 권유했다.

마침 1층이 남아 있어 구입해서 다시 이사하여 살림집과 서재를 합쳤다. 1층이라 주민들이 무너질까 걱정하는 일도 없었다. 지금까지 살고 있는 바로 이 집이다.

처음에는 너무나 허전하여 아무리 책을 많이 사도 괜찮겠다 싶었다. 그러나 지금은 다시 꽉 다 차서 거실에도 줄을 세워 책장을 넣었고, 침실까지도 책을 재어 놓는 형편이 되었다.

책값의 원천인 응수문자(應酬文字) 폐백(幣帛)

국립대학 교수의 월급은, 대한민국 봉급생활자의 상위 3% 안에 든다고 한다. 모든 4년제 국립대학 교수의 본봉은 어느 대학이든지 다 똑같다. 근무 연한에 따른 호봉 차이가 있는데, 33호봉이 되면 더 이상 올라가지 않는다.

본봉 밖에 기성회비(期成會費)라는 학교 자체에서 주는 연구수당이 있는데, 일반적으로 연구비라고 한다. 실제로는 연구 실적과는 별 상관없이 모든 교수에게 직급에 따라서 차등을 두어 지급한다. 심지어 행정공무원이나 고용원에게도 지급한다. 국립대학은 수업료는 사립대학 등록금의 5분의 1 정도 된다. 모든 학생에게 기성회비를 거두었는데, 기성회비를 합쳐도 사립대학 등록금의 3분의 1 정도밖에 되지 않는다. 이 기성회비는 각 대학에서 총장 주도하에 편성하여 기성회의 승인을 얻어 자체적으로 사용할 수 있다. 주로 교직원의 인건비 보전용으로 쓰이는데, 학생 수가 많은 부산대학교나 경북대학교 같은 곳은 같은 국립대학이라도 기성회비가 많으니, 교수 1인당 수령하는 실제 금액이 경상대학교보다 훨씬 많다. 교수 수에 비하여 학생 수가 많은 대학이 기성회비가 풍부하다.

서울대학교 교수들이 월급이 제일 적은데, 학생 수는 많지만,

교수 충원율이 높아 교수 수가 많으니까, 기성회비가 적게 분배되어 그렇다.

교수의 월급이 적은 액수는 아니지만, 중고교 교사보다는 쓰임새가 월등하게 많다. 우선 연구하는 데 필요한 책이나 자료, 실험기구를 사는 데 상당한 돈이 든다. 또 학회 등에 참석하려면 돈이 든다. 집안 모임이나 동창회 등에 참석해도 그냥 오기가 뭐하고 금일봉을 내놓아야 한다.

그러다 보니, 월급 받아서 살림 살고 자녀들 학교 보내고 하면서, 책 사기는 쉽지 않다. 2017년 2월 내가 퇴직할 때까지 국립대학 정교수의 한 달 월급 총액이 7백만 원을 넘지 않았다. 세금, 의료보험 등등 떼고 나면, 실제 수령액은 5백만 원 정도다. 얼마 전 옛날 월급봉투를 보니, 2000년도 초까지 국립대학 정교수 월급 총액이 2백만 원을 넘지 않았다. 부부가 같이 벌거나, 물려받은 재산이 있거나 하면 예외지만, 대부분의 국립대학 교수는 자녀들이 서울의 사립대학에 다니면, 거기에 월급 받은 것을 다 넣어도 넉넉지 않을 정도다. 그러니 책을 마음대로 산다는 것은 정말 꿈같은 이야기다. 밥 이외에 먹고 싶은 과일만 마음대로 먹어도 부유하다고 평가되는 정도다.

내가 소속된 인문대학 교수 세미나를 갔을 때, 마지막 날 소고기 불고기를 시켜 주었는데, 내가 고기를 안 먹고 다른 나물만 먹고 있으니까, 옆에 있던 교수들이 "왜 소고기를 안 먹습니까?"라고 의아해했다. 내가 "집에서 자주 먹어서."라고 대답했더니, 다른 교수들이 "우리하고는 형편이 완전히 다르네요."라고 했다. 우리 집

형편이 어려워서 소고기를 못 사 먹을 정도는 아니지만, 사실 나는 밖에서는 고기나 생선을 거의 먹지 않는다. 요즈음은 영양 과잉의 시대이기 때문에 밖에서는 고기를 안 먹겠다는 나의 생활원칙이다. 우리 집안사람들은 대대로 살찐 사람이 많아 될 수 있으면, 고기를 안 먹는 것이다. 그러나 다른 교수들은 정말 월급 받아서 소고기 한번 먹기가 힘들 정도로 교수 월급이 넉넉지 않았던 것이다.

나는 논문 발표, 한문 고전 번역, 한문 작문, 강연 등으로 약간의 수입이 있어, 고기를 못 먹을 형편은 아니다. 그리고 월급 이외의 돈으로 중국을 다니면서 비교적 자유롭게 책을 살 수 있었다. 한문 고전 번역은 많은 시간이 들지만, 가끔 요청이 들어오는 한문 작문은 단시일에 집중하면 그리 많은 시간이 안 들고 할 수 있어, 가끔 필요한 경비를 충당해 주었다.

내가 한문 공부할 때, 거의 모든 사람들이 "얼마 지나면 한문이 전혀 필요 없게 되는 시기가 올 것이니, 공부하지 말아라."라고 말렸고, 심지어 평생 한문을 공부한 주변의 시골 상당한 학자들도 대부분 다 말렸다.

더구나 한문 한시 창작은 전혀 필요 없다고 생각했다. 그러나 나는 무슨 신이 붙었는지, 중학교 때부터 완전한 문장이야 안 되었겠지만, 한문으로 일기를 썼다. 어디 다녀와서 기행문을 쓸 때도 한문으로 썼다. 그리고 일상생활의 메모도 거의 전부 한문으로 하였다. 고등학교 때부터는 연민(淵民) 이가원(李家源) 선생과 서신왕래를 하였는데, 완전히 한문으로 하였다. 그 뒤 대학원생 때부터는 우리나라 한문학계의 대표적인 학자인 벽사(碧史) 이우성(李佑成),

우전(雨田) 신호열(辛鎬烈) 등등 한문을 잘하는 분들과 서신왕래를 할 때는 한문으로만 했다.

1983년 대학에 자리를 잡은 이후 대만(臺灣)의 교수들이나 대만에 유학 가 있는 교수나 학생들에게 편지할 때 한문으로 했다. 가끔 우리나라 역사나 문학을 전공하는 일본 교수들과 편지할 때도 한문으로 했다. 대학원 다닐 때나 대학교수가 된 이후, 누가 호(號)를 지어 달라고 했을 때, 호를 지어 주고, 호의 의미나 내력을 밝힌 호기(號記)를 짓는데, 한문으로 지어 주었다. 그때까지는 누가 사례(謝禮)를 하는 경우는 없었는데, 그냥 내가 좋아서 한문으로 글짓기를 계속했다.

한편 한시(漢詩)는 바쁘다 보니, 누구의 요청이 있을 때만 가끔 짓는다. 자주 짓지 않다 보니, 즉석에서 빨리 지어내지 못한다. 지금도 한문 문장은 즉석에서 붓을 잡으면 바로 지어 쓰고, 거의 고치지 않지만, 한시는 그렇게 안 된다. 연습을 계속하여 나이 들면 될 줄 알았는데, 여전히 어렵다. 한문 문장과 한시가 거의 비슷해 보여도 완전히 다른 모양이다. 한문 문장을 지을 때는 자신감이 있고 신이 나는데, 한시를 지을 때는 주저주저하게 된다. 모든 것이 어릴 때 가장 하고 싶을 때 하는 것이 발전이 큰 것 같다.

그러다가 1986년경 제주도에서 면암(勉菴) 최익현(崔益鉉) 선생 유배지에 비석을 세운다고 한문 비문을 부탁받은 것이, 공식적인 나의 첫 번째 응수문자(應酬文字)다. 응수문자란 다른 사람의 요청으로 지어주는 글을 말하는데, 대표적인 것이 비문, 행장(行狀), 문집의 서문, 발문(跋文), 정자나 서재 등의 기문(記文)이나 상량문(上

梁文)이다. 이런 종류의 글들을 지어주면, 그 자손들이나 제자들, 집안, 단체 등에서 얼마간의 사례를 한다.

꼭 정해진 것은 아니지만, 번역료에 비하면 상당히 후한 대접을 한다. 글을 지으면서 글 짓는 사람 쪽에서 가격을 정해놓고 거래하면 장사처럼 되지만, 대가를 바라지 않고 지어주고, 또 받는 쪽에서는 감사의 표시로 폐백(幣帛)이라 하여 예를 갖추어 성의를 표시한다. 옛날 벼슬 안 한 큰 학자들은 이 폐백을 통해서 책도 사보고, 자기 체면 유지도 했다.

학문과 예술은 경제와 관계없는 것 같지만, 실제로는 경제와 가장 밀접한 관계가 있다. 중국에서 가장 학문과 예술이 발전한 곳이 동남쪽 강소성(江蘇省)과 절강성(浙江省)인데, 주로 양자강(揚子江)과 운하(運河)가 교차하여, 상업이 번성해서 백성들의 생활수준이 높고 큰 부자가 많았던 지역이다. 백성들의 생활수준이 높아야 책을 사볼 경제적 여유가 있고, 자신이 직접 일을 안 해도 먹고 사는데 지장이 없고 책을 사 볼 수 있는 시간이 생기고, 집에 그림이나 글씨를 걸 여유가 생기기 때문이다.

그 가운데서도 양주(揚州)에서 가장 많은 학자와 예술가가 나왔는데, 우리나라의 금석학(金石學)과 서예의 대가인 추사(秋史) 김정희(金正喜) 선생의 스승인 완원(阮元)이 바로 양주 출신이다. 그는 청(淸)나라 제일의 학자로 추앙되었고, 그를 중심으로 양주학파(揚州學派)가 형성되었다. 초순(焦循), 왕중(汪中), 왕념손(王念孫), 왕인지(王引之) 등이 대표적인 양주 출신 학자들이다.

예술가로는 청나라 초기의 화가인 석도(石濤), 양주팔괴(揚州八怪)

로 불리는 판교(板橋) 정섭(鄭燮) 등이 양주를 중심으로 활약하였다.

근래 중국 국가주석을 지낸 강택민(江澤民 : 쨩저민), 호금도(胡錦濤 : 후진타오)가 양주 출신이다. 중국 3천여 개 고을 가운데서 두 사람 다 양주 출신이라고 하면, 다른 지역 출신들의 질투를 받을 수 있으니까, 호금도는 태주(泰州) 출신이라 하는데, 태주는 양주 관할하의 작은 시이다. 지금도 많은 인재가 양주에서 나온다.

강소성 등에 속한 남경(南京), 소주(蘇州), 무석(無錫), 절강성에 속한 항주(杭州), 소흥(紹興) 등지에 학자나 예술가가 많다. 중국 고전을 망라한 사고전서(四庫全書)의 80퍼센트가 강소성 절강성의 학자들이 지은 책이고, 지금도 북경대학 인문사회계 교수의 80퍼센트가 절강성, 강소성 출신이라고 한다.

한국에서도 1970년 이후로 경제가 일어나자, 시골 출신으로 도시에 가서 여러 가지 사업을 해서 재산을 모은 사람들이 많아졌다. 그때까지만 해도 이들은 조상의 고향에 대한 향념이 대단해서, 조상의 묘소에 비석을 세우고, 재실(齋室)을 짓고, 집안 대대로 내려오던 조상들의 시문 유고(遺稿)를 문집으로 출판하여 연원가(淵源家)에 반질(頒帙)하였다. 그래야 비로소 태어나서 후손 노릇했다고 생각되어 마음이 편했다.

그래서 은사 연민(淵民) 이가원(李家源) 선생이나, 그 선배인 우인(于人) 조규철(曺圭喆), 임당(臨堂) 하성재(河性在), 연민의 친구인 용전(龍田) 김철희(金喆熙) 같은 분들이 서울에서 이런 응수문자를 많이 지은 분들이다. 경상도에서는 고령(高靈)의 진와(進窩) 이헌주(李憲柱), 진주(晋州)의 진암(振菴) 허형(許泂) 같은 분들이 대표적이고,

충청도에서는 우암(尤庵) 선생의 후손인 술암(述菴) 송재성(宋在晟), 전라도에서는 장성(長城)의 산암(汕巖) 변시연(邊時淵) 같은 분들이 응수문자를 많이 지은 분들이다.

이분들보다 앞 세대서는 산청(山淸)의 중재(重齋) 김황(金榥) 선생, 합천(陜川)의 추연(秋淵) 권용현(權龍鉉) 선생 등이 전국적인 대가로, 조선시대 대문장가에게 비교해도 손색이 없는 분들이다. 중재 선생은 우리나라 역사상 한문으로 지은 글이 가장 많은 학자인데, 남의 비문만 1천 편 넘게 지었다. 역사상 문집 책수는 우암(尤庵) 송시열(宋時烈) 선생이 제일 많고, 저서까지 다 합치면 다산(茶山) 정약용(丁若鏞) 선생이 제일 많았는데, 중재 선생은 다 포함해서 한문 저술량이 제일 많다.

세상이 바뀌어 갑자기 한문으로 글 짓는 수요가 많아지고, 한문으로 글 짓는 것이 돈이 되는 상황이 되니, 수준이 안되는 사람들까지 한문으로 글을 지어 돈을 벌려고 나섰다. 세상에서 이들을 두고, '글 그물질한다'라는 말로 풍자하였다. 전직 면장, 수리조합장, 도의원, 교장, 지역 유지 등등. 어릴 때 서당에 몇 년 다녀 한문을 조금 아는데, 퇴직하고 나서 부업으로 상당히 괜찮았기 때문에, 자기 수준은 생각 안 하고, 글을 많이 지으려고 애를 썼다. 자기 홍보요원을 내세워 비문을 지을 만한 사람들을 찾아가서 "어르신 조부님 같은 분 비석을 아직까지 안 세우다니요. 세상에 불효도 이런 불효가 없습니다. 얼른 비석을 세워야지요. 비문은 아무개 그분한테 받으면 좋습니다. 세상에 별로 이름이 안 나서 그렇지, 사실은 아무개 그분이 글을 잘하는데, 그분에게 가서 비문을 받으면 잘 짓습니다.

가격도 서울에 있는 이가원(李家源) 등에게 가면, 몇백만 원 요구하는데, 값도 쌉니다."라고 권유해서 글감을 얻어 온다. 그러면 그런 글 짓는 사람은, 글 값을 받아서 소개한 사람에게 일부를 주는 방식이다. 그렇게 지은 글이 글이 될 턱이 없다.

그런 사람들이 짓는 글이란 것은 천편일률적이다. 글의 주인공은 달라도 글은 거의 같다. 옛날에 어떤 시골 사람이 자기 장모가 세상을 떠나 동네 글방 선생에게 가서 대신 제문을 지어 갔다. 그런데 그 글방 선생도 반풍수라 글을 지을 형편이 안 되어 옛날 제문을 베껴 주었는데, 마침 장인 장례 때 쓰는 제문이었다. 사위가 가서 제문을 읽으니, 사람들이 "그건 장인에게 올리는 제문인데?"라고 하니까, 그 사위는 "장모님이 잘못 돌아가셔서 그렇지. 제문이야 우리 동네 제일가는 학자가 지었는데, 틀릴 턱이 있겠소?"라고 했다는 우스운 이야기가 전해 오는데, 이런 사람들이 짓는 한문 글이 이 제문과 별반 다를 바가 없다.

1995년 이후 정말 글 잘하는 분들은 대부분 세상을 떠나거나, 노쇠하여 더 이상 글을 지을 수 없게 되자, 이런 응수문자를 필요로 하는 분들 가운데서 나를 찾아온 사람들이 많이 불어났다. 또 우리나라 제일 대가인 나의 은사 연민(淵民) 이가원(李家源) 선생이 만년에 "허 교수가 나보다 낫다."라는 가당치 않은 말씀을 하셔서, 사람들이 나를 무슨 대단한 사람으로 보기 시작했다. 그러나 자신을 돌아보면, 부족한 것이 너무 많고, 실제 이상으로 부풀려지는 것이 두려울 따름이다.

"허 교수가 북경대학 교수하다가 왔다."라는 허명(虛名)도 상당히 작용하지 않은 것이 아니다. 나는 중국에 갔다 오고서, "교환교수 갔다 왔다."라는 말을 일절 안 하고, 교환교수는 정말로 저쪽 대학하고 이쪽 대학 사이에 협약을 맺어서 서로 교수를 교환해서 강의할 때 교환교수라 할 수 있다. 일반적으로 외국 갔다 온 교수들이 "교환교수 갔다 왔다."라고 말하는데, 이는 엄밀히 말하면 사기(詐欺) 행위다. 중국 대학의 정식 명칭은 '방문학자', '고급방문학자' 등이다. 내가 만나는 사람마다 '교환교수'가 아니라, '방문학자'라고 설명해도 '교환교수'란 말이 널리 유행해서 시정이 안 되었고, 나중에는 나도 귀찮아서 그냥 넘어갔다. 심지어는 "북경대학 교수 하다 왔다."라는 말까지 하는 사람들이 있었다. 이런 상황을 두고 우리 집사람은 나를 여러 번 강하게 비판했다. 중국 화중사범대학(華中師範大學)의 겸직교수로 정식 임명장을 받았지만, 그 직함을 어디 쓰거나 입 밖에도 내지 못하게 한다.

비석을 세우거나 문집을 내는 인물은 꼭 벼슬이 높거나 유명한 사람이어야 하는 것은 아니고, 일생 동안 행적에 흠이 없거나 국가 민족을 배반하거나 윤리도덕상 죄를 범한 사람이 아니라면, 비석을 세워도 되고, 문집을 내도 된다. 더구나 애국이나 효도란 말이 사라진 현대에 와서 조상을 위해서 비석을 세우고, 문집을 내고, 재실을 짓는 후손 된 사람들이 찾아와 글을 지어달라고 할 때, 나는 굳이 거절하지 않았다. 조상의 비석을 세우거나 문집을 간행하는 일은 근본적으로 '근본에 보답하는 일이고, 감사하는 일'이다. 혹 행적을 부풀리거나 사실 아닌 것을 넣어 달라고 할 때는, 잘 알아듣게 설득해서 돌려보낸다.

은사 연민 이가원 선생께서는, 친일앞잡이로 알려진 인물이나 민주사회에 역행하는 악질적인 관료들의 가족이 비문이나 문집 서문을 요청하면 단호하게 거절했지만, 그 밖에 농사짓던 이름 없는 인물의 후손들이 와서 비문을 지어달라고 해도 거절하지 않았다. 문교부장관을 지내면서 한글전용을 반대하는 교수를 파면하고, 시위하는 학생들을 구속한 사람의 부인이 찾아와서 비문을 지어달라고 했지만 거절했다. 친일의 전력이 있는 사립대학 재단이사장의 비문도 거절했다.

한학자 가운데는, 자기의 권위를 세울 목적으로 지어줄 속셈이면서 몇 차례 거절한 뒤에 마지못해 허락하는 것처럼 하는 사람이 있다. 연민 선생께서는 이런 태도를 아주 매섭게 비판하였다. 조선 말기 일제강점기에 걸쳐 산 유명한 한학자인 심재(深齋) 조긍섭(曺兢燮)이 지은 비문 가운데, "모씨가 나를 찾아와 비문을 요청했는데, 거절했다. 그 뒤 또 모처에서 만나 다시 비문을 요청했는데, 또 거절했다. 그 뒤 또 찾아와 비문을 요청하기에 할 수 없어 비문을 지어준다."라는 형식으로 비문이 구성되어 있는 것이 있다.

연민 선생께서는, "비문을 지어도 될 만한 인물인가 아닌가는 작자가 판단해서 짓든지 말든지 단시일 내에 해야지, 비문을 지어서는 안 될 인물을 후손들이 계속해서 몇 번 간절하게 부탁한다고 안 지을 글을 짓는다는 게 말이 되느냐?"라는 말씀을 나에게 하신 적이 있다.

이런 원고료는, 1996년부터 근 20년 가까이 상당한 수입이 되었는데, 서적 구입, 중국 학회 참석, 각종 학회 회장으로서 학회 보조비 납부하는 데 경제적으로 큰 도움을 주었다.

그러나 21세기 이후로 세상 사람들의 사고방식이 워낙 바뀌어, 조상의 문집을 간행하거나 조상의 산소에 비석을 세우는 일이 급격하게 줄어들어 이런 종류의 글을 부탁하는 사람도 급격히 줄어들었다. 이런 일 하는 사람들이 옛날에는 여러 사람들의 칭송의 대상이 되었는데, 지금은 비웃음의 대상이 되었으니, 세상 사람들의 사고방식이 크게 바뀐 것을 알 수 있다.

2000년대쯤에 연민 선생을 통해서 나의 한문 실력을 자주 전해 들은 경북의 이름 있는 어떤 유가(儒家) 출신으로 서울에 사는 조모(趙某) 노인이 평생 조부의 시문을 모아 문집을 만들려고 하다가 대학교수인 그 아들에게 거절당한 일이 있었다. 우리나라 유림 집안의 후손들의 사고방식이 변해가는 것을 단적으로 보여주는 사례가 되겠기에 소개한다.

조모 노인은, 경북 청송(靑松)의 이름 있는 집안 출신으로 조부가 큰 학자였다. 그 조부는 일제강점기 때 대구 남산동(南山洞)에 나와 살았는데, 초대 성균관장과 성균관대학교 초대 총장을 지낸 유명한 독립운동가 심산(心山) 김창숙(金昌淑) 선생께서 대구에 오시면, 반드시 이 집에 찾아와 묵을 정도로 심산과 가까운 유림에서 이름 있는 분이고 글을 잘했다고 한다.

그러나 조 노인의 부친은 조부보다 먼저 돌아가셔서, 조 노인은 어릴 때 조부의 사랑과 교육 속에서 자라났다. 조부도 조 노인이 젊은 시절에 세상을 떠났다고 한다. 그때는 조 노인은 살아가기에 바쁘고, 또 소견이 나지 않아 조부가 지은 글을 모아 정리할 생각을 미처 못 했다.

그 뒤 꾸준히 노력해서 대구에서 조그만 중소기업을 일으켜 부침을 몇 번 계속하다 중년 이후 서울로 옮겨와 사업을 계속하여 성공하였다. 생활이 안정되자 성균관과 서원 등에 출입하여 유가(儒家)의 자제로서 유림들과 사귀며 견문을 넓혔다. 연민 선생 댁에도 가끔 방문하였고, 국제퇴계학회 등에도 참석하였다.

연민 선생보다는 한 살 위로 서로 허교하고 지냈고, 퇴계 선생(退溪) 15대 종손 동우(東愚) 이동은(李東恩) 옹 등 경북 지역의 명문가 종손들과도 다 알고 지냈다.

생활이 어느 정도 안정된 이후부터 자기 조부님과 교류가 있는 연원가(淵源家)를 찾아다니거나 아는 사람을 통해서 조부님이 지은 시나 서신, 비문 등을 평생을 두고 정성을 다해 열심히 모았다. 조부님과 교유가 있을 만한 집은 전국 어디고 안 가 본 적이 없었다. 그러고는 자신의 나이 80세쯤 되었을 때, 조부님 시문을 모은 그 보따리를 싸 들고 진주로 나를 찾아와 문집으로 편찬해 달라고 부탁을 하고 갔다. "내가 죽기 전에 우리 조부님 문집을 보는 것이 소원이니, 허 교수가 바쁘겠지만, 빨리 좀 편집해 주면 좋겠소."라고 했다.

조 노인은 나하고 1986년부터 홍콩, 중국 등의 퇴계학국제학술대회 등에 함께 참석하였는데, 이분은 특별히 나를 좋아하여 관심이 많았고, 식사대접도 여러 번 받았다. 내가 자기 할아버지가 하던 한문학을 하고 있으니, 그냥 좋았고, 그냥 부러웠던 것이다. 늘 "허 교수는 참 좋은 공부하고 있소."라고 말했다.

나는 남의 부탁을 매정하게 거절하지 못하는 성격이라 늘 일이 밀려 있지만, 이분의 부탁은 애초에 거절할 수 없는 형편이었다. 이런 문집 편집 같은 일은 또 내가 취미가 있어 좋아하는 일이라 기꺼이 맡았다.

다른 바쁜 일 때문에 한 2년 걸려서 1책 2권으로 편찬을 다 마쳤다. 말로 재촉은 하지 않으면서도 수시로 전화해서 내 안부를 묻고, 서울에서 가끔 만나 식사 대접을 받고 유림의 지나간 이야기를 들었다. 내가 그 조부의 행장(行狀)을 짓고 문집 서문도 썼다.

일을 다 마쳤다고 하니, 너무나 반가워하면서 진주로 직접 와서 받아가겠다고 했다. 감사의 인사를 수도 없이 했다. 보행이 불편한 팔십 노인을 진주로 다시 오게 할 수 없어, "제가 마침 서울에 갈 일이 있습니다."라고 하여 약속을 잡았다.

얼마 뒤 서울의 약속 장소인 어떤 호텔로 나갔더니, 자기 아들과 같이 나왔다. 아들도 대학교수고 또 마침 나와 동갑이라 인사도 할 겸 해서 자기 아들하고 식사를 같이하자고 데리고 나왔다. 그 아들은 미국 유학을 마치고, 서울 시내 모 대학 공과대학에 교수로 재직 중이었다.

이분은 4남 3녀를 두었는데, 아들딸이 대부분 교수였고, 대단한 자녀들이 많아, 요즘 세상에서 말하는 정말 남부러울 것이 없을 정도로 잘 키워 놓았다.

그 아들이 나와 인사를 하고 식사를 같이하는데, 어쩐지 분위기가 좀 어색했다. 그 노인이 계속 아들에게 나를 실제 이상으로 대단하게 이야기했는데, 아들은 별 반응 없이 냉랭하였다.

그 얼마 뒤 그 노인을 만났더니, 눈물을 흘리면서, "내가 허 교수 보기 부끄럽소. 나는 내 자식이 대학교수라고 자랑하고 다녔는데, 요즈음 내 자식 놈 하는 것을 보고서, 내가 자식을 잘못 키웠다는 것을 알았소. 내가 우리 조부님 문집을 못 만들고 저세상에 가면, 어떻게 우리 조부가 나를 키워준 은혜를 갚을 수 있겠소? 그리고 얼마 뒤 저세상에 가서 뵐 낯이 있겠소?"라고 흐느끼며 탄식하였다.

그 뒤 알고 봤더니, 내가 돌아온 뒤에 교수인 그 아들이 자기 부친에게, "지금 세상이 어느 시대인데, 그런 쓸데없는 일을 하고 계십니까? 한문으로 된 문집 만들면, 볼 사람이 누가 있겠어요?"라고 항의했다는 것이다.

편찬한 문집 원본과 복사를 두 부 해서 한 부 전해주었는데, 그 노인은 얼마 뒤 세상을 떠났다.

한 십 년쯤 뒤에 그 노인의 막내딸이 나에게 전화해서, "그때 교수님이 편찬한 그 문집 갖고 계십니까?"라고 물었다. "그때 내가 원본하고 복사본 한 부 해서 부친께 전해드렸습니다. 나한테 복사본이 한 부 있으니, 꼭 필요하면 다시 찾아서 복사해 드리지요."라고 대답했다. 그런데 그 뒤로는 다시 연락이 없었다. 그 노인이 애써 찾은 조부의 시문은 빛을 보지 못하고 사라지고 만 것 같았다.

서울 소재 이름 있는 대학의 국문학과 고전문학 전공 교수이고, 대학원장을 지낸 사람도 나와 동갑이었는데, 조부가 창녕(昌寧)에서 큰 학자였다. 그 제자도 여럿 있어 제자들이 서울로 그 스승의 손자를 찾아와, "선생님 문집을 꼭 출판해야 됩니다. 우리 선생보다 못한 사람들도 문집이 있는데, 안 하면 안 되지요."라고 간곡하게 건의하자, 그 국문학과 교수는, "요즈음 한문책 만들면, 누가 볼 것이라고 만듭니까?" 하면서 돌려보냈다. 그 뒤 나를 만나자 그 이야기를 자랑스럽게 하였다. 전 세계 여러 나라 가운데서 지식인이면서 자기 조부나 부친이 지은 글을 읽지 못하는 나라는 우리나라밖에 없다고 한다. 할아버지가 지은 글이 한문으로 되었으면, 한글로 번역하면, 훌륭한 시문집이나 저서가 될 수 있다. 아마도 그 내용은 그 교수가 연구하고 가르치는 시조나 가사(歌辭)보다 몇 배나 더 가치 있고 내용이 풍부할 것이다. 그런데 이를 국문학과 고전문학 전공 교수가 자기 손으로 폐기해 버리는 것이다. 이런 식으로 우리 문화, 우리 문학이 지식인 후손들에 의해서 천대, 폐기되는 것이다.

나는 글을 부탁하는 사람에게 먼저 원고료를 요구하지는 않는다. 원고료를 머릿속으로 계산하고 글을 지으면 글 장사꾼이 되기 때문이다. 나도 돈이 필요 없는 사람은 아니지만, 돈과 상관없이 글을 그냥 짓고 싶어서 짓는다. 단지 원고에 대한 사례로 주면 주는 대로 받는다는 원칙이다.

대부분의 사람들이 이렇게 지은 글들을, 돈 받고 지은 글이라고 비판하는데, 이것도 전력을 다한 하나의 창작품이다. 한문으로 지은 것과 한글로 지은 글을 분류하여 문집으로 출판하면, 우리나라 역사나 문학에 조그마한 보탬이 되지 않을까 생각한다.

명성이 커지자 비방도 커져

그 당시로서는 얻기 힘든 중국 북경의 저명대학에서 방문교수로 1년 반을 보내고 왔다. 오늘날 보면 별것 아닌 것 같지만, 1990년대 중반까지만 해도 그런 기회를 얻기가 무척 힘든 드문 일이었고, 숫자가 얼마 안 되어, 많은 교수들의 부러움을 샀다.

외국에 나가서 보고 들은 것을, 돌아와서 자기가 몸담은 직장의 수준을 높이거나 제도를 개혁하는 데 활용하는 것이 옳은 일이라고 생각하여 몇 가지를 실천해 보려고 했다.

그때 서영배 총장은 직선 총장이 된 지 2학기 된 시점이었다. 이분이 평교수일 때 내가 그 연구실에서 잠시 지낸 적이 있다. 이분은 가난한 집에서 태어나 몹시 어렵게 공부하여 학생들의 사정을 잘 배려하였고, 아주 인정이 있었다. 나를 잘 알아주었고, 총장이 되어 북경에 출장 와서는 특별한 일이 없는데도 일부러 나를 찾았을 정도였다. 그래서 내가 이야기하면 어느 정도 반영될 수 있었다.

그래서 1995년 8월 21일 귀국하여 일단 귀국 인사를 하고 나서 얼마간의 시간이 지난 뒤, 같이 식사 한번 하자고 연락이 왔다.

서 총장을 만나자, "총장 역할이 너무 힘들어 2년만 채우고 사표를 내야겠다."라고 했다. 지난번 귀국 인사 때도 먼저 그런 말을 꺼냈는데, 또 꺼냈다. 국립대학 총장 자리가 남들이 보기에는 대단해 보여도, 매우 괴로운 모양이다.

이분은 심성이 너무나 고운 분이고 독실한 불교 신자로 남에게 싫은 소리 한마디 못 하는 분이었다. 누구에게나 따뜻하게 대했고, 지극히 겸손하게 남을 배려하고 자기 역할에 최선을 다하는 분이었다.

학생시위가 워낙 격렬하던 86년부터 학생처장을 했는데, 그 당시는 학생처장의 일이 너무 힘들어 성균관대학교와 부산대학교의 학생처장들이 과로로 죽었다. 그래서 그때는 학생처장 할 사람이 없었는데, 경상대학교 역대 학생처장 가운데서 서 총장이 가장 잘했다는 평을 들을 정도였다.

그러나 학생처장하고 총장하고는 완전히 다르다. 학생처장은 학교 안에서만 열심히 하면 되고, 또 모든 사람들이 고생한다고 고맙게 생각한다. 학생시위를 잘 막으면 되고, 사고를 쳐서 경찰서에 잡혀간 학생들 빼내오면 된다. 그렇게만 해도, 그 학생도 그 지도교수도 학부모도 다 고맙다고 생각한다. 또 외부에서 제공되는 큰 장학금 등의 배분도 학생처장이 하기 때문에 장학금 혜택을 받은 학생이나 그 과의 교수나 학부모들이 고맙게 생각한다. 그래서 학생처장 출신들은 직선제가 된 뒤 총장 선거에서 유리하다고 한다.

총장은, 대외적으로 활동하여 예산을 많이 따오고, 교수나 직원 자리를 따와야 한다. 국립대학 총장은 정상적으로 학교가 운영되도록 해야 하는데, 교육부에서 주는 예산만 가지고는 학교를 운영할 수가 없으니, 교육부를 찾아가 사정해야 하고, 돈 있는 사람을 찾아가 발전기금을 얻어 와야 한다. 또 교육부의 지시사항과 교수들의 요구사항이 정반대일 경우가 많다. 교수들의 주장과 직원들의 주장, 학생들의 주장이 다 다른데, 큰 문제 안 생기게 잘 조정해야 한다.

국립대학 총장이 장관급이라고 하지만, 학교를 망치지 않으려는 한 교육부 말단직원의 말도 무시하면 안 된다. 교육부 직원 몇 명만 짜면, 국립대학 총장을 허수아비로 만들어 버릴 수가 있다.

일본 같은 나라의 국립대학 총장은, 교육부 공무원들에게 로비하거나 기업가들에게 발전기금 얻으러 다니는 일이 절대 없다고 한다. 정상적으로 순리대로 해도 학교가 정상적으로 운영되기 때문이다. 그러나 한국의 국립대학 총장이 그런 식으로 가만히 앉아 있다가는 학교가 고스란히 말라비틀어지게 되어 있다. 명색이 장관급이라는 국립대학 총장이, 거지처럼 여기저기 다니면서 돈 얻으러 다니니까, 국립대학 총장을 시군의 공무원들도 무시한다.

몇 년 전 큰 기업인 GS그룹에서 고향 진주에 공장을 짓고 준공식을 했다. 대학 총장들은 학생들 취업 때문에 달려가지 않을 수 없다. 그런데 시청 공무원들이 시청 과장, 경찰서장 등을 다 단상에 앉히면서 관내 대학 총장들은 국립 사립 막론하고 모두 단상 아래 마당에 앉혔다. 교육자를 높여야 교육이 정상적으로 되고, 교육이 정상적으로 되어야 기업도 정상적으로 돌아가고 국가사회도 정상적으로 돌아갈 것인데, 현실은 이 모양이고, 지방의 공무원들이 더 예의를 모른다.

1980년대 경상대학교 신현천(申鉉千) 총장 때는 경상남도 지사가 총장 뒤에 섰다. 경상대학교 관용차 번호가 1111로 하니까, 도지사 관용차는 1112로는 할 수 없어, 0000으로 번호를 달고 다녔다. 지금은 시장 군수한테도 국립대학 총장이 굽신거리게 되어 있다. 이 모든 원인이 교육부가 예산을 적게 주어 국립대학 총장들을 거지처럼 만들었기 때문이다.

그러나 교육부는 정부 각 부처 안에서는 가장 힘이 없는 부서다. 기획부의 허가 없이는 예산을 단돈 1원도 늘릴 수 없고, 행정자치부의 허가 없이는 교육부 산하기관의 정원을 단 한 명도 늘릴 수 없다. 그러면서 힘없는 지방 국립대학교에 대해서만 왕 노릇을 한다. 모든 국립대학의 사무국장은, 교육부의 부이사관급 정도가 부임하는데, 교육부 대학의 공무원이 아니고, 교육부 간부 공무원이다. 국립대학 총장이 교육부에 가서 요청하면 안 들어주는 일이, 사무국장이 이야기하면 대부분 들어주었다. 그러니 총장이 사무국장의 비위를 맞추지 않을 수 없다. 국립대학의 모든 공무원이 교육부 소속이지만, 과장급 이상은 교육부와 수시로 자리바꿈을 하므로 총장이 그들의 비위를 건드려도 두고두고 보복을 당할 수 있다.

1980년대 말에 이르러서는 민주화라는 이유로 각 국립대학에 교수협의회, 교수평의회 같은 것이 생겨서 대학 내의 모든 의사결정은 교수협의회의 의결을 거쳐야 했다. 교수들에 의한 총장직선제도도 교수협의회에서 그 규정을 만들었다. 대학 총장이 2천만 원 이상의 예산은 마음대로 집행할 수 없게 해 놓아, 반드시 교수협의회의 인준을 거쳐야 집행할 수 있었다. 교수평의회나 협의회 등은 법정 기구는 아니지만, 학교 예산 편성과 집행을 심의하고 감시

한다. 총장의 모든 업무를 평가하고 감독한다. 그러니 국립대학 총장을 더욱 어렵게 만들고, 학교 모든 업무의 집행을 지연시킨다. 물론 총장의 독주나 부당한 행위를 방지하는 효과가 충분히 있다.

1996년경에 경상대학교에서 진주가 고향인 대기업 LG그룹에서 20억 원의 발전기금을 얻은 적이 있다. 진주에는 LG그룹에서 세운 연암공과대학교(蓮庵工科大學校)가 있었는데도, 특별히 고향에 있는 국립대학이라 하여 그 당시로서는 거액인 발전기금 20억 원을 기부하였다. 그러자 대학 내에 자기 때문에 얻게 되었다고 생색을 내는 교수가 10여 명도 넘었다.

LG는 국내 기업 가운데 가장 도덕적인 기업이고, 진주에서 대대로 살아온 선비 집안 출신인 연암(蓮庵) 구인회(具仁會) 회장이 세워 지금은 그 증손자 대에서 운영하고 있다. 경상대학교와 LG를 연결해준 분은 경상대학교 교수가 아니고, 서 총장의 친구분인 시내 제중의원 원장 배경훈 박사였다.

그 배 원장이 서 총장에게 권유하여, 경상대학교에서 전년에 그룹 회장으로 취임한 구본무(具本茂) 그룹 총수에게 명예박사학위를 주기로 약속했다. 그러면 앞으로 혹 LG에서 더 많은 도움을 얻거나 학생들 취업에 유리할 가능성이 있기 때문이었다. 서 총장은 교수협의회의 승인 없이 혼자 약속하였다.

그런데 사전에 승인을 얻지 않고 총장 혼자 약속했다고 교수협의회에서 끝까지 트집을 잡아서 총장이 약속한 대로 할 수 없어, LG 측에 약속을 어겼다. 서 총장이 LG 측에 몇 번이나 죄송하다고 사과하였다. 학교에서는 LG와 더욱 긴밀하게 관계를 맺을 좋은 기회를 놓쳤다. 총장은 물론이고 대다수 교수들도 매우 안타까워하였다. 교수협의회를 주도하던 몇몇 강성분자들 때문에 일이 그렇게 되고 말았다.

몇 년 뒤 그 다음 박충생(朴忠生) 총장 때, 이번에는 경상대학교 측에서 LG에 명예박사를 주겠다고 먼저 제의했으나, LG 측에서 이미 기분이 나빠져 단호하게 거절하였다. 그 이후로 경상대학교에서는 다시는 LG와 어떤 관계도 맺을 수가 없게 되었다.

20억 원의 돈을 어디에 쓰라고 LG 측에서 지정한 것이 아니기에, 총장과 본부보직자들이 어디에 쓸까 이리저리 논의하다가 최종적으로 국제문화회관을 짓기로 결정하고 설계를 맡겼다. 그러자 교수협의회에서는 교수협의회의 의결을 거치지 않았다고 하여, 설계 맡긴 것을 취소하게 하고, 총장에게 사과문을 쓰라고 요구했다.

교수협의회 회장인 사범대학 모 교수 등이 총장실에 찾아가 거칠게 항의하여 총장이 사과문을 발표했는데, 첫 번째 발표가 미흡하다 하여 사과문을 다시 쓰게 하는 등 총장에게 모욕을 가하여 총장의 권위가 완전히 추락하였다. 옛날 신현천(申鉉千) 총장이 총장으로 일할 때와 비교해 보면, 같은 총장이라고 해도 권위가 천양지차(天壤之差)가 났다. 권한은 거의 없고, 책임만 무한히 가중되었다.

나는 서 총장을 만났을 때, 세 가지를 건의하였다. 첫째 대학은 도서관이 좋아야 하는데, 도서관에 좋은 책을 많이 구비하도록 예산을 많이 지원해야 한다. 중국의 학자 임어당(林語堂)은, "대학은 곧 도서관이다. 어떤 대학에 가서 그 대학이 어떤 대학인지 알고자 하면, 그 대학의 도서관에 가 보면 된다."라는 말을 했다. 그때 경상대학교 도서관은 너무 형편없었다. 유독 경상대학교만 그런 것이 아니라, 대부분의 다른 대학도 마찬가지다. 80년대 이후 대학은 급격히 팽창하는데, 도서관이 따라갈 수 없었기 때문이다. 본래 우리나라의 모든 도서관이 문교부에 속하다가, 1980년 이후 일반도서관은 문공부로 이관하고, 초중등 도서관만 교육부에서 관장하면서, 대학 도서관은 관장하는 부서가 없게 되었다. 그래서 소규모 신설 사립대학은 아예 도서관 자체가 없다. 흔히 "도서관은 대학의 심장이다."라고 말하는데, 대학 본부에서 대학의 도서관에 너무 관심을 두지 않기 때문에 요즈음은, 대학 도서관 관계자들이, "도서관은 대학의 맹장이다."라고 스스로 조소를 할 정도가 되었다.

그 당시 중국은 우리보다 생활수준이 비교가 안 될 정도로 떨어졌지만, 중국 북경대학(北京大學), 청화대학(淸華大學), 북경사범대학(北京師範大學) 등은 모두 도서관의 장서가 풍부하고 대학의 다른 시설에 비해 도서관 시설이 아주 좋은 편이었는데, 우리도 본받아야 한다는 뜻이었다.

둘째, 교수 1인당 담당 학생 수를 줄이라고 건의했다. 곧 교수확보율을 높이라는 건의를 했다. 우리나라는 전반적으로 교수 충원율이 세계 다른 나라 대학과 비교해 볼 때 안 좋은 나라다. 선진국보다 안 좋은 것은 물론이고, 우리나라보다 경제적으로 못한 말레이시아, 태국 같은 나라보다도 못하다. 1980년 이후 대학 정원이 갑자기 불어나면서 교수가 충원되지 못했는데, 이것이 세월이 지나자 그대로 고착되었다. 국가 경제 수준이 향상되었는데도 다른 나라와 비교할 때 세계에서도 한국 대학들의 교수 충원율이 가장 안 좋은 축에 속한다.

셋째는 교수의 잡무를 줄이라고는 건의하였다. 별 필요 없는 많은 회의, 잡다한 형식적인 서류를 줄이라고 건의했다.

그러나 이 세 가지는 총장 마음대로 할 수 있는 것이 아니었다. 내가 이런 건의를 총장에게 했고, 다른 교수들에게도 가끔 했다. "중국 대학은 교수나 학생들이 열심히 공부하고……"라고 중국 대학의 제도나 관습을 예로 든 경우가 있었고, "중국의 경제발전 속도로 보면, 곧 우리나라를 따라온다.", "중국의 강택민(江澤民), 주용기(朱鎔基) 등 지도자들은 경제를 정말 잘 안다. 외국어를 잘한다.", "우리나라의 정치가들은 여야 막론하고 대부분 전문 분야의 실력이 없으면서 너무 시건방지다.", "중국은 제조업뿐만 아니라 전자 반도체 등 첨단사업도 앞으로 머잖아 세계의 선두주자가 곧 된다." 대부분이 중국에 매우 우호적인 이야기이다.

그러나 그때만 해도 한국 사람은 중국을 잘 몰랐다. 누구나 중국을 가볍게 보고 무시할 때였다. 교수들은 더 심했다. 중국에 몇 번 다녀본 교수들은 겉으로 드러난 낙후된 시설 등만 보고 중국을 다 아는 듯이 판단했다. 대부분의 교수들은 내 말의 참뜻은 받아들이지 않고, "허권수 교수가 우리보다 훨씬 못한 중국에 잠깐 갔다 오더니, 중국 이야기를 너무 많이 한다.", "아무 배울 것도 없는 중국 대학에 있다가 온 것이 무슨 자랑이라고 중국 이야기를 계속할까?", "중문과 교수도 아닌 사람이 중국말 배운다고 그렇게 힘을 쏟을 것 있나?"라는 말이 들렸고, 심지어는 "허 교수는 신사대주의자(新事大主義者)다.", "중국병이 든 사람.", "허 교수는 중국 정부

대변인이 된 모양이야!" 등등의 비난을 하거나 비꼬는 말이 직접 혹은 간접으로 들렸다.

조선 후기 연암(燕巖) 박지원(朴趾源), 초정(楚亭) 박제가(朴齊家) 등 실학자들이 중국 북경을 다녀와서, 성리학자들이 짐승 같은 오랑캐 나라라고 생각했던 청(淸)나라의 발달한 문물을 보고, 중국을 배우자고 했을 때, 명(明)나라만 하늘같이 숭상하던 고루한 성리학자(性理學者)들이 그들을 지목하여 '당한(唐漢 : 중국 좋아하는 놈)', '당괴(唐魁 : 중국 좋아하는 놈들의 두목)', '당벽(唐癖 : 중국을 병적으로 좋아하는 사람)' 등의 말로 비웃었다.

나는 중국을 좋아하는 것은 사실이지만, 맹목적으로 중국만 좋아하는 것이 아니라, 말할 필요도 없이 우리나라를 더 좋아하고 더 걱정한다. 중국의 좋은 점을 배워 우리나라의 발전에 응용하자는 것이고, 중국이 여러 면에서 곧 우리나라를 따라오니, 겉모습만 보고 안일하게 무시해서는 안 되니, 더 노력해서 더 발전해야 한다는 뜻이었다. 많은 교수들은 나의 참된 뜻은 안 보고 겉모습만 보고 은근히 비난과 조소를 보냈다. 20년 30년이 지난 지금에 와서 보면, 나의 판단이 그래도 틀린 것은 아님이 증명되고 있다.

그리고 그때까지만 해도 중문과 교수나 중국관계 학과의 교수는 대부분 대만에 소재한 대학에 유학 갔다 왔으므로, 의도적으로 대만을 좋게 이야기하고, 중국 본토에 대해서는 안 좋게 이야기하는 경향이 있었다. 대만에 유학하고 온 교수들이 하는 말은 대체로 이런 것들이었다. "1949년에 좋은 학자들은 모두 대만으로 갔기 때문에 중국 본토에는 학자다운 학자는 남아 있지 않다.", "대륙에 있는 대학에서는 옳게 수업도 안 한다면서요?", "문화대혁명(文化大革命)으로 10년 동안 대학의 문을 닫은 나라에 무슨 학문이 되겠어요?", "교수들 가운데 박사학위는커녕, 석사학위도 없는 교수가 대부분이라던데요?", "유학생들 학위는 그냥 기한만 차면 다 주는 모양이데요." 이런 등등의 이야기를 의도적으로 퍼뜨리고 다녔다. 대만 유학 갔다 온 것으로 그동안 대우를 받았는데, 대륙에 길이 열리니까, 대만 유학이라는 이점이 평가절하되어 가는 분위기니까, 자기들을 보호하고 값을 유지할 방법으로 이런 말을 많이 했다.

나는 교수니까 괜찮지만, 북경대학 등 중국의 대학에서 애써 공부하여 박사학위를 받고 돌아온 유학생들은, 현실적으로 한동안 한국의 대학에서 자리를 잡기가 어려웠다. 이미 자리 잡고 있는 교수들이 대부분 대만에서 공부한 학자들이라, 대만 유학파들이 대륙 유학파를 인정하지 않고, 배척하려는 분위기가 상당 기간 있었다. 대만에 오래 유학한 고려대학 철학과 원로인 김모 교수는, 중국에 배울 것이 없다고 한동안 가지 않았다. 그때까지 전공자면서도 중국에 안 가본 교수도 많이 있었다. 어떤 교수는, "대만에서 입은 혜택에 대한 의리를 지켜야지 하루아침에 모두 대륙으로 관심이 쏠려서 되겠는가?"라고 후배 교수들을 일갈한 경우도 있었다. 물론 오늘날 관점에서 보면 우스운 일이지만.

이런 언행은 공정한 태도가 아니고, 파당을 짓자는 마음으로 자기편에 유리하도록 사실을 왜곡하려는 의도가 많았다. 그래서 북경에서 교환교수나 방문교수로 있었거나 유학하고 돌아온 박사들이 '중국 유학생 모임', '북경 유학생 모임'을 만들어, 중국을 바로 알리고 유학생들의 불이익을 없애려고 단체 결성을 추진하려고 나선 사람도 있었다.

30여 년의 세월이 지난 지금에 와서는 대만 유학생은 거의 없고, 북경 등 중국 유학생들이 각 대학에서 교수로 자리 잡아 중국 문학, 중국 철학, 중국 역사학계 분야를 주도하고 있다.

1949년 당시 대만에 좋은 학자가 상당히 간 것은 거짓말은 아니다. 장개석 정부가 정통성을 유지하기 위해서 북경대학 총장을 지낸 호적(胡適), 부사년(傅斯年) 등 저명 교수들을 대만으로 데리고 갔다. 그러나 중국에 남아 있는 교수 가운데 저명한 교수가 더 많았다. 이미 숫자에서 중국에는 중국문학 전공 교수만 해도 전국에 3만 명, 중국역사 전공 교수만 해도 3만 명에 이른다. 대만과 우리나라 같은 경우 개별적으로 우수한 교수가 많다 해도 수적으로 중국과 상대가 안 된다. 참고로 이야기하면, 대만에 있는 중문과의 숫자는 우리나라의 절반도 안 된다.

요즈음 대만에 있는 서점에 가보면, 진열해 놓은 책들 대부분이 대륙에서 나온 것을 다시 무단 복제한 것이다. 1970년대 말, 우리나라에 처음 소개된 표점본(標點本) 이십오사(二十五史)는 대만에서 찍은 것을 경인문화사(景仁文化社)에서 영인하여 출판했다. 처음에 우리나라에서는 잘 모르고 전공 대학교수들마저도 "대만 학자들 정말 대단해! 그 많은 이십오사를 정확하게 표점을 찍어 간행했네!"라며 감탄에 감탄을 연발하였다. 그러나 그 방대한 이십오사에 표점을 찍은 것은 대만 학자들이 아니다. 중국에서 이십오사에 표점을 찍어 간행하자마자, 대만에서 즉각 불법 영인해 낸 것이다. 이것을 우리나라에서 다시 영인해 낸 것이다. 문화대혁명 중이었지만, 고전을 좋아하는 모택동(毛澤東)의 지시로 이십오사, 『자치통감(資治通鑑)』, 『속자치통감』 등 수많은 고전을 범문란(范文瀾), 고힐강(顧頡剛), 오함(吳晗), 계공(啓功) 등 역사, 문학, 철학을 전공하는 일류 원로학자들을 동원하여 1954년부터 『자치통감』을 시작으로 표점을 찍어 1978년 『송사(宋史)』를 끝으로 24년 걸려 표점작업을 마쳤다. 국가급 고전출판사인 중화서국(中華書局)에서 간행하게 한 것이다. 우리나라나 대만의 판형은 국배판(菊倍版)이지만, 원본은 국판 크기 3백 페이지 정도의 아담한 책자 수백 권으로 되어 있다.

내가 응수문자를 상당히 많이 짓는다는 소문이 퍼지자, 이에 질투를 느낀 교수들이 "허 교수는 돈이 많다."라고 사방에 소문을 내고 다녔는데, 그 소문이 곧 전국적으로 퍼져 나갔다. 책이 많다는 소문은 잘 안 퍼지고, 돈이 많다는 소문은 삽시간에 퍼져 나갔다. 심지어는 서울에 있는 원로 교수가 내 안부를 물으니까, 어떤 교수가, "요즈음 비문 짓는다고 바쁩니다."라고 농담반 진담반으로 답한 경우도 있었다. 이는 "전공 공부는 안 하고, 돈 벌기 위해서 남의 비문만 짓습니다."라는 폄하하려는 의도가 깔린 말이다.

남의 글 짓는 것 가운데서도 남의 비문 짓는 것이 옛날부터 비웃음이나 비난을 가장 많이 받았다. 비문은 대체로 남의 공적을 칭송하여 좋은 것만 서술하는 글이라 자칫하면 아첨하는 글에 가깝게 된다. 비문을 많이 지은 당(唐)나라 한유(韓愈)는, 남의 비난을 받기 전에 스스로 비문을 '무덤에 아첨하는 글[諛墓之文]'이라고 자아비판을 하여, 공격하려는 사람들의 힘을 사전에 빼 버렸다. 비문 지어

주고 받는 사례금을 비꼬아 '유묘지금(諛墓之金)'이라고 한다. 곧 '무덤에 아첨해주고 받은 돈'이란 뜻이다. 한유만 비난을 받은 것이 아니고, 역대의 큰 학자들도 이런 이유로 다 비난을 받았다. 근세의 대학자 면우(俛宇) 곽종석(郭鍾錫) 선생, 회봉(晦峯) 하겸진(河謙鎭) 선생, 중재(重齋) 김황(金榥) 선생 등도 이런 비난을 면치 못하였다.

남의 글을 많이 짓는 중재 선생을 비난하는 사람 가운데는, "중재는 어떤 사람이 돼지마구간을 지어 놓고 상량문(上梁文)을 지어달라고 부탁해도 지어주는 사람이다."라고 비난했다. 천부적인 문장가인 중재도 남의 비문 1천 편 이상 짓고 나니, 같은 문구가 자꾸 중복되어 70세 이후로는 밀려오는 글감을 대부분 다른 학자들에게 양보했다고 한다.

청나라 초기의 문장가 위상추(魏象樞)란 분은 이런 글을 지어달라는 요청이 몰려오자, 친구에게 보내는 편지에서 그 고민을 이야기했다. "비문 등의 내용을 자세히 적지 않으면 글 요청한 사람이 달갑게 여기지 않고, 자세히 적으면 읽는 사람이 믿지 않는다. 별쓸 거리가 없는 사람일 경우, 여기저기 유사한 사례의 비문에서 따와 채운다."

나는 돈을 벌기 위해 비문을 짓는 것은 아니고, 대부분 아는 분들의 청을 어기기 어려워서 짓는 것이다. 나는 한문학 논문만 130여 편을 써서, 전국 한문학과 교수 가운데서도 선두 그룹에 속하니, "비문 짓는다고 바쁩니다."라는 말은 일부를 가지고 전체적인 좋은 점을 막으려는 저의가 있는 농담이다.

사실 명성이 별로 없을 때는 명성이 있어 봤으면 하는 생각이 없지 않았지만, 조금씩 명성이 나니 내심 두려움도 점점 커져갔다. "허 교수가 한문을 제일 잘한다.", "모르는 것이 없는 박학다식(博學多識)한 학자다. "붓만 잡으면 하룻밤에도 글을 몇 편씩 지어낸다." "대단한 학자다." 등등의 말은 내가 감당할 수 없고, 그렇다고 자부한 적도 없다. 실제보다 과장되게 이름이 나자, 열심히 노력하여 헛소문이 안 되도록 내실을 기해야겠다는 마음은 간절해져 갔다.

사람들이 칭찬하는 정도에는 못 미치지만, 공부하기 좋아하고, 호기심이 많아 책 사는 것 좋아하고, 남보다 더 많은 시간을 공부에 투자하는 점은 감히 자부할 수 있다.

서울 소재 대학으로의 추천

우리나라 한문학계의 태두인 은사 연민(淵民) 이가원(李家源) 선생은, 평소에 서울을 아주 찬미하셨고, 평소에 늘 "학문 연구를 하려면 서울에서 해야 한다."라는 지론을 갖고 계셨다. 그래서 1983년 내가 문학석사 학위만 받고, 경상대학교에 취직이 되어 내려올 때 인사드리러 갔더니, "서울서 공부를 더 해서 박사학위 받아 서울서 취직하면 좋을 것 아닌가? 시골에 가면 공부하기 어려운데."라고 아쉬워하였다.

연민 선생의 동서인 포항공대 역사학 교수 김기혁(金基赫) 박사에게도, "김 박사! 서울로 이사와 나하고 가까운 데서 같이 살자고, 서울이 복잡하다 해도 강북(江北)은 그렇게 분답하지도 않아. 홍수도 없고 태풍도 없어. 그리고 온갖 책 다 있지. 친구 많지. 서울 살아보면 좋은 점이 많아."라고 자주 권했다. 나에게도 "자네도 서울로 옮겨오면 얼마나 좋아. 내 일도 좀 돕고, 책도 같이 쓰고."라고 늘 말씀하셨다.

실학자 다산(茶山) 정약용(丁若鏞) 선생은, 강진(康津)에 귀양 가 있는 상황에서도 아들들에게 보낸 가서(家書)에서, "사대부(士大夫)는 서울 성에서 10리 이내에 살아야 하고, 형편이 안 되면 서울

교외에서라도 살아야 한다. 서울에서 30리만 나가면, 원시사회다." 라고 했다.

조선 후기 실학자 혜강(惠岡) 최한기(崔漢綺)는 벼슬을 안 해도 서울을 떠나지 않았다. 그 이유는 중국에서 들어오는 새로운 학문 정보와 새로운 책을 구하기 위해서였다.

지금은 통신 인터넷 등이 발달해서 옛날과는 완전히 달라져 지방도 많이 좋아졌다. 그러나 1970년대까지는 지방대학에서 연구하려면 여러 가지 장애가 많았다. 어떤 문헌자료를 하나 보려고 하면, 방학 때 기차를 타고 8시간 걸려 서울로 가서 친척 집이나 여관에 숙소를 잡아놓고, 서울대학교 규장각(奎章閣)이나 장서각(藏書閣)에 가서 책을 빌려서 손으로 베껴 보았다. 서울의 유수한 대학 가운데 는 자기 대학교수가 아닌 외부인에게는 중요한 도서는 열람을 안 시키기도 했다. 그 책을 꼭 보려면, 친분이 있는 그 대학교수의 힘을 빌려야만 가능했다. 그러니 무슨 연구가 되겠는가?

1980년 이후로 복사기가 보급되었지만, 초기에는 복사비가 너무 비싸서 많이 할 수도 없고, 또 책이 손상된다 하여 책의 일부만 복사하게 했고, 귀중본은 아예 복사를 못 하게 했다. 서울대학교 규장각 같은 경우는, 맨 처음 복사를 신청하는 사람이 그 책을 2부 복사하여 1부는 의무적으로 서울대학교에 기증을 해야 했다. 그 다음부터는 복사를 요청하는 사람이 있으면, 그 복사본을 가지고 복사를 해 주었다. 책을 보호한다는 측면에서는 기발한 아이디어지 만, 많은 책을 복사하는 학자의 입장에서는 착취당하는 느낌이 든 다. 내가 박사학위논문 쓸 때, 규장각에서 해좌(海左) 정범조(丁範祖)

선생의 문집을 복사한 적이 있는데, 『해좌집』이 방대하여 대학교수 반 달 치의 월급을 들인 적이 있었다. 그것도 복사 신청하고 몇 달 걸려서야 복사본을 입수할 수 있으니, 필요할 때 쓸 수도 없었다.

지금은 연구하는 데 있어서 자료열람은 천지개벽이 일어날 정도로 많이 좋아져, 지방대학에 앉아서 서울은 물론이고 전 세계도서관을 다 뒤져 자료를 찾고 얻을 수 있게 되었다. 자기 컴퓨터에서는 물론이고, 길 위에서 스마트폰으로도 열람을 할 수 있다.

내가 대학원을 졸업하던 1983년부터는 대학원 졸업생이 갑자기 불어났고, 지방 소재 국립대학의 인문계열 정원을 동결하는 조처를 취했으므로, 웬만한 대학의 교수 자리는 다 차서, 교수 되기가 몇 년 전보다 훨씬 어려워지기 시작했다.

나의 경우 다행히 국립대학에 교수 자리를 얻었는데, 다음에 교수 된다는 보장도 없는 상황에서, 서울에서 박사학위 한다고 그냥 머물러 있기는 현실적으로 어려웠다. 나와 같이 대학원을 졸업하고 유럽에 유학까지 갔다 온 동기생은 끝내 전임교수가 못되어 시간강사로 지내다가 폐인처럼 된 사람도 있다.

나보다 실력이나 인품이 더 나으면서도 대학교수가 못 되고, 중등학교 교사로 있다가 다른 동료들과 휩쓸려 술 마시고 지내다가 학문과는 아예 멀어진 친구도 있다. 대학원 박사과정까지 다 마치고, 중등학교 교사를 하려니, 본인도 불만이지만, 교장, 교감이나 동료 교사 등 주변에서 "대학에 가셔야지, 왜 중등학교에서 얼쩡거리십니까?"라는 비웃는 소리를 견디지 못하여 사표 내고 개인사업 한다고 나섰다가 지금 다 날려 버리고 거지처럼 된 사람도 있다.

생계가 어려워, 아는 한문을 밑천으로 풍수(風水) 노릇한다고 나섰지만, 요즈음 누가 묘소를 만들어야 말이지.

한편으로는 서울에서 교수생활하면 유리한 점도 많이 있기는 하다. 첫째 열심히 하면 전국적인 명망을 얻을 수 있다. 서울에 있으면 각종 언론매체의 관심을 받을 수 있고, 국가급 각종 위원 등으로 활동하며 능력을 발휘할 수 있다.

둘째, 우수한 학자들을 자주 접하고 학문적인 정보를 쉽게 얻을 수 있다. 전국의 정보가 다 모이는 곳이 서울이고, 외국의 정보도 맨 먼저 받아들이는 곳이 서울이다. 지방 도시에는 나와 같은 전공을 하는 학자가 같은 학과 교수 말고는 전혀 없다.

셋째, 제자 양성에 유리하다. 학문에 관심을 둔 제자가 많아야 학문이 전수된다. 크게 학문을 이룬 제자가 많아야 학파가 형성될 수 있다. 외국 유학생을 제자로 두면, 그 제자들이 그 나라에 가서 교수가 되거나 공직자가 되면, 국제적으로 활동하는 데 많은 도움을 줄 수 있다.

유명 운동선수로 박찬호나 손흥민 같은 경우 우리나라 안에서만 활동하면 우리나라 안에서만 이름나지만, 미국, 유럽, 일본 등지에서 활동하면, 전 세계적인 스타가 될 수 있다.

서울에 있는 대학교수들이 자기도 모르는 사이에 지방대학 교수들을 가볍게 보지만, 지방대학 교수들끼리는 더욱더 상호 간에 가볍게 본다. 지방 대학에서 무슨 학술발표회나 강연을 하면, 발표자를 반드시 서울에 있는 대학의 교수를 구하지, 인근의 지방대학 교수를 구하지 않는다. 우리 경상대학교도 마찬가지다. 나도 멀지 않은 곳에 있는 국립대학에 아직 가보지 못한 곳도 있다.

학술원 회원은 서울에 있는 대학의 교수들이 다 차지하고 있다. 학술원 설립 이후 한강 이남에 있는 대학의 교수로서 학술원 회원이 된 사람은 경북대학교 김모 교수 한 사람밖에 없다는 말이 있다. 학술원 회원은, 자리가 비면 기존회원의 추천을 받아 기존 회원들의 찬반투표로 회원 선임을 결정하는데, 이미 회원 자리를 차지하고 있는 사람들이 모두 서울 소재의 특정 대학의 교수들로서, 자기들이 아는 교수만 추천하지 않을 수 없는 구조이다.

그리고 언론기관에서도 가까운 서울에 소재한 대학의 교수에게 출연을 요청하거나 기고를 부탁한다. 정부기관, 정부 출연 학술기관 등에서도 서울에 소재한 대학의 교수들만 상대로 연구나 조사를 맡긴다.

그러니 지방 소재의 대학의 교수들은 여러 가지로 불리한 점이 많고, 억울한 점이 많다. 어떤 유명 신문사 기자가 지방에 와서 취재하고 자료를 얻어 가서는, 정작 신문에 낼 적에는 서울의 이름 있는 대학의 교수와 인터뷰한 것으로 해서 게재하는 경우도 있었다.

어떤 유명한 인물의 후손들이 조상의 문집 번역하는 일을 안동 수곡(水谷) 출신의 유명한 학자 명곡(明谷) 유정기(柳正基) 선생과 나에게 맡겼다. 원고를 제출한 지 오래되었는데도 책을 출판하지 않았다. 알아보니 누가 봐도 나보다 한문 실력이 훨씬 못한 서울 유명 대학의 한문학과 교수에게 교열(校閱)을 맡겨 고치고 있었다. 그렇다고 내가 그 후손들에게 "그 교수 한문 실력이 저보다 못합니다."라고 할 수는 없는 입장이라 그냥 두었다.

사실 나는 지방대학 출신이고 해서 서울에 괜찮은 대학에 교수로 진출할 희망을 애초에 하고 있지 않았고, 비록 한문을 좀 한다고 소문이 났지만, 서울 소재 어떤 대학의 한문학과 교수들이, "허권수 교수 한문 실력 대단하니, 우리 대학에 모셔 옵시다."라는 기적이 일어날 것이라고 기대하지도 않았다. 왜냐하면 남이 보면 공부 안 하는 교수 같아도 이야기해 보면, 본인의 자부심은 대단하기 때문에 그런 일이 일어날 수 있는 가능성은 지극히 낮았다.

연구환경이나 모든 것으로 볼 적에 중앙에서 활동하면 좋겠지만, 우리나라 형편상 지방대학 졸업생이 서울에 있는 대학에 취직하기가 근본적으로 어렵고, 또 나의 말씨가 완전히 경상도 사투리라서 서울에서 학생들을 가르치는 데 큰 결점이 될 수도 있었다. 1920년대 중국 청화대학(淸華大學) 국학원(國學院)의 왕국유(王國維) 교수 같은 분은, 강의 듣는 40명 학생 가운데 그의 말을 알아듣는 사람은, 단 한 명뿐인데, 그것도 자기 고향 고을의 사람이었다. 중국 학계를 대표하는 워낙 유명한 교수이기 때문에 다른 학생들이 불만을 품지 않고, 강의가 끝나면 말 알아듣는 그 학생의 노트를 빌려 베껴 가면서 강의를 들었을 정도였다. 그러나 나는 그런 정도로 학문이 대단하거나 유명하지 못하다.

또 다른 대학으로 옮길 수 없는 더 큰 이유는, 교수 임용 때부터 경상대학교의 특별한 우대를 받았고, 내 손으로 경상대학교에 한문학과를 창설한 지 7년 남짓하고, 남명학연구소를 창설한 지 5년 남짓한데, 내 개인을 위해서 이를 팽개치고 옮겨 가버린다면, 많은 사람들의 손가락질을 받을 것은 너무나 뻔했다. 그래서 마음의 부담이 컸고, 내 양심상 도저히 그렇게 할 수가 없었다. 내가 아니라도 경상대학교 한문학과나 남명학연구소가 얼마든지 운영될 수 있지만, 남명학연구소 후원회의 회원이나 이사들은 대부분 나와의 관계 때문에 가입한 인사들이 많은데, 그들로부터 얼마나 많은 원망과 비난을 듣겠는가?

서울 아니라도 진주(晉州)나 안동(安東) 등은, 역대로 학자가 많이 배출되었고, 한문학 유산이 많이 남아 있는 곳이라, 한문학을 연구하기에 가장 좋은 지역이라 할 수 있다.

또 국립대학 교수가 국비를 받아 해외에 파견되는 혜택을 받았으면, 돌아와서 혜택받을 때 재직하던 그 대학에 최소 3년간 복무할 의무 조항이 있다. 내가 중국에서 돌아오자마자 다른 대학으로 옮기려 하는 것은 염치없는 짓일 뿐만 아니라, 법적으로도 금지조항이 있어 현실적으로 옮길 수도 없었다.

가까운 사람들에게 의논해 보면, "가지 마십시오. 지방대학에 있다고 학문을 못 합니까? 떠나면 욕 많이 들어 먹습니다."라고 하는 사람이 있는가 하면, 어떤 사람은 "그 실력을 가지고 서울로 가서 활동해야 전국적으로 실력이 발휘되니, 갈 수 있으면 하루빨리 가야 합니다. 경상대학교에 연연할 것이 무엇 있습니까? 허 교수님 가셔도 다른 교수들이 다 잘합니다. 예를 들면 허 교수님이 필요하다고 경상대학교에서 허 교수님을 정년퇴임 안 시키겠습니까?"라고 말하는 사람이 있어, 서로 완전히 상반된 의견을 제시하니, 결정에 전혀 도움이 안 되었다. 계속 우물쭈물 고민하면서 세월을 보냈다.

연민 선생께서는 단호하게 하루빨리 서울로 와야 한다는 생각을 가진 분이다. 연민 선생은 47세 때까지 부산 등지에서 고등학교 교사로 근무했는데, 자신의 젊은 시절에 학문에 전념하지 못한 것을 평생의 한으로 여기고 계셨다. 그래서 더욱더 나를 서울의 괜찮은 대학에서 마음껏 공부할 수 있게 하려는 것이었다.

연세대학교 국문과 제자 가운데 연세대학교 국문과 교수가 된 사람들을 만나면, 선생은, "허권수 교수를 연세대학교로 불러오너라. 그러면 자네들이 허 교수에게 한문도 배우고 좋지 않으냐? 허 교수는 교수의 교수가 될 실력을 가지고 있는 보기 드문 학자야."라고 여러 차례 당부했다.

그런데 현실적으로 이런 이야기는 교수들이 제일 듣기 싫어하는 이야기이다. 연민 선생이 순수한 마음에서 현실적인 물정을 모르고 이렇게 말씀하신 것이다. 교수들 가운데는 자신이 실력 없다고 생각하는 교수는 단 한 사람도 없고, 다른 교수가 자기보다 낫다고도 생각하지 않는다. 더구나 지방대학의 교수를 초빙해 와서 한문을 배우라고 하니, 연세대학교 교수들이 볼 적에는 웃음이 나올 일이었다.

대학 국문과나 사학과에서 한문강독 좀 하다가 박사학위를 받아서 교수가 된 사람들은 한문학을 전공한다고 해도, 유교경전(儒敎經典)이나 역사서(歷史書), 제자백가서(諸子百家書) 등 필수적인 한문고전을 많이 읽지 않았기 때문에, 한문 실력이 어느 정도 수준에 이르면, 더 이상 늘지 않고, 가는 곳마다 막힌다. 한문고전도 난이도가 천차만별이다.

연민 선생 문하에 모여서 함께 강독하는 교수들이 한문에 대해서 질문하는 것을 보면, 그 실력을 알 수 있는데, 연민 선생은 그 교수들에게 늘, "자네들이 경사(經史 : 유교 경전과 역사 고전)를 안 읽어서 그래!" 하시면서, 아쉬워하였다. 그래서 연민 선생의 눈에는, 나 같은 사람이 아주 한문고전에 해박한 지식을 가진 것 같이 보이기 때문에, '교수의 교수'가 될 수 있다고 지나치게 칭찬하는 말씀을 하셨던 것이다.

연민 선생 자신이 대외적으로는 큰 학자로 이름이 나셨지만, 연세대학교 안에서는 많은 사람의 질투를 받았다. 명성이 워낙 크게 나신 것도 있지만, 본인의 처신도 문제가 없지 않았다. 눈매나 목소리 풍채 등이 벌써 다른 사람을 압도하는 분위기일 뿐만 아니라, 조금도 거리낌 없이 하고 싶은 말 다 하고, 누구를 막론하고 잘못하면 나무라고 화를 잘 내기 때문에 주변에 사람이 붙지 않는다.

연세대학교에 28년 근무하시면서 박사 제자 한 명 배출하지 못한 실정이었다. 한문 강독하러 문하에 출입하는 제자들 가운데서도 허경진(許敬震) 교수 한 사람만 연민 선생 지도학생이고, 나머지는 사실 다른 교수의 지도를 받아 학위를 받은 사람들이었다.

교수 한 사람 채용하는 데는 먼저 학과 심의, 그다음 단계로 단과대학 인사위원회, 본부 인사위원회 등을 거쳐 총장의 최종인가를 받아야 될 수가 있다. 설령 연민 선생이 추천하고 교수 몇 사람이 합의한다고 해서 교수로 초빙할 수 있는 사정도 아니다. 더구나 연민 선생은 그때 이미 연세대학에서 퇴직하신 지 15년쯤 되어 학교나 학과에 아무런 영향력도 없었다.

더구나 연민 선생의 후임자로 들어 온 모 교수는, 연민 선생에게 극도로 불손하게 하는 사람으로 연민 선생 말씀과 정반대로 하는 사람인데, 그런 대학에다 나를 불러오라는 것은 전혀 실현 가능성이 없는 이야기에 불과했다.

그때까지만 해도 대학 한문학과나 한문교육과 교수 가운데도 전공이 한문학이 아닌 사람이 대학원에서 문학박사 받고 교수로 임용된 사람이 많이 있었다. 한문학과 교수인데, 학부 전공이 수학 전공인 교수도 있었다. 한번은 서울 모 대학에서 그런 사람을 교수로 임용하는 일이 있자, 연민 선생께서 길이 탄식하시면서, "한문학과 교수를 뽑으면서 다른 학문을 전공한 사람을 뽑으면, 학과가 어찌 되겠나?"라고 하셨다. 내가 얼른 "전공을 바꾸어 대학원에서 문학박사 학위를 받았는데요?"라고 했더니, "한문이라는 것이 문학박사 받는다고 되는 것인가? 학과 망치고, 학생 버려 놓는 것이지!"라고 천장이 떠나갈 정도로 큰 소리로 나무랐다. 그렇지 않은 사람도 많이 있겠지만, 한문학과 교수나 한문 전공하는 국문과 교수들이 깊이 있는 진정한 한문 실력 없이 요식절차만 거쳐 학위를 따서 교수로 임용되는 것에 평소 불만이 많으셨는데, 나의 그런 흐름에 동조하는 한마디 말에 선생의 분노가 폭발한 것이었다.

1995년 3월 내가 중국에 있는 동안 성균관대학교 중문학과 정범진(丁範鎭) 교수가 직선제 선거에 의해서 성균관대학교 총장에 당선되어 취임하였다. 정 총장은 영주(榮州) 줄포(茁浦)의 대대로 학문이 있는 나주정씨(羅州丁氏) 집안의 후손으로 태어나, 성균관대학교 중문과를 졸업하고 대만사범대학(臺灣師範大學)에 유학하고 돌아와 중문학과 교수로 부임하여 근무해 왔다. 중어중문학회 회장을 지내는 등 중문학계의 원로 교수였다. 성균관대학교 안에서도 대동문화연구원(大東文化硏究院) 원장, 문과대학장 등을 오래 맡아 한국학 발전에 공헌을 많이 하셨고, 한국한문학에 대해서도 조예가 깊은 분이다. 연민 선생 외조부의 증손자이고, 성균관대학교 중문학과의 연민 선생 제자이기도 하고, 연민학회(淵民學會) 회장을 맡고 있었다.

연민 선생에게 들어서 나의 실력을 잘 알고 있었고, 나와 개인적으로도 알아 홍콩, 중국 등의 퇴계학국제학술대회에도 같이 참석하였다. 나와 한문으로 서신을 주고받는 관계이고, 내가 연민학회에서 회장으로 모시고 있어 나를 잘 알고 있었다.

내가 1995년 8월 21에 중국에서 귀국하였더니, 연민 선생께서 서울에 한 번 안 오느냐고 연락하셨다. 마침 지인의 자녀 혼사가 있어 9월경에 서울에 갔다가 연민 선생에게 인사하러 갔더니, 연민 선생이 이렇게 말씀하셨다. "금년 초에 정범진 교수가 성대 총장에 당선되어 인사하러 왔더라. 내가 '자네를 성균관대학으로 불러올리라'고 당부하였네. 이야기를 해 두었으니, 정 총장한테서 곧 한번 연락이 갈 것이다. 그러니 사양하지 말고 이 기회에 서울로 올라와. 서울로 와야 옳은 학문 연구가 되지. 시골에 앉아서 시골 노인들 칭찬 들으며 혼자 자만에 차 있으면, 누구누구처럼 되고 말아. 학문은 지식도 중요하지만, 식견이 중요해. 그리고 와서 성균관 육백년사(六百年史)도 자네가 써야지. 다른 사람이 누가 쓸 사람 있겠어? 내 일도 좀 돕고. 내 기념관 꾸미는 것도 돕고."라고 하셨다.

사립대학이라 총장이 절대적인 권한이 있긴 하지만, 해당 학과의 요청이 아니고, 총장을 통해서 발탁된다는 것이 영 내키지 않았다. 그렇지만 무슨 사사로운 개인 이익을 위한 일도 아니고 해서, 한동안 고민하다가 마침내 부르면 응해 볼 결심을 했다. 그러나 한동안 연락이 없었다.

연민 선생은 정 총장과 나의 관계를 긴밀하게 만들 생각에서, "다음 주 목요일 우리 집에서 저녁 준비를 할 것이니, 저녁 먹으러 올라오너라. 정 총장하고 환재(渙齋 : 河有楫)도 같이 오라고 초청할 생각이야."라고 말씀하셨다. 그러나 그때 나는 갑자기 일이 생겨서 참석하지 못했다. 나중에 들으니, 세 분이 식사를 하면서 나를 화제로 주로 이야기했던 모양이다. 연민 선생은 평소 나를 실력 이상으로 대단하게 봐주시고, 하유집 선생도 늘 나를 좋게 잘 홍보하고 계신 분이었다.

누가 정 총장에게 나에 대해서 물었더니, 정 총장은, "아마 지금 우리나라에 살아 있는 사람 가운데서는 한문을 제일 잘할 것입니다."라고 대답했다고 할 정도로 나를 아주 높게 평가하고 있었다.

그때는 민주화 바람이 세게 불어 사립대학이지만 학과의 의견을 무시할 수 있는 시절이 아니었다. 10월 말쯤에 정 총장이 한번 만나자고 연락이 왔다. 성대 총장실로 갔더니, 다음에 초빙공고가 나가면 서류를 구비해서 응모하라고 말씀하였다.

정 총장은 인사로 인한 말썽을 없애기 위해서 해당 학과의 교수를 만나서 의견을 타진했다. 찬성하는 교수도 많았으나, 극렬하게 반대하는 교수가 "만약 허 교수가 성대에 와서 강의하면, 얼마 안 가서 학생들에게 배척당할 것입니다. 허 교수가 하는 말은 경상도 사투리가 워낙 심해서, 서울 학생들은 아무도 못 알아들을 것입니다."라고 했다. 나의 말투가 나에게 우호적인 사람에게는 크게 문제가 안 되지만, 일을 안 되게 만들려는 사람한테는 공격할 수 있는 좋은 빌미가 될 수 있다.

나의 실력을 믿고 잘 진행될 것으로 알고 일을 추진하던 정 총장은 뜻밖의 문제에 봉착하였다. 그러자 정 총장은 생각 끝에 나에게 응모서류를 일단 내고 그 교수를 한번 만나보라고 할 생각이었다. 연민 선생이 정 총장에게 환재를 보내어 돌아가는 사정을 알아보게 했더니, 사정이 그렇게 돌아갔던 것이다.

그러나 나는 현직 국립대학 교수인데, 학교를 옮기기 위해서 그 교수를 찾아가 사정할 생각이 없었고, 또 채용이 확실하게 보장 안 되는 상황에서 응모했다가 탈락할 경우 나의 위상에 적지 않은 손상이 되고 해서, 정 총장의 몇 차례 권유에도 서류를 내지 않았다.

정 총장은 연민 선생의 부탁을 이행하지 못해 부담이 되어, 다른 유사 학과나 유관 연구소에 발령을 내어 다음에 그 학과로 전보하면 안 되겠나 등등, 나름대로 고민하고 있었다. 자신이 존경하는 은사의 부탁을 들어주지 못하여 아쉬워하고 있었다.

나는 그때 "지금 경상대학교에서 내 위치를 잡아 잘 있는데, 그렇게까지 할 게 무엇 있겠나?"라는 생각이 들었고, 또 정 총장의 부담을 들어주려고, 먼저 "그동안 정성을 다하여 애를 써 주셔서 고맙습니다. 저도 사실 옮기고 싶은 마음이 별로 없는 것은 아니었지만, 현재 국립대학 교수로 잘 지내고 있으니, 무리하게 할 것 없습니다. 절대 부담 갖지 마십시오."라는 서신을 보내어 내 의견을 표명하고 일을 끝냈다.

연민 선생께서는 왜 적극적으로 정 총장에게 부탁하지 않느냐고 나를 나무랐고, 정 총장의 소극적인 태도에도 불만을 갖고 계셨다. 내가 "옛날하고 시대가 다릅니다. 지금은 사립대학 총장이라도 혼자서 인사를 함부로 할 수 없습니다."라고 연민 선생을 설득했지만, 연민 선생은 못내 아쉬워하셨다.

총장 퇴임 후 정 총장은 조상의 묘소 문제 때문에 진주에 몇 번 오셨는데, 그때마다 "그때 그만 내가 더 결단력 있게 허 교수를 발탁해야 하는 건데, 아주 미안하게 됐어. 나쁜 놈들이야! 자기보다 나은 사람은 못 보거든!"이라며 아쉬워하였다.

한국정신문화연구원(韓國精神文化硏究院) 역사과 이성무(李成茂) 교수는 내가 대학원 다닐 때 세 분밖에 없던 대학원 전임교수 가운데 한 분이었는데, 그때부터 비록 다른 학과 학생이지만, 한문을 잘한다고 나에게 관심을 갖고 특별히 좋아하였다. 그 당시 내 실력이 그리 대단할 것도 없었겠지만, 대학에서 한문강독 몇 시간 들은 대학을 갓 졸업한 다른 학생에 비하면 아주 출중했다고 할 수 있었을 것이고, 이성무 교수의 안목으로 볼 때, 학생 수준에서는 대단한 학생으로 보였을 것이다.

그때 대학원생은 학과에 상관없이 이성무 교수의 '한국학연구방법론(韓國學硏究方法論)'이라는 강좌를 필수과목으로 들었고, 그 밖에 한국사 전공반의 '고려사(高麗史)' 등 몇 과목을 청강하였으므로 나의 한문 실력을 정확히 파악할 수 있었다. 여러 학과 대학원생이 공동으로 고적 답사를 가면 불시에 처음 보는 비석이나 초서(草書)

등의 해석을 하라고 나에게 시킬 정도로 인정하고 계셨다. 대학원생 때부터 나의 이름을 부르지 않고, '허 선생'이라고 불렀다.

그러나 의도적으로 외면한 것은 아니지만, 대학원을 졸업하고 나서 그때까지 한 번도 이 교수를 다시 뵙거나 연락을 한 적이 없었다. 학과도 다르지만, 내가 졸업하던 1982년 연말에 한문학과가 없어져 버려 다시는 정신문화연구원 쪽으로 갈 일이 없었고, 또 가기도 싫었고, 동문회 같은 것도 조직이 되어 있지 않아 아예 교류가 없었다. 역사과 졸업생들은 이성무 교수를 모시고 모임을 했지만, 나는 역사과 졸업생이 아니니, 거기 끼는 것도 어색했다. 국가에서는 여덟 개 전공 가운데서 한국사와 국민윤리 두 전공만 살려 놓았는데, 국가의 입맛에 맞는 분야만 살려 놓아 정부에서 이용하려는 의도가 역력했다. 우리 대학에 와 있는 역사과 졸업생인 김해영(金海榮) 교수를 통해서 이 교수님의 동향은 가끔 듣고 있었다. '미국 하버드대학 앤칭(燕京) 연구소에 연구하러 가셨다.', '독일 뮌헨대학에 교환교수로 가셨다.' 등등.

1996년 가을 중국 강서성(江西省) 낙평(樂平) 학회에 갔다가 오니까, 조교가 "학과사무실로 이성무 교수가 나를 찾는 전화를 여러 번 했고, 전화를 좀 해 달라고 합니다."라고 전했다. 또 김해영(金海榮) 교수가 "이성무 교수께서 전화하셔서 허 선생 찾던데, 전화 좀 해달라고 하더라."라고 전해 주었다.

전화를 드렸더니, "허 선생! 서울 안 와. 서울 오면 꼭 나한테 한번 와. 미리 전화하고 와서 꼭 만나자고."라고 했다.

1996년 가을에 정신문화연구원으로 이 교수를 찾아갔다. 그때는 연구부장, 대학원장 등을 역임하고, 연구원의 부원장으로 있었다. 인사를 드리자, "허 선생! 여기 와서 나와 같이 근무하자고. 고문서(古文書) 정리도 좀 하고. 지금 젊은 학자들 한문 문리(文理)가 약하고, 초서가 전혀 안 되어 고문서(古文書) 정리에 어려움이 많아. 연구원에 오면 허 선생이 할 일이 많아."라고 말씀하셨다.

이분은 사료에 바탕한 실증적 연구를 강조하였으므로 한국사 전공하면서 한문 실력을 특별히 중시하였다. 대학, 대학원 재학 중에 계속 한국 한문학계의 천재로 이름난 방은(放隱) 성낙훈(成樂熏) 선생을 따라 한문 고전을 배웠다. 대학원 재학 중에 재일교포 유학생의 가방을 잠시 맡아주었다가 간첩사건에 연루되었다. 그 재일교포가 친한 사람으로 이성무 교수 이름을 대는 바람에, 같이 구속되어 재판받는 등 반공법에 걸려 곤욕을 치렀다.

출옥한 뒤 머리도 식힐 겸 해서 서울 생활을 잠시 청산하고, 산청군 신등면(新等面) 내당(內塘)에서 강학(講學)하던 당대의 대학자 중재(重齋) 김황(金榥) 선생의 문하로 가서 사서삼경(四書三經)을 통독할 결심을 하고 갔다. 거기에 2년 정도 머물면서 전통서당식 공부에 전념하였다. 당시 중재 선생의 사위가 송찬식(宋贊植) 교수였는데, 서울대학교 사학과 동기생이었다.

중재 선생은 면우(俛宇) 곽종석(郭鍾錫) 선생의 수제자로 우리나라 역사상 한문으로 지은 저서가 제일 많은 분이다. 다산(茶山) 정약용(丁若鏞), 우암(尤庵) 송시열(宋時烈) 선생보다도 더 많다. 당시 우리나라 최고의 한학자였고, 1970년대까지 그 문하에 와서 기숙하면서 한문을 배우는 사람이 많았다. 국민대학교 허선도(許善道), 고려대학교 유승주(柳承宙) 교수 등 전국 각 대학의 교수가 된 사람도 많았다. 그 외 고전번역기관 등에 종사하는 사람도 많았다.

이 교수님은 중재 선생 문하에서 전통적 방식으로 한문공부를 하다가, 다시 서울로 가서 서울대학교 사학과 최초로 신규박사과정을 마치고 『조선시대 양반 연구』로 문학박사학위를 받은 아주 실력이 있는 분이다. 역사학계에서는 한문 실력이 있는 분이고, 저서가 아주 많고, 특히 역사의 대중화에 많은 노력을 기울인 학자였다. 나중에 국사편찬위원회 위원장도 역임하면서, 국사편찬위원회 개편도 하고, 『조선왕조실록』, 『승정원일기』 등 각종 사료(史料)를 최초로 전산화하여 널리 이용하도록 했다.

이 교수님의 옮겨오라는 요청에, 내가 "국립대학 교수로서 국비를 받아 외국에 파견되었다가 돌아오면, 의무적으로 그 학교에서 3년을 계속 근무해야 합니다."라고 했더니, "알았어! 그 문제는 내가 다 해결해 줄게. 국립대학에서 국가 연구기관으로 가는 것은 다 교육부 소관이기 때문에 별문제 없어."라고 말씀하였다.

채용되어 소속될 학과가 한문학 전공이 포함되어 있는 국문학과가 될지 사학과가 될지 알지도 못하는 상황에서, 몇 차례 권유를 받고 계속 고민에 빠져 머뭇거렸다.

정신문화연구원은 일반대학과 달리, 강의나 학생지도 등 잡무가 적어 연구에만 전념할 수 있는 장점이 있었다.

거기에도 한문학 전공교수가 몇 명 있다. 대학을 졸업하고 박사학위를 받은 사람들은 한문 실력도 한계가 있지만, 초서(草書)로 된 문서나 이체자(異體字) 등으로 된 필사본(筆寫本) 문서를 거의 못 보는 것이 요즈음 학자들의 공통된 한계이다.

전국에 한문학과 및 한문교육과가 20여 곳 있어 한문학을 전공하는 교수가 상당히 있지만, 전통학문을 연구하는 한문학과가 있고, 한시, 한문소설 등 순수 문학에만 한정해서 연구하는 한문학과가 있다. 우리 경상대학교, 성균관대학교, 고려대학교, 경북대학교, 부산 경성대학교 등은 어느 정도 전통학문을 계승해서 한문학을 연구한다고 할 수 있다. 그러나 다 같이 대학 한문학과 교수이지만, 그 가운데는 전통학문을 계승하는 교수가 있고, 순수 문학적인 한문학만을 하는 교수가 있다.

순수 문학적인 한문학만을 하는 교수들은, 교수 노릇하기가 훨씬 수월하다. 예를 들면 한시(漢詩) 전공, 한문소설 전공, 한문평론 전공 이런 식으로 자신의 전공을 확정해서 표방한다. 더 나아가서 '신라시대 한시', '고려 후기 한시', '영정조(英正祖) 시대 한문소설' 이런 식으로 전공을 세분한다. 더 심한 경우 '최치원(崔致遠) 문학' 전공, '이규보(李奎報) 한시' 전공 등으로 극도로 세분하여 그것만 연구하고 강의한다.

그렇게 하면 교수 노릇하기는 우선 수월하다. 그러나 이규보를 연구하는데 중국이나 우리나라 한시의 전반적인 역사적 흐름이나 각 시대의 경향을 모르고서 정확하게 이규보 한시의 가치나 수준을 알 수 있을까? 전혀 아니다. 그러나 현실적으로 편리하니, 이렇게 하는 교수가 아주 많다. 그러니 그런 교수들은 학생들에게 편향적인 교육을 할 수밖에 없다. 학생들이 필수적으로 알아야 할 것은 많은데, 그런 교수가 강의할 수 있는 것은 극히 제한되어 있다. 자기 좋아하는 것만 가르치고, 자기가 좋아하는 것만 중요하다고 한다. 자기가 지도를 맡은 대학원생에게 자기 좋아하는 것에 대해서만 연구하라고 한다. 심지어 자기가 정한 주제로 논문을 쓰겠다는 주체성 있는 학생들은 논문을 못 쓰게 하고 못살게 군다.

시험 삼아 전국 각 대학의 한문학과 및 한문교육과, 국문학과 한문학 전공 등의 교과과정(敎科課程 : 커리큘럼)에 들어 있는 과목을 보면 명확히 드러난다. 꼭 들어가야 할 과목은 빠져 있고, 꼭 안 배워도 되는 지엽적인 과목이 많이 들어 있다. 배워야 할 학생들이 꼭 배워야 할 과목보다는, 이미 교수 자리를 차지하고 있는 어떤 교수를 위해서 설치한 과목이 더 많다. 이런 점에서 경상대학교 한문학과의 학부나 대학원의 교과과정은 아주 표준적인 것이라 할 수 있다. 한문학과 창립 당시 내가 전국 각 대학의 한문학과 및 한문교육과, 국문학과 한문학 전공 등의 교과과정을 전부 다 모아 분석해서 좋은 것을 뽑고, 중국이나 대만의 주요 대학의 교과과정도 참고했다. 또 내가 꼭 필요하다고 생각한 과목을 추가해서 가장 합리적이고 보편적이고 종합적인 것으로 만든다고 만든 것이다. 한문고전에 능통하면서 현대 학문을 할 수 있는 능력을 기르는 방향으로 짠다고 노력했다. 지금은 몇 차례 개정을 거쳤으므로 원래 모습과는 많이 달라졌지만, 그래도 원래의 모습이 상당히 남아 있다. 내가 "한문학을 전공하려면, 최소한 사서삼경(四書三經)은 읽게 해야지요."라고 하면, 한문학 전공하는 교수 가운데서도 "컴퓨터로 검색이 다 되는 세상인데, 사서삼경이 무슨 필요합니까?"라고 동의하지 않는다. 최근에 어떤 원로교수가 처음 한문학 공부하려는 사람에게 "사서삼경 등을 이야기하는 것은 등산 초보자에게 에베레스트 산에 올라가라는 것과 같다. 한문소설 등 쉽고 재미나는 것을 읽으면 된다."라는 글을 썼다. 사서삼경 읽으라는 것은 에베레스트산에 올라가라는 것이 아니고, 기초체력훈련이라고 반박한 적이 있다.

그런데 1996년경 정신문화연구원의 한문학 전공 교수 가운데는 그때까지 전통학문을 계승해서 연구하는 교수는 없고, 순수 문학적인 한문학만 전공하고 있어, 연구원의 전체적인 연구에 별 도움이 안 되었다. 이점이 이성무 교수의 큰 불만이었다.

정신문화연구원에는 전문위원(專門委員)이라 하여, 대학을 나오지 않거나 학위가 없으면서도 한문 실력이 출중한 학자들을 십여 명 채용하여 고전번역, 고문서 해독이나 탈초(脫草)를 하는 사람이 있었다. 이들은 해석은 되나, 분석하거나 논문을 쓰는 일이 안 되기 때문에, 기대했던 만큼 능력을 발휘하지 못했다. 심지어 한문은 잘하지만, 한글이 안 되어 평생 글 한 줄 못 쓰고, 자기 이름으로 번역 한 편 못 한 사람도 있었다. 간혹 글도 잘 쓰는 분이 있었는데, 이런 분들은 벌써 더 대우가 좋은 다른 직장으로 옮겨가고 없었다.

그래서 이성무 교수가 초서 해독도 되고, 현대학문도 하는 나 같은 사람을 연구원의 교수로 초빙하려고 마음을 먹었던 것이다. 한국학 전공의 부원장이 나를 특별히 초빙하려고 하고, 또 나의 한문 실력을 인정하는 박병호(朴秉濠) 교수, 김형효(金炯孝) 교수 등이 "허 교수가 와야 한다."고 하여 이성무 교수의 의견에 찬동하였다 한다.

박병호 교수는 서울대학교 법학대학 교수인데, 우리나라 고문서 고법전(古法典) 등을 연구하는 분으로 한문도 잘하고 초서도 잘 읽고, 서예에도 일가를 이룬 분으로 내가 대학원 다닐 적에 연구부장 등으로 계셨다. 그 뒤 한국학대학원에 고문서 전공이 생겼을 때 다시 교수로 초빙되었다.

김형효 교수는 벨기에 뤼빙겐대학에 유학하여 서양철학을 연구했는데, 한문에도 관심을 가지고 한문을 열심히 공부하여 한문 원전을 읽으며 동양철학, 불교 등을 다 연구했다. 내가 대학원 다닐 때 연구부장이고, 그 뒤 부원장을 지냈다. 두 분 다 한문을 잘한다고 나를 좋아하였다. 김형효 교수는, 교수만 하고 있으니, 너무 힘이 없어 자기 뜻이 정책에 반영되지 않자, 1985년 12대 전국구 국회의원이 되어 국화 문화공보위원회에 배정되었다. 그러나 초선의원의 말을 들어 줄 정치가가 아무도 없어 4년 동안 아무 일도 못 하고 돌아왔다. 정치에 환멸을 느끼고 다시는 정치계에 기웃거리지 않고 공부만 했다. 5공정권에 가담했다 하여 나중에 학생들이 문제 삼으려고 하다가, 워낙 실력이 출중하고 워낙 열심히 공부하기 때문에 한때의 외도를 문제 삼지 않았다.

이성무 교수의 강한 권유로 마침내 지원서를 냈다. 그러나 무슨 과 무슨 전공에 뽑아 줄지는 나도 몰랐다. 얼마 뒤 나와 잘 아는 연구원의 한문학 전공 교수에게서 전화가 왔다. "허 교수님이 무엇 때문에 여기로 옮겨 오려고 그러십니까? 그 대학에 최고 고참으로서 대우받고 편안하게 계시면 좋지, 왜 생각을 잘못하십니까? 요즈음 연구원은 대우가 형편없어 고등학교 교사보다도 못하고, 지급했던 숙소도 다 빼앗아 갔어요. 그리고 연구원에서 시키는 정책적인 연구나 업무가 많기 때문에 자기 연구를 아무것도 못 합니다."라고 이야기했다. 내가 "이성무 교수님께서 적극적으로 부르셔서 그렇지, 내가 꼭 가려는 것은 아니오.", "일 욕심 많은 그분이 어리숙한 허 교수님 불러서 마음대로 부려 먹으려고 그러는 것이지, 허 교수님 위해서 그러는 것 아닙니다. 그런 줄 아세요. 오시면 일 덤터기 덮어씁니다. 터무니없이 일을 많이 시켜서 연구원에서도 이성무 교수 좋아하는 사람 아무도 없어요. 알아서 하시겠지만, 제가 사정을 미리 알려드리는 것입니다."라고 이야기했다.

당해 학과의 전공 교수들과 부원장인 이성무 교수 사이에 순조롭게 인사 협의가 안 되는 것 같다는 느낌이 들었다. 얼마 뒤 이성무 교수에게서 전화가 왔다. "허 선생! 그만 거기 계셔요. 미안하게 되었어요."

사실 나는 서울에서 활동해 볼까 하는 생각이 없었던 것은 아니지만, 경상대학교 한문학과를 떠날 수 있는 형편이 아니었다. 그리고 운수가 좋아 교수 생활하는 기간 계속 한문학과나 남명학연구소에서 선임자로서 대우받았고, 나의 뜻을 실현할 수 있었으니, 지금의 경상대학교 한문학과 교수 자리보다 더 좋은 자리는 없는 것이다. 내 또래의 교수 가운데는 정년퇴직할 때까지 평생 층층시하 선배 교수나 원로 교수 아래서 최말단 교수로 보낸 사람도 적지 않다.

설령 서울로 옮겨간다 해도, 나의 이 많은 책을 놓아둘 집을 구하려면 어마어마한 비용이 들 것이니, 그것도 현실적으로 불가하다.

그 뒤에 들으니, 서울 어떤 유명 대학의 한문학과 원로 교수가 내 의견도 타진해 보지 않은 상태에서, "우리 학과에 허권수 교수 같은 사람을 초빙해 보자."라고 했다가, "허권수 교수 강의하면 누가 알아들을 것입니까?"라며 학과 교수들의 반대에 부딪힌 적이 있었다고 한다.

고려대학교 한문학과 교수 출신인 이동환(李東歡) 교수가 한국고전번역원(韓國古典飜譯院)의 원장으로 취임하여, 새로운 사업을 구성하면서, 전국 각 대학의 한문학과 교수 가운데서 한문을 좀 잘한다 싶은 교수들을 뽑아서 고전번역원의 학술자문위원으로 위촉하려는 구상을 했다가 백지화한 일이 있었다. 그 명단에 내 이름도 들어갔다.

그러나 그 당시 고전번역원에서 번역을 담당하는 사람들의 반대로 백지화된 것이었다. 그때 고전번역원에서 번역을 담당하는 사람들은 대부분 대학을 안 나오고 시골 서당에서 한문을 읽다가 서울에 올라와 고전번역원을 수료하고 취직한 사람이 많았다. 이들 가운데는 한문 실력이 대단한 사람도 있고, 자기의 노력으로 우리말 공부를 하여 우리 말 문장도 괜찮게 써 번역하는 사람들도 많다.

그런데 이들은 대부분 정규대학을 안 나온 사람들이기 때문에, "대학교 한문학과나 중문학과 교수들은 한문 실력이 전혀 없으면서, 재수가 좋아 대학교수가 되었다."라고 잘못 생각하는 경우가 많았다.

학교를 다니거나 유학을 가면 다른 학생과 토론 등을 통해서 부딪치고 비판을 받기도 하고, 교수 등으로부터 나무람을 당하는 등 다른 사람 속에서 자신이 연마되어 자기의 위상이나 분수를 안

다. 학교를 안 가고 혼자 공부한 사람은, "이것 누가 알겠나? 나만 알겠지."라는 생각들이 자칫하면 식견이 고루해지고, 독선에 빠지는 경우가 많다.

그래서 서당에서 공부하여 한문 실력을 인정받아 고전번역원 등에서 번역을 하고 지내는 한학 종사자들은, 대한민국의 한문학과나 중문학과 교수들을 한문을 모르는 바보로 생각하는 독선에 사로잡힌 사람들이 많다. 그러나 그들은 한문 문장 해석은 되어도 학문이 무엇인지 모르는 경우가 많다. 중국이나 우리나라의 학문 흐름이나 어떤 학자의 학문 수준이나 경향을 전혀 모르면서, 어릴 때 배운 한문 원전 좀 외우는 것을 스스로 너무 대단하게 생각하다 평생 진정한 학문이 무엇인지 모른 채 한평생을 보내고 만다.

연민 선생, 정범진 총장, 이성무 부원장 등이 나의 한문 실력을 높게 인정해주고, 나를 아껴주는 것만 해도 이미 크게 고마운 일이다. 아무튼 몇 차례 서울로 옮길 뻔하였다가, 평생 경상대학교 한문학과에서 근무하다가 정년퇴임까지 맞이하였다. 이것이 나의 사명이다.

퇴직 후에도 나를 두고 "서울로 가서 연구소를 차려야 한다.", "진주를 떠나면, 안 된다."라고 주변에서 각각 다르게 권했지만, 그대로 진주에서 살며 즐겁게 연구와 강학을 계속하고 있다. 나를 서울로 가라고 권유하는 사람들은, 실제 이상으로 지나치게 나를 높이 평가하는 사람들이 많다. 서울에는 나 아니라도 한문 잘하는 교수나 한학자들이 많이 있다.

남명학연구소장 취임과
남명 선생 탄생 5백 주년 기념행사

1995년 8월 중국에서 귀국하자, 남명학연구소에 관여하는 교수들이 나에게, "이제는 허 교수님이 연구소장을 맡을 때가 됐으니, 맡아야 합니다. 지금까지 계속 나이만 가지고 전공도 아닌 다른 과 교수들이 연구소장을 맡으니, 연구소 업무의 내용을 정확하게 파악하지 못하여 서로 불편하고, 별로 책임감도 없어 대외적으로 어떤 문제도 해결이 잘 안 됩니다."라고 권유했다. 나는 "조금 더 기다립시다."라고 계속 만류하였다.

1991년 남명학연구소가 창립되었을 때 초대 연구소장으로 내가 추천하여 사범대학 윤리교육과 공영립(孔泳立) 교수를 모셨다. 원래 동양철학을 전공하는 분으로 아주 점잖으셨다. 매일매일 일어나는 세세한 연구소 업무는 한문학과 교수들이 주관하고 소장은 크게 관여하지 않고 지냈다. 이분은 군자다운 분으로 순리대로 일을 처리하지 학교 당국과의 협상 등에 있어서 아쉬운 소리를 하며 일을 추진할 적극적인 분은 아니었다. 속세를 초탈한 분으로, 주말이나 방학 때가 되면 전화나 전기 등 현대문명의 이기를 전혀 들여놓지 않은 지리산 속의 오두막에 들어가 지내다 나온다. 이분이 초대와

2대 소장을 지냈다.

내가 중국에 체류하는 동안인 1995년 3월부터는 사범대학 교육학과 최무석(崔武錫) 교수를 소장으로 모셨다. 장원철(張源哲) 교수의 추천인데, 역시 세세한 업무는 한문학과 교수들이 알아서 했다.

연구소의 연구원으로 등록한 교수가 30명 남짓이지만, 대부분 총회 때나 나오고, 발간물 정도 받아가는 것이지, 연구소 업무를 알고 있는 회원은 한문학과 교수 말고는 거의 없었다.

1997년 3월부터 내가 소장을 맡아 2007년 7월까지 10년 반 동안 직무를 수행하였다. 한 일 가운데 주요한 것은, 45억 원의 기부를 받아 남명학연구소가 입주한 남명학관을 완공했다. 1993년 기공식을 했는데 1997년 IMF 사태가 와서 중단했다가 남명 선생 탄신 5백 주년에 맞추어 2001년 10월 23일에 준공하였다. 전체 3층 건물인데 3층은 남명학연구소가 다 쓰게 되었다. 남명학을 연구하는 교수들이 보통 연구실보다 3배 넓은 공간을 쓸 수 있게 되었다.

연구소에서 모금을 하여 지은 건물인데, 서 총장 등이 적극적으로 나서서 많이 도와주었지만, 실제로 돈 기부를 받으러 다닌 사람은 주로 나였다. 김장하(金章河) 회장 12억 원, 조옥환(曺玉煥) 사장 15억 원, 그 밖의 후원회 회원 등이 돈을 냈다. 주로 내가 36억 정도의 기금을 모아 건물을 지어 학교에 기부 채납한 것이다. 그 밖에 경남 도청에서 6억, 학교 당국에서 9억 정도 들여 9백 평 규모의 최신 건물을 완성하였다.

2층에 도서관 한적을 옮겨와 문천각(文泉閣)이라 하여 따로 한적실(漢籍室)을 처음으로 도서관에서 독립시켰는데, 한적실을 독립시키자 각처의 전통 있는 유림 집안에서 한적의 기증이 줄을 이었다. 이것이 나중에 완성된 고문헌도서관의 시초가 되었다. 한적을 옮겨 오자는 의견은 장원철(張源哲) 교수가 맨 먼저 하였고, 한문학과 교수들이 대부분 찬성하였다. 장 교수가 나에게 이름을 하나 지으라고 하기에, 처음에 문창각(文昌閣)이라 지었더니, "너무 평범합니다."라고 해서, 문천각으로 바꾸었다.

한적은 한적을 필요로 하는 교수에게는 중요하지만, 그 가치를 모르면 도서관 입장에서는 귀찮은 존재가 될 수도 있다. 문천각을 설치할 때는 도서관에서 협조하여 직원을 한 명 파견하여 따로 근무하면서, 교수 및 외부 열람자들에게 열람도 시키고, 기증도 받고 하더니, 도서관장이 바뀌자 직원을 없애버렸다. "왜 그렇게 합니까?"라고 항의했더니, 도서관장은, "도서관의 업무가 바빠, 일손이 모자라는데, 1주일에 한두 명 책 보러 찾아오는 문천각에 직원을 배치해 둘 수 없습니다."라는 것이었다. 그래서 고문헌을 한 번 보려면, 먼저 도서관에 전화를 해서 직원을 불러 책을 열람하거나 빌려야 하니, 빌리는 교수들도 입장이 곤란하였고, 직원도 전담하지 않고 다른 일을 하다 와서 잠시 책 빌려주니, 하는 일이 익숙지 못했다. 얼마 지나지 않아 다시 원래대로 회복은 되었지만, 도서관장이라는 사람의 식견이 이런 정도였다.

2001년 1년에 걸쳐서 남명 선생 탄신 5백 주년 기념행사를 여러 가지로 성대히 거행했는데, 대체로 성공적이었다. 나는 남명학연구소 소장이라 하여 도 차원의 남명 선생 탄신 5백 주년 기념사업추진위원에 들어 주요 행사의 계획을 세우고 심의를 하였다. 김혁규(金

赫圭) 당시 경남지사가 남명정신을 '경남의 정신'으로 지정하고 기념사업비로 20억 원이라는 당시로서는 거금을 책정하여 주었다.

그런데 도청에서 열리는 첫 회의에 참석하니, 논의도 시작하기 전에 이미 도청에서 문화관광국 담당자가 제안을 설명할 서류를 각 위원의 책상 위에 놓아두었다. 살펴보니, 사업비를 이리저리 배정해 놓았는데, 전체 20억 원 가운데 7억 원을 남명의 일생을 연극으로 만드는 일에 쓴다고 결정되어 있었다. 내가 "연극 한 편 만드는 데 무슨 7억이나 드느냐? 그것도 논의도 하지 않고?"라고 항의하니, 그 당시 도청의 문화예술국장 C씨가 나서서, "남명을 널리 홍보하기 위한 도지사의 방침이라 이미 확정해 놓았으니, 그리 아십시오." 하고는 일방적으로 7억을 재껴 놓았다.

이 7억의 돈으로 이윤택이라는 연출가에게 맡겨 「시골 선비 조남명」이란 연극을 만든다고 했다. 아무리 연극이 뛰어나다 해도 어떻게 연출가 한 사람이 도청의 예산 7억 원을 심의도 거치지 않고 바로 가져갈 수 있는가 하고 의문을 가졌다. 당시 도청에서 경상대학교 남명학 국제학술대회에 지원한 금액이 2천만 원인 것과 비교해 보면, 7억 원은 어마어마한 돈이다.

나중에 보니 사정이 이러했다. 이윤택 씨는 도청의 문화예술국장 C씨와 경남고등학교 동기동창이었던 것이다. 그 뒤 C씨는 곧 국장을 그만두고 민주당에 들어가 국회의원을 지냈다. 문재인 전 대통령과 고등학교 동기생들이다.

남명학연구소에서는 전국 대학의 한문학 유관 전공의 학부생과 대학원생들을 모아 매년 여름, 겨울 방학 때 무료 한문강좌를 개최했다. 본래 남명학연구소를 만들 때 후진양성을 목적으로 연수부(硏修部)를 두었는데, 경상대학교 내에서 강의 듣는 학생은 점점 줄어들고 지역민들만 나와 들었다. 그나마도 인원이 줄어 몇 명만 남았으므로, 내가 소장이 되면서 방식을 바꾸었다. 1990년대 후반까지만 해도, 한국고전번역원 전신인 민족문화추진회(民族文化推進會)의 국역연수원(國譯硏修院)을 제외하고는, 일반인을 위한 무료 한문 강좌를 대형으로 여는 곳이 거의 없었으므로 방학 때가 되면, 전국 각 대학에서 학생들이 몰려들었다. 어떤 대학에서는 지원자가 너무 많아 그 대학에서 자체로 선발해서 보내기도 했다. 이때 강의를 들은 학생 가운데는 현재 전국 각 대학의 교수나 연구원이 된 사람이 있어 이따금 생각지도 못한 곳에서 인사를 받기도 한다.

그러나 각 지역에 한문을 강의하는 연수원이 점점 늘어나고 다른 대학에서도 무료로 강의하는 곳이 많아지자, 학생이 점점 줄어들어 지금은 다시 지역민들을 위한 강좌로 바꾸었다.

경상우도(慶尙右道) 출신 학자나 선비들의 문집을 지속적으로 수집하여 복사해 남명학연구소에 보관해 두었다. 비록 원본은 아니지만, 연구하는 데 큰 도움이 되고 있다. 기증을 받는 원본은, 자주 열람하면 훼손의 우려가 있기 때문에 문천각에서 보관하고 있다.

이 문서들이 몇 년 뒤 우리 학과 졸업생으로 도서관에 근무하는 이정희(李政喜) 학예사 등의 노력으로, IMF 사태 직후 정보통신부, 행정자치부 등의 대형 자금지원을 받아 컴퓨터 데이터베이스로 다 만들어 전산화하였다. 지금 경상우도 지역의 웬만한 문헌은 여기에 다 실려 있어 검색은 물론, 복사 출력까지 다 될 수 있다. 서울대학교 규장각 등 전국의 어떤 대학보다도 앞서 있다. 미국, 중국, 일본, 유럽, 러시아 등 다른 외국에서도 열람이 가능하다. 남명학과 남명학파의 세계화에 엄청난 기여를 하고 있다.

꾸준히 한 해에 두 번 이상 학술대회를 개최하고, 2년에 한 번씩 국제학술대회를 개최하고, 그 결과물을 논문집으로 내는데, 지금 통산 67호에 이른『남명학 연구』라는 학술지를 내고 있다. 지금은 학술진흥재단 등재지가 되어 전국적으로도 권위 있는 학술지가 되어 있다.

2002년에 경남문화연구원을 만들어 남명학연구소와 경남문화센터를 연구원 아래에 소속시켰다. 당시 기획부실장으로 있던 권순기(權淳基) 교수의 끈질긴 권유에 따른 것이다. 권 교수는 그 뒤 총장을 두 번째 하고 있다. 당시 학내에 유명무실한 연구소가 너무 많이 난립하여 학교 차원에서 정비를 하면서 경남문화연구소와 남명학연구소 위에 경남문화연구원을 만들어 통괄하도록 했다. 내가 처음에는 "이제 잘 되어 가는 남명학연구소를 망친다."고 반발했지만, 권 교수의 끈질긴 설득에 따랐다. 학교 방침을 따르지 않을 수 없었기 때문이었다.

2006년 가을에는 북경대학(北京大學) 한국학연구중심(韓國學硏究中心)과 함께 북경대학에서 남명학국제학술대회를 개최하여 남명학의 국제화에 앞장섰다.

학술진흥재단에서 주관하는『대동운부군옥(大東韻府群玉)』,『패림(稗林)』등 대형 학술서적의 번역사업이 당선되어 교수와 연구보조원들의 큰 일거리가 생겨 대학원 졸업생들을 보조원으로 활용하였다. 이 일의 신청이나 업무처리는 윤호진(尹浩鎭) 교수가 추진한 것이 많았다.

내가 소장으로 있던 때는 학과의 교수들이 열정을 가지고 적극적으로 참여하여 연구소가 활발하게 돌아갔고, 활성화되어 있었다.

남명학관을 짓는 데 큰 도움을 준 남명 선생의 후손인 조옥환(曺玉煥) 후원회 부회장과 김장하(金章河) 전 후원회장에 대해서 아래에 간략히 소개한다.

조옥한 사장은 남명 선생의 후손으로 가난한 집안에서 태어나 어린 나이에 사업을 벌여 자수성가한 기업인이다. 자신에게는 아주 검소하면서도 남명학 연구를 위해서는 돈을 아끼지 않았다. 남명학관을 짓는 데 15억 정도, 남명학 연구소 연구기금 3억 정도를 내놓았다. 그 외 남명학이 오늘날 이렇게 일어나는 데 조금도 돈을 아끼지 않고 지원하였다. 그 외에도 남명학연구원, 남명학회, 한국선비문화연구원 등에도 많은 지원을 해 오고 있다.

김장하 회장은 가난한 선비 집안에서 태어나 중학교를 졸업하고 약방에서 심부름하다가 약종상 시험에 합격하여 한약방을 해서 많은 돈을 벌었다. 모은 돈으로 명신(明新)고등학교를 설립하여 운영하다가 아무 조건 없이 국가에 기증하였고, 남성문화재단(南星文化財團)을 운영하여 진주문화연구소를 도와 진주 문화를 알리는 '진주문화문고' 발간을 돕는 등 좋은 일에 많은 돈으로 돕고 있다. 남명학 연구 후원회장을 맡아 남명관을 짓는 데 12억, 연구기금 1억 등 큰 도움을 주었다. 그리고 1천 명 가까운 학생에게 장학금을 지급하였고, 여성단체, 장애인 단체, 형평운동본부 등에 많은 지원을 하였다. 그러면서도 방송, 신문 등의 인터뷰나 보도 등을 사양하고 있다.

남명학관이 준공될 때, 흉상을 만들어 벽에 걸려고 해도 끝내 사양해서 못 했다.

그 밖에서 수많은 후원회 회원이 몇천만 원에서 몇십만 원까지 남명학 발전을 위해서 도와주었다.

45억짜리 건물을 지어 학교에 기증했는데도, 학교에서는 남명학연구소에 어떤 배려도 없었다. 심지어 남명 선생 탄생 5백 주년 기념행사를 하는데, 한 푼도 배정하지 않았다. 그저 어떤 연구소에서 하는 행사로만 생각하였다. 당시 총장에게 찾아가 자세히 그 의미와 가치를 설명해도, "정해진 예산 이외에는 쓸 수가 없습니다."라는 것이 총장의 답변이었다.

남명학관이 준공되고 나서, 조옥환 사장이 발상하고 문건을 만들어 와서 총장의 사인을 받아 매년 1천만 원씩 남명학연구소에 특별연구비를 영구히 지원하도록 약속을 받았다.

오늘날 남명학연구소가 전국대학에서 모범적인 연구소가 된 것은 남명 선생 후손들, 남명 선생 제자의 후손들, 연원가(淵源家)의 후손들, 지역민들, 출향인사들이 모두 관심을 갖고 도와준 덕분이다.

앞으로 후임 소장이나 연구소에 관여하는 교수들이 사명감을 갖고 남명학연구소를 발전시켜 나갔으면, 좋겠다. 남명학연구소는 단순히 경상대학교에 속한 하나의 연구소가 아니고, 남명(南冥) 조식(曺植) 선생의 학문과 사상 연구는 물론, 남명의 제자, 제자의 제자, 사숙인 등 남명학파 전체와 경상우도(慶尚右道) 전체의 학문과 사상을 연구하는 중요한 기관이다.

남명학관 건물도 갖추어지고, 연구기금도 10억 이상 마련되어 여건이 정말 좋아졌지만, 정작 연구할 사람이 없다는 것이 앞으로 가장 큰 문제다.

『조선문학사(朝鮮文學史)』 편찬에 참여

1993년 10월 중순에 은사 연민(淵民) 이가원(李家源) 선생을 자택으로 찾아뵈었다. 그때 선생께서는 한문학자인 아우 춘초(春初) 이국원(李國源) 옹(翁)을 잃은 직후였으므로, 조문(弔問) 차 환재(渙齋) 하유집(河有楫) 선생 등과 같이 방문했다.

환재가 "허 교수는 1994년 2월부터 중국 북경사범대학(北京師範大學)에 교환교수로 가서 1년 반 동안 연구할 예정입니다."라고 이야기를 꺼냈더니, 연민 선생께서는, "그래 잘된 일이네. 그런데 내가 지난 달 9월부터 『조선문학사(朝鮮文學史)』 집필에 본격적으로 착수했는데. 허 교수가 내 옆에 있어야 자료도 챙겨주고 교정도 좀 봐주어야 하는데, 이런 때 중국 간다고? 일이 어찌 그렇게 되나?"라고 아쉬워했다.

환재가 "다른 제자들 많이 있지 않습니까?"라고 말하자, 연민 선생께서는, "한문 원전(原典) 교정은 허 교수가 봐야 돼. 중요한 곳에 가서는 판단을 해야 하거든. 1961년 『한국한문학사(韓國漢文學史)』를 민중서관(民衆書館)에서 간행할 때, 내가 직접 교정을 여덟 번 봤어. 그래도 오자가 적지 않아. 사서삼경이나 중국 고전을 읽지 않은 사람은 교정이 안 돼. 지금은 내가 눈이 나빠져서 도저히 교정을 볼 수가 없어. 내가 지금 필생의 사업으로『조선문학사』를 집필하는데, 허 교수가 옆에서 도와야 하는데 중국 간다네."라고 아쉬워했다.

"내가 죽기 전에 내 학문의 마지막 작업으로『조선문학사』를 집필해야 해."라고 말씀하신 것은, 1980년 초반부터였다. 그러나 한국한문학회 회장, 한국한문교육연구회 회장, 퇴계학연구원 원장, 각종 기념사업회 회장 등등 매일 바쁘게 지내시고, 또 전국 각 문중, 서원 등에서 몰려드는 각종 비문, 문집 서문 등 응수문자(應酬文字) 창작에 바빠 착수를 못 하시고, 10여 년의 세월이 흘렀다.

나도 사실 속으로 "선생께서 말씀만 그렇게 하시지, 아무리 연민이지만, 80 가까운 연세에 어떻게 방대한『조선문학사』저술이 되겠나?" 하고 회의적인 생각을 품고 있었다. 더구나 크게 편찮으셔서 한참 동안 입원을 한 뒤였다.

이때 방문하니『조선문학사』를 집필하신다고, 한국문집총간(韓國文集叢刊) 등과 참고할 주요 서적 등을 거처하는 1층 방에다 가득히 옮겨 놓았다. 대부분의 장서가 2층에 있고, 선생은 이미 거동이 불편하여 2층에 올라가지 못하신다. 그래서 제자들을 시켜 자주 참고할 책은 1층으로 옮겨 놓은 것이다.

선생은 1982년 8월 말 연세대학교 국문학과에서 정년퇴직하시고 나서 매주 토요일 한문학 및 고전문학을 하는 제자들을 댁으로 모아 강회(講會)를 계속하셨다. 처음에는 여러 선현들의 문집에서 서문(序文)과 발문(跋文)을 뽑아 강독하고 번역하여 나중에『한국의 서발(序跋)』이란 책으로 내셨다. 한국의 전통적인 문학이론, 비평 등에 관한 글이기 때문이다.

얼마 동안은 중국 청(淸)나라의 대표적인 장회소설(章回小說)『홍루몽(紅樓夢)』을 강독하여 앞부분의 번역본 1책을 내었다. 연민 선생은 한학자 또는 유학자이면서 특이하게 소설에 매우 관심이 많았다. 사실 박사학위논문도『연암(燕巖) 소설 연구』이다. 대표적인 우리나라 고전소설『춘향전(春香傳)』,『구운몽(九雲夢)』등에 주석을 내셨다.

그 뒤 한동안『서경(書經)』을 강독하기도 했다. 제자들의 한문실력을 보강하여, 더 큰일을 하기 위한 일환이었다. 이 모든 강독에 나는 정기적으로는 참여하지 못했고, 가끔 서울 가는 길에 들러 참여하기도 했다.

그러다가 선생께서 정년퇴직하신 지 10여 년의 세월이 흘렀다. 마침내 1993년 9월부터『조선문학사』집필을 시작하였다.

이때 연세대학교 제자 허경진(許敬震), 민긍기(閔肯基), 유재일(柳在日), 정현기(鄭顯琦) 및 이화여자대학교 출신 전수연(全秀燕) 등이 거의 매주 토요일에 모여서『조선문학사』집필에 필요한 자료를 모아 추천하면 선생께서 읽어 보시고 선정하셨다. 교수들이 집필의 방향 및 방법에 대해서 의견을 개진하여 토론하고, 선생이 써 놓은 원고를 읽고 의견을 내고, 문장을 수정하고 윤색했다.

본격적으로 집필을 시작하기 전에 참여하는 교수들에게 선생께서 친필로 10폭 병풍을 각자 한 폭씩 써서 주고, 선생께서 1956년 성균관대학교 중문학과에서 파면되어 매일 국립도서관 장서각(藏書閣) 등지를 다니면서 뽑아 모은 실학연구에 필요한 원전자료집인

『실학지자(實學之資)』를 복사해서 나누어 주었다.

　연세대학교 출신으로 모 대학 전임교수로 있던 Y 교수는, 공교롭게도 사정이 있어 병풍과 자료를 받은 뒤 몇 주 연속해서 한 번도 참석하지 못했다. 그날도 모임에 참석하지 못했는데, 선생께서는 공부에 뜻이 없는 줄 알고, "Y 교수는 왜 안 나오나?"라고 물었다. 누가 "이사한다고 집 보러 다닙니다."라고 대답했다.

　그 당시 서울에서는 집값이 수시로 오르기 때문에 재산을 증식하기 위한 일로 삼고 이사를 하는 사람이 있어 거의 유행이 되었고, 특히 집에서 부인들이 이사를 자주 하자고 종용하는 경우가 많았다. 선생께서는 순간적으로 부동산 투기를 위한 이사로 간주하고, "세상이 말세는 말세야! 교수라는 자가 공부는 안 하고 부동산이나 보러 다니니, 무엇이 되겠어?"라고 말씀하시며 성화를 참지 못했다.

　당장 전화를 걸어 "자네 왜 공부하러 안 나오나? 자네 같은 제자 필요 없으니, 『실학지자』하고 글씨 당장 갖고 와서 반납해."라고 호통을 쳤다. "다음부터 참여하겠습니다." "필요 없어. 당장 갖고 와!" 그 교수는 서울에 안 살고 경기도 모처에 살았는데, 당시 자가용차도 없는 상황에서 그날 오후 선생 댁으로 그 『실학지자』와 병풍 글씨를 갖고 와서 반납했다. 그러니 그 분위기가 어떠했겠는가?

　Y 교수가 석사학위를 따고 대학에 자리를 구할 때, 선생이 직접 아는 교수가 있는 대학에 데리고 가서 추천해서 대학교수가 되었든 간에 관계가 좋았던 제자였다. 그 이후로 그 교수는 선생 댁이나 선생을 위한 모임에 일절 발을 끊었다. "그러면 안 된다"고 주변에서 이야기하여, 선생이 돌아가시기 얼마 전에 그 교수를 데리고

선생 댁에 가서 관계 개선을 도모하여 화해했다. 그래도 그 교수는 그 이후로 선생에 관계된 학회나 모임 등에 여전히 참여하지 않았다. 선생께서 남의 사정을 생각하지 않고 하고 싶은 말을 다 해버려 마음이 많이 상했던 것이다. 사람 사이에 관계가 한 번 나빠지고 나면, 화해한다고 해도 회복되는 것이 아니다.

허경진 교수는 매주 거의 한 번도 빠지지 않고, 맨 먼저 나와 자료 정리하고 작업할 준비를 하는 등 문학사 집필에 관한 여러 가지 일을 총괄하였다. 선생은 나에게는 화를 잘 내어도 허경진 교수에게는 화를 내는 법이 없고, 다정하게 이야기도 많이 하였다.

선생께서 걱정하던 교정은, 그 뒤 권오영(權五榮) 교수가 맡아 정성을 다해 보아 선생의 부담을 크게 덜어 드렸다.

권오영 교수는 연세대학교에서 배운 제자가 아니고, 개인적으로 사제의 인연을 맺었다. 권 교수는 선생과 같은 안동(安東) 출신인데, 영남대학교 국사학과를 나와 한국정신문화연구원(韓國精神文化硏究院) 한국학대학원(韓國學大學院) 한국사학과에서 근대사를 전공하여 석사, 박사학위를 받았다.

내가 대학원에서 처음 만났는데, 학년은 나보다 1년 뒤고, 학과도 달랐지만, 아주 친했다. 그때 당시 이미 정자(程子)의 「사물잠(四勿箴)」, 주자(朱子)의 「대학장구서(大學章句序)」 등을 외웠는데, 초성이 아주 좋았다. 대학 재학 중에 안동 수곡(水谷)에 살던 유학자인 야인(野人) 유동수(柳東銖), 안동 출신으로 대구에 살던 백저(白渚) 배동환(裵東煥), 의성 출신으로 대구에 살던 소원(韶園) 이수락(李壽洛) 선생 등에게 개인적으로 한문을 배웠다. 그때 이미 한문 문리(文

理)가 상당했고, 또 한문학 및 유학에 대한 상식, 여러 가문의 계보
(系譜) 등을 소상히 알고 있었다. 글씨를 잘 써서 나의 석사학위논문
『석주(石洲) 권필(權韠)의 한시 연구』를 직접 친필로 대신 써 주었다.
그때는 컴퓨터가 보급되지 않은 시대라, 석사학위논문 심사를 받기
위해서 3부를 제출해야 했는데, 한 부를 먼저 손으로 써서 2부를
복사해 3부를 제출했다. 그 이전에는 복사기가 없어, 3부를 다 손으
로 썼고, 박사학위의 경우 5부를 손으로 썼다. 본인이 글씨를 잘
쓴다 해도 기한 내에 못 쓰기 때문에 박사학위의 경우 여관방에
글씨 잘 쓰는 시간강사나 대학원생을 몇 달 고용해서 논문을 썼다.
심사를 한번 받고 나면, 빼서 없앨 것, 다시 살릴 수 있는 것 등으로
해서, 가위로 오려 다른 원고지에 붙이고, 잘라 없애고 해서 한 부를
먼저 만들고, 그것을 토대로 다시 5부를 만들어 2차 심사에 대비했
다. 2차 심사받고 나서도 또 그런 식으로 해서 3차 심사에 대비했다.

권오영 교수는, 1983년 2월 내가 대학원을 졸업하고 진주(晉州)
경상대학교로 부임한 이후로 거의 만나지 못했다. 1995년 5월에
백두산에 온 환재(渙齋)가, "요즈음 권오영 박사가 연민 선생의『조
선문학사』원고를 교정하고 있다. 권 박사가 허 교수를 잘 아는
모양이던데."라고 해서 권 교수가 교정에 참여한다는 것을 알았다.

1995년 그때까지는 아직 대학에 전임이 되지 못하고, 정신문화
연구원『한국민족문화대백과사전』편찬원으로 있었다. 편찬원이
라는 자리는 여러 사람이 어울려 일하니, 자기 일을 할 수가 없다.
그런 어려운 여건에서도 박사학위를 받고, 조선 후기의 대학자 최
한기(崔漢綺) 등의 연구를 꾸준히 해 왔다.

연민 선생을 어떻게 해서 알았는가는 다음과 같은 사연이 있다. 권 교수는 안동 출신이므로 연민 선생이 우리나라 한문학의 태두라는 것은 익히 들어왔는데, 오랫동안 뵐 기회를 얻지 못하다가 1995년 정월 초하룻날 밤에 연민 선생에게 한문으로 된 장문의 서신을 보냈다. 선생은 즉각 답장을 보내 한번 만나자고 하여, 권 교수가 선생 댁을 방문하였다. 만나자마자 오래전부터 알았던 관계처럼 금방 의기가 잘 통했다. 서로 관심 분야가 같기 때문이었다.

그래서 곧바로 권 박사에게 『조선문학사』 교정을 맡겼고, 권 박사는 성실하게 기일 어기지 않고, 최선을 다해 교정을 하였다.

그때부터 컴퓨터가 보급되어 식자(植字) 인쇄가 거의 다 없어져 식자공(植字工)들이 직업을 다 잃었는데, 각 회사에서 해직된 그들끼리 단체를 만들어 일을 하고 있었다. 그런데 『조선문학사』는 식자공들이 활자를 심은 활판(活版) 인쇄로 책을 만들었다. 연민 선생의 글씨는 반초서라 알아보기 어려운데, 초교가 나오면 틀린 글자나 식별하지 못한 글자가 너무나 많았다. 권 박사는 연민 선생 글씨를 잘 알아봐 바로잡아 인쇄공들의 품을 들어주었다.

1995년 8월에 중국에서 돌아와 9월에 선생에게 인사드리러 갔더니, 교정 좀 보라고 하셔서 나는 그때부터 교정에 참여했다. 권 박사가 혼자 교정하다가 내가 참여하니, 일이 반으로 줄어들었다. 2천 페이지에 달하는 책을 최소 3번 교정을 봐야 하니, 작은 일이 아니었고, 시간도 많이 걸렸다. 조금만 신경을 안 쓰면, 오자를 그냥 넘겨 버리게 된다. 또 상당 부분은 원전을 찾아 대조해야 할 필요가 있기 때문에 시간이 오래 걸린다.

선생이 1차로 원고를 넘기면, 허경진 교수 등이 원고를 검토하여 손질하고, 그러고 나서 인쇄소에서 활판을 만들어 찍으면, 다시 1차, 2차 교정을 권 박사와 내가 돌아가면서 보았다.

그리하여 1997년 6월 30일 드디어 2천 페이지에 달하는『조선문학사』3책이 완성되었다. 원고는 1996년 4월 6일에 탈고를 했다. 선생은 3책 뒤에 협찬위원(協贊委員) 명록(名錄)을 붙여『조선문학사』완성에 도움을 준 사람들의 명단을 수록했는데, 권오영 박사와 내 이름이 들어 있다.

80세의 노학자가 2천 페이지에 달하는『조선문학사』를 집필한 것은 기적이었다. 2백 자 원고지로 1만 장 분량이었다. 중간에 몇 번 편찮으셔서 입원을 했다. 백내장 수술도 했다.

마지막 탈고를 하고 나서 선생은, 「조선문학사서성자지소감이절(朝鮮文學史書成自志所感二絕)」이라는 한시 2수를 지으셨다. 시의 제목을 풀이하면「『조선문학사』가 완성되자 느낀 바를 스스로 적은 시, 두 수」라는 뜻이다.

> 4천여 년 동안 인문에 관한 일은,
> 낭만적인 사조(思潮)에 사실적인 기풍이었네.
> 3년 동안 병마와 싸우면서 하나의 역사서 이루었으니,
> 가련타! 죽지 않은 책 짓는 벌레여.
> 四千餘載人文事, 浪漫之潮寫實風.
> 鬪病三年成一史, 可憐不死著書蟲.

병 속에도 되뇌이고 꿈속에서도 잠꼬대라.

황홀하게 사람과 신명(神明)이 느껴 통하는 듯.

책이 이루어지자 봄빛도 좋으니,

온갖 꽃들 일제히 웃는 속에 연민 노인 앉아 있네.

病中咀嚼夢中囈, 怳也人神感與通.

自書當成春色好, 萬花齊笑坐淵翁.

　문학사의 서술이라는 형식은 본래 서양에서 들어온 것으로, 우리나라나 중국에서는 문학사라는 서술형식이 애초에 존재하지 않았다. 서양학문의 영향으로 20세기 들어와서 일본, 중국, 우리나라에서 문학사라는 것이 서술되기 시작했다.

　문학사라는 것은, 문학유산을 어떤 사관(史觀)에 입각해서 정리하여 지나간 문학사의 실상을 객관적으로 밝히는 작업으로, 주로 문학사조(文學思潮)의 각 시대적 변화와 개별 작자의 특색을 밝히는 데 주안점을 둔다.

　그러나 문학유산은 무궁무진한데 문학사를 저술하는 학자의 능력이나 시간에는 한계가 없을 수 없으므로, 완전하게 갖추어진 문학사는 사실 존재하기 어려운 것이다. 특히 한문학사는 더욱 어렵다. 이런 한계가 있지만, 자료의 수집이 광범위하고, 자료를 취사하는 안목이 갖추어져 있고, 일관된 사관이 있고, 서술의 논리가 정연할 경우, 잘된 문학사라고 할 수 있는 것이다.

　우리나라 최초의 문학사는, 1920년경에 나온 자산(自山) 안확(安廓)의 『조선문학사(朝鮮文學史)』이고, 최초의 한문학사는 1931년에 간행된 천태산인(天台山人) 김태준(金台俊)의『조선한문학사(朝鮮漢文學史)』이다.

마침 1996년에 한국정신문화연구원(韓國精神文化研究院)에서『한국민족문화대사전』을 편찬하면서, 김태준의『조선한문학사』항목의 집필을 나에게 부탁해 왔기에 다음과 같이 원고를 작성하였다.

우리나라 최초의 한국한문학사로, 1931년 조선어문학회(朝鮮語文學會)에서 간행하였다.

한문학사의 시대를 상대(上代) 고려(高麗) 이조(李朝)로 크게 나누었다. 각 시대를 다시 중국 문학의 영향, 문장가, 학제, 문풍 등을 중심으로 서술하였으며, 시 등을 예문으로 넣었다. 한시와 문장 등 정통적인 한문학만을 중심으로 다루었고, 한문소설은 그의『조선소설사(朝鮮小說史)』를 중심으로 다루었으므로, 이 책은『조선소설사』와 상보적 관계에 있다.

그는 유학과 문학을 엄연히 구별하여 한문학의 범주를 확정짓는다고 하였다. 또 한문학을 중국 문학의 방계(傍系)로 보아 한시에만 치우쳤고 한문소설 등은 완전히 빼 버렸다.

우리나라 역대의 한문학을 학술적인 체계를 세워 저술한 공은 있으나, 문학사의 규모가 너무 작고, 자료수집이 극히 국한되어 있으며, 단시일에 급히 저술하였기 때문에 오류가 너무나 많은 점 등이 이 책의 최대 결점이다.

조선시대는 한문학 창작에 참여한 작자의 수와 그들이 남긴 문집류가 실로 고려시대나 그 이전에 비교할 수 없을 만큼 엄청나게 많은데도, 이 책에서는 상대(上代)와 고려시대가 이 책 전체 분량의 반 이상을 차지하였다. 그리고 각각의 시인이나 문장가를 서술할 때에도 그들의 작품을 분석, 평가하여 그 문학사상의 위치를 규명하는 작업을 하지 못하고, 역사서, 시화(詩話) 및 저명한 이의 문집 등의 내용 등을 발췌하여 문학의 본질과 관계없는 내용을 많이 넣었다. 원전자료를 인용한 것 가운데에서 앞뒤 문맥으로 보아 긴밀한 관계가 없는 것, 인용문 중의 요지를 간과해 버린 것이 무척 많다.

이 책은 한문학이 전래된 이래 조선조 말기까지의 우리 한문학 유산을 통시적(通時的)으로 체계를 세워 서술하여 한문학연구에 선구자적인 구실을 한 점에서는 가치가 있다.

지금 다시 읽어 보니, 상당히 가혹하게 평가한 느낌이 든다. 그러나 사실 이 『조선한문학사』는 김태준이 경성제국대학(京城帝國大學) 중국문학과를 졸업할 때 제출한 학부학생 졸업논문이었다. 먼저 중요한 인물을 들고 한시 한 수 정도 소개했을 정도로 소략하다.

그러나 천태산인은 연민 선생의 명륜전문학교(明倫專門學校) 시절 은사이고, 연민에게 민족정신을 고취시켜 주었고, 연민이 중국 문학을 할까 우리 한문학을 연구할까 갈림길에서 망설였을 때 우리 고전 연구에 전념할 것을 권유했다. 또 연민으로 하여금 문학사에 관심을 갖게 하여 『한국한문학사(韓國漢文學史)』를 집필하게 한 동기를 마련해 주었다. 연민 선생의 기록에 이런 것이 있다.

내 나이 23세 때 처음으로 서울에 들어왔는데, 서점에서 성암(聖岩) 김태준(金台俊) 선생이 지은 『조선한문학사(朝鮮漢文學史)』를 보고 사서 읽어 보았다. 그 규모가 너무 좁고 엉성하고 잘못된 곳이 많아 자못 의심을 가지면서, 되는대로 마음에 들지 않는 곳을 지적하였다.

그 뒤 성암을 만나 뵙고 말씀드렸더니, 내 말을 듣고 구슬퍼하면서 "그러한 점이 있도다. 그대의 말은 정말 그렇네. 나의 이 책은 경성대학(京城大學) 학부(學部)에 재학할 때, 우리 민족이 쓰러져가고 일본 사람들이 식민지교육을 강행하고 저들 학자들이 우리 학문을 차지하고서 재빨리 책을 이룩하려는 것을 목도했네. 나는 이 때문에 남모르는 울분이 가득하였으므로 이 책과『조선소설사(朝鮮小說史)』를 서둘러 간행했던 것이네. 깊이 스스로 부끄러워한다네. 혹 뒷날 고쳐 써야 하는데, 자네들이 학문을 이루어 예리한 마음으로 이런 책을 지어야 할 것이다. 크게 바란다네.[1]

연민은 20여 년 뒤에 스승의 뜻을 이어『한국한문학사』를 저술하여 간행하였다. 연민 이가원 선생께서 1939년 23세 때 서울로 올라왔을 때, 서점에서 김태준 선생이 지은『조선한문학사』를 처음 사서 보고 느낀 바와 김태준을 만났을 때의 사실을 적었다. 연민 선생이 저술한『조선문학사』의 경우 어느 정도 김태준의 부족한 점을 충족시켰다고 할 수 있다.

연민 선생은 1961년에『한국한문학사』를 저술하여 출판했는데, 이는 우리나라에서 최초의 한문학사다운 한문학사라고 이를 수 있다. 당시 고적(古籍)의 영인본이 거의 없고, 책을 구해 보기도 대단히

---

1 『貞盦文存』 p.52「韓國漢文學史中譯本序」.

어려운 시기였음에도 불구하고, 각종 전적 속에서 이렇게 많은 문학사에 관계된 중요한 자료를 뽑아냈다는 것은 보통 사람으로서는 엄두도 내지 못할 일이고, 그 많은 시문 작품 가운데 문학사에 수록할 작품을 선정하는 일도 결코 쉬운 일이 아니었다. 그리고 이전의 학자들이 주목하지 않던 한문소설, 악부시(樂府詩), 과시(科詩) 작품 등을 발굴하여 한문학사에 수록함으로써 한문학사의 새로운 기틀을 마련하였다.

그러나 연민 선생 자신은 체재가 미비하다고 생각했고, 한문으로 된 작품만을 다룬 한문학사이기 때문에, 이 책이 나온 지 10여 년이 지난 이후부터 선생은 체재를 새로 잡고 한글 작품까지 포괄한 『조선문학사』의 집필을 구상하였다. 드디어 1993년에 집필에 착수하여 1997년 6월 30일에 상·중·하 전 3책, 본문 1717페이지에 달하는 『조선문학사』가 출판되어, 문학사 집필의 대역사(大役事)가 끝을 맺었다.

선생이 지은 『한국한문학사』만 해도 자료의 보고(寶庫)이지만, 이 『조선문학사』는 한문학 부분은 『한국한문학사』의 자료는 물론 대부분 다시 활용하였고, 민족문화추진회(民族文化推進會)에서 막 영인 간행하여 반포한 한국문집총간에서 새로운 자료를 뽑고, 근년에 중화인민공화국과 북한 등지에서 새로 발굴된 최신자료까지도 수록하였다. 이 밖에 책으로 간행되지 못한 여러 필사본 작품 등도 대량 발굴하여 수록하였다.

예를 들면, 훈민정음 창제에 세종(世宗)의 둘째 딸 정의공주(貞懿公主)가 크게 기여했다는 사실을, 이우준(李遇駿)이 지은 『몽유야

담(夢遊野談)』에서 발견하여 문학사에 수록한 사실이나, 여류문학가 운초(雲楚)가 그 부군 김이양(金履陽)의 죽음을 슬퍼한 만사(挽詞)와 제문(祭文)이 함께 적힌 한 장의 종이를 발굴하여 문학사에 수록함으로써, 이 작품으로 하여금 일실되지 않고 영원히 전해지도록 하였다.

이러한 새로운 자료가 풍부히 수록된 예는 이루 다 들 수가 없다. 경상대학교 한문학과 동료 윤호진(尹浩鎭) 교수가 경정(敬亭) 이민성(李民宬)의 『경정집(敬亭集)』에서 「제최척전(題崔陟傳)」이란 시를 발견하고서, 문학사상(文學史上)에 대단히 중요한 작품인데도 학계에서 아직 아무도 언급하지 않고 있으니, 언젠가 소개하겠다고 생각하고 있었다. 그런데 그 뒤 연민 선생의 『조선문학사』를 사서 펼쳐 보니, 벌써 이 시가 언급되어 있어 연민 선생의 자료 발굴의 정확함과 민첩함에 놀랐다고 말하는 것을 들었다. 이처럼 『조선문학사』에는 세상에 처음으로 소개된 자료가 한둘이 아니다.

한문학 유산은 무궁무진하게 많지만, 집필하는 학자의 능력이나 시간은 유한하므로, 완전히 갖추어진 문학사는 현실적으로 존재할 수 없는 일이다. 그래서 우리나라에서 지금까지 나온 문학사는 한결같이 앞부분은 상세히 기술하다가 뒷부분은 소략하게 기술하는 공통된 결점을 갖고 있다.

문학사의 초기 부분을 서술할 때는 집필자는 의욕도 있고, 자료도 그렇게 많지 않기 때문에 상세히 정성을 다해 기술할 수 있다. 대부분의 문학사가 고려 말기 부분까지는 그래도 정상적으로 균형 있게 서술되었다고 할 수 있다.

그러나 조선시대에 접어들면, 한문학 유산이 갑자기 증가하므로 읽어야 할 자료가 많다. 한문 독해능력이 빈약한 집필자의 경우, 새로운 자료의 처리 흡수가 거의 불가능해진다.

그러다가 임진왜란 이후에 이르면 자료가 더욱더 폭발적으로 증가하므로, 결국 다른 사람이 연구해 놓은 이차적인 자료에 의거해서 토끼 뜀뛰기 하듯 듬성듬성 대충 몇몇 작가의 작품을 언급하고는 서둘러 허겁지겁 끝을 맺은 것이 대부분이다. 문학유산의 분량으로 볼 적에 임진왜란 이후의 유산이 전체의 90퍼센트 이상이 될 것인데도, 문학사에서의 배정된 분량은 전체의 고작 오분의 일을 넘지 못하였다.

연민 선생은 자료의 바다에서 값진 보석을 건지듯 다른 사람이 보지 못한 자료를 새로 발굴하여 문학사에 수록했다. 그리하여 이 『조선문학사』에서는 임진왜란 이후의 문학사 분량이 3분의 2 이상 차지하고 있으니, 이전의 우리나라 문학사의 공통적인 문제점을 바로잡았다고 할 수 있다.

삼국시대에 존재했던 가야국(伽倻國)은 문화가 찬란한 우리 역사상의 엄연한 하나의 국가로서 문학유산도 상당히 남아 있다. 그렇지만 지금까지는 신라(新羅)의 부용국(附庸國)인 양 취급당해 왔다. 그래서 우리나라 문학사에서 가야문학사(伽倻文學史)를 독립시킬 생각을 아무도 하지 못했는데, 연민 선생의 이 『조선문학사』에서 최초로 따로 한 장(章)으로 독립시켜 서술하여, 가야문학의 위상을 제고시켰다.

발해국(渤海國)은 분명히 우리 민족이 세웠던 국가였는데도, 우리나라 학자들의 발해에 대한 관심은 희박하였고, 발해의 문학에 대해서는 언급하는 학자가 거의 없었다. 그러다가 1983년에 간행된 조동일(趙東一) 교수의 『한국문학통사(韓國文學通史)』에서 최초로 발해문학사를 독립시킨 적이 있었다. 연민 선생의 『조선문학사』에서는 중화민국 시기 역사학자인 김육불(金毓黻)이 발해국의 사료를 총망라하여 편찬한 『발해국지장편(渤海國志長編)』뿐만 아니라, 1979년에 발굴된 발해국의 공주인 「정효공주묘지명(貞孝公主墓誌銘)」까지도 수록하는 등 취급한 작품의 양이 조동일 교수의 『한국문학통사』보다 월등히 많다. 그리고 연민은 발해가 망한 뒤 금(金)나라에 소속된 발해 유민들의 작품까지도 조선문학에 넣어 다룬 것이 특징이다.

조선왕조가 망한 뒤에도 한시문 저술에 종사하는 한문학자들이 경향 각지에 많이 남아 있었다. 그들은 한시문 작품의 창작활동을 계속했고, 한시문집도 조선시대보다 더 많이 계속 간행하였다. 그러나 지금까지는 이 시기의 한글로 된 작품을 정리하여 다룬 문학사는 있었지만, 1910년 이후의 한문학사를 정리한 경우는 아직 없었다. 고등학교 교과서에서 1910년 이후의 한국 문학을 언급하면, 한글로 된 현대문학만 소개하지 그 시대에 지어진 한문학에 대해서는 전혀 언급이 없다. 그래서 많은 사람들 심지어 전공 학자들도 일제강점기 한문학 작품이 많이 있다는 것을 알지 못한다.

연민 선생의 『조선문학사』에서는 1910년부터 현재까지의 한시문을 창작하는 작가의 작품까지 문학사에 수록함으로써, 대한제국 멸망 이후 일제강점기의 한문학사가 최초로 정리되었다. 이는 비록 완벽하다고 할 수는 없지만, 연민 선생처럼 시문을 평가할 수 있는 안목을 갖춘 분이 정리한 것이라 더욱더 가치가 있는 것이다.

우리나라에서는 문학사 서술에 있어서, 하나의 큰 문제점이 있어 왔다. 곧 한글 문학 작품을 다룬 문학사와 한문 문학 작품을 다룬 한문학사가 따로따로 존재해 왔다는 것과 동양의 문학적 전통을 그대로 간직한 고전문학 작품과 서구문학의 영향을 지나치게 많이 받은 현대문학 작품 사이에 너무 큰 단절이 있어 고전문학사와 현대문학사가 따로따로 존재해 왔다는 것이다. 이는 우리나라에만 있는 불행한 현상이다. 고등학교에서 우리나라 국어와 우리나라 문학을 가르치면서, 고전문학과 현대문학을 나누어 가르쳐 문학사의 전통이 중간에 단절되어 일맥상통하지 못하고 있다.

연민 선생의 『조선문학사』에서는 이 한글 문학 작품과 한문 문학 작품을 아울러 다 수록함으로써 양자 사이의 두터운 장벽을 허물었다. 그리고 문학사의 하한선을 1945년까지 끌어옴으로써 고전문학과 현대문학 사이의 단절을 완전히 없앴다.

연민의 『조선문학사』는 많은 장점이 있지만, 또 단점도 없지 않다. 오늘날 우리 문학유산에 대한 신진학자들의 연구는 대단히 활발하고, 괄목할 만한 업적도 상당히 나왔다. 그러나 이 『조선문학사』에서는 지금까지 여러 학자들의 연구 업적을 거의 수록하지 못했다.

『조선문학사』에 소개된 많은 시문 작품에 대한 분석이 부족하다는 점이다. 워낙 많은 자료를 취급하다 보니 개별 작품을 분석하기를 기대하는 것은 무리지만, 치밀한 작품분석을 곁들였더라면 금상

첨화였을 것이라는 생각이다. 분석이 워낙 없자, 조동일 교수 같은 분은 연민 선생의 『조선문학사』를 우리나라 한문학 시문선집인 『동문선(東文選)』에 빗대어 『신동문선(新東文選)』이라고 조소를 보내기도 했다.

한음(漢陰) 이덕형(李德馨), 용주(龍洲) 조경(趙絅) 등은, 생존했던 그 당시에는 온 나라의 문학을 주도한 대제학(大提學) 등을 맡아 시문으로 명성이 자자했는데도, 상당수가 문학가가 아니었다는 이유로 전혀 언급이 되지 않은 것은 재고해 볼 일이다.

책 속에서 설명한 글이 가끔 너무 어려운 어휘를 써서, 한문에 소양이 없는 사람이 읽기에 어려운 점이 없지 않다.

만 80세라는 고령으로 병마에 시달리면서 이런 『조선문학사』 저술이라는 대역사(大役事)를 끝낸 것은, 우리나라에 값진 문화적 재보(財寶)를 추가한 일로써, 후학들로 하여금 경복(敬服)하는 마음이 절로 일어나게 한다.

아무튼 연민 선생의 이 『조선문학사』는, 우리 문학사상(文學史上)의 중요한 작품이나 사건을 거의 다 다룬 작품으로서 웬만한 필요한 자료는 총망라된 것이다. 이 『조선문학사』의 출간을 계기로 하여 우리 문학사의 연구가 몇 단계 더 향상되었다. 우리 문학을 공부하는 사람은 물론이고, 우리 것에 애정을 갖고 있는 사람들이 반드시 이 책을 마련해 두고 반드시 읽어야 할 경전적(經典的) 저작임을 믿어 의심하지 않는 바이다.

『조선문학사』 편찬을 통해 선생의 서재에서 장시간 선생을 모시고 일을 도우면서 질문을 드릴 수가 있었고, 많은 가르침을 받았다.

선생은 의자생활을 안 하시고, 방바닥에 앉아 조그만 서안(書案)을 놓고, 하루 종일 글을 읽고 쓰고 하신다. 나도 시골 사람이라 어려서부터 방바닥에 앉아서 생활했는데도, 두 시간 정도 지나면, 다리가 저려오고 주뢰가 틀린다. 그러나 선생은 마치 주조한 동상처럼 꼼짝도 하지 않는다. 학문뿐만 아니라 거기서도 선생의 내공(內功)을 느낄 수 있다.

대작 『조선문학사』의 최종 교정에 참여하여, 선생께서 대역작을 내는 데 일조한 것에 큰 보람을 느낀다.

중국 학회 참가기

1. 한밤중 귀주성(貴州省)의 미아(迷兒) 신세

1994년 2월 1일 북경에 가서 1년 반 동안 지내다가 1995년 8월 중국에서 돌아오니, 아쉬운 점이 여럿 있었다. 그 가운데 하나가 중국어 공부를 계속하지 못한 것이었다. 나는 중국어를 마흔이 넘어 배웠지만, 1년 반 동안 열심히 노력한 결과 어느 정도 사람을 만나 대화도 되고, 혼자 강연도 할 수 있고, 전화도 받을 수 있는 정도가 되었다. 맨 처음 시작할 때 확실하게 궤도에 올려놓아야 하는데, 1년 반 만에 돌아오게 되었다. 그때 심정은 조금만 더 하면, 탁 트일 것 같았다. 아무리 열심히 한다고 해도 또 시간적으로도 일정한 기간이 차야 성숙한다.

그때까지는 국내에서 중국 본토 사람을 만날 일이 거의 없어 연습할 기회가 드물었으니, 돌아오는 게 아쉬웠다.

원래 어떤 나라 외국어를 아주 잘하는 사람이라 할지라도, 1년 중에 석 달 이상은 그 말을 쓰는 현지에서 살면서 현지인들과 대화를 계속해야 자기 수준이 유지된다고 일반적으로 말한다. 그렇지 않으면 자기의 현재 수준도 유지 못 하고 자기도 모르게 퇴보한다고 한다. 말이라는 것은 권투하고 같아서 서로 주고받아야 늘지,

텔레비전을 보거나 영화를 보는 것처럼 일방적으로 듣기만 해서는 순발력이 안 생긴다. 듣는 것은 어느 정도 듣지만, 필요할 때 바로 말이 튀어나오지 않는다는 것이다. 그리고 요즈음은 워낙 과학기술이 발달하고 정보교환이 빠르기 때문에, 매년 어떤 나라 말에서 4천 단어 정도가 새로 생기고, 4천 단어 정도가 쓰이지 않는 어휘가 되어 도태된다고 한다.

중국에서 살다 보면 눈앞에 보이는 것이 전부 한자다. 아파트 벽에 붙인 광고나 거리에 붙은 광고가 전부 한자고, 심지어 버스 바깥에 붙인 광고도 한자, 광고한다고 뿌리는 종이도 전부 한자다.

밖에 나가면 여기저기 들리는 것은 전부 중국말이니, 중국말이 늘지 않을 수 없다. 맹자(孟子)의 말씀에, "비록 천하에 쉽게 자라는 식물이 있다 해도 하루 햇볕 쬐고 열흘 찬바람 쏘이면, 능히 자랄 수 있는 것이 없다.[雖有天下易生之物也, 一日暴之, 十日寒之, 未有能生者也.]"라고 했듯이 공부에는 환경이 아주 중요하다. 외국어는 더욱 그러하다.

그래서 한국에 돌아와서 중국어를 안 잊어버리는 방법을 몇 가지 강구하였다. 돌아오자마자, 중국 TV 방송을 직접 시청할 수 있는 위성 안테나를 학교와 집에 설치하고 중국어 방송을 계속 들었다.

그리고 가능하면 중국 학회에 자주 가서 중국 교수들과 어울리고 학술정보를 교환하기로 마음먹었다. 8월 21일 귀국했는데, 바로 그해 10월 중순에 귀주성(貴州省) 귀양(貴陽)에서 열리는 중국역사문헌학회(中國歷史文獻學會)가 있어 참석하기로 했다.

북경사범대학(北京師範大學) 유내화(劉乃和) 교수가 회장인데, 나를 특별히 외국인 대표회원으로 만들어 놓았고, 떠나기 전 귀국 인사하러 갔을 때 해마다 꼭 참석하라는 당부를 하기에 그러겠다고 대답을 해 놓았다. 그러니 안 갈 수가 없었다.

그때만 해도 중국 가는 수속이 까다로웠는데, 학교의 교수들 가운데는, "중국에서 어제 아래 돌아온 사람이 중국에 또 뭣 하러 가는지?" 하는 사람들이 있었다. 심지어 집사람도 "1년 반 있다 온 사람이 또 중국은 뭐 하러 가나?"라고 했다. 그때까지는 가까운 중국이라 해도 자주 다니지는 않았고, 비용도 만만치 않았다.

그 당시 사천(泗川) 공항에서 수속해서 타고 짐을 부치면 다시 수속 안 해도 북경까지 바로 가는 방식이 막 선보여 사천공항에서 짐을 부치고 나면, 비행기를 갈아타도 자동으로 북경공항에서 짐을 찾을 수가 있었다. 귀주성에서 열리는 중국역사문헌연구회 참석하기 위해서 나섰는데, 아침에 집에서 출발하여 저녁에 귀주성까지 도착할 계획으로 출발하였다.

북경까지는 편안하게 왔다. 그러나 북경공항에 도착해 보니, 귀주성의 성도(省都)인 귀양(貴陽) 가는 비행기가 오후 6시에 있었는데, 비행기로도 4시간이 걸린다고 했다. 귀주성의 귀양공항에서 학회 담당자들이 밤 10시까지 차를 가지고 와서 대기하고 있겠다고 약속했는데, 10시까지 도착하기가 정말 아슬아슬하게 되었다. 그때는 휴대폰은 물론 없었고, 문서도 이메일이 아니고 팩스로 주고받던 시절이었다.

귀양공항에 내리니 밤 10시 반쯤 되었는데, 비행기에서 내려 짐을 찾아 나와 보니 11시가 넘었다.

아무리 둘러봐도 공항에 마중 나온 사람은 아무도 없었다. 기다리다가 다 철수해 버린 것이다. 한국에서 떠나올 때 공항에 마중 나오겠다는 말만 믿고, 주최 측의 전화번호나 연락처를 전혀 갖고 오지 않았다. 심지어 회의 장소도 몰랐다. 그리고 더 낭패인 것은, 귀양공항에서 귀양 시내까지는 50킬로쯤 떨어져 있어, 택시를 타도 1시간 이상 걸린다는 것이다. 거기다가 비까지 억수로 내려 사방이 캄캄하였다.

일단 택시를 잡아타고 귀양 시내로 들어갔다. 시내에 도착하니 12시 반이었다. 웬만한 데는 불을 다 꺼 컴컴하였다. 시내로 들어가서도 계속 그 택시를 빌려서 탄 채로 학회를 할 만한 장소로 이리저리 찾아갔다. 중국의 큰 학회는 보통 대학 안에서 안 하고, 큰 호텔이나 공연장 등에서 하는 경우가 많다. 시민회관, 극장 큰 호텔 등을 십여 곳 찾아도 불도 안 켜져 있고 사람의 기척이 전혀 없었다.

평소에 준비성 없고 치밀하지 못한 나 자신의 처신 방식에 스스로 탄식을 자아냈다. "만 리 밖의 남의 나라 처음 오는 도시에 오면서 연락처 하나 안 챙기고 왔으니, 허권수 네놈이 고생하는 것은 당연한 일이야!"라며 자아비판을 계속했다. 아는 교수 명함이라도 한 장 들고 왔더라도 이런 문제는 없었을 텐데. 북경에 있다가 한국에 돌아가서 미처 짐 정리도 다 못한 상황에서 애써 틈을 내고 교통비를 들여 귀주성까지 왔는데, 완전히 헛걸음하게 되었다. 만사는 사전에 준비하는 것이 절실하다는 것을 느꼈다. 『중용(中庸)』 제20장에 나오는, "무릇 일은 미리 하면 이루어지고, 미리 하지 않으면 실패한다. 말도 미리 확정되면 실패하지 않고, 일도 미리 확정되면 곤란을 겪지 않고, 행동도 미리 확정하면 문제가 없고, 길도 미리 정하면, 막히지 않는다.[凡事豫則立, 不豫則廢. 言前定, 則不跲. 事前定, 則不困. 行前定, 則不疚. 道前定, 則不窮.]"라는 교훈이 절실히 생각났다. 좋은 말을 몰라서 잘못하는 것이 아니라, 알아도 실천을 안 하기 때문에 이런 일이 생기는 것이다.

1시간 이상 여기저기 다니다가 마지막으로 귀양시 문화회관에 갔다. 거기 없으면 더 이상 찾지 않고, 오늘밤은 일단 호텔을 잡아서 자고, 내일 귀주대학(貴州大學) 역사과나 고적연구소(古籍研究所)에 찾아가 문의를 해 볼 결심을 했다. 그래도 없으면, 나 혼자 귀주성을 좀 돌아보고 북경으로 돌아갈 수밖에 없다고 생각했다.

그곳도 불이 꺼져 캄캄하였다. 너무 아쉬운 나머지 거기서는 그냥 택시를 탄 채로 돌아 나오지 않고, 내려서 기사에게 일회용 라이터를 빌려 가까이 가서 대문을 비춰 보니, 조그만 쪽지 한 장이 붙어 있었다. 내용인즉, "이곳에서 중국역사문헌연구회 국제학술대회를 개최할 예정이었으나, 사정상 장소를 귀주호텔로 옮겼으니 양지하시기 바랍니다."라고 하고는 간단하게 귀주호텔 약도를 그려놓았다.

택시를 타고 귀주호텔로 가니, 새벽 2시였는데, 많은 회원들이 각지에서 오래간만에 만났기에 자지 않고 이야기 나누고 있다가 반갑게 맞아주었다.

그다음 날 아침 유내화(劉乃和) 회장을 만나니, 너무나 반가워하였다. 이틀 동안 중국 전역에서 학회 회원들이 모여 성대하게 학회를 개최하였다. 귀주성 성정부(省政府), 귀양시 시정부(市政府) 등지에서 공산당 서기 및 간부들이 나와 며칠 동안 대대적으로 학회를 지원해 주었다. 시정부에서 차량을 동원해서 회원들을 실어 날라 주고, 경찰이 나와 안내하였다. 중국은 그때만 해도 우리나라보다 경제 수준이 영 떨어졌는데도, 지방정부에서 학회에 대한 지원은 대단하였다. 유내화 회장의 역량이 발휘된 것도 있지만, 중국이 학문의 뿌리가 있는 나라라는 것을 알 수 있었다.

학회를 마치고, 귀양시에 있는 문창각(文昌閣), 세계 4대 폭포라는 황과수(黃果樹) 폭포를 보고 돌아왔다. 황과수 폭포는 폭포의 규모가 워낙 커서 10리 밖에서도 물 떨어지는 굉음이 들릴 정도로 웅장하다. 더 큰 특징은 흘러내리는 폭포 뒷면 절벽에 길이 나 있어 쏟아져 내리는 폭포 물을 뒤쪽에서 구경할 수 있다는 것이다.

2. 중국인민해방군 탱크 성(城)을 빠져나와

그다음 해 중국역사문헌학회는 1996년 10월 하순에 강서성(江西省) 낙평시(樂平市)에서 열렸다. 유내화 회장의 당부는 물론이지만, 낙평시 장보증(張保增)이라는 부시장이 특별히 참석을 부탁하여 허락한 상태였으므로, 참석하지 않을 수 없었다.

장보증 부시장은 낙평시가 고향인 중국의 행정관료지만, 고전에 특별히 관심이 많고, 서예에 아주 능하였다. 또 역사문헌학회 회원이었다. 그는 귀주성에서 개최한 작년의 학회에도 참석하여 끝까지 남아 있었다. 국제학술대회 개최하는 방식을 배워 올해 자신이 부시장으로 있는 낙평시에서 개최하였다. 자신의 서예작품을 모아 전시회도 개최하고, 서예작품집도 출판했다. 학회에 참석하여서는 글을 쓸 일이 있을 때 꼭 한 폭 썼고, 나도 그와 같이 썼다. 그의 서예작품집 1권을 갖고 와서 특별히 나에게 주면서, 내년에 낙평시에 꼭 오라고 신신당부를 했다. 그러니 참석 안 할 수가 없다. 한국 사람들은 그냥 인사로, "예! 다음에 오겠습니다."라고 하는데, 중국 사람들은 그런 말을 들으면, 반드시 기다린다. 만약 가지 않으면 약속을 지키지 않았다고 불만을 표시한다. 그러니 함부로 허락하면 안 되고, 허락했으면 말한 대로 실천해야 한다.

1996년 10월 말경에 낙평에서 개최된 중국역사문헌연구회에 참석했는데, 공교롭게도 연민 선생을 모시고 대만(臺灣)에 공자 77대 종손 공덕성(孔德成) 선생을 만나 뵈러 가기로 한 기간하고 겹쳤다. 학회에 참석하지 않으면 국제적 신의에 문제가 있고 해서 가긴 가야 하기에, 끝까지 있지 못하고, 학회 발표만 보고 일찍 돌아와야 할 형편이었다.

10월 25일 북경에 갔다가 그 이튿날인 26일 북경공항에서 비행기를 타고 오후 4시경에 강서성(江西省)의 성도(省都)인 남창(南昌) 공항에 내렸다. 낙평은 거기서도 차로 3시간 이상을 가야 했다.

혼자 가는 길이라 바로 택시를 타고 낙평으로 갔다. 가서 보니, 시정부에서 학회를 준비한 것 같았다. 장부시장이 아주 반갑게 맞아주었고, 유내화 회장 등 아는 교수들이 먼저 도착해 반갑게 맞이해 주었다.

첫날인 27일에는 오전 내내 개막식하고 점심 먹고 본격적인 발표를 시작했다. 당서기 시장 등이 총출동하여 환영해 주었다. 개막식에서 나를 한국서 온 외국학자라고 특별히 소개해 주었다. 낙평시는 한(漢)나라 때부터 있어온 오래된 도시이지만, 인구는 겨우 60만밖에 안 되는 아주 작은 시골의 도시로 1992년에 막 현(縣)에서 시로 승급한 시였다. 그때까지만 해도 큰 건물은 거의 없었고, 시민 평균 연 소득이 우리 돈으로 1,500원 정도 된다고 시청 간부가 자랑하던 곳이었다.

그러나 이곳은 중국 희극 가운데 강서성에서 유행하는 감극(贛劇)의 본향으로 희극이 아주 성행하였고, 따로 희극 박물관도 있었다. 첫날 저녁에는 감극을 준비하여 보여 주었고, 그다음 날은 이곳의 민속춤 공연을 보여 주었다. 그때까지 나는 경극(京劇) 등을 강한 악기 소리로 인하여 시끄러운 것으로만 생각했는데, 자막이 딸린 감극을 보고 나니, 중국 극이 대단하구나 하는 느낌이 들었다. 그 뒤로는 경극에 대한 이해가 완전히 달라졌다. 중국을 아는 것에도 단계가 있는데, 경극을 좋아할 정도가 되면 상당한 경지에 도달한 것이라고 평가된다.

이곳은 세계적으로 유명한 도자기 산지인 경덕진(景德鎭), 주자(朱子)의 조상의 고향인 무원(婺源), 중국 제일의 명산인 황산(黃山)에 가까워 모두 2, 3시간 거리에 있었다. 27, 28일 학회를 마치고, 29, 30일 회원들의 희망에 따라서 세 팀으로 나누어 명승지를 관광하도록 계획되어 있었다.

그때 나는 경덕진, 무원, 황산 등 세 곳 모두 가보지 않은 곳이라 몹시 가보고 싶었지만, 29일에 반드시 북경으로 돌아가야 30일에 서울로 가서 31일 대만으로 연민 선생을 모시고 갈 수 있기 때문에 29일 아침 일찍 낙평을 출발하려고 했다.

장 부시장이 "왜 끝까지 계시지 않고 중간에 가십니까?"라고 몹시 아쉬워하였다. 내가 "미리 중요한 일정이 있어서 성의에 보답하지 못해서 미안합니다."라고 대답하고 작별을 고했다.

그저께 보니, 택시로도 족히 3시간 이상 걸리기 때문에 29일 아침 7시에 떠나기로 계획을 세웠다. 국내선 비행기도 1시간 전에는 공항에 도착해서 수속해야 안심할 수 있으니까. 12시 비행기이니, 11시까지는 가야 하니까, 7시 출발하면 충분할 것 같았다.

그런데 그때 학회에 참석했던 일본인 교수도 내일 아침에 남창 공항으로 간다는 것이었다. 내가 7시에 출발하자고 했더니, "그렇게 빨리 출발해서 뭐 할 겁니까? 12시 비행기면 9시에 출발해도 충분합니다."라고 했다.

그냥 나 혼자 택시 타고 갔으면 아무 문제가 없었을 텐데, 택시비 좀 아끼려고 그 교수와 동승하려다 보니 문제가 생겼다. 그래서 절충해서 8시에 출발하였다. 정상적이면 8시에 출발해도 문제는 없다.

그러나 세상만사는 자기 뜻대로만 되는 것이 아니었다. 나의 엉성한 성격에 여러 차례 비행기를 놓치고 차를 놓쳐 낭패를 봤기에 그날은 확실하게 하기 위해서 미리 준비하려고 했다. 그런데 일본 교수가 천천히 가자는 바람에 한 시간 늦추었는데, 좀 불안했다.

과연 얼마 안 가 앞에서 차 사고가 나서 2차선 시골 도로가 오도 가도 못 하게 꽉 막혀 버렸다. 7시에 출발했으면, 이런 일이 없을 텐데 라고 생각하니, 일본인 교수가 너무 원망스러웠다.

앞에 경찰이 서 있는데도 아무 조처를 하지 않았다. 내가 다급한 마음에 내려서 그 경찰에게 "왜 아무런 조처도 하지 않는 거요?"라고 물으니까, 자기는 교통경찰이 아니기 때문에 자기가 처리할 수 있는 일이 아니라고 대답했다.

다행히 한 30분 뒤에 길이 뚫려 다시 달릴 수 있었다. 비행기 타는 데는 큰 문제가 없을 정도였다.

그런데 얼마를 더 가니, 길가에서 중국 인민해방군 탱크부대가 훈련을 하고 있었다. 끝이 안 보이게 탱크를 죽 세워 놓았는데, 5백여 대 정도는 족히 되어 그 기세가 정말 대단하였다. 그렇게 많은 탱크가 한곳에 모여 있는 것을 처음 보니, 그것만으로도 장관은 장관이었다. 모든 통행 차량을 다 통제하였다.

이제 비행기를 타기가 어렵게 되었다. 무슨 일이 있어도 오늘 북경에 도착해야 내일 서울로 갈 수 있고, 내일 서울로 가야 31일 대만으로 떠날 수 있었다. 연민 선생, 환재(渙齋) 하유집(河有楫) 선생, 봉주(鳳洲) 강영(姜瀯) 사장 등이 나만 기다리고 있는데, 내가 못 가면 모든 일정이 다 취소된다. 공자 종손 만나러 간다고 오래전부터 계획한 것인데, 내가 나타나지 않으면, 연민 선생께서 노발대발하실 것이고, 두 분도 나를 어떻게 보겠는가라고 생각하니 기가 찼다.

지금이야 고속철도가 있지만, 그 당시에는 남창에서 기차나 버스로는 북경까지 15시간 이상 걸리기에, 설령 표가 있어 탄다고 해도 내일 아침 북경에서 김포 가는 비행기를 탈 수가 없다. 그리고 그때 형편으로는 갑자기 역에 가서 기차표를 구하기도 하늘의 별 따기였다.

어쩔 수 없어 택시에서 내려서 길가에 서서 지휘하는 중대장쯤 되어 보이는 장교에게 사정을 이야기했더니, "내 마음대로 결정할 수 있는 일이 아니오."라고 퉁명스럽게 대답했다. 사람이 막다른 골목에 이르면 용기와 지혜도 생긴다고 했다. 나는 평소 성격과 달리 조금도 주저하지 않고 더 높은 최고사령관실로 문을 열고 찾아갔다. 여권을 꺼내 보이며, "나는 한국에서 온 학자인데 낙평에서 열린 학회에 참석했다가 중요한 일이 있어서 오늘 반드시 북경으로 돌아가야 합니다. 내일 아침 비행기로 꼭 한국에 돌아가야 할 중요한 일이 있습니다."라고 하소연하였다. 지위가 좀 높은 사람은 조금 관대하였다. 내 말을 듣고는 즉각 부하 지휘관을 부르더니, "이분 인도해서 통과시켜!"라고 명령하였다. 즉각 지프차로 우리 택시만 안내하여 5백여 대의 탱크 옆을 지나 겨우 빠져나왔다.

남창 공항에 도착하니, 비행기 출발 15분 전이었다. 전속력으로 달려 들어가 급히 수속해서 정말 겨우 비행기를 탔다.

이때 헤어진 장보증 부시장은, 얼마 뒤 행정직에서 물러나, 방향을 틀어 중국서법가협회 회원, 경덕진시 문화예술연합회 서기, 중국서화원 원사(院士) 등 본격적인 서예가, 문학가로 활동하였다. 그러다가 2006년에 이르러 갑자기 병을 얻어 상해(上海)로 실려가 수술 도중 잘못되어 58세로 세상을 떠나 다시 만나볼 수 없게 되었다.

아슬아슬하게 비행기를 타고 그날 밤 북경에 도착해서 북경사범대학 유학생 숙소에서 잤다. 옛날 알던 유학생들이 많이 모였는데, 내가 오랜만에 다시 왔다고 무척 반겼다. 그러나 내일 아침 8시 비행기이니, 6시까지는 공항에 가야 하고 5시에 출발해야 하기 때문에 술자리를 자제하고, 좀 일찍 마치고 잠을 청했다. 오늘 오전에 시간 여유 없이 나섰다가 낭패를 볼 뻔했으므로 이제부터 좀 시간 여유 있게 미리 준비하기로 태도를 바꾸었다.

다음 날 아침 유학생 김영숙(金英淑) 등이 나를 전송하는 속에 6시 안 되어 북경공항에 무사히 도착하였다. 수속 카운터에 가 보니, 아직 수속하는 사람이 아무도 없었다. 다른 데서 산보 좀 하다가 또 와서 보니, 여전히 아무도 없었다. 그런데 7시 넘어서 가보니, 이미 수속을 다 하고 문 닫아버렸다. 귀신에게 홀린 것 같았다. 잠시 사이에 그런 상황이 되어 버렸다.

그래서 서투른 중국말로 사정사정하니, 카운터에 남자 직원 두 사람이 있는데, 끝까지 절대 안 된다고 하였다. 계속 사정하니 그중의 한 사람 마음이 바뀌어 마침내 사정을 봐서 다시 문을 열어 비행기 타는 곳까지 안내해서 비행기에 태워 주었다.

10월 30일 겨우 서울에 도착하여 강 사장 댁에서 자고, 그다음 날 새벽 연민 선생을 모시고 대만으로 향해 출발할 수 있었다.

준비 잘하지 않는 엉성한 성격 탓에 몇 번의 어려운 고비를 넘기면서, 만사는 미리미리 대비하는 것이 중요하다는 것을 절실히 느꼈다.

3. 절강성(浙江省) 온주(溫州)의 손이양(孫詒讓)의 옥해루(玉海樓)

2000년 11월에는 절강성 온주에서 열리는 중국훈고학회에 참석하였다. 나와 친한 북경사범대학의 주서평(朱瑞平) 교수가 특별히 초청하였다. 또 훈고학회 회장하던 허가로(許嘉璐) 교수가, 국적은 달라도 동성이라고 나를 특별히 좋아하고 기억해 주었다.

당시 중국훈고학회는 형편이 대단히 좋았다. 훈고학회 창설멤버로 초대회장을 맡아 그 뒤 몇 차례 회장을 역임했던 허가로 교수가 중국인민위원회 부위원장으로 있었다. 우리나라로 치면 국회부의장 격인데, 중국은 전체주의 관료체제라 중앙부서의 관원이 지방정부에 대한 영향력이 막강하였다. 어떤 지역에 가서 학회를 하면, 그 지방정부에서 대대적인 지원을 하였다. 1주일씩 인원과 차량 물자를 제공해서 도와주었다. 다른 학회는 회장이 자기와 관계가 있는 중앙의 관료에게 부탁해서 하는데, 훈고학회는 전임회장이 막강한 실력자니, 그 학회에 대한 지방정부의 지원은 상상을 초월했다. 내가 훈고학회에 몇 번 참석해 봤는데, 매번 최고급의 숙식을 무료로 제공하고, 여러 가지 협조 조처도 신속히 하였다.

허가로 교수는, 1937년 강소성(江蘇省) 회안시(淮安市)에서 출생하였다. 북경사범대학 중문과를 졸업하고 모교의 교수가 되었다. 유명한 문자학자 육종달(陸宗達)의 제자다. 주로 훈고학(訓詁學) 등을 연구해 왔고, 컴퓨터의 정보처리 분야의 최선두 주자로 권위자다. 중국의 정보화사업에 공헌한 바가 많았다.

그의 일생의 전반기는 북경사범대학 중문학과 교수, 학과장, 북경사범대학 부총장 등을 역임하였다. 60대 이후로 정계로 진출하여 중국인민대회 상위부위원장(常委副委員長)을 두 차례 역임하고, 중국언어문자위원회(中國言語文字委員會) 주임을 세 차례 역임하였다. 대표적인 유교 경전인 십삼경(十三經), 제자백가(諸子百家), 이십오사(二十五史) 등을 백화문으로 번역하는 일을 주관하여 완성해 냈다.

2000년 이때는 이미 훈고학회 회장은 물러나고, 인민대회 상임 위위원장 자격으로 참석하였다. 좌석 명패를 보니, 수장(首長)으로 써 놓았다.

회의 참석 둘째 날 허가로 위원장이 점심시간에 외국인 학자들을 특별히 초청하여 오찬을 대접하였다. 대만의 허담휘(許錟輝), 진고응(陳鼓應) 교수와 미국, 유럽의 교수들과 함께 초대되었다.

그런데 이때 점심 메뉴가 자라요리였다. 자라로 만든 국물, 자라 수육, 자라 알 등등 중국의 요리 솜씨를 뽐내는 고급요리가 나왔는데, 재료가 전부 자라였다. 나는 처음에는 먹는 척하다가 몇 차례 망설인 뒤 마침내 허 위원장에게 이야기했다. "사실 저는 태어날 때 자라와 인연이 많아, 저의 조모님이 '자라나 거북이 고기는 절대 먹지 말라.'고 당부를 했습니다. 제가 태어나기 전 저의 선친이 몸이 몹시 아팠는데, 어떤 사람이 '자라를 고아 먹으면 특효가 있을 것입니다.'라고 하기에 자라를 구했더니, 어떤 사람이 잡아 와서 팔았습니다. 그런데 그 자라가 우리 집 대문에 들어오는 순간, 우리 선친은 갑자기 더 아팠습니다. 자라가 들어온 뒤로 갑자기 아픈 것을 알고, 우리 선친이 '얼른 자라를 물에 놓아 보내라.'고 고함을 치자, 우리 조모님이 이고 강가에 가서 띄워 보내면서, 잘못했다고 수도 없이 빌었습니다. 그런 뒤 제가 태어났고, 우리 조모님은 저에게 자라나 거북이 고기는 먹지 말라고 신신당부를 하였습니다. 그래서 저는 자라고기를 안 먹습니다."

그러자 허 위원장은, 순순히 "아! 그런 사연이 있었군요. 저는 이곳의 특색 있는 요리가 자라라서 시켰더니, 미리 배려를 못 했군요. 알겠습니다."라고 하고는, 즉각 지배인을 불러 다른 무슨 요리가 있는지 문의하더니, 닭고기 요리를 시켜 주어, 자라 고기를 안 먹는 원칙을 끝까지 지킬 수 있었다.

온주시에 속한 서안시(瑞安市)에는 청나라 말기의 대학자 손이양(孫詒讓)의 살던 옛날 집이 남아 있었다. 손이양은 평생 벼슬하지 않고, 학문만 했는데, 저서가 많았다. 장서가 9만 권에 이르렀다. 그 당시로서는 어마어마한 수량이다. 손이양은 평생 벼슬하지 않고 공부만 했다. 그 부친 손의언(孫衣言)은 학문도 대단했지만, 과거에 합격하여 평생 벼슬하여 태복시경(太僕寺卿) 등 높은 벼슬을 하며, 아들의 학문을 적극 지원해 주었다. 책을 원하는 대로 다 사주고, 대형 장서각을 지어 주었다. 만년에 그도 물러나 제자들을 가르치고 학문을 하였다. 그의 아우 손장명(孫鏘鳴) 역시 학문에 뛰어났는데, 형제가 모두 과거에 급제하여 광서학정(廣西學政) 등 높은 벼슬을 지냈다. 형제가 모두 문집이 있다.

손이양의 장서를 보관하는 집이 옥해루(玉海樓)인데, 2층으로 된 사각형의 3천 평 정도의 건물이었다. 사실 손이양 개인의 장서각이 아니고, 집안의 장서각이라고 해야 옳다. 옥해라고 서재의 이름을 지은 것은, 장서가 "옥같이 진귀하고, 바다처럼 넓다.[如玉之珍貴, 若海之浩瀚.]"란 뜻에서 취한 것이다. 장서각(藏書閣) 이름에는 반드시 물과 관계되는 글자가 들어가는데, 화재를 막으려는 생각 때문이다. 옥해루에도 바다 해(海) 자가 들어가 있다.

옥해루의 장서는, 난리로 많이 흩어지고, 현재 3만 권 정도 남아 있는데, 그 가운데 귀중본만도 4천여 권이 된다. 지금은 국가 문화재가 되어, 2013년도에 모든 장서를 서안박물관(瑞安博物館)으로 옮겨 관리하고 있다.

중국은 문화유적지에 가면, 관리하는 기관에서 마당에 긴 책상에 화선지를 펴고, 먹을 갈고 붓을 준비해 놓고, 방문하는 사람들이 휘호를 하거나 글을 쓰게 하여 그것을 모아 나중에 그 기관의 기념품으로 남긴다.

훈고학회 회원들이 가니, 옥해루 앞마당에도 이미 긴 책상에 화선지 두루마리를 마련해 놓았다. 중국 교수들도 요즈음은 거의 모두 붓글씨를 못 쓴다. 어릴 때 배워 본 일이 없고, 또 일상생활에서 거의 만년필, 볼펜 등을 사용하여 글을 쓰기 때문에 붓글씨를 못 쓴다. 붓글씨만 못 쓰는 것이 아니라, 컴퓨터가 대중화된 지 30년이 넘으니, 중국의 중문과나 역사과 등 늘 한자를 사용해서 강의하거나 원고를 쓰던 교수들이 강의시간에 한자 획수가 생각이 안 나 한자를 쓰지 못하는 경우가 비일비재하다.

그러니 주최 측에서 두루마리를 펼쳐 놓았지만, 나이 든 교수 한두 명이 간단한 문구를 쓰고는 들어갔다. 심지어 허가로 위원장도 붓글씨는 못 쓴다. 그러자 분위기가 어색하게 되어 버렸다. 아무도 글씨 쓰는 사람이 없으니, 다른 학회도 아니고, 한자의 뿌리를 연구하는 훈고학회 회원들이 전국에서 모였는데, 화선지 몇 장도 못 채우고 말아야 할 상황이 되어 버렸다.

그때 나를 아는 중국 교수 몇 명이 달려와 나를 끌어내면서 자꾸 나가서 쓰라고 권유했다. 몇 번 사양하다가 어쩔 수 없어 나가서 큰 붓을 잡고 먹을 듬뿍 찍었다. 일단 찍은 뒤에는 단숨에 긴 종이에 글씨를 수십 줄을 근 20분에 걸쳐서 혼자 숨도 안 쉬고 계속 써 내려갔다. 다행히 운수가 좋아서 중간에 단 한 자도 틀리지 않고, 줄도 안 그어진 화선지에 거의 고르게 실수 없이 쓰고, 붓을 놓고 돌아왔다. 주최 측에서 긴 화선지를 들어 보이고, 중국 교수들이 다투어 사진을 찍었다.

내가 이렇게 한문으로 길게 글을 지어 초서로 장시간 쓴 데는, 중국 교수들에게 보이려는 의도도 없지는 않았다. 중국 교수들은 한국 교수들이 한문학이나 중국 문학을 전공한다 해도 한자 조금 알겠지 하면서 속으로 상당히 가벼이 보는 마음이 없지 않다. 중국 사람들이 한국 사람 보고 "한문 잘하시네요.", "중국말 잘하시네요." 하는 것은 기준을 아주 낮추어 보고 하는 말이다. 우리가 미국 사람이나 영국 사람이 한국말 몇 마디만 해도 "한국말 잘하시네요." 라고 하는 것과 마찬가지다.

내가 쓴 내용은 대략 이러했다.

"손이양 선생에 대해서는 한국에서 오래전부터 들어왔다. 손이 양(孫詒讓) 선생은 절강성(浙江省) 서안(瑞安)에서 태어나 평생 학문 에만 전념했는데, 장서가 대단이 많고, 학문이 뛰어나고 저서가 많 다고 들었다. 오늘 정말 어려운 기회를 얻어 이곳에 와보니, 대단히 다행으로 생각되고 감회가 새롭고, …… 앞으로 잘 관리하여 학문발 전에 많은 도움을 주기 바란다. 못 하는 글을 이렇게 감히 남겨 두고두고 내외의 웃음거리가 될까 두렵다. 허권수(許捲洙), 경진(庚 辰 2000)년 소춘(小春, 음력 10월)에."

반초서(半草書)의 제법 큰 글씨로 한자 3백여 자 분량의 글 한 편을 즉석에서 지어서 써 주었다. 3백여 자 정도면, 유명한 왕희지(王羲之)가 쓴 「난정서(蘭亭序)」의 길이와 거의 맞먹는다.

　　중국 사람들의 탄성과 박수갈채가 쏟아졌다. 저 한국 교수가 한문 좀 한다고 생각은 했지만, 저렇게 자신들이 할 수 없는 고문(古文 : 漢文)으로 즉석에서 작문해서 초서로 숨도 안 쉬고 써내려 가리라고는 상상도 못 했던 것이다. 한문은 중국 사람들의 전유물이 아니다. 한국에도 얼마든지 중국 학자 못지않은 학자가 있다는 것을 알게 해 준 효과가 없지 않았다.

　　3백여 자에 달하는 문장을, 그 자리에서 갑자기 불려 나와 붓을 잡자마자 바로 지어낸 것처럼 보이지만, 사실은 나의 머릿속에 어느 정도 미리 구상해 둔 것이다. 학회 마치고 옥해루(玉海樓)에 간다는 계획이 이미 되어 있었으므로, 거기 간다면 틀림없이 화선지를 펼쳐 놓고 글을 지으라고 할 것이고, 중국 교수들이 먼저 몇 명이 나서서 글귀 몇 자 쓰고 나면, 더 이상 글 쓸 사람이 없을 것이다. 그때가 되면 나에게 글을 쓰라고 강하게 요청하지 않겠나. 그런 상황이 되면 나를 아는 훈고학회 회장 이건국(李建國) 교수, 북경사범대학 주소건(朱小建), 주서평(朱瑞平) 교수 등이 나를 강하게 추천하여 끌어낼 것이다. 그렇게 될 때 내가 어떻게 무슨 내용으로 어떻게 쓰지 하면서 그곳에 가기 전부터 예상하고 구상해서 이리저리 몇 차례 고쳤고, 글씨도 비록 손가락으로나마 몇 차례 연습을 해 두었다. 그렇기 때문에 그 자리에서 수백 자를 단번에 지어낼 수 있었던 것이다. 다른 사람들이 볼 적에는 붓만 들면 수백 자를 지어

내는 천재 같은 사람처럼 보였으나, 사실은 아니다.

이런 것을 복고(腹稿 : 배 안에 든 원고), 또는 뇌고(腦稿 : 머릿속에 든 원고)라 하는 것이다. 옛날 당(唐)나라 초기의 왕발(王勃) 같은 사람은, 유명한 시인이면서 천하의 명문 「등왕각서(滕王閣序)」로 오늘날까지도 유명하다. 그는 글 지을 일이 있으면, 종이를 펼쳐놓고 먹을 갈아 놓은 뒤 술을 잔뜩 마시고 대취하여 곯아떨어져 한숨 잔다. 자고 나서 일어나 붓을 잡으면 단 한 번도 쉬지 않고 단번에 한 편의 글을 지어 냈다.

반면에 송(宋)나라의 대문호 동파(東坡) 소식(蘇軾)은, 친구들에게 유명한 「적벽부(赤壁賦)」를 단숨에 지었다고 이야기하기는 했지만, 사실은 그가 수정하여 버린 종이가 여덟 섬이나 되었다고 한다. 그는 글을 지으면, 그 글을 문 위에 붙여두고, 드나들며 붉은 붓으로 고치는데, 얼마 지나면, 모두 붉은 붓으로 고친 글씨만 남게 된다고 했다. 그러면 또 정서하여 새로 붙여 두고 또 붉은 붓으로 고쳤다. 얼마 지나면 또 모두 붉은 붓으로 고친 글자만 남아 또 정서해서 붙였다고 한다. 그만큼 글을 지을 때 정성을 들여 여러 번 고친다는 의미이다.

사람마다 생각과 방식이 다르기 때문에, 꼭 단숨에 짓는다고 잘 짓는 것은 아니고, 시간이 오래 걸린다고 안 좋은 것은 아니다. 어떤 방식이든 결과적으로 좋은 글을 지어내는 것이 중요하다.

고려 중기 무신정권 때 문신들이 사람들에게 빨리 짓는 솜씨를 보이기 위해서 쌍운주필(雙韻走筆)이라는 문학적 놀이를 했다. 누가 시의 운자(韻字)를 부르면, 두 사람 붓을 달려 빨리 시를 지어내어 승부를 거는 창작행위이다. 정말 대단한 실력의 소유자 아니면, 할 수 없는 일이다. 우리말과 순서가 다른 한문으로 바로 즉석에서 시를 지어내는 일은 정말 쉬운 일이 아니다.

이렇게 중국 학자들의 칭찬을 받으며 지내고 있는데, 갑자기 그 곳까지 우리 누님이 별세했다는 부고가 한국에서 전해져 왔다. 그 때까지는 휴대폰이 없었는데, 북경에서 여행사 하는 제자에게 전달이 되었고, 그 제자가 내가 아는 중국 교수에게 연락해서 전달받았다. 그때만 해도 온주 비행장으로 가서 비행기를 타고 거기서 북경이나 상해로 가서 한국행 비행기를 바꾸어 타야 했다. 바로 출발한다 해도 도저히 장례식에는 참가할 수 없었다. 혹시 해서 북경에서 여행사 하는 제자를 통해서 알아보니, 비행기표를 구할 수도 없어 중간에 돌아올 수 없었고, 끝까지 학회에 참가하고 원래 일정대로 북경으로 가서 책 좀 사고, 아는 교수들 만나보고 돌아왔다.

남명(南冥) 선생 서원 두 곳 복원사업 참여

어떤 큰 학자가 돌아가면 그를 숭모(崇慕)하는 방법이 여러 가지가 있는데, 제자들이나 후학(後學)들이 그분의 학덕을 기려 서원을 세워 향사(享祀)하는 것이 가장 높이는 방법이다. 서원을 세우느냐 마느냐는 학덕(學德)이 있느냐 없느냐를 가지고 판단한다. 공(功)이 있는 사람은 서원은 안 되고, 사당을 세운다. 이순신(李舜臣) 장군 같은 경우 서원은 안 세우고 사당을 세워 향사하는 것이다.

우리나라를 대표하는 대학자인 남명(南冥) 조식(曺植) 선생을 향사하는 서원은, 진주(晋州 : 지금은 山淸郡 矢川面)의 덕천서원(德川書院), 삼가(三嘉 : 지금의 陜川郡 三嘉面)의 용암서원(龍巖書院), 김해(金海)의 신산서원(新山書院) 등이 있었다. 서울 삼각산(三角山) 밑에는 조계서원(曹溪書院)이 있었다.

1576년 남명 선생이 서거한 4년 뒤인 1576년 지금의 산청군 덕산(德山)에 덕산서원(德山書院)을 건립하여 위패(位牌)를 봉안(奉安)하고 향사를 처음으로 거행했다. 1592년 임진왜란(壬辰倭亂)으로 소실되어, 1602년에 중건하였다. 1609년에 사액(賜額)하면서 덕천서원(德川書院)으로 이름을 바꾸어 내려 보냈다.

1576년 삼가현(三嘉縣) 회현(晦峴)에 회산서원(晦山書院)을 건립하여 1582년 위패를 봉안하여 향사하였다. 1593년 임진왜란으로 소실되었다.

1601년 합천군 봉산면(鳳山面) 봉계리(鳳溪里)로 옮겨 재건하여 잠시 향천서원(香川書院)이라 이름하였다. 1609년 사액(賜額)을 하면서 용암서원(龍巖書院)으로 이름을 바꾸어 내려 보냈다.

1588년에 남명 선생이 강학하던 김해(金海)의 신어산(神魚山) 산해정(山海亭) 터에 신산서원(新山書院)을 짓고 남명의 위패를 봉안하여 향사하였다. 1592년 임진왜란 때 소실되어 1608년에 중건하였다. 1609년에 사액되었다.

퇴계(退溪) 이황(李滉) 선생이나 우암(尤庵) 송시열(宋時烈) 선생 등의 서원이 전국에 두루 분포되어 있고, 숫자가 40여 곳을 넘는 것에 비하면, 남명 선생을 향사하는 서원은 숫자도 많지 않고, 경상남도에 국한되어 있었다. 이에는 인조반정(仁祖反正) 이후 남명학파(南冥學派)가 멸절(滅絕)되고, 정권을 잡은 서인(西人)들이 남명을 의도적으로 폄하해 온 영향이 크다고 할 수 있다.

서울에 있던 조계서원은 광해군(光海君) 때의 실권자 이이첨(李爾瞻)이 주도하여 세웠다 하여, 인조반정 직후에 바로 파괴되고, 남명 선생의 위패도 내팽개쳐졌다. 광해군 때 전횡하던 간신 이이첨 때문에 남명에게까지 욕됨이 미쳤다.

1863년 대원군(大院君) 이하응(李昰應)이 실권을 잡은 이후 1868년부터 전국의 서원을 훼철하기 시작하여 1871년에까지 47곳만 남기고, 거의 1천여 곳에 이르던 서원을 모두 훼철하였다. 47곳이라 하지만, 22곳은 사우(祠宇)이고, 실제 서원은 25곳만 남겼다. 남기는 기준은, 성균관(成均館) 문묘(文廟)에 종사된 우리나라의 십팔현(十八賢)에 한하여 모시는 서원 각 하나씩 남기고, 그 밖의 7곳은 국가민족을 위해서 큰 공이 있거나 학문적으로 뛰어난 분의 서원 하나씩 해서 모두 25곳이다. 국가민족에 큰 공이 있거나 학문이 뛰어났다는 것은 기준을 정하기가 정말 애매하다.

전해 오는 이야기로는 덕천서원은 원래 훼철 대상에서 제외되었으나, 그 당시 노론(老論) 출신의 경상감사가 덕천서원 뜰에 들어서서 남명 선생의 제자인 수우당(守愚堂) 최영경(崔永慶) 선생에게 내리는 선조(宣祖) 임금의 사제문비(賜祭文碑)가 있는 것을 보고, 갑자기 마음이 변해서 훼철하기로 결정했다고 한다. 수우당 선생은 1589년 기축옥사(己丑獄事) 때 억울하게 옥사하였다. 그 뒤 신원되는 과정에서 서인 정철(鄭澈), 성혼(成渾) 등이 삭탈관작당했다 하여, 서인 측에서 가장 싫어하는 인물이기 때문이라고 한다.

어쨌든 대원군의 서원훼철정책으로 인해서 남명을 모신 서원 3곳은 모두 훼철되고 말았다.

대원군이 서원의 폐단을 들어 서원을 거의 전부 철폐해 버렸는데, 서원은 우리나라가 낳은 훌륭한 선현들의 제사를 지내고, 좋은 점을 본받아 선비를 기르고 각 지역의 윤리도덕을 책임지는 백성들의 정신적 교육장이었다. 서원에서 기른 선비정신이 실제로 우리나라를 정신적으로 지탱해 갔다.

임진왜란 때 우리나라를 다시 구출한 힘은 선비정신이다. 일제강점기 때 독립운동에 참여한 분들도 대부분이 선비들이다. 상해(上海) 대한민국임시정부의 지도자들도 거의 모두 선비들이었다. 대원군이 서원을 훼철함으로써 서원의 폐단은 근절되었을지 몰라도, 더 큰 선비정신을 잃어 우리나라 선비들이 갈 길을 잃고 방황하는 바람에 조선이 더 빨리 망하게 되었다. 대원군이 서원철폐 행위는 마치 대학생 몇 명이 못된 짓을 한다고, 종합적으로 고려해 보지도 않고 대한민국에 있는 대학을 몇 개만 남기고, 다 없애 버리는 것과 같은 짓이다.

대선생(大先生) 남명 선생을 향사할 곳이 한 군데도 없게 되자, 당시 경상우도(慶尙右道)의 선비들이 1916년 진주향교(晉州鄕校)에서 도회(道會)를 열어 도내 선비들을 모아 덕천서원 강당인 경의당(敬義堂)을 중건하기로 결의하였다. 그 5년 뒤인 1921년 경의당을 준공하였다. 1926년에는 사우 숭덕사(崇德祠)를 중건하여, 1927년 남명 선생의 위패를 봉안하고 다시 향사를 지내기 시작했다.

덕천서원은 복원되었지만, 신산서원과 용암서원은 최근까지 복원을 못한 채 지내왔다.

1. 신산서원(新山書院) 복원사업에 참여

1992년에 이르러 김해 유림들이 주축이 되어 창원(昌原), 밀양(密陽), 창녕(昌寧), 함안(咸安) 등지의 유림들을 규합하여 신산서원복원추진위원회를 결성하였다. 1998년에 이르러 이 추진위원회가 산해정(山海亭) 유림, 김해향교, 유도회(儒道會) 김해지부와 공동으로 신산서원 복원사업을 본격적으로 추진하기 시작했다. 경남은 지형상 같은 도내라도 동서로 소통이 안 되고 소통할 필요성도 거의 없어, 김해 등지에서 하는 일을 서부 경남인 진주 등지에서 거의 모르고 지낸다.

1999년 6월에 이르러 신산서원 복원공사가 낙성되어 남명 선생과 송계(松溪) 신계성(申季誠) 선생을 연향(連享)하는 고유제(告由祭)를 지내고, 그다음 날 첫 향사를 지냈다.

1998년 여름 신산서원 복원공사가 거의 다 완공되어 갈 즈음에, 신산서원 복원공사가 다 되어 간다는 소문을 들은 당시의 덕천서원 원임 환재(渙齋) 하유집(河有楫) 선생이 남명 선생의 후손으로 덕천서원의 내임(內任) 등의 일을 오랫동안 보아온 조종명(曺鍾明) 사문(斯文)에게 이렇게 이야기했다. "옛날부터 신산서원에서 무슨 중요한 일을 진행할 때는 남명 선생을 모신 서원 가운데서 주원(主院 : 가장 중심된 서원)인 덕천서원(德川書院)과 반드시 의논해서 결정했다고 김해 유림들에게 전달 좀 하게." 환재는 김해 인근의 유림들이 서원 복원을 제도에 맞게 옳게 하겠나 하는 우려도 있었다.

사실 서울의 어떤 이름 있는 대학의 저명한 철학과 교수가 주도해서 서원을 복원했는데, 서원과 편액을 초서(草書)로 휘갈겨 쓰고, 서원과 사당의 기둥에다 주련(柱聯)을 다는 등, 서원의 제도를 전혀 모르고서 멋대로 복원해 안목 있는 사람들의 비웃음을 산 적이 있었으므로, 환재가 우려한 것이다.

신산서원 등에서 반드시 덕천서원에 의논했다는 것도, 기록에 남아 있는 것이 아니고, 두 서원의 유림들이 서로 왕래하고, 임원을 겸직한 분이 많았으니, 서로 의논하지 않았겠나 하는 환재의 짐작이었다.

조종명 사문이 환재의 뜻을 받들어 가서 그렇게 전했다. 김해 유림들은, 안 그래도 서원을 복원하면서 내심 의문스러운 것이 많았는데, 덕천서원 쪽에서 그런 연락이 오니까, 반갑게 생각하면서, "우리가 곧 전체 유림들 모임을 가질 예정이니까, 덕천서원 측에서 그날 참석해서 의견을 제시해 주시면 좋겠습니다."라고 답이 왔다.

환재는 유교 예법이나 제도에 대해서 안목이 있는 분이다. 답이 왔다는 소식을 듣고, 조종명 사문에게, "거참 잘 되었다. 보나마나 김해 유림들이 대현(大賢)의 서원을 복원한다면서, 주먹구구식으로 되는 대로 하고 있을 거야. 우리 쪽에서 가서 바로 잡아주어야 옳은 서원이 안 되겠나? 종명이 자네하고, 서원 내임을 지낸 조온환(曺穩煥), 조종호(曺鍾湖)도 같이 가고, 원임(院任)인 호당(浩堂 : 金煉의 호)도 같이 가자고 해라."라고 당부하였다.

신산서원은 원래 있던 산해정(山海亭) 건물을 강당으로 해서 복원하기 때문에 사우와 동재(東齋) 서재(西齋)만 새로 지으면 되기에 복원사업이 사실상 아주 쉬웠다. 또 당시 송은복(宋銀復) 김해시장이 시비와 국비, 도비 합쳐 5억의 경비를 지원해 주어 복원 자금의 조달에도 아무 어려움이 없었다.

산해정에서 유림회의를 하는 날, 덕천서원 측에서 환재 등 여럿이 참여했다. 김해 유림의 원로 이강림(李康林) 회장이 인사말을 하고 나서, 환재 등 참석한 덕천서원 측 유림들을 소개했다. 환재가 전한 "신산서원에 중요한 일이 있을 때는 반드시 주원인 덕천서원과 상의해 왔다."는 그 말에 이미 신산서원 유림들은 스스로 작은 집처럼 생각하고, 큰 집인 덕천서원의 유림들에게 기선이 제압당해 있었다.

회장이 인사말을 끝내고 나서, 환재에게 한 말씀 하라고 했다. 환재는 무슨 말을 할지 사전에 철저히 준비했다. 환재는 무슨 모임이나 강연이 있으면 반드시 그 앞날 나에게 여러 차례 자문을 구했다. 심한 경우에는 하루 저녁에 전화를 35번 할 정도로 철저하게 준비한 적도 있었다. "이렇게 이야기하려는데, 되겠나?" 하면, 내가 "그 부분은 좀 줄이시고, '글을 누구에게 받느냐 하는 것이 중요합니다.'라고 말씀하시면 좋습니다."라고 수정을 해 주었다. 두 사람 사이에 큰 견해 상 별 차이가 없기 때문에, 서로 소통이 잘 되었다.

환재는 마이크를 잡고 상당히 장시간 이야기를 하였다. 거의 특강(特講) 수준이었다. 서원복원에 앞장서는 김해 일대의 유림들의 공로를 모두에 칭찬하고 나서 이런 요지로 이야기했다.

"남명 선생 같은 대현을 모신 서원은 건물이 중요한 것이 아닙니다. 전국의 서원은 어느 서원이나 그 구조나 건물은 거의 같습니다. 그 서원의 위상(位相)이 중요합니다. 어떤 서원에 걸린 글을 보면, 그 서원의 위상을 알 수 있지요. 예를 들면 지금 퇴계 선생이나 남명 선생이 지은 기문(記文)이 걸린 서원이 있다면, 건물과 관계없이 그 서원은 최고의 위상을 유지할 수 있을 것입니다. 여러분들이 지금 정성을 들여 신산서원을 복원하시는데, 거기 걸릴 글을 잘 받아야 복원사업이 최종적으로 성공하는 것입니다. 신산서원에 걸릴 글은, 우리나라 유학사(儒學史)나 한문학사(漢文學史)에 이름이 올라갈 학자의 글을 받아야 합니다. 곧 학통(學統)에 들어갈 학자의 글을 받아야 한다는 것입니다. 이 점을 여러분들이 이해하셔서 실행한다면, 신산서원 복원은 성공하는 것입니다. 친분에 얽혀 가지고 자기 아는 사람에게 글 짓는 일을 맡기는 등 일 맡은 사람이 인심을 쓰기 시작하면, 그 서원은 망하는 겁니다. 지금 회장, 부회장 등이 각자 자기 아는 사람에게 글 맡기면, 얼마 지나지 않아, 서원에 걸린 글 지은 사람 이름을 아무도 모릅니다. 남명 선생을 향사할 신산서원에 걸릴 글을 지을 분은, 유학사에 이름이 오를 분이나 학통에 들 분이라야 됩니다."

모인 모든 유림들이 환재의 말에 귀를 기울여 듣고 완전히 빨려 들었다. 잡음 한마디 없었다.

신산서원 추진위원들은 발언을 할 생각을 못 했다. 추진위원회 회장이 다시 "그럼 유학사에 이름이 오를 분이나 학통에 들 분이 어떤 분이 있습니까? 말씀을 좀 해 주시지요."라고 요청했다. 다행히 회장, 부회장, 그분들은 개인적으로 신산서원에 걸 글 하나 짓게 해달라는 청탁을 받은 사람은 아무도 없었던 것이다.

환재가 "이치상 그렇다는 것이니, 꼭 제 말대로 하자는 것은 아닙니다. 여러분들이 알아서 하셔야지, 제가 어떻게 다 이야기를 합니까? 조선시대 같으면, 학봉(鶴峯) 김성일(金誠一), 서애(西厓) 유성룡(柳成龍), 갈암(葛庵) 이현일(李玄逸), 대산(大山) 이상정(李象靖), 정재(定齋) 유치명(柳致明) 같은 분들이 학통에 든 학자지요. 경상우도(慶尙右道)를 예를 들면, 면우(俛宇) 곽종석(郭鍾錫), 회봉(晦峯) 하겸진(河謙鎭), 중재(重齋) 김황(金榥), 여기 김해 사시다가 밀양 가신 소눌(小訥) 노상직(盧相稷) 같은 학자들이지요."라고 예를 들어 주었다.

회장이 다시 "어떤 글을 어떤 학자에게 받아야 합니까? 우리가 잘 모르니까, 환재께서 나오셔서 진행을 좀 맡아 주십시오." 환재가 다시 앞에 일어서서 "우리는 객(客)인데, 진행을 하다니요?" 하고 사양하였다. 두 번 세 번 요청하니 환재가 마지못하여 앞으로 나가서, "그럼 총무 누구십니까? 앞으로 나와서 칠판에 좀 적어 보세요. 집을 한 채 지어서 글을 걸게 되면 제일 중요한 것이 기문(記文)이고, 그다음은 상량문(上樑文)입니다. 새로 서원을 지어 봉안을 하려면 봉안문(奉安文)이 필요하고, 향사에는 상향축문(常享祝文)이 필요합니다. 이 네 가지 글이 필요하고, 봉안하는 어른이 남명 선생 이외에 송계(松溪) 선생이 계시니, 고유문은 두 편, 상향축문이 두 편 있어야 하니, 글을 모두 여섯 편을 받아야 하겠습니다. 이 시대에 학통에 실릴 만한 큰 학자를 치자면, 연세대학교 교수를 지낸 연민(淵民) 이가원(李家源) 선생이 으뜸입니다. 우리나라 한학이나 유학의 태두일 뿐만 아니라, 중국 학자들도 알아줍니다. 그러나 이분은 퇴계 선생 후손이라, 남명 선생 모시는 서원에 기문 짓기에는 적합하지 않습니다. 그다음으로는 밀양 출신으로 성균관대학교 교수를 지낸 벽사(碧史) 이우성(李佑成) 박사가 있습니다. 또 재야 한학자인데 안동 출신의 용전(龍田) 김철희(金喆熙) 선생이 있습니다. 그다음으로 아직 나이 50이 안 되었지만, 앞으로 일국의 대유(大儒)가 될 것으로 확신하는 경상대학교 교수 허권수(許捲洙) 박사가 있습니다. 김해서 복원하는 서원인데, 김해 본토의 학자가 한 명도 안 들어가면, 김해 유림의 자존심상 문제입니다. 김해 유림 가운데 보발(保髮)하고 전통적 방식으로 한문공부한 선비 화재(華齋) 이우섭(李雨燮) 사문도 참여시키는 것이 좋을 것입니다. …… 적으세요. 기문은 이우성 박사, 상량문은 김철희 선생, 남명 선생 봉안문은 허권수 교수, 송계 선생 봉안문은 이우섭 사문으로 추천합니다. 아시는 분이나 더 좋은 다른 분 있으시면 기탄없이 말씀해 주세요. 김해 유림들이 지어 놓은 서원에 와서 제가 마음대로 결정해서는 안 되지 않겠습니까?"

실제로 환재가 모든 것을 다 정하고 말을 마쳤는데, 김해 유림들은 한마디 의견 제시도 없어 환재 말한 대로 다 결정했다.

그 밖에 고유제 행사 절차, 남명 선생과 송계 선생의 위차(位次) 문제, 봉안헌관 선정, 향사 헌관 선정 등등 여러 가지 일을 모두 환재에게 일임했다.

나는 그때 남명 선생 봉안문을 사언(四言) 116구, 464자의 장편으로 지었는데, 중간에 운자(韻字)를 안 바꾼 일운도저형(一韻到底形)으로 지었다. 나는 고유제 하는 날은 갑자기 식중독으로 못 갔는데, 전해 들으니, 내가 지은 「남명봉안문」을 보고, 춘산(春山) 이상학(李相學) 옹 등 한학자들이 잘 지었다고 탄복했다고 한다. 「송계봉안문」을 지은 김해의 한학자 화재(華齋) 이우섭(李雨燮) 사문이 "허 교수가 지은 글은 잘 되기는 잘 되었는데, 너무 장황하다."라고 하자, 덕천서원 원임인 호당(浩堂) 김련(金煉) 사문이 바로 "그럼 일국의 대선생 남명 선생에게 바치는 봉안문하고, 지방 선비인 송계 봉안문하고 길이가 같아서 되겠나? 두 배 세 배 긴 것이 당연하지."라고 하니, 아무 말도 못 했다고 한다.

남명 선생의 상향축문도 내가 지었다. 소개하면 다음과 같다.

도는 공자를 이으셔서,   道紹洙泗
경(敬)과 의(義)로 바탕으로 삼았습니다.   敬義爲基

남기신 가르침 그치지 않으니,　　　　　　　　遺教不歇

백세의 으뜸 되는 스승이십니다.　　　　　　　百世宗師

1999년 6월 12일 신산서원 복원 고유제(告由祭) 및 기념식이 열렸다. 고유제 홀기(笏記) 등도 내가 기초해서 환재와 의논해서 만들어 행사를 주관하였다. 환재와 남명 선생 후손 조온환, 조종명, 조종호 사문 등, 이상필(李相弼) 교수와 덕천서원 측에서 상당수의 유림들이 하루 전날 참석하였다.

행사 당일에 환재가 마이크를 잡고 사회를 보며, 고유제를 주도하였다. 김해 유림 가운데도 한문을 잘하고, 다른 유림 모임에서 행사를 좌지우지하는 분이 몇 명 있는데도, 환재가 워낙 자신감 있고 정확하게 하니, 누구 하나 감히 입을 못 떼었다. 완전히 행사가 환재 주도로 되어 잘 마쳤다.

김해 등 중부 경남 유림들이 몇 년간 노력하여 서원을 복원시켜 놓고는 덕천서원 원임인 환재가 행사를 주도하니, 못마땅하게 여긴 유림이 몇몇 있었다. 환재가 칠곡에 사는 사미헌(四未軒) 주손(冑孫)인 녹여(甪廬) 장지윤(張志允) 사문을 봉안고유제 초헌관으로 추천하자, 함안의 어떤 원로 유림이 불만을 갖고, "사미헌이 누구요? 사미헌이 남인이요? 노론이요? 신산서원하고 무슨 관계가 있다고 헌관을 시켜요?"라고 질문하였다. 환재가 의도적으로 "유림에 평생 출입한다고 하면서 사미헌이 누군지 정말 모르십니까?" 하니, 그분이 더 이상 이야기하면 자기 밑천이 탄로 날 것 같아서 그냥 조용히 있었다.

2. 용암서원(龍巖書院) 복원사업 참여

1999년 족선조(族先祖) 후산(后山) 허유(許愈) 선생의 『후산선생문집(后山先生文集)』 영인 출판하는 일과 2001년에 있을 남명 선생 탄신 5백 주년 기념식을 준비한다고, 덕천서원 원임인 환재(渙齋) 하유집(河有楫) 선생과 호당(浩堂) 김련(金煉) 선생, 후산 선생 증손 허왕도(許旺道), 집안의 허종희(許宗禧) 사문 등과 자주 만났다. 환재는 후산집간행추진위원장이고, 호당은 부위원장을 맡아 간행하는 일을 완성하였다.

간행고유제와 문집 반질을 다 마친 뒤, 호당과 왕도(旺道) 대부가 고맙다는 표시로 식사를 대접한다고 자기들이 사는 합천(陜川)으로 한번 오라고 해서 모임이 이루어졌다. 당시 합천군수 강석정(姜錫正) 씨, 합천의 원로 한학자 춘산(春山) 이상학(李相學) 옹, 호당과 친한 춘정(春汀) 허종희 사문, 허왕도 사장 등과 그 밖의 합천의 몇 사람을 초청하였다. 나는 진주에서 환재를 모시고 참석했다. 별 뚜렷한 목적이 있는 모임은 아니고, 그냥 인사차 모인 것이었다.

모임이 끝날 무렵에 환재가 합천군수에게, "강 군수! 역사에 남을 일 한 가지 하시지요. 만약 강 군수가 재임 기간 중에 용암서원을 복원하면, 불교계에서 합천 해인사(海印寺) 복원하는 것만큼 가치가 있을 거요. 한번 추진해보세요."라고 이야기했다.

용암서원 복원은, 신산서원에 비하면 어려움이 많았다. 우선 용암서원은 터도 남아 있지 않았고, 기록도 별로 없었다. 용암서원이 훼철된 뒤 서원 터는 1984년 합천댐이 준공되면서, 물속에 잠겨버렸다. 문화재로 지정된 것이 아무것도 없었다. 서원 이름 말고는 아무것도 남은 것이 없으니, 복원이 될 수가 없었다. '복원'이란 원래 모습을 회복하는 것인데, 원래 모습이 없는데, 무엇을 어떻게 복원하겠는가?

어쨌건 2000년 8월에 합천 유림을 중심으로 서부 경남 인사 수백 명이 모여 용암서원복원추진위원회를 결성하고, 추진위원장에 김련(金煉) 사문을 추대하였다. 그 뒤 위원장은 허종희 사문을 총무로 임명하였다. 나와 환재 등은 추진위원에 들어갔다. 김 위원장과 허 총무는 일을 맡은 이후로 거의 매일 군청에 들르고 현장에 나가는 등 일을 하려고 정성을 다해 노력하였다. 무슨 보수가 있는 것은 전혀 아닌데, 대현의 서원을 복원한다는 사명감으로 했다.

그러나 경남도청 등 관청에서는 아무런 근거가 없다며 난색을 표하여, 일이 잘 추진되지 않았다.

2002년 7월에 합천군수로 심의조(沈義祚) 씨가 당선되면서 일이 서서히 풀렸다. 심 군수는 새마을 지도자, 면 농협조합장, 토지개량조합장 등을 거쳐 민선 군수로 당선되었다. 의지가 굳고 능력이 대단한 인물이었다. 전혀 근거 없다고 거부당한 용암서원 복원의 일의 실마리를 풀어 성사시킨 사람이 바로 심 군수다. 직접 문화부, 기획처를 찾아가 장시간의 담판 끝에 상대를 설득시켜 예산 8억을 확보하였다. 그래서 2002년에 용암서원 부지로 삼가면 외토리(外吐里) 남명 선생 탄생지 부근의 논 2천3백 평을 매입하였다.

김련 위원장의 열정과 심의조 군수의 지원이 서로 어울려 용암서원을 완성해 낼 수 있었다. 경상남도 문화재의원들도 오랫동안 복원을 의결해 주지 않는 것을, 김련 위원장이 여러 차례 설득하여 허가를 받아냈다. 또 김 위원장은 풍수에 통달해서 강당은 6칸, 동서재(東西齋)는 5칸, 사당은 3칸, 대문은 5칸으로 설계하려고 하자 문화재의원들이 또 반대했다. "우리나라 서원에 6칸짜리 강당이 어디 있으며, 5칸짜리 대문이 어디 있습디까? 안 그래도 근거 없는 복원인데, 이런 식으로 멋대로 하면 우리가 어떻게 인정합니까? 사람 곤란하게 하지 마십시오." 김 위원장은, "이곳의 풍수로 볼 때 6칸으로 하지 않으면 앞으로 안 좋은 재앙이 겹쳐 일어난다고." 결국 설득하여 김 위원장 뜻대로 6칸 강당을 지어냈다.

환재와 나는 김련 위원장의 자문에 자주 응했다. 주로 김 위원장, 환재, 허종희 총무 등과 자주 만나 서원 복원에 관한 여러 가지 일을 많이 의논했다. 허 총무는 복원을 보지 못하고, 중간에 세상을 떠났고, 허 총무의 집안사람인 허오도(許吾道) 사문이 총무를 이어 받아 일을 처리하였다.

용암서원의 건물이 다 되어 갈 무렵, 서원에 걸릴 글 받을 사람을 확정해서 미리 부탁해야 낙성식할 때 글을 걸 수가 있다. 용암서원도 신산서원처럼 환재의 추천으로 글 받을 곳이 정해졌다. 기문은 벽사(碧史) 이우성(李佑成) 교수, 상량문은 허권수(許捲洙), 봉안문은 춘산(春山) 이상학(李相學) 옹, 상향축문은 옛날에 있던 것을 그대로 쓰기로 했다.

용암서원은 강당, 사우(祠宇) 동재(東齋) 서재(西齋), 대문 등의 명칭마저 남아 있지 않아, 김 위원장의 부탁으로 그 이름을 내가 지었다. 강당은 거경당(居敬堂), 사우는 숭도사(崇道祠), 동재(東齋)는 한사재(閑邪齋), 서재는 존성재(存誠齋), 대문은 집의문(集義門)으로 했다. 남명의 사상을 나타낼 수 있는 의미가 담긴 이름을 골라 붙였다.

용암서원 편액은, 우리나라 최고의 서예가 소헌(紹軒) 정도준(鄭道俊) 박사에게 부탁해서 썼다. 나머지는 환재와 잘 알던 고봉(古蓬) 최승락(崔承洛) 옹이 썼다. 글과 글씨는 환재가 거의 돈 안 들이고 다 받아왔다.

2007년 6월에 복원고유재(復原告由祭)를 거행했는데, 이현재(李賢宰) 전 국무총리를 초헌관으로 모셨다. 이 총리는 그 당시 덕천서원 원장으로 있었다. 이날 행사의 홀기(笏記)를 김 위원장의 부탁으로 내가 만들었다.

나는 복원이 끝나자마자 다시 두 번째로 중국 북경대학 한국학 연구중심의 방문학자로 북경으로 떠났다.

6년 동안 오로지 용암서원 복원을 위해서 아무런 대가 없이 불철주야 노력했고, 무(無)에서 유(有)를 창조해 낸 호당은, 일부 유림들의 모함을 받아 독단적으로 일했다 하여 큰 공을 세우고도 상당한 비난을 들었다.

용암서원이 복원됨으로써 남명 선생을 모신 대표적인 세 서원이 모두 복원이 되어, 남명을 추모하는 공간이 확대되었다.

그러나 용암서원은, 서원 복원의 공로자 호당(湖堂) 김련(金煉) 선생을 여러 가지 이유로 배척하고, 서원 원장을 유학에 대해서 전혀 모르는 사람들이 맡아 이상한 방향으로 끌고 가고 있다.

또 남명 제자 가운데서 합천 출신의 누구를 배향(配享)해야 한다고 주장하면서 일을 추진하는 모양인데, 한자 한 글자 모르고 문집 한 장 안 읽어 본 사람이 어떻게 남명 제자들의 수준을 평가하여 누구를 남명 선생의 서원에 마음대로 배향하겠는가?

오늘날 유림이라는 사람들은 성균관장부터 유교경전을 옳게 공부한 사람은 거의 없다. 그러나 성균관이나 서원에 들어왔으면, 한 구절이라도 배울 생각을 행할 것인데, 배울 생각은 안 하고, 서원에 들어오면, 무슨 일 맡아 무슨 주장만 하려고 하니, 문제가 심각하다. 어떤 서원의 일 맡은 사람이, 몇 천 년 해오던 축문의 해석을 다 틀렸다고 자기 멋대로 해석하는 것을 보고 어이가 없었다.

사람은 자기가 아는 만큼만 주장해야 하는데, 모르는 것을 억측이나 남의 말을 듣고 실행하다 보면, 자기도 모르게 역사에 죄를 짓는 행위가 될 수가 있으니, 신중히 해야 한다.

『조선문학사』의 중국어 번역사업

1997년 6월 은사 연민(淵民) 이가원(李家源) 선생의 마지막 대작 『조선문학사』가 막 완성되어 간행되었다. 그 무렵 중국 북경사범대학(北京師範大學) 역사학 전공의 팽림(彭林) 교수가 왔기에 인도해서 연민 선생 댁에 인사드리러 갔다.

교수는 한국학(韓國學)에 관심이 깊어 1993년부터 한국을 출입하였고, 1995년에는 한국국제교류재단의 초청으로 한국에 와서 경기도 가평(加平)에 있는 임창순(任昌淳) 선생이 건립한 지곡서당(芝谷書堂)에서 6개월을 보냈다.

연민 선생에게 인사드리고 이야기를 하자, 선생은 『조선문학사』 3책에 친히 서명을 해서 기증하였다. 그러자 팽 교수는 이 책을 보고 무척 기뻐하며 이리저리 훑어보더니, 이런 책은 중국어로 번역해서 중국에서 출판해 보급하면 좋겠다고 하자, 연민 선생은 당장 귀가 솔깃해졌다.

연민 선생은 한문학자이지만, 생각은 대단히 혁신적인 분이라, 원래부터 『조선문학사』가 다 되면, 영어, 중국어, 일어 등으로 번역할 계획을 갖고 계셨다. 그리고 연민 선생은 결정을 빨리하고, 한번 결정되면, 대단한 기세로 추진한다.

그래서 북경에서 팽 교수가 번역할 학자와 출판사를 물색하기로 하고 중국으로 돌아갔다. 주선이 다 되면, 나에게 연락하여 내가 북경으로 가서 계약을 맺는 것으로 개괄적인 약속을 했다.

며칠 뒤 포항공과대학 교양학부장을 지낸 무송(撫松) 김기혁(金基赫) 교수가 연민 선생 댁을 방문했다. 연민 선생의 손아래 동서다. 일본 명치대학(明治大學), 미국 캘리포니아대학에서 근대외교사를 전공하여 박사학위를 받아 캘리포니아대학 교수로 있다가 1986년 김호길(金浩吉) 박사의 초빙으로 포항공과대학으로 옮겨 근무했다. 영어, 일본어 등에 능통한데, 논문이나 저서는 주로 영어로 썼다.

연민 선생이 "북경에서 허권수 교수와 잘 아는 팽림이라는 교수가 와서 『조선문학사』를 한 벌 주었더니, 중국어로 번역하자고 건의하기에 번역하기로 계획하고 지금 추진 중에 있네. 앞으로 영어로도 번역해야 할 것인데, 김 박사가 주선을 좀 해 주면 좋겠네."라고 했다. 김 박사는 단호하게 "학술서적은 외국으로 번역한다고 해서 옳게 번역이 되는 것이 아닙니다. 조선문학을 연구할 사람은, 한국말을 배워서 원서를 보고 연구하지 한국말을 모르는 사람이 중국어나 영어로 번역된 『조선문학사』를 보고 연구하겠습니까? 그다지 필요하지 않은 일입니다. 더구나 영어로 번역하는 일은 더 안 되지요. 문화가 워낙 달라 어설픈 영어로 번역해 놓으면, 서양 사람들이 보아도 무슨 말인지 모릅니다. 문화나 학문은 번역에 의지해서 공부하려고 하면 안 됩니다."라고 했다. 연민 선생의 의견과 정반대로 번역할 필요 없다고 강하게 반대의견을 개진했다.

그러나 연민 선생은 한번 하기로 결심한 일은 그대로 추진하는 성향이라, 『조선문학사』의 중국어 번역 출판에 관한 일을 내게 맡겼다. 나도 별 계산 안 하고 무조건 하는 경향이 있다.

북경에서는 팽림 교수가 일을 맡아 처리했는데, 중국 쪽에서 주선이 다 되었다 해서, 1997년 10월쯤에 내가 가니, 이미 번역진으로 북경대학 한국학중심의 심정창(沈定昌), 북경외국어 대학 한국어과의 이려추(李麗秋), 공산당 중앙당교(中央黨校)의 장련괴(張璉瑰) 등 세 교수를 교섭해 놓았고, 총괄적인 자문에는 북경대학 동방어문학과 조선문학 전공의 위욱승(韋旭昇) 교수를 교섭해 놓았고, 출판사는 전국적으로 유명한 중화서국(中華書局)과 가계약을 맺어 두었다. 위승욱 교수는 북경에서 조선문학 연구로 이름이 있고, 이미 『조선문학사』를 중국어로 내었다.

내가 "왜 조선족(朝鮮族) 교수는 한 명도 안 들었습니까?"라고 팽 교수에게 의문을 제기하자, 팽 교수는 "조선족 교수들은 한어(漢語:중국어)도 안 되고, 조선어도 안 됩니다. 그들의 한어 수준은 형편없어요."라고 일언지하에 재고할 가치도 없다는 듯이 말했다. 그때는 팽 교수의 말이 다 맞는 줄 알았다. 그러나 나중에 보니, 한족(漢族)들이 대부분 조선족 등 소수민족을 은연중에 무시하고, 소외하려는 경향이 있었다. 그리고 팽 교수가 소개한 교수 세 사람 가운데 조선문학 전공은 이려추 한 사람뿐이고, 나머지는 원래 전공이 정치학인데, 한국하고 교류가 트이니까, 서울 유학을 하고, 한국어도 전공으로 가르치는 정도였다.

내가 처음에 일을 너무 쉽게 생각하고 『조선문학사』 중국어 번역을 1년 만에 끝내어 출판해서 2000년 4월 6일 선생의 84회 생신 잔치 때 책을 봉정(奉呈)한다는 계획이었다.

그러나 구체적인 조사 없이 상상으로만 세운 계획은 실제와는 엄청나게 달랐다. 1,700여 페이지에 달하는 『조선문학사』가 워낙 방대하여, 작업량이 어마어마하게 많고, 또 남의 나라 각 대학 여러 명의 교수들에게 맡겨 일을 시켜 추진해 보니, 뜻대로 안 되고 지지부진이었다. 내가 북경에 상주하는 것도 아니고, 한국에 있으면서 일을 지휘할 수가 없었다.

북경의 각 대학교수들이 『조선문학사』 번역하는 일만 하는 것이 아니었다. 본래 각자 자기 학교 강의가 있고, 또 그 당시 한국과 중국은 한창 왕래가 활발하여 중국에 한국학을 연구하는 교수들은 너나 할 것 없이 너무나 바빴다. 더구나 번역자 대표인 북경대학 심정창(沈定昌) 교수 같은 경우는, 한국문학뿐만 아니라 한국정치에 더 관심이 많았고, 그 밖에 한국의 각종 연구소의 겸직연구원 등등 해서 한국에서 찾아오는 사람이 나뿐만이 아니었다. 나도 모르게 한국도 자주 들락거렸다. 그는 또 일본의 문화에도 관여하고 있었다. 장련괴(張璉瑰) 교수도 마찬가지였다. 이분은 중국 중앙텔레비전에 국제정치 평론에 가끔 나가기도 했다.

일이 지지부진하자, 연민 선생은 나에게 중국 교수들을 독려하지 않는다고 심하게 나무랐다. 돌아가시던 2000년 10월쯤에 "서울 한번 안 오느냐?"고 전화를 여러 번 하셔서 11월 1일 오후에 댁으로 급히 찾아뵈었다. 그해 따라 나도 유달리 일이 많고 바빴다.

그런데 그때 건강이 갑자기 안 좋아 보이고, 몸집도 갑자기 작아져 버려 전과는 영 달랐다. 그 앞에 몸이 안 좋아 고려대학 안암병원에 입원해 계셨는데, "병도 없는데 왜 병원에 있느냐?"고 성화를 내시어, 병원에서 집으로 모셔 온 직후였다.

나를 보자 『조선문학사』 되어 가는 상황을 물으시고는, 본래 예상 비용 2천만 원 가운데서 나머지 금액 1500만 원을 주셨다. "얼른 북경에 들어가서 일을 서둘러 완성해라."라고 말씀하셨다. "바쁜 일 끝내 놓고 11월 안으로 중국 한 번 다녀와 일을 완성하겠습니다."라고 약속하고 선생을 하직하였다.

내가 선생을 뵙고 돌아온 8일 뒤인 11월 9일에 선생께서 돌아가셨다. 나는 선생의 모습이 전과는 많이 달라 건강이 안 좋긴 한가보다 라고만 생각했는데, 9일 밤에 집에 돌아오니, 집사람이 "연민 선생 돌아가셨다고 하유집 선생 전화하셨더라."라고 했다. 내년 선생 생신 잔치 때 번역 다해서 봉정한다는 계획은 실현될 수 없을 뿐만 아니라, 이제 번역해서 책을 낸다 해도 선생께서는 보실 수가 없게 되었구나 하는 생각을 하니, 탄식이 나왔다. 그러나 11월 1일 나에게 독려한 것이 마지막 명령이 되었으니, 이 일을 꼭 완성해서 선생의 묘소에 번역된 책을 들고 가서 고유(告由)를 해야겠다고 결심했다.

처음에 번역 일을 시작하여 팽 교수의 연락을 받고 처음으로 북경에 갈 때, 선생께서 착수금으로 이미 5백만 원을 주었다. 그래서 중국 교수들에게 원고료 일부를 지급하였다. 각자에게 150만 원 정도였다. 그때만 해도 중국과 우리나라는 월급 차이가 워낙 엄청나서 북경의 교수들에게는 그 정도 번역비가 반년 치 월급에 해당하는 큰돈이었다. 『조선문학사』 한글판 원본 자체가 원고지

1만 매 분량이니, 중국어 번역비만 해도 어마어마하게 들 것인데, 2천만 원 가운데 7백만 원은 인쇄비로 떼어놓고, 1백만 원은 회의비라 해서 중국 교수 만나 의논할 때 식사비 등으로 쓰고, 나머지 1,200만 원으로 원고료를 충당하려고 했다. 중국어는 한국어보다 조금 줄어들기에 원고지 6천 매 정도로 보고, 한 장당 우리 돈으로 2천 원 해서 1,200만 원 정도로 예상했다.

중국에 왕래하면서 드는 비행기표 값이나 숙식비 등은 한 푼도 쓰지 않았다. 그 경비를 선생에게 달라고 할 수도 없었고, 또 나는 이 번역하는 일 아니라도 중국에 자주 다니기 때문에, 청빈한 선생의 자금에서 내가 개인적으로 쓸 수가 없었다.

2000년 11월 20일경에 연민 선생에게 받은 돈 1500만 원을 가지고, 팽 교수에게 갔더니, 중화서국은 전국적인 출판사라, 출판신청이 전국에서 몰려드니, 미리 선금을 주고 서호(書號 : 서적 발행 순서 번호)를 받아 출판순위에 들어 있어야 1년 뒤나 2년 뒤에 책을 간행할 수 있지, 그때 가서 서호 신청해서는 원하는 때 책을 간행할 수 없으니, 미리 선금을 안 주면 안 된다는 것이었다. 그래서 팽 교수와 같이 북경 교외 방산(房山)에 있는 중화서국(中華書局) 본사에 가서 편집담당 장문강(張文强) 씨에게 출판비 선금 7백만 원을 미리 주고, 출판계약을 맺었다. 그도 북경사범대학 출신이라 팽 교수하고 잘 알았다.

예상과 달리 원고량이 엄청나게 불어나서 1,200만 원으로는 번역비도 턱 없이 모자랐다. 그런데 더 큰 문제는 『조선문학사』의 조선 중기 이후 부분의 한글 가사, 시조 등을 중국의 조선문학 전공

학자들이 어려워서 번역을 못 하겠으니, 먼저 한국 현대어로 옮겨 달라고 요구했다. 그래야만 자기들이 번역하겠다는 것이다. 그것은 양도 많지만, 전문학자가 연구해야만 한국 현대어로 옮길 수 있다. 시간도 어마어마하게 걸릴 뿐만 아니라, 번역비를 안 받고 해 줄 사람도 없고, 번역할 만한 실력자는 자기 일이 바쁜데, 그것을 맡아 해 줄 수가 없다. 내가 시간이 있는 것도 아니고, 나도 연구해야 알 수 있는 고어(古語)도 많은데, 조선어 조금 아는 한족 학자에게 번역해서 책을 내려 했던 생각이 얼마나 엉성한지 알 수 있었다.

고조선부터 조선 중기까지에 해당하는 상책은, 완전히 번역하여 2005년에 이르러서야 중화서국이 아닌 홍콩의 사회과학출판사에서 국판 6백여 페이지로 간행했다. 선생은 2000년 11월 9일에 이미 돌아가시고 안 계셨다. 나중에 산소에 가서 고유제(告由祭)를 올리며 책을 바쳤다.

『조선문학사』의 뒷부분 중책, 하책은 한글 가사, 한글 시조, 한글 소설 등을 제외한 번역원고는 받아놓았다. 중화서국에 출판비 선금을 돌려달라고 했더니, 우리 쪽에서 계약을 위반했기 때문에 돈은 돌려줄 수 없고, 나중에라도 원고를 갖고 오면 책을 내는 비용의 일부로 쓸 수 있다고 했다. 그리고 이때는 이미 팽 교수가 아주 교만해져, 중화서적과 교섭하는 데도 일체 협조하지 않고, 나 보고 알아서 다 하라고, 문제 해결에 도움을 주지 않았다.

번역비 나누어 주고 나니, 연민 선생에게서 받은 돈 2천만 원은 이미 다 바닥이 났다. 심정창 교수가 번역한 상책을 출판할 돈이 없었다. 마침 심정창 교수가 국제교류재단을 많이 상대해 보아 방

법을 알아 심 교수와 내가 한국국제교류재단에 한국 학술서적 해외
보급사업 신청을 했는데, 다행히 당선되어 출판비 1천만 원을 받았
는데, 그 돈으로『조선문학사』상책 출판비를 충당할 수 있었다.

그러나 번역사업을 완성하지 못해서, 선생에게 마음으로 아직도
죄송할 따름이다. 그러나 너무 방대한 사업을 계산도 없이 시작했
기 때문이고, 중국인 한국문학 전공자들은 한국어에는 능통하지만,
한글고전을 번역하는 데는 더 연구가 필요했기 때문에 번역사업을
완성할 수가 없었다.

그 뒤『조선문학사』상책(上冊) 번역본 3백 부를 받아와 국내 대
학 및 주요도서관, 연구기관, 전공학자 등에게 무료로 기증하였다.

『조선문학사』를 완역하지 못했으니, 선생의 뜻을 저버린 것 같
아 두고두고 내 기분이 좋지 않았다. 교수들 가운데는 "허권수가
연민 선생에게『조선문학사』를 중국어로 번역한다고 많은 돈을 받
아가 책도 안 냈다."라는 모함성 소문을 퍼뜨리는 자가 있었다. 아
무튼 나는 혐의를 덮어쓰게 되었고, 일일이 변명할 수도 없었다.

그 뒤 2011년 남개대학(南開大學)의 조계(趙季) 교수를 만났더니,
"제자 유창(劉暢)과 함께 이가원(李家源) 선생의『한국한문학사(韓國
漢文學史)』를 다 번역해 놓았는데, 출판비가 없어 출판을 못 합니
다."라고 했다. 이 스승과 제자가 자진해서 연민 선생의『한국한문
학사』를 번역해 놓았던 것이다.

스승의 가장 대표적인 저서인『한국한문학사』가 중국말로 다
번역되어 있는데, 중국에서 출판되면 중국 사람들은 물론이고, 전
세계 사람들이 볼 수 있을 것이니, 얼마나 좋겠는가? 요즈음은 서양

학자들 가운데서 한문이나 중국어에 능한 사람이 많아, 중국에서 출판되면 세계화가 될 수 있다. 출판비가 없어서 중국에서 출판을 못 한다는 것이 말이 되나 싶어 내가 호기(豪氣) 있게 "출판비가 얼마나 드는지에 상관없이 내가 전액 부담할 테니까, 걱정하지 말고 출판사 결정해서 출판하시오."라고 약속했다. 그 뒤 조계 교수가 남경에 있는 봉황출판사(鳳凰出版社)와 계약해서 출판했다. 조계 교수가 나에게 중국말로 번역 『한국한문학사』 서문을 쓰라고 해서 중국 고문(古文)으로 서문을 써서 중국에서 출판하는 『한국한문학사』의 가치와 의의를 밝혔다. 출판비가 생각보다 많이 쌌다. 조계 교수가 범례에서 출판비를 내가 댔다는 것을 밝혀 두었다.

그 덕분에 책을 5백 부 얻어 와서 국내 각 주요 도서관, 대학, 연구기관, 전공 학자들에게 무료로 기증하였다. 그러고 나니, 조금 속죄하는 기분이 들어 마음이 비로소 가볍다.

퇴계(退溪) 남명(南冥) 두 선생 저서의
역주사업(譯註事業)

명(明)나라 어떤 학자의 이야기에 의하면, 사람이 유명하게 되는 데는 여덟 가지 요소가 있다고 한다. 첫째 본인이 뛰어나야 하는 것은 당연한 요건이다. 자손이 계승해 주어야 하고, 제자가 훌륭해야 하고, 시대가 좋아야 하고, 운수가 좋아야 한다는 등등이다.

예를 들면, 중국을 대표하는 시인인 이백(李白)이나 두보(杜甫)는, 시가 번성한 당(唐)나라 때 태어나 활동하였다. '당나라 시인' 하면, 대단해 보인다. 그러나 이백과 두보가 '요(遼)나라 시인'이나 '금(金)나라 시인'이었다고 가정하면, 요나라나 금나라에 옳은 시인이 있겠나 하는 선입견이 먼저 생겨 자기도 모르게 낮추어 보게 된다.

지금은 아무리 뛰어난 작곡가가 작곡을 한다 해도, 모차르트나 베토벤처럼 될 수가 없다. 이전에 대단한 음악가가 있으면, 그 뒤에 태어나 활동하는 사람은 앞 시대의 위대한 사람에 가려져 능가하기가 어려워 사람들이 그렇게 위대하게 여기지 않는다. 자신이 상당히 잘나도 동시대에 자기보다 뛰어난 사람이 있으면, 파묻히는 사례가 많다.

그런 면에서 나는 시대를 잘 만났다고 할 수 있다. "한문이 완전히 없어지는 시대에 태어나 한문공부를 하면서 시대를 잘 만났다고 말하면 말이 됩니까?"라고 반문할 사람이 많을 것이다. 그러나 아무튼 나는 시대를 잘 만났다.

왜? 거의 모든 사람들이 한문을 버릴 때, 나는 어릴 때부터 한문을 평생 붙들고 살아왔으니까! 한문학 전공하는 다른 교수들은 대부분 대학 2학년 때부터 전공으로 선택한 경우가 많아 출발이 늦다. 한문같이 기억력을 필요로 하는 학문은, 기억력이 좋은 어릴 때 하는 것이 절대적으로 필요하다. 교육심리학 전공하는 학자들의 연구에 의하면, 어학은 6세 때부터 13세 때까지가 기억이 가장 잘 되고 17세가 넘어가면 단순한 기억은 매우 힘들다고 한다. 그러니 대부분의 한문학과 교수들은 기억력이 상당히 없어진 뒤에 한문공부를 시작한 셈이 된다.

나는 열 살 때부터 한문을 공부했으니, 일단 한자를 많이 알고, 아무리 긴 훈(訓)을 가진 한자의 뜻도 거의 자연스럽게 주르륵 기억한다. 예를 들면, '뜻은 있으나 말로 나타내지 못할', '비(悱)', '산에 초목 많을', '호(岵)' 등의 뜻이 있는 글자도 보는 순간 바로 나온다. 아마도 기억력이 좋을 때 통째로 기억되어 그런 것 같다. 그리고 칠판 등에 한자를 쓸 적에 획수가 아무리 많고 복잡해도 조금도 망설임 없이 바로 써 버리니, 가끔 학생들이 "어떻게 하면 그렇게 됩니까?"라고 묻는다. "매일 24시간 하면 되지."라고 대답한다. 사실은 "어릴 때부터 하면 이렇게 되지."라고 대답하면, 이미 어리지 않은 대학생들에게 상당히 실망감을 주기 때문에 그런 말은 안 한다.

한문이 다 없어지고, 또 없애려고 애쓰는 시대에 태어나 살아오면서, 나 혼자 공부를 하였으니, 내 또래 가운데는 한문을 전공하는 사람도 적고, 또 특출하게 잘하는 사람이 적다. 그러니 학문적 희소 가치가 있다. 우리나라에 영어 잘하는 사람이 헤아릴 수 없을 정도로 많지만, 그들을 두고 영어 잘한다고 칭찬하는 일은 거의 없다. 반면에 한문은 한문 전공하는 것만으로도, 벌써 사람들의 화제의 대상이 된다.

나보다 한 세대 정도 앞선 선비 집안의 자제들은, 자기 뜻과 상관없이 시대 변화에 따라 한문공부를 하지 못하고, 도시로 나가서 공무원이나 회사원, 혹은 자영업 등으로 일생을 다 보내고 나서 은퇴하고 보니, 자기 조상, 조부, 심지어 부친이 한문으로 지어 놓은 시문(詩文)을 보고도 무슨 말인지 전혀 해석이 안 되었다.

자신의 부족함을 탄식하고 있을 그때, 허권수가 나타나 해석을 해 주고, 줄거리를 파악해 주고, 맥락을 잡아주니, 너무나 고마웠던 것이다. 조상에 관한 일이나 집안에 관한 일도 허권수가 있으니 믿을 데가 생긴 것이다. 한문을 몰라서 겪는 어려움이나 두려움이 해결될 수 있어 든든하였던 것이다. 그래서 한문 관계 단체, 유림 단체, 이 서원 저 서원에서 나를 부르고, 나를 위해 허권수연학후원회를 만들어 모여드는 것이다.

사람이 한평생 노력을 한다 해도 가치 있는 일에 노력을 기울일 수도 있고, 하찮은 일에 노력을 기울일 수도 있는데, 나는 운수 좋게 대부분의 노력을 중요한 일에 기울이게 되었다. 경상대학교 한문학과 창설, 남명학연구소(南冥學硏究所) 창설, 경남문화연구원 창설, 경상대학교 남명학관(南冥學館) 건립, 경상대학교 고문헌도서관 건립, 강우전통문화 기금 조성 등 중요한 일을 내가 주도적으로 했다.

한문문헌 번역하는 일에 있어서도, 우리나라를 대표하는 대학자 퇴계(退溪) 이황(李滉) 선생과 남명(南冥) 조식(曺植) 선생의 문집과 저술을 번역하는 사업에 주도적으로 참여하였다. 두 대선생을 연구하는 연구기관에 동시에 참여하고 있다. 좋게 말하는 사람은, '퇴계와 남명을 다 연구하는 유일한 학자'라고 말한다. 이것은 본인이 하고 싶다고 되는 것이 아니고, 그 시대 운명과 맞아야 되는 것이다.

1. 퇴계 선생의 저서 번역

퇴계 선생은 시문집 『퇴계집(退溪集)』 이외에도 『계몽전의(啓蒙傳疑)』, 『이학통록(理學通錄)』 등 많은 저서가 있다. 그런데 이런 대학자이면서도 『퇴계집』은 물론이고, 다른 저서들도 1980년대 후반까지도 변변한 완역본이 없었다.

1969년 민족문화추진회(현 한국고전번역원 전신)에서 『퇴계집』이라 하여 2책으로 발췌번역본을 내었는데, 전체 문집에서 그 분량이 10분의 1도 안 되고 그나마도 중요한 글이 빠진 것이 많다.

1970년대 초반에 동화출판공사 한국의 사상대전집 시리즈 속에 『퇴계집』이 들어 있지만, 역시 극히 일부분이다.

그래서 1989년 1월에 퇴계학연구원에서 연민(淵民) 이가원(李家源) 원장, 춘곡(春谷) 이동준(李東俊) 이사장이 주도하여 퇴계학총서 편간위원회를 발족시켜, 퇴계학연구총서, 퇴계학역주총서, 퇴계학자료총서를 연차적으로 편찬 간행하기로 했다.

그래서 퇴계의 저서 역주작업이 시작되고 역주위원회를 구성하였다. 당시 대한민국에서 한문 잘한다는 교수나 재야 한학자들이 다 망라되었는데, 약 30명 정도 되었다. 이때 위원장 연민 선생은 번역위원으로 나를 제일 먼저 추천하였다. 연민 선생께서 자신 있게 추천하는 것을 보고, 사람들이 "허권수가 누구냐?"고 할 정도로 별 이름이 없을 때였다. 내가 30대의 지방대학 교수이니, 한문학 분야에 종사하는 사람 말고는 내 이름을 아는 사람이 많지 않았다.

퇴계 선생의 문집은 방대하고, 그 내용은 깊고 높고 멀고 아득하여 말학(末學)으로서 감히 번역한다는 것이 쉬운 일이 아니다. 또 당시는 오늘날처럼 사전이 갖추어지거나 검색이 잘 되는 시대가 아니라서 번역하기가 훨씬 어려운 상황이었다. 그러나 이미 대만의 『중문대사전(中文大辭典)』, 일본의 『한화대사전(漢和大辭典)』 등 대형 한한사전이 나와 있었고, 『퇴계집』의 경우 노애(蘆厓) 유도원(柳道源)의 『계집고증(溪集攷證)』, 광뢰(廣瀨) 이야순(李野淳)의 『요존록(要存錄)』 등 주석서가 있었기 때문에 번역이 가능하였다.

나는 『퇴계집』에서는 퇴계 선생이 남명(南冥)에게 보내는 서신, 소재(穌齋) 노수신(盧守愼)과 「숙흥야매잠(夙興夜寐箴)」을 두고 토론하는 서신, 묘갈명, 묘지명, 비문 전부를 역주했다. 저서 가운데서는 『주자서절요(朱子書節要)』의 3분의 1 정도를 내가 번역했다. 그 당시 주자(朱子)의 문집인 『주자대전(朱子大全)』이나 강의록인 『주자어류(朱子語類)』 등의 책이 중국에서도 표점(標點)도 안 찍혔을 때였고, 주석서도 하나 없는 상태였다. 『주자대전』에 대한 우리나라 주석을 다 모은 『주차집보(朱箚輯補)』의 상당한 도움을 받았다. 지금은 『주자대전』이나 『주자어류』는 물론이고, 우리나라 퇴계 선생이 편찬한『주자서절요』까지도 중국에서 표점이 찍혀 활자본이 나와 있고, 또 주자의 학문이나 연원(淵源)을 알 수 있는 고전이나 연구서가 많이 나와 있기 때문에, 번역하기가 훨씬 쉽게 되었다.

1990년에는 퇴계학연구원에서 중국 사천대학(四川大學)의 가순선(賈順先) 교수에게 요청해서 성균관대학교 대동문화연구원(大東文化研究院)에서 편찬한『퇴계전서(退溪全書)』를 완역하도록 했다. 가교수는 그 제자들과 함께 1994년경에 번역을 마쳤다. 퇴계학연구원의 지원을 받아 1995년 중국 사천인민출판사(四川人民出版社)에서 출판하였다. 세계 최초의『퇴계전서』완역본으로, 국판 8책으로 장정하였는데, 모두 1만 페이지에 이르는 방대한 작업이다.

『퇴계문집』에 실린 한시는 이장우(李章佑) 교수와 그 제자 장세후(張世厚) 박사가 공동으로 번역하여『퇴계시 풀이』라 제목하여 9책으로 출간했는데, 친절하고 곡진한 해석과 정밀하고 상세한 주석이 퇴계시의 이해에 많은 도움을 준다.

근년에 벽사(碧史) 이우성(李佑成) 교수를 모시고 그 제자들이 다시 번역하기 위하여 기존의 국역『퇴계전서(退溪全書)』를 검토하여, 오역 오주(誤注)를 바로잡고, 문제점을 적시해 내는 작업을 다년간 진행하였다. 그 작업에 참여한 고려대학교 한문학과 명예교수 김언종(金彦鍾) 박사한테 들은 이야기인데, 그는 이렇게 말했다.

"『퇴계전서』는 1989년부터 번역을 시작하여, 2001년까지 12년에 걸쳐 완역을 했다. 그러나 너무 오랜 기간에 걸쳐 한문 좀 한다는 수십 명의 역자들에게 청탁하여 번역하였기 때문에 오역 오주가 많고, 성의 없이 번역한 곳이 한두 군데가 아니다. 또 30년이란 세월이 지났기 때문에 언어감각이 변하여, 젊은 세대를 위해서 새롭게 번역할 필요성이 있었다. 그래서 벽사(碧史) 이우성(李佑成) 선생을 모시고, 나를 비롯해서 퇴계학을 전공하는 젊은 학자들이 다시 번역하기 위하여, 이전에 번역한 번역문을 놓고, 역자를 공개하지 않은 상태에서 마음껏 지적하며 수정을 가해 나갔다. 그런데 어떤 부분에 이르러서는 아무리 흠을 잡아도 고칠 곳이 하나도 없었다. 나중에 번역한 사람의 이름을 공개해 보니, 그때마다 그 부분이 바로 허권수 교수가 번역한 곳이었다. 번역할 그 당시 허 교수는 30대의 소장학자였는데도 이런 한문 수준이었다. 한문고전 번역하면 누구니 누구니 하고 손꼽는데, 내가 볼 적에는 재야 한학자건 한문학과 교수건 간에, 나는 허 교수가 제일이라고 생각한다."

그러나 김 교수의 말은 실제 이상으로 좋게 이야기한 것이다. 지금 내가 번역한 것을 가끔 다시 살펴보면, 부족한 점 아쉬운 점이 많아 등줄기에 저절로 땀이 난다. 한문학이라는 것이 끝이 없지만, 어떤 책을 번역할 때는 한문 실력 못지않게 그 책을 지은 인물의 학문이나 사상 생활 등을 폭넓게 깊이 있게 알고 번역을 해야 한다. 번역을 해 보면, 나의 한문 실력에 한계가 있고, 공부는 끝이 없다는 것을 다시 한번 절감한다.

2. 『남명집(南冥集)』과 『학기유편(學記類編)』 역주

1991년 9월에 경상대학교 남명학연구소 창립총회를 열고, 연구소를 창립하였다. 약간의 준비기간을 거쳐 12월부터 본격적인 일을 시작하였다.

어떤 일을 지속적으로 하려면 역할 분담을 잘해야 한다. 이를 위해서는 사람이 바뀌어도 말썽이 없게 기구를 잘 만들어야 한다. 내가 남명학연구소를 구상하면서, 소장 밑에 총무부, 연구부, 연수부(研修部), 홍보부를 두었다. 총무부는 연구소 업무 총괄, 예산 수립 집행, 연구소 관리 등의 업무를 맡고, 연구부는 학술대회 준비 진행, 학술지 및 연구총서 발간, 연수부는 연수활동, 주로 전통학문이나 한문학 연구할 후속세대 양성, 홍보부는 언론활동, 후원회 관리 등의 업무를 맡게 하였다.

그때 남명학연구소를 두고 '한문학과 교수들이 다 해 먹는다.'는 다른 교수들의 비방을 듣지 않기 위해서 다른 과의 교수들을 의도적으로 많이 참여하게 하였다. 소장 공영립(孔泳立) 교수는 국민윤리과, 연수부장 정헌철(鄭憲哲) 교수는 중문학과, 홍보부장 조규태(曺圭泰) 교수는 국어교육과 소속이었다. 한문학과에서는 내가 연구부장, 장원철(張源哲) 교수가 총무부장을 맡는 등 두 사람만 조직에 편성되었다.

한문학과의 최석기(崔錫起), 윤호진(尹浩鎭), 황의열(黃義洌), 이상필(李相弼) 교수 등은, 그냥 연구원으로 참여하여 정성을 다해서 열심히 도왔다. 한문학과 교수들이 완전히 하나가 되어 연구소 발전을 위해 매진하였다.

조규태 교수는 전공은 남명학과 거리가 있어도, 남명 선생과 같은 창녕조씨(昌寧曺氏)이고, 또 천성이 적극적이라 남명학연구소 일에 적극적으로 나섰다.

조 교수는, "남명학연구소를 창립한 지 상당 기간 지났으니, 『남명집(南冥集)』부터 역주해서 세상에 내놓아야지요."라고 『남명집』
역주를 최우선 과제로 삼을 것을 여러 차례 나에게 건의했다. 연구
부 소관이므로 주로 나와 이야기를 많이 했는데, 나는 "『남명집』은
다른 문집과 달리 어려운 책입니다. 한문 실력이 좀 더 향상된 뒤에
번역하도록 합시다."라고 계속 미루었다.

그러다가 1993년 2학기에 조 교수가 남명 후손으로 남명학 연구
에 재정적으로 많은 도움을 주던 조옥환(曺玉煥) 사장을 찾아가서
『남명집』 번역 계획을 이야기하고 번역비를 받아왔다. 조 사장은
평생 남명학 연구를 위해 많은 도움을 주어 왔고, 또 남명학연구
후원회 부회장을 맡고 있었다.

그래서 한문학과 교수 6명에게 문체별로 나누어서 번역하도록
고루 일을 맡겼다.

『남명집』은 분량이 많지 않기 때문에, 내가 중국 가기 전인 1994
년 2월 이전에 번역을 다 마쳐서 원고를 넘기고 갔다. 나는 『남명집』
권1과 보유(補遺)에 실려 있는 한시를 맡아서 번역했다. 남명의 문
장도 어렵지만, 한시는 더 어렵다. 내 나름대로 남명 선생의 심경을
추정해서 번역한 곳이 적지 않다. 그 이전에 대단한 한학자 모씨가
번역한 것이 있지만, 거의 도움이 되지 않았다.

『남명집』은 판본이 워낙 다양하고 판본 따라 글자가 많이 다르
기 때문에, 한문학과에 강의 나오던 김윤수(金侖壽) 강사에게 맡겨
서 여러 판본을 대조해서 교감(校勘)을 하도록 했다. 인조반정 이후
개변(改變)된 영조(英祖) 때 나온 을유후판(乙酉後板 : 아세아문화사 영
인본)을 대본으로 했다. 개변 안 된 인조반정 이전의 『남명집』이

발견되어 있었지만, 내용이 너무 적어 가장 풍부한 '을유후판본'을 대본으로 삼았다.

내가 중국 가 있는 동안에 한문학과 교수들이 교정보고 편집하여, 1995년 2월에 서울의 이론과실천사라는 출판사에서 국배판 5백 페이지 분량의 단책(單冊)으로 역주『남명집』을 출판하였다. 그때는 통신이 불편하던 시절이라, 내가 맡은 부분의 번역원고를 넘긴 직후 나는 북경에 가서 1년 반 있다가 왔기 때문에, 교정이나 편집 출판 등에 대해서는 전혀 모르고 지냈다. 그러나 연구부장이라는 직책은, 중국 가면서 사표를 내니, 소장 등 여러 관계 교수들이 "그냥 갖고 계십시오. 필요한 일은 우리가 다 하겠습니다."라고 해서 연구부장직은 그대로 맡고 있어 마치 내가 주도한 것처럼 보이지만, 교정 편집 출판의 일에는 나는 기여한 것이 아무것도 없었다.

연구소 개설 이후 첫 번째 이룬 큰 업적이라, 1995년 8월 북경에서 돌아와 들은 바에 의하면, 후원회 이사 회원들을 대대적으로 초청하여 출판기념회를 크게 열었다. 책도 2천 부가량 인쇄하여 전국 각 대학 도서관 학술기관, 유관 교수들에게 기증하여 남명학 연구의 기반을 닦았다.

『남명집』 역주사업이 반응이 좋고, 또 연구소의 위상을 크게 높였으므로, 공영립 소장과 연구소 임원 및 한문학과 교수들이 의논해서 『남명집』에 이어 곧바로 『학기유편(學記類編)』도 역주하기로 결정했다. 『학기유편』은, 남명 선생이 송원대(宋元代) 성리학자들의 저서를 집대성한 『성리대전(性理大全)』을 읽다가 중요한 내용이나 마음에 드는 내용을 발췌해서 모은 책이다. 『성리대전』의 요약본인

셈이다. 성리학을 연구하거나 우리나라 유학사 사상사를 연구하는데 있어 편리하게 이용할 수 있는 중요한 책이다.

한문학과 교수 중에는 본격적으로 성리학을 연구한 교수가 없었으므로 연구소 임원들과 한문학과 교수들이 논의하여 내린 결론은, "역주사업을 경상대학교 한문학과 교수들이 맡는 것보다는, 전공자인 성균관대학교 유학대학 교수들에게 맡기는 게 더 낫겠다."는 것이었다.

그 결과 성균관대학교 이기동(李基東) 교수에게 일임하여, 이 교수가 성대 유학대학 교수들의 전공과 성향을 잘 아니까, 알아서 맡기도록 했다. 역주에 드는 경비는 이번에도 조옥환 사장이 독담하기로 했다.

1995년 8월 21일 중국서 돌아와 보니, 그렇게 결정되어 있었다. 잘했다고 생각했다. 내가 중국에 있는 동안에도 다른 교수들이 "창립을 주도하신 분이 연구소에서 떠나면 안 됩니다."라고 하여, 몸이 중국에 있으면서도 연구부장을 그대로 맡고 있었다. 그때는 인터넷도 없고, 우편도 어렵기 때문에 연구소 소식을 거의 모르고 지냈다.

성균관대학교 유학대학 교수들 가운데 저명한 분들은 여기저기 논문 발표, 강연 등으로 바쁘기 때문에, 역주의 일은 주로 시간강사들에게 맡긴 모양이었다.

연구소 교수들은, 1년 만에 일을 다 마쳐 『남명집』을 출판한 1년 뒤에 『학기유편』 출판기념회를 가질 계획을 하고 있었다.

이 일은 연구부 소관이기 때문에 내가 중국에서 돌아온 이후 챙겨보니, 원고료는 다 지급한 상태인데, 대부분의 번역자들은 원고를 정해진 기한에 제출하지 않았다.

1998년에 이르러서야 원고를 겨우 다 받았다. 유학대학의 시간 강사들이 나누어서 번역한 모양인데, 어려운 한자어를 풀지 않았고 주석은 거의 안 달고, 겨우 번역만 했다.

이런 책은 주석이 중요한데, 기본적인 사람 이름, 자(字), 호(號) 등에도 주석을 달지 않은 상태였다. 원래 각 장(章)의 출전(出典)을 찾아달라고 했는데, 하나도 찾지 않았다.

그대로는 도저히 책을 낼 수가 없었다. 이기동 교수의 양해를 얻어, 다시 한문학과 최석기(崔錫起), 황의열(黃義洌), 이상필(李相弼) 교수와 내가 나누어 맡아 거의 새로 번역하다시피 해서 책을 내었다. 중간에 황의열 교수는 번역 원고를 넘기고, 중국 북경으로 파견 갔기 때문에 그 부분도 내가 다시 손질해서 체재를 맞추었다. 내가 바쁜 일로 원고 완성을 지연했기 때문에, 2001년이 되어야 출판되었다.

처음 번역한 원고 상태에서 거의 남아 있는 것이 없을 정도로 많이 고쳤다. 그래서 원래 책임자인 이기동 교수에게 사정을 이야기하고 양해를 구해서 새로 번역하는 형식을 취해, 번역자를 한문학과 교수 네 사람의 이름으로 바꾸었다. 서문에서 처음 번역한 사람들의 노고를 밝혀 놓았다.

한길사에서 남명 선생 탄신 5백 주년 기념사업의 일환으로 이 책을 내면서, 내가 서문과 해제를 썼다. 김언호 사장이 책 제목을 『학기유편』으로 하면, 사람들이 잘 모르니까, 『사람의 길 배움의 길』로 하고 『학기유편』을 희미하게 깔자고 해서 그렇게 했다.

남명 선생이 우리나라를 대표하는 대학자이기 때문에 역주본
『남명집』이 상당히 팔려 나갔다. 다시 간행할 필요가 있었다. 역주
본 『남명집』을 다시 보니, 잘못 번역한 곳, 잘못 주석 단 곳, 부족한
곳이 적지 않아 그대로 내서는 안 되겠기에, 교수들이 각자 번역한
부분을 다시 손질하여 2001년에 한길사에서 '한길 그레이트북
(Great Book)'에 넣어 간행하였다.

학문은 끝이 없다. 번역의 수준도 끝이 없다. 자신감이 너무 있어
도 안 되고, 너무 자신감이 없어서도 안 된다. 오로지 한 걸음 한
걸음 꾸준히 나아가면 진보가 있지 퇴보는 없을 것이다. 실력이
늘기만을 기다리면 평생 아무것도 못 한다. 현재의 수준에서 최선
을 다하여 번역하고 저술하면서 실력의 증강을 계속 도모하는 것
이, 공부의 방법인 것 같다.

번역은 실력도 중요하지만, 정성이 더 중요하다. 조금이라도 의
심이 나면 자기 추측에 의해서 대충 번역해 넘어가면 안 되고, 끝까
지 최선을 다해 궁구해야 좋은 번역을 할 수 있다. 요즈음은 책도
많지만, 컴퓨터 인터넷의 발달로 원전 검색, 다른 사람의 번역 등의
검색이 가능하기 때문에, 번역하는 환경은 역사상 가장 좋다.

나는 우리나라 최고의 학자인 퇴계, 남명 양 선생의 문집 번역에
참여하는 행운을 얻었다. 공부하는 사람으로서 큰 복이라 하지 않
을 수 없다.

연민(淵民) 선생 모시고 중국 여행

우리나라에서 여행자유화가 허가된 것은 1988년이니, 그리 오래되지 못했다. 옛날에는 정부 고위관료나 외교관 정도 되어야 외국에 자주 나갈 수 있었지, 일반사람들은 대학교수라도 대부분 외국한 번 못 나가고 일생을 마쳤다. 내가 외국에 처음 나간 것은 1982년 8월 한국학대학원(韓國學大學院) 2학년 때 연수차 인도, 태국, 대만, 일본 등지를 15일 다녀온 것이었다. 우리 위의 학년은 1981년도에 한 달 동안 유럽 등지를 다녀와, 우리는 국가 예산으로 15일을 다녀오고도, 우리 선배 학년과 비교해서 약간의 불만이 없지 않았다.

그때만 해도 해외여행을 요즈음처럼 이렇게 자주 다닐 수 있으리라고는 상상을 못 했다. 그때는 대만은 갈 수 있었지만, 중국은 갈 수 있으리라고 기대를 안 했다. 그러나 오래지 않아 상황이 크게 바뀌어 외국은 물론, '죽의장막'이라 해서 40년 이상 단절되었던 중국도 1989년부터는 길이 트였다. 더구나 은사 연민(淵民) 선생을 모시고 중국을 여러 번 여행할 것은 꿈도 못 꾸었다.

연민 선생은, 다른 한학자들에 비해서 중국에 더욱 관심이 많고, 중국을 비교적 잘 알았고, 중국 현대어인 백화(白話)도 잘 해독했다. 다 같이 한자로 되어 있어도 특별히 공부한 사람이 아니면, 한학자라도 백화를 못 읽는다. 연민 선생은 23세에 북경대학에 유학한다고 나선 적도 있고, 근대의 문학가 사상가 노신(魯迅)의 소설을 번역하여 출판한 적도 있다.

1986년 12월 말에 퇴계학국제학술대회 참석차 홍콩을 다녀온 것이 연민 선생을 모시고 해외에 나간 첫 번째 여행이었다. 나의 일생에서 해외여행으로는 두 번째였다.

이때 나는 발표자는 아니고, 그냥 학회에 참석한 한국 학자였다. 연민 선생도 같이 참석했지만, 역시 발표는 하지 않으셨다. 내가 모시고 간 것은 아니지만, 비행기에서도 옆자리에 앉게 되었고, 호텔 방도 같은 방을 썼다.

원래는 연민과 같은 방을 쓸 사람으로 성균관대학 한문교육과 이지형(李箎衡) 교수가 배정되어 있었다. 이 교수는 필자의 박사과정 지도교수였는데, 필자를 불러, "나는 담배도 피워야 하고, 또 연민 선생 앞에서는 어딘가 조심스러워. 허 교수가 연민 선생하고 가까우니, 방을 바꾸어 주면 좋겠네."라고 말해서 바꾸었다. 이 교수는 연민 선생께서 성균관대학교에 중문과 교수로 계실 때 동양철학과 학생으로서 학과는 달라도 강의를 들은 제자였다.

방이 배정되자, 연민의 학문적 명성을 들은, 중국, 홍콩, 대만, 일본의 학자들이 연락부절로 인사하러 들어왔다. 연민의 위상을 확인할 수 있었다.

이때 처음으로 중국의 교수들이 한국이 주도하는 국제퇴계학회에 대거 참석하였다. 그 앞 해인 1985년 일본 동경 축파대학(筑波大學)의 퇴계학 국제학술대회에 중국에서 인민대학(人民大學)의 장립문(張立文) 교수 등이 처음으로 참석하여, 중국과 학술교류가 시작되었다. 이 해 홍콩에서 개최되는 퇴계학 학술대회에는 중국의 학자가 40여 명이나 참여하여 대대적으로 학술교류가 시작되었다. 오늘날 보면 별것 아닌 것 같지만, 그 당시로서는 신기할 정도의 큰 화제였다. 그때는 중국과 한국의 생활수준차가 많이 나 중국 교수들이 명함을 손에 한 움큼 쥐고서 한국 교수들에게 인사하기에 바빴다. 한국 학자들의 초청을 받아 한국에 한번 오는 것이 소원이었다.

그날 저녁에 뜻하지 않게 연민 선생과 나 사이에 큰 사단이 벌어졌다. 저녁 식사를 마치고, 친한 사람들끼리 각각 짝을 지어 홍콩 야경을 구경하러 나서거나 술 한잔하러 시내로 다 나갔다. 나도 저녁 먹고 시내로 나가기로 사전에 약속이 되어 있었다. 저녁 식사 후 연민 선생은 샤워를 하고 계셨는데, 내가 연민 선생에게 "시내 구경 좀 하고 오겠습니다."라고 하자, 순순히 "그래, 그렇게 해라."라고 허락해 주셨다.

그래서 성균관대학교 한문학과 이지형 교수, 송재소(宋載卲) 교수 등과 함께 홍콩에 은행원으로 나와 있는 한국 사람의 안내로 시내에 가서 술을 한잔하고 시간 가는 줄 모르고 지내다 보니, 새벽 3시가 되어 돌아왔다. 그 은행원은 송 교수 아우의 친구였다. "연민 선생은 이미 주무실 것이고, 살짝 들어가서 자야지."라는 생각으로 호텔 문에 들어서니, "허권수 이놈! 대학교수라는 자가 학회 참석해 가지고 술이나 먹으러 다니고."라는 고함소리가 눈앞에서 갑자기 떨어졌다. 정신을 차려 보니, 연민 선생께서 호텔 현관문 앞에 앉아

계시다가, 내가 들어서는 것을 보고 분노가 폭발한 것이었다.

연민은 평소에 술을 안 하고 또 권위가 있기 때문에 어려워서 교수들이 존경은 하면서도 아무도 접근을 안 했다. 샤워를 마치고 방에 혼자 있으려니 심심했다. 그런데 그날따라 평소와 달리 저녁에 아무도 놀러 오지 않았다. 그래서 무료하게 조금 앉았다가 다른 방에는 어떻게 지내나 하고 한번 가보자 하고 방에서 나왔다. 다른 방에 가 보니, 모두 시내로 나가고 아무도 없었다. 퇴계학연구원 설립자 춘곡(春谷) 이동준(李東俊) 회장도 없고, 학회 이사장을 맡은 단국대학교 총장 장충식(張忠植) 박사도 어디 있는지 알 수가 없었다. 연민이 우리나라에서 온 일행들이 어느 방에 있나 싶어 이 방 저 방 방문을 두드리자, 어떤 방에서는 백인이, 어떤 방에서는 흑인이 나와 외국어로 뭐라고 큰소리를 쳤다.

할 수 없이 다시 자기 방으로 돌아왔는데, 문을 여니 자신이 잠근 적도 없는데 이미 잠겨 있었다. 호텔 방문은 대부분 자동으로 잠기게 된 것이다. 한참 서 있어도 한국 사람은 얼씬도 안 했다. 마스터키가 있다는 사실을 몰랐다. 그래서 1층 출입구에 앉아서 허권수 오기만을 기다리는데, 밤이 깊도록 오지를 않았다. 이제나저제나 하는데, 새벽 3시쯤에 들어왔다. 그만 호텔이 떠나가도록 날벼락이 났다. "학회 하러 왔지, 술 마시러 왔나?"라고 고함을 쳤다. 나는 연민에게 여러 차례 야단을 맞았지만, 그렇게 심하게 화를 내는 것을 본 건 처음이었다. 방에 올라와서도 화가 가라앉지 않고 계속 고함을 쳤다. 성균관대학 전 총장 정범진(丁範鎭) 교수, 퇴계학연구원원장 안병주(安炳周) 교수, 고려대학교 윤사순(尹絲淳) 교수 등이 와서 "이제 그만 하시지요."라고 진정시켰다. 한 시간 지난 뒤에 진정이 되어 "이제 그만 자자."라고 했다. 그다음 날 아침이 되자, 어젯밤에 아무 일도 없었던 것처럼 되었다. 화를 낼 때 내고, 뒤끝이 없는 연민 선생의 성격을 보여준 일화다.

연민 선생이 외국여행을 한 것은 1969년 8월 말 대만(臺灣) 공맹학회(孔孟學會)의 초청을 받아 참석하여 「공학재한국(孔學在韓國)」이라는 논문을 발표한 것이 처음이었다. 이때 대만 문화대학(文化大學) 설립자 전 교육부장 장기윤(張其昀)을 비롯하여, 고명(高明), 임윤(林尹), 장복총(蔣復璁), 굴만리(屈萬里), 허세영(許世瑛), 주하(周何), 정발인(程發軔), 왕몽구(王夢鷗) 등 저명한 학자들과 교유를 맺었다. 공자의 77대 종손인 공덕성(孔德成) 선생도 다시 만났다. 그 후 대만의 학자들과 자주 서신 왕복을 하면서 학문적 교류를 하였다. 고명, 임윤 두 교수는 한국에 와서 명예문학박사 학위를 받도록 연민이 주선해 주었다.

이 여행 때 문화대학 숙소에서 지냈는데, 문화대학의 단청린(單晴麟)이라는 20세 여학생과 장시간 필담을 나누었는데, 그 필담은 장장 6,500자에 달한다. 연민이 정리하여 『연민지문(淵民之文)』에 실었다. 연민의 학문과 사상을 알아볼 수 있는 중요한 자서전 같은 자료가 된다.

1977년에는 일본 동경에서 퇴계학국제학술대회가 있어 참가했다.

1979년 대만에 퇴계학회(退溪學會)를 참가하기 위해 춘곡(春谷) 이동준(李東俊) 이사장과 함께 다시 대만에 다녀왔다.

이때 다시 공덕성(孔德成), 장기윤(張其昀), 임윤(林尹), 주하(周何), 황금횡(黃錦鈜), 송희(宋晞), 왕중(汪中), 구섭우(丘燮友) 등 대만 학자들을 만나 퇴계학 선양 방법을 논의하였다. 이때 유명한 전목(錢穆) 교수를 방문했으나, 너무 고령이라 대화도 필담도 되지 않았다. 또 노신(魯迅)에 관심이 많아 노신의 제자인 대만대학의 대정농(臺靜農) 교수를 만나러 갔으나, 역시 고령이라 대화는 어려웠고, 글씨를 받았다.

이후 2년 주기로 퇴계학국제학술대회가 미국, 독일, 소련 등지에서 열렸는데, 연민은 빠짐없이 참가하여 논문을 발표하기도 하고, 때로는 좌장을 맡았는데, 가는 곳마다 이국의 풍물을 한시로 지어 나중에 문집에 실었다.

1987년 8월 말 중국의 공자기금회(孔子基金會)에서 갑자기 연민을 비롯한 성균관대학교의 정범진(丁範鎭), 안병주(安炳周), 고려대학교의 윤사순(尹絲淳) 교수 등 4명의 한국 학자를 한 달 기간으로 초청하였다. 경비도 초청하는 저쪽에서 모두 대 주었다. 이때는 한국 사람들이 중국에 갈 수 없었던 시절이라 모든 사람들의 부러움을 샀다. 1987년 7월경에 성균관대학교 한문교육과 송재소(宋載卲) 교수 연구실에 갔다가 이 소식을 듣고 두 사람이 "우리는 언제 중국 한번 가보지?" 하며 매우 부러워한 적이 있었다.

연민 선생은 이 여행 때 「중화대륙기행일백수(中華大陸紀行一百首)」라는 1백 수의 중국 풍물시(風物詩)를 남겼다. 매우 정밀하게 대륙의 명승고적과 풍물, 생활상 등을 읊어 국내에 소개했다. 중국 유람을 기념하여 이 시기에 간행한 문집 제목을 『유연당집(遊燕堂

集)』이라고 했다. '연경(燕京 : 北京)에서 논 사람의 문집'이란 뜻이다.

1989년 10월 마침내 중국 인민대학(人民大學)에서 퇴계학국제학술대회가 열렸다. 이 대회의 개최를 위하여 춘곡 이동준 이사장을 도와 연민은 많은 노력을 했다.

당시 퇴계 종손 이동은(李東恩) 옹, 이용태(李龍兌) 퇴계학연구원 이사장, 학계에서는 이우성(李佑成), 정범진(丁範鎭), 이장우(李章佑), 이동환(李東歡), 송재소(宋載邵), 이광호(李光虎), 김언종(金彦鍾) 등등 퇴계학을 연구하는 교수들이 대거 참여하였다. 김종길(金鍾吉) 학봉(鶴峯) 선생 종손 등 영남 명가의 후예들도 많이 참석하여 모두 1백여 명에 이르렀다.

내가 연민 선생도 당연히 같이 가시는 줄 알고 중국으로 떠나기 바로 전날 저녁에 서울에 도착해서 선생 댁에 들러 말씀을 듣고 한참 지냈다. 당연히 같이 중국 가실 줄 알고 있었는데, 들어 보니 중국 가는 동안 선생은 국내에서 일정이 잡혀 있었다. 의아해서, "선생님! 이번에 중국 같이 안 가십니까?"라고 여쭈었더니, "중국은 한 번 가면 됐지. 자꾸 가는 게 아니야."라고 했다. 연민이 이때 퇴계학연구원장을 맡고 계셨는데도 가지 않았다. 그 당시는 북경에 가려면 홍콩을 경유하여 비행기를 갈아타는 등 중국에 한 번 가는 데 어마어마한 경비가 들었다. 중국 여행 한 번 하는 데 대학교수의 3개월 월급 정도가 들어가야 했으니, 지금으로 치면 수천만 원이 드는 셈이다. 국립대학 정교수 월급이 1백만 원이 안 될 때, 중국 15일 가는 경비가 2백만 원 훨씬 넘었다.

선생은, "중국이란 나라에 한 번 가면 됐지. 자꾸 돈을 써 가며 자주 가는 것이 아니다"라는 생각과 "자기는 북경에 이미 가봤으니까, 이번에 퇴계학회에서 지원하는 발표비나 여행지원비가 다른 학자들에게 돌아가야 한다"는 배려하는 마음을 갖고 있었기 때문에, 참가하지 않기로 정해 놓고 있었던 것이다.

중국 여행을 마치고 돌아올 때 댁으로 찾아뵈었더니 무슨 책을 샀는지 물어봤다. 이때 당나라 시인 『백거이전집(白居易全集)』 등을 샀더니, 나중에 선생도 중국 가셔서 다른 판본의 『백거이전집』을 사 왔다. 학문적 탐구심이 젊었을 때에 비해 조금도 쇠퇴해지지 않았다.

1994년 2월부터 내가 북경에서 1년 반 지내다가 1995년 8월 말 돌아와 인사를 드리러 갔더니, 선생께서, "이번 10월에 북경대학에서 퇴계학국제학술대회를 개최하는데, 자네 나하고 같이 가자."라고 하셨다. 필자는 북경에 1년 반 있다가 막 돌아왔으므로, 두 달도 안 되어, 갈 필요도 못 느꼈고, 또 발표자도 아니고, 오래 학교를 비우다 보니 일이 많이 밀려 갈 형편이 아니었다. 선생만 3박 4일 정도 다녀오셨다.

그 이후 잘 "다녀오셨는지요?"라고 인사를 드렸더니, "북경만 자꾸 갈 것이 아니라, 내가 악양루(岳陽樓)에 꼭 한 번 가 봐야 하는데, 악양루에 올라서 시를 몇 수 짓고 죽어야지. 이태백(李太白)이나 두보(杜甫)가 올라가 시를 지은 악양루에."라고 했다. 그 이후로도 자주 악양루 말씀을 하셨다. 약 7, 8년 사이에 중국에 대한 개념이 싹 바뀌었던 것이다. "중국이란 나라를 한 번만 가서는 안 되고, 틈나면 자주 가 봐야 한다."는 쪽으로.

나는 그 이전에 악양루에 가봤지만, 연민 선생 댁에 자주 출입하던 환재(渙齋) 하유집(河有楫) 선생과 봉주(鳳洲) 강영(姜濚) 사장도 악양루에 안 가봤기 때문에 연민을 모시고 가고 싶은 생각이 간절하였다. 가끔 선생 댁에 모이면 악양루를 화제에 올리기도 했다.

드디어 1996년 양력 10월 31일(음력 9월 20일) 나는 선생을 모시고, 하유집, 강영 두 분과 함께 악양루를 향해서 길을 떠났다. 먼저 대만으로 향했다. 연성공(衍聖公), 공덕성(孔德成) 선생이 연민에게 대만에 놀러 오라고 오래전부터 몇 차례 연락을 보냈기 때문이었다.

일정은 내가 자유롭게 짰다. 대만 가는 김에 홍콩 계림(桂林), 장사(長沙) 악록서원(岳麓書院), 무한(武漢) 황학루(黃鶴樓) 등을 둘러보고, 상해로 돌아 나오도록 되어 있었다. 물론 악양루는 장사와 무한 사이에 있으니, 반드시 가는 것이다.

대만에 가면서, 연성공의 주소나 전화번호도 전혀 모르는 상태로 갔다. 나는 연민 선생께서 다 알고 계신 줄 알고 비행기에서, "연성공 주소가 어떻게 됩니까?"라고 여쭈었더니, 선생의 답은 "대만 가면 있겠지."였다. 약간 우려가 되었지만, 나도 "대만 가면 만나겠지."라는 생각으로 그냥 갔다.

도착한 날 오후에 통일대반점에 투숙했는데, 그때만 해도 호텔 등 큰 건물에는 아직 전화교환원이 있었다. 내가 교환원에게 먼저 전화를 걸어, "중국의 고시원장(考試院長)으로 계신 공덕성(孔德成) 선생 전화번호를 찾아 전화를 좀 하셔서, 한국에서 이가원(李家源) 교수와 그 제자 3명이 왔다고 말씀해 주시면 고맙겠습니다. 연락이 되었으면, '내일 아침 7시 반쯤에 전화하겠습니다.'라고 알려 주시면 고맙겠습니다."라고 부탁했다. 대만 사람들은 중국말을 해도 북경 사람들하고 달리 '얼화[兒化]'가 적어 훨씬 알아듣기 쉽다.

다행히 밤 9시쯤에 교환원이 전화를 해 주었다. "공덕성 선생 전화번호를 찾아서 전화로 다 말씀드렸고, 내일 아침 한국 손님이 7시 반에 전화 드린다고 이야기했습니다."라고 정말 친절하게 전해 주었다. 내가 만약 서투른 중국말로 공덕성 선생 전화번호를 물었더라면 이렇게 매끄럽게 연결이 되지 못했을 수도 있다. 그리고 그 교환원은 "지금은 고시원장에서 물러나시고 총통(總統) 자정(資政)으로 계십니다."라는 사실도 친절하게 알려 주었다. 총통 자정은 우리나라 같으면, 대통령 원로 자문위원 정도의 직책이다. 우리나라는 삼부(三府)인데, 대만은 사부(四府) 체제로 행정원, 입법원, 사법원 이외에 고시원이 있다. 고시원장은, 우리나라 국회의장이나 대법원장하고 같은 급이었다. 그리고 대만대학 교수도 겸직하고 있었다.

그 교환원이 하도 친절하게 안내를 잘하기에, 호텔을 떠나기 전에 정성 표시라고 하려고, 성을 물었더니, '우샤오제'라고 했다. 나는 "오월(吳越)할 때의 '오소저(吳小姐)'입니까?"라고 물었더니, 아니라고 했다. "사람 인(人) 자를 두 개 쓰고, ……."라고 설명하는데, 머리에 안 들어왔다. 그래서 건물 맨 위층의 교환실로 직접 찾아가서 보니, 무당 무(巫)씨였다. 강 사장이 얼마간의 성의를 전달했으나, 절대 안 받겠다고 끝까지 사양했다. 정성을 다하는 그 투철한 직업정신이 아주 훌륭해 보였다.

다행히 공덕성 선생은 외국에 안 나가고 국내 계셨다.

그다음 날인 양력 11월 1일 아침 약속한 7시 반에 공덕성 선생에게 전화를 드렸더니, 받았다. 연민 선생을 모시고 왔다 하니, 아주 반가워하면서 오후 4시 대만대학(臺灣大學) 중문학과 학과 접견실에서 만나기로 약속했다.

오전에 시대를 관광하다가 오후 4시 대만대학으로 방문하여 공덕성 선생과 이야기를 나누었다. 대만대학 한국 유학생들이 연민 선생 오신다고 모였다. 이야기를 나누고 나서 다시 통일대반점에서 저녁을 같이 하기로 약속하고 호텔로 돌아왔다. 그때 공덕성 선생은 이미 77세였는데도, 대만대학에서 강의를 하고 계셨다. 예학(禮學)과 고문자학(古文字學)의 권위자로 알려졌다.

저녁에 술을 한잔하면서 이야기를 나누었는데, 연성공은 충서(忠恕)를 대단히 강조했다. "모든 사람 사이, 나라 사이에도 이 충서만 잘 지키면 노사문제나 전쟁 등 여러 가지 문제가 없어집니다."라고 강조했다. 공자 제자인 증자(曾子)가 "선생님의 도는 충서일 따름이다.[夫子之道, 忠恕而已矣.]"라고 한 말과 그대로 통하는 사상이다.

연민 선생은 공덕성(孔德成) 선생의 위상을 알기 때문에 함부로 대하지 못했지만, 나머지 세 사람은 조금 자유로웠다. 환재(渙齋)가 연성공에게 "혼자 계실 때 무엇으로 소일하십니까?"라고 물었더니, "음악으로 소일합니다."라고 대답했다. 환재가 "노래 한 곡 하시지요."라고 했더니, 연민 선생께서 정색을 하며 "연성공에게 그러는 법이 아닐세."라며 나무랐다. 연성공이 먼저 하라 해서 환재가 몇 곡 하고, 나도 몇 곡 했다.

양주 조니워커를 혼자 반병 이상 마셨다. 몇 년 전 아들을 먼저 보내고 나서 술을 많이 마신다고 했다.

같이 간 강 사장이 자기 조부 묘갈(墓碣)의 전면대자(前面大字)를 받으면서, 연민 선생에게 의논하였는데, 연민 선생은 "강공(姜公)으로 글씨를 써 달라고 요청하라."고 했는데, 강 사장은, 자기 조부를 너무 존경한 나머지 '강 선생(姜先生)'으로 요청하였다. 연민 선생이 이 사실을 나중에 알고 너무 지나치다고 화를 내었고, 결국 그 일로 연민 선생이 돌아가시기 몇 년 전에 사이가 서먹서먹해졌다.

대만서 이틀 머물고 나서 다시 홍콩에서 하루 머물다가, 오후 7시 비행기를 타고 계림(桂林)으로 가기로 계획되어 있었다. 그때 홍콩공항은 새로 지은 지 얼마 안 되어 매우 넓었다. 탑승 게이트가 60개가 넘었다. 5시 반쯤 되니까, 공항 스피커에서, "이쟈웬(李家源), 쉬줸쥬(許捲洙), 빨리 비행기 타시오."라는 방송이 계속 나왔다. 필자는 "이상하다? 7시 비행기인데 왜 벌써 부르나? 뭐 이상하네." 하고, 그대로 앉아 있었다. 방송이 계속 나오기에 한참 있다가 비행기표를 보니, 탑승시간이 7시가 아니고, 6시였다. 비행기 탑승시간은 보통 한 달 단위로 바뀌는 경우가 많다. 그래서 항공권을 받으면 그 즉시 다시 시간을 확인해야 하는데, 필자는 멍청하게 몇 달 전 여행사에서 준 여행계획표 상의 비행기 시간만 믿고 있었다. 잘못하면 비행기를 놓칠 위기에 처했다. 이런 사실을 이야기 안 하고, 허둥지둥 계림 가는 탑승구로 갔다. 이때 연민 선생은 무릎관절이 안 좋아 휠체어를 타고 다녔으므로 빨리 갈 수가 없었다. 하필 계림 가는 탑승구는 2번인데 우리는 맨 끝 63번 탑승구 근방에 앉아 있었고, 공항 바닥 모두 부드러운 카펫을 깔아 놓아 작은 휠체어

바퀴가 잘 구르지 않아 속도를 낼 수가 없었다. 연민 선생은 체중이 90킬로 정도 되니, 시간이 더 많이 걸렸다.

겨우 도착하니 문이 이미 닫혔다. 사정해도 너무 늦게 와서 소용이 없었다. 결국 비행기는 놓쳤다. 홍콩에서 계림 가는 비행기는 매일 오후 한 번 밖에 뜨지 않으니, 하루 더 머물러야 했다.

연민 선생에게 비행기 놓친 것을 사실대로 이야기하느냐 마느냐 고민하는 중에, 하 선생이 기지를 발휘하여 "계림 가는 비행기가 오늘 안 뜬 답니다."라고 임기응변으로 둘러댔다. 사실대로 이야기했다가는 내가 심하게 야단을 맞을 것을 예상하고, 하 선생이 나를 보호하려고 미리 순발력 있게 대응한 것이었다. 연민은 "그렇다면 할 수 있나?"라고 순순히 받아들였다. 강 사장도 "이제 내년 7월이면 홍콩이 중국으로 들어가니, 영국 땅일 때 하루 더 머물라는 운명인 모양입니다."라고 거들었다.

연민 선생의 화는 잠재웠는데, 더 큰 낭패는 이때부터 예약한 모든 일정에 큰 차질이 생겼다. 계획했던 항공노선과 호텔예약 등을 다 폐기하고 새로 짜야 했다. 우선 내일 계림 가는 비행기 좌석만 예약하고, 묵었던 호텔로 돌아왔다. 밤새 노선과 호텔을 다시 짜야 했다. 서울에서 여행사를 하는 제자 정영웅(鄭永雄) 사장과 여러 가지 경우의 수를 참작해서 밤새도록 전화로 연락을 취하며, 계획을 짰으나, 쉽지 않았다. 어떤 일이 있어도 돌아갈 날짜의 국제선 비행기는 타야 하기 때문이었다.

그다음 날 오후 6시 비행기를 타서 밤 8시 계림공항에 도착해, 연민 선생과 환재는 비행장 대합실에 두고 2층 사무실로 올라가 악양루 쪽으로 갈 수 있는 항공노선을 계속 찾았다. 일행이 네 사람이니, 더욱 어려웠다. 본래 장사(長沙)로 가려던 것은 못 쓰게 되었으니, 노선을 바꾸어 먼저 무한(武漢)으로 가서 악양루에 오르고 다시 장사로 내려오는 방법을 취하기로 했다. 일단 무한 가는 비행기를 겨우 예약하고 내려오니, 9시가 넘었다.

계림 공항은 그때 막 새로 신축하여 완전하게 준공이 안 된 상태라, 아직 의자 하나도 설치 안 되었다. 연민 선생과 환재는 여행가방 위에 1시간 이상 앉아 저녁 식사도 못 하고 기다렸다. 강 사장과 나는 2층으로 가서 항공사 직원과 비행기 표를 새로 의논하고 있는데, 시간이 오래 걸렸다. 연민 선생은 우리가 1시간이 지나도록 오지 않자, 그만 화가 났다. "악양루가 목적인데, 계림은 무엇 한다고 넣어가지고, 이러나?"라고 큰소리를 쳤다. 계림에 온 것이 순조롭지 못하니 못마땅하게 여긴 것이었다.

호텔에 도착해서도 분위기가 서먹서먹하였다. 식사를 마치고 나서 서로 말 한마디 없이 그냥 방으로 가서 잤다.

사실 나는 사람이 엉성해서 비행기를 놓친 것이 한두 번이 아니었다. 다음 날 아침 연민이 일찍 일어나 방 커튼을 열어 보고는, 자기도 모르게, "야아! 정말 대단하네. 봉우리가 어떻게 저렇게 기기묘하나? 계림이 그냥 이름이 난 게 아니구나."라고 감탄을 했다. 사실 계림의 절경에는 이태백(李太白)이나 두보(杜甫) 등 중국 역대의 대시인들의 발길이 닿지 않았기 때문에 역대 시문에 거의 언급이 되지 않았다. 그래서 우리나라 문인들이 잘 몰랐고 문집 등에 언급이 된 적이 없었다. 연민도 그때까지 계림에 대해서 몰랐던 것이다.

아침을 먹고 계림의 솟은 봉우리 사이로 흐르는 이강(灘江)에 나가니, 경치가 정말 절묘하였다. 꼭 중국 남종화(南宗畫)에 나오는 봉우리 모양 그대로였다. 2, 3백 미터 높이 정도의 원형의 돌산 봉우리가 사방 백 리에 몇백 만 개가 펼쳐져 있다. 그 사이로 이강이 흘러간다. 필자는 이때 세 번째 왔지만, 다른 사람들은 처음 왔기 때문에 누가 먼저라 할 것도 없이 감탄이 이어졌다.

내가 맨 처음 왔을 때는 "천하에 어찌 이런 경치가 있을 수 있나?" 하고 비행장에 내리자마자 모두가 사진 찍기에 여념이 없었다. 그다음 날 이강으로 나갔는데, 유람선을 타고 물굽이를 돌 때마다 사람들 모두가 자기도 모르게 동시에 이 배 저 배에서 "와!", "와!"를 연발하여 계곡이 울렸다.

두 번째로 왔을 때는 "정말 대단한 곳이지" 하고 생각하고 왔는데, 생각만큼 그렇게 대단하지는 않은 것 같았다.

세 번째로 와 보니 다시 "과연 대단하구나!"였다.

연민이 거동이 불편하여 큰 배에 오르내리기 어렵기 때문에, 일반관광객을 상대로 하는 큰 유람선은 안 타고, 강영 사장이 특별히 연민이 시 짓기 좋도록 하기 위해서 작은 배를 하나 대절하여 이강의 흐르는 물을 따라 천천히 내려갔다. 시간도 우리 마음대로 조절하였다. 경치가 아주 좋은 곳에서는 연민이 경치를 감상하면 시를 구상하느라고 한참 머물러 서 있었다.

더 내려가다가 그만 배의 발동기가 고장 났다. 배가 앞으로 나가지 못하고 그대로 표류하고 있었다. 경치가 워낙 좋아 아무도 불평

하지 않았다. 한참 지난 뒤 다른 배를 불러 바꾸어 타고 유람을 계속했다.

뱃사공의 권유로 이강 동쪽 언덕 위에 있는 동굴 안을 구경하기로 결정했다. 동굴 안에 다시 강이 있어 배를 탈 수 있다는 것이다. 필자도 그런 곳이 있다는 이야기는 들었지만, 아직 가보지는 못했다. 연민의 시 소재를 풍부히 하기 위해서 그 동굴로 들어가기로 결정했다.

강 언덕을 20여 미터 올라가야 동굴 입구로 들어갈 수 있었다. 우리 세 사람하고 뱃사공까지 합쳐 네 사람이 연민을 부축하고 밀고 하여 겨우 동굴 입구까지 올라갔다. 그러나 컴컴한 동굴을 상당히 들어갔는데도, 강물은 나오지 않았다.

그러자 연민이 '돌아가자'고 고함을 질렀다. 뱃사공은 계속 조금만 더 가면 된다고 하지만, 필자도 얼마나 더 가야 할지 예측할 수 없기에 돌아나가자고 했다. 나오다가 하 선생이 연민에게 시를 짓는 소재 제공한다고 "여기 개구리처럼 생긴 바위가 하나 있습니다."라고 하자, 연민이 "개구리고 뭐고 그냥 가자니까?" 하고 역정을 내었다. 연민은 앞을 예측할 수 없는 컴컴한 동굴이 아주 싫었던 모양이었다. 필자가 "좀 쉬었다 가시지요?"라고 하자, 또 "쉬긴 뭘 쉬어. 그냥 가지."라고 고함을 쳤다.

좁은 배로 돌아온 이후로 분위기가 아주 부자연스러웠다. 세 사람이 지극정성으로 모시는데도 연민이 몇 차례 너무 심하게 화를 내어 모두 흥이 다 깨져 버렸다. 그래도 내색할 수 없어 그냥 지나쳤다. 연민은 아무 일 없었다는 듯이 다시 시 짓기에 바빴다. 눈을 감고 시상을 구성했다가 눈을 뜨고는 종이에 적었다. 환재는 이미 마음이 상하여 입을 아예 닫아버렸다.

저녁을 먹고 나서 같은 방을 쓰는 환재가 작심하고, "낮에 왜 그렇게 화를 내십니까?" 하고 따졌다. 그러나 연민은, "내가 어두운 굴속에서 쓰러지기라도 하면 자네들이 어쩌려고 자꾸 굴속으로 들어가자고 했느냐? 내가 미리 돌아가자고 하는데도 자꾸 들어가니까 그랬지. 만 리 타지에 와서 쓰러지기라도 하면 자네들이 어떻게 할 거야?" 연민 자신도 지나치게 화를 낸 것이 미안하다는 생각이 들어 약간 변명성 발언으로 무마하려한 것이다. 환재는, "우리는 오장육부도 없는 사람인 줄 아십니까? 선생님께서 하나라도 더 보시고 시로 옮기시라고 그랬는데, 왜 화를 내십니까? 화를 내도 정도가 있지, 그렇게 심하게 화를 내면 어쩌자는 것입니까?", "아니? 이 사람이 왜 이러노? 내가 무슨 악의가 있어서 그런 게 아니고, 위험하다 싶어 나도 모르게 순간적으로 화가 나서 그랬던 거야. 개의치 말어."라고 했다.

다음 날부터 연민이 스스로 마음을 다잡아 화내는 일이 거의 없었다.

계림을 다 구경하고, 다음 날 비행기로 무한(武漢)으로 가서 황학루(黃鶴樓)에 올라 양자강(揚子江)을 굽어보고, 최호(崔顥)의 「황학루시(黃鶴樓詩)」를 읊었다.

무한에서 하루 자면서 한국에서 유학 온 한상덕(韓相德) 군에게 전화를 걸어 잠시 만나 이야기를 나누었다. 당시 무한대학 중문과에서 박사과정을 이수하고 있었다.

택시를 세내어 타고 남쪽으로 달렸다. 중간에 초(楚)나라 애국시인 굴원(屈原)이 몸을 던져 자결한 멱라수(汨羅水)를 지나게 되었다. 멱라수는 지금은 멱라강(汨羅江)이라고 하는데, 남쪽에서 동정호(洞庭湖)에 흘러드는 상강(湘江)의 동남쪽으로 뻗은 지류이다. 비가 부슬부슬 오는데 차에서 내려서 바라봤는데, 별 볼 것은 없고, 그냥 허허벌판 가운데를 지나가는 조그만 강이었다. 그 옆에 굴원의 사당인 굴자사(屈子祠)가 있고, 굴원을 기념하는 공원인 굴자문화원(屈子文化園)이 있었지만, 시간이 촉박하여 들어가지는 않았다.

빗속에서 악양(岳陽)에 도달하여 해질녘에 목적지 악양루(岳陽樓)에 올랐다. 비가 오고 안개가 자욱하여 동정호(洞庭湖)의 정경은 전혀 볼 수 없었다. 연민은 악양루와 동정호를 두고 시를 몇 수 짓고 내려왔다.

그다음 날도 흐렸는데, 세를 낸 택시를 타고 연민을 모시고 하유집 선생 강영 사장과 함께 장사(長沙)로 향해 가다가 중간에 잠시 휴식을 취했다. 선생이 우스갯소리로 "자네들 다 진주(晉州) 시골에서 태어나 악양루에 올랐으니, 이제부터 집안의 중시조가 되겠네. 환재(渙齋) 자네는 진양하씨, 봉주(鳳洲 : 강 사장의 호) 자네는 진주강씨, 허 교수는 김해허씨 중시조가 되는 기다."라고 했다. 환재가 받아 "선생님! 무슨 말씀을 하고 계십니까? 우리 집안에야 고려 때나 조선 초기에 정승급의 유명한 분들이 많았지만, 선생님이야말로 중시조가 되시는 것이지요."라고 했다. 그러자 연민이 흠칫하며 정색을 하고 말했다. "자네 무슨 말을 그렇게 하는고? 노선생(老先生 : 퇴계)이 계신데, 어디서 감히 그런 말을 하는가? 선생이야말로 우리 역사가 생긴 이래로 학문이나 덕성이 가장 뛰어난 분인데. 그런 선조가 계신데, 날 보고 중시조라니? 어디서 그런 말을 해?"

필자도 놀랐다. 연민이 퇴계 선생을 이렇게 존숭한다는 것을 처음 알았다. 연암 소설, 『춘향전(春香傳)』, 『구운몽(九雲夢)』 등 우리나라 고전소설을 연구하기에, 퇴계를 존경하는 것이 그냥 보통사람들과 같은 줄 알았다.

퇴계의 태실(胎室)이 있는 도산(陶山) 온혜(溫惠)의 노송정(老松亭)은, 퇴계의 조부 이계양(李繼陽)의 종가다. 퇴계의 부친, 퇴계의 형님의 종가가 된다. 연민은 1962년 「선조퇴계 선생태실중수기(先祖退溪先生胎室重修記)」를 지어 친필로 써서 태실 문 위에 걸었다. 태실을 중수할 때, 많은 공사비를 독담했다.

그 뒤 장사(長沙)에 가서 중국 사대서원(四大書院)의 하나인 악록서원(嶽麓書院)을 참관하였다. 악록서원에는 남송(南宋)의 주자(朱子)가 남헌(南軒) 장식(張栻)의 초청으로 와서 강학하던 유서 깊은 곳이다. 그때 천여 명의 유생들이 주자의 강의를 들으려고 모여들어 '소상수사(瀟湘洙泗)'라는 말이 있을 정도였다. '수사'는 공자(孔子)의 고향인 산동성 곡부(曲阜) 부근을 흐르는 강 이름인데, 곧 공자의 학문을 상징한다. '소상수사'란 소상강이 흐르는 호남 지방에 있는 공자의 학문을 하는 곳이란 자부심이다. 서원 대문 양쪽의 증국번(曾國藩)의 글씨로 좌우에 대련(對聯)을 걸었는데, 들어오다 보면 오른쪽에 '유초유재(惟楚有材)'라 하였고, 왼쪽에는 '어사위성(於斯爲盛)'이라고 되어 있다. '오직 초나라 땅에 인재가 있어, 이에 성대하다'라는 뜻이다. 청나라 후기부터 호남성에서 증국번(曾國

藩), 왕선겸(王先謙) 등 많은 학자들이 배출된 것에 자부심을 느끼고 있다.

악록서원이 지금은 호남대학(湖南大學)에 속해 있는데, 인문사회 과학의 기지가 되어 있다.

호남대학 입구 길가에 큰 시멘트벽을 만들어 모택동(毛澤東)의 자작 사(詞) 「심원춘(沁園春)」이 모택동의 친필 초서로 새겨져 있었다. 그 앞에서 앉아 쉬면서 연민 선생이 "모택동의 글씨는 글씨가 안 돼. 자네가 모택동이 글씨 배운다던데, 그것 배워서 안 돼."라고 했다. "제가 글씨를 쓰다 보니, 모택동하고 비슷하게 돼서 그런 것이지, 일부러 배우는 것은 아닙니다. 중국 교수들이 처음으로 제 글씨를 보더니 모택동 서체하고 똑같다고 합니다." 연민 선생은, "아무튼 모택동 글씨는 옳은 글씨 아니야." 모택동의 글씨는 기백은 좋지만, 서예의 세세한 법도를 따르며 쓴 글씨는 아니니, 전통서예가나 우리나라 유학자들의 안목으로 보면, 옳은 글씨 아니라고 할 수 있다.

내가 악록서원 매점에서 『악록서원학규(嶽麓書院學規)』 등 몇 권의 책을 사다가, 조금 늦게 차로 갔다. 연민 선생께서 "무슨 책을 샀느냐?"고 물으셨다. 책 이름을 댔더니, "내 책은 왜 안 사 왔나?"라고 화를 내셨다. 내가 불쑥 "선생님께서 지금 연세에 책을 보시겠다는 말씀이십니까?"라고 했더니, "그럼 보지, 안 봐! 내가 이 나이에 이렇게 다니는 것은 내일이면 오늘보다 조금이라도 더 나을까 하는 생각에서 다니는 거야.", "알겠습니다." 하고는 다시 가서 책을 한 벌씩 더 샀다. 그때 선생은 연세가 80이었는데, 학문에 대한 열정이 대단하다는 것을 알 수 있었다.

중국에서 1주일 정도 지내면, 중국 음식을 매우 좋아하는 사람도 대개는 그만 물려서 점점 한국 음식 생각이 간절해진다. 그런데 연민 선생은 특별히 중국 음식을 좋아하신다. 환재(渙齋)는 중국 음식을 좋아하는 편이 아니라서, 중국 여행 오게 되면, 멸치조림, 김 등 밑반찬을 미리 준비해 온다. 6일 차 되는 날 환재가 나에게 살며시 "한국 음식 하는 데 있는지 한번 알아보게."라고 했다.

연민 선생에게 "오늘 점심은 한국 음식으로 한번 정해 볼까요?" 라고 여쭈어봤더니, "중국 왔으면 중국 음식을 먹지, 여기까지 와서 왜 한국 음식을 먹어?"라고 강하게 반대하는 바람에 여전히 중국 음식을 먹었다. 연민 선생은 중국 여행가시면 단 한 끼도 한국 음식을 찾지 않을 정도로 중국 음식을 좋아하셨다.

호남성에는 장사(長沙)에서 멀지 않은 곳에, 모택동(毛澤東) 고향, 증국번(曾國藩) 고향, 굴원(屈原)의 유적지 등 볼 만 곳이 많이 있지만, 대만을 거쳐 오다 보니, 여행기간이 너무 길어졌고, 홍콩서 비행기를 놓쳐 하루를 지체하는 바람에 악록서원 한 곳만 관람하고, 상해(上海)를 거쳐 귀국하였다.

계림(桂林) 산수를 구경하다가 배 위에서 장강삼협(長江三峽) 이야기가 나왔다. 연민 선생께서 "허 교수는 많이 다녀봐서 알겠는데, 계림하고 장강삼협하고는 어디가 더 나은가?"라고 물었다. 내가 "기기묘묘(奇奇妙妙)한 것은 계림이 낫지만, 웅장(雄壯)하고 험준한 것은 삼협이 훨씬 낫지요."라고 대답했다. 그럼 내년 1997년 가을에는 삼협을 한번 유람하자고 합의가 되었다.

삼협이란 중경(重京)을 지나 의창(宜昌)까지의 7백 리 협곡에 있는 구당협(瞿塘峽), 무협(巫峽), 서릉협(西陵峽) 등 양자강 중상류의 세 협곡을 말하는데, 깎아지른 바위 절벽이 바위 하나로 된 것도 있어 경치가 천하절경이다.

1997년 10월에 장강삼협을 목표로 떠났다. 이때는 하유집 선생 강영 사장 이외에 연민의 친구 노촌(老村) 이구영(李九榮) 선생, 연민의 동서 무송(撫松) 김기혁(金基赫) 교수 내외, 연민의 종동서인 안동의 김종선(金鍾善) 교장, 노촌 친구의 딸 이종순(李鍾順) 씨 등이 같이 합류했다.

상해를 거쳐 중경에 이르러 유람선을 타고 유람선 속에서 4일을 지내면서 양자강을 따라 내려오는 것이었다. 유람선 안이 호텔 방처럼 되어 있다. 연민과 노촌은 60년 전부터 친교를 맺었으므로 배 안에서 밤에 옛날이야기를 많이 했다. 중간 중간에 배에서 내려 명승지나 유적지를 구경하고 다시 배를 타고 강을 따라 내려갔다.

장강삼협이 끝나 조금 지나면 갈주파(葛州壩)라는 큰 댐이 있어 독크 방식으로 문을 열어 상류에서 오는 배를 가두어 물을 빼서 배를 낮추어 댐 아래의 강물과 높이를 갖게 해서 다시 문을 열어 배를 보내었다.

그 위에 세계 최대의 수력발전소인 삼협댐 공사를 하고 있는데, 그 댐이 완공되면 댐 위로는 양자강 수위가 180미터 내외로 높아지기 때문에 장강삼협의 웅장한 경치도 많이 사라지게 되고, 명승고적도 원래 위치에서 옮겨야 할 것이 많다.

지금은 댐이 완공되었는데, 발전용량 2,400만 킬로와트로 70만인 수풍발전소의 35배 크기다. 댐의 규모가 세계에서 제일 큰데, 2012년 5월에 중국 사천성 문천(汶川)에 강도 8의 지진이 발생하여 많은 사상자가 나왔는데, 어떤 지질학자는 삼협댐의 물 무게 때문에 지진이 발생했다고 주장하기도 했고, 환경보호자들이 계속 문제를 삼고 있다. 삼협댐 상류의 경치를 많이 감소시켰을 뿐만 아니라, 댐 아래도 많은 변화를 초래하여, 유명한 동정호(洞庭湖)가 겨울이 되면, 물이 한 방울도 없는 잡초 밭으로 변하게 만들어 버렸다.

호북성(湖北省) 의창(宜昌)에 이르러 배에서 내려 버스로 무한(武漢)에 도착해 다시 황학루에 올랐다. 작년에 연민 선생과 함께 왔던 곳이다. 무한에서 비행기를 타고 상해에 이르러 소주(蘇州), 항주(杭州)를 구경하고 다시 상해에서 비행기로 귀국했다.

1998년 8월에는 원래 백두산(白頭山)에 가기로 모든 준비를 다 해 두었다. 백두산은 개인적으로 갔다 온 분이 많고, 환재는 자기 고향의 『옥종면지(玉宗面誌)』 만든다고 갈 형편이 안 된다고 했다. 연민 선생을 모시고 한번 여행하겠다던 영남대학교의 이장우(李章佑) 교수 등에게 연락했더니, 역시 일이 있어 못 가겠다고 했다. 여행단의 구성이 쉽지 않았다.

그래서 우리 한문학과 졸업생 박지훈(朴志勳) 군이 동행하겠다고 해서, 연민 선생과 세 사람이 단출하게 갔다 오기로 계획을 세우고 수속을 다 마쳤다.

8월 15일쯤에 출발하려고 하는데, 약 보름 전부터 비가 계속 왔다. 강화도 등에서는 하루에 집중호우가 8백 밀리 내린 곳도 있고, 어떤 곳은 5백 밀리, 어떤 곳은 3백 밀리가 내려 침수가 되고 사태가 나는 등 난리가 났다. 지리산 대원사(大源寺) 계곡에서 야영하던 사람들 가운데 20여 명이 급류에 떠내려가 죽은 일이 있었다.

중국도 양자강(揚子江)이 범람해 강택민(江澤民) 주석과 주용기(朱鎔基) 총리 등이 번갈아 가며 홍수 현장에 가서 몸으로 홍수를 막는 군인들을 위로했다. 양자강 둑 위에 흙 포대를 쌓아 강이 범람하는 것을 막았는데, 결국 무한(武漢)을 지나 기춘현(蘄春縣) 부근에서 둑이 터져 수천 명이 사망하는 역사상 가장 극심한 홍수가 있었다.

준비를 다해서 서울로 가서 내일 연민 선생을 모시고 가기로 되어 있었다. 그 앞날 오후 연민 선생 댁을 방문했더니, 연민 선생은 "홍수가 이렇게 심하여 위험할 때는 집을 떠나는 법이 아니다. 내년에 가자. 우리 손자도 가지 말라고 만류한다."라며 가지 않으려고 했다. 호텔 비행기 예약 등을 다 취소해야 했지만, 어쩔 수가 없었다. 나는 어떤 계획을 하면, 어떤 어려움이 있어도 무조건 원래대로 하는 버릇이 있다. 그래서 나와 박 군은 그대로 중국 북경에 가서 지내다가 돌아왔다.

중국 남쪽에서는 연일 홍수로 야단이지만, 북쪽은 비가 오지 않고 날씨가 좋았다. 북경공항에서 백두산 갔다가 오는 사람들을 만나 물어봤더니, 백두산은 날씨가 좋아 등반에 아무 문제가 없었다고 했다.

중국서 돌아오는 길에 다시 연민 선생 댁에 들렀더니, "백두산은 비가 와서 아무도 못 갔제?"라고 묻기에, "백두산 다녀오는 사람들을 북경공항에서 만났는데, 비도 안 오고 날씨가 아주 좋더라고 합디다."라고 했더니, 선생은 "그랬는가?"라고 아쉬워하였다.

연민 선생께서 백두산에 못 가셨지만, 그해 가을에 진주를 중심으로 한 서부경남과 안동을 중심으로 영주(榮州) 등 북부 경북에 연민을 모시고 두 번 여행을 했다. 안동 등지의 여행은, 연민의 전기를 쓰기 위한 준비작업의 일환이었다. 안동은 선생의 고향이고, 영주는 선생의 외가가 있는 곳이기 때문이다.

1999년 다시 연민이 '백두산 천지(天池)를 굽어봤으면' 해서, 같이 동행할 사람들을 모집했다. 환재(渙齋) 하유집(河有楫) 선생이 주선을 해서 칠곡(漆谷)에 살던 사미헌(四未軒) 장복추(張福樞) 선생의 주손 녹여(甪廬) 장지윤(張志允), 산청문화원장 수헌(守軒) 정태수(鄭泰守), 산청문화원장 일봉(一峯) 권영달(權寧達), 이종순(李鍾順) 여사 등이 함께 참여했다.

처음에 환재가 장지윤 선생에게 "연민 선생을 모시고 백두산 가는데, 자네 같이 갈 생각이 없나?"라고 의향을 물었더니, 장 선생은 단호하게, "내가 조상 일도 못 하는 주제에 여행은 무슨 여행이고? 나는 아직 여행이라는 것을 해 본 적이 없네. 우리 집에서 멀지 않은 속리산도 못 가 봤네. 제주도는 물론이고."라고 두말없이 거절했다.

그다음 날 이른 아침에 장 선생이 환재에게 전화를 했다. "내가 밤새 잠 못 이루고 곰곰이 생각해 봤네. 연민 모시고 백두산 가기로 결심했네."라고 했다. 환재가 의아하여, "자네 어제 안 간다고 말하지 않았나?" 장 선생은, "어제는 그렇게 이야기했는데, 연민을 1주일 모시고 함께 다니는 것이 쉬운 일인가? 더구나 국내도 아니고 백두산을 연민과 함께 동행하는 일이. 대단한 일 아닌가? 만약 우리 조상님이 퇴계 선생이나 남명 선생과 같이 여행하여 퇴계집이나 남명집에 그 기록이 오른다면 천추에 남을 일 아닌가?"라며 연민과 1주일 같이 지내는 일에 큰 의미를 부여하고 처음으로 여행이라는 것을 떠나기로 결심했다고 말했다.

정태수 선생도 백두산에 이미 갔다 왔지만, 연민 선생을 모시고 간다하니, 재차 가기로 결정했다.

북경공항에서 팽림(彭林) 교수 등을 잠깐 만나보고 연길(延吉)로 떠났다. 연길 대우호텔에서 자고, 그다음 날 현대 갤로퍼 지프차로 7시간을 달려 백두산 정상으로 향했다. 그날이 1999년 9월 1일이었다. 백두산 북쪽 기슭으로 올랐는데, 주차장에서 지프차를 갈아탔다. 지프차 내리는 곳에서 기사에게 사정하여 차를 비스듬히 몰아 천지를 굽어볼 수 있는 천문봉(天門峯)에서 100미터 되는 지점까지 접근하였다. 거기서 연민을 양쪽에서 부축하여 밀고 당기고 해서 천문봉 꼭대기에 올랐다. 연민은 마침내 소원이던 천지를 굽어보았다. 날씨가 매우 쾌청하여 파란 하늘에 구름 한 점 없었다. 천지를 자세히 볼 수 있을 뿐만 아니라, 저 멀리 동남쪽으로 개마고원까지 북한 천지 만주 천지도 거칠 것 없이 다 볼 수 있었다.

서거하기 1년 2개월 전이었다. 내려와 백두산 신에게 제사를 올렸다. 연민이 미리 한문으로 제문을 지어 친필로 써서 준비했던 것이다.

돌아오는 길에 북경대학에 들러 『조선문학사(朝鮮文學史)』를 번역하고 있는 북경대학의 심정창(沈定昌) 교수와 북경외국어 대학 한국어과의 이려추(李麗秋), 공산당 중앙당교(中央黨校)의 장련괴(張

璉瑰)와 번역 원고를 교열하기로 했던 북경대학의 위욱승(韋旭昇) 교수 및 평소 연민과 교분이 있는 인민대학(人民大學) 중문과의 유광화(劉廣和), 북경대학 중문과 왕춘홍(汪春泓) 교수 및 팽림(彭林) 교수 등을 초청하여 만찬을 열고 『조선문학사』 번역을 격려하고 그 번역 작업의 의의를 밝혀 주었다.

연민 선생은 매번 중국 여행 때마다 40수 내외의 한시를 지어 그의 시문집에 수록했다. 필자는 늘 한문으로 일기를 쓰기 때문에 상세한 여행 내용은 따로 적어 두었다.

주로 나와 환재(渙齋)가 주동이 되어 연민 선생을 모시고 중국 여행을 했는데, 성균관대학교 정범진(丁範鎭) 총장은, 나나 환재에게, "선생을 모시고 중국 여행을 가는 것은 좋은데, 그 불편한 몸에 외국에 다니다가 탈이라도 나면 어쩌려고 그러느냐? 자네들 간도 크다."라고 하셨다. 한편으로는 대견해 보이지만, 옆에서 보기에 아주 위험해 보였던 것이다. 잘한다고 한 일인데, 만약 외국에 나가서 탈이라도 나면, 그 자녀들한테 원망을 들을 수도 있는 것이다.

정 총장은 연민 선생의 대표적인 제자이고, 내종질(內從姪)이었으므로 1987년 우리나라 사람으로서 최초의 중국 여행을 선생과 같이 했고, 그 이전에 퇴계학국제학술대회에 선생을 모시고 몇 번 참석한 적이 있었다. 그 이전 대만에 교환교수로 있던 시절에 연민을 몇 번 모셨던 적이 있고, 퇴계학 국제학술대회가 대만에서 열릴 수 있도록 많은 주선을 한 공로가 있다.

세 차례의 중국 여행에서 연민은 보행이 불편했으므로, 내가 아예 김포공항에서부터 휠체어를 빌려 태워서 모시고 다녔다.

그런데 사실 완전히 큰 사고로 될 뻔한 일이 두 번 있었다. 1999년 8월 말 백두산에 가기 위해서 연길(延吉) 공항에 도착해서 연민을 부축해서 비행기에서 내리면서 트랩에서 어정어정하니까, 어떤 조선족 남자 한 사람이 트랩 밑에서 자기가 차에까지 업고 가겠다고 대기하고 있었다.

연민은 원래 몸무게가 많이 나갈 때는 1백 킬로나 되었는데, 그때는 좀 빠졌다 해도 90킬로는 되었을 것이다. 그런데 연민을 업겠다는 그 사람은 몸집이 큰 사람이 아닌 왜소한 사람이었다. 상당히 우려가 되었지만, 자신이 워낙 자신 있게 업고 가겠다고 해서, 무슨 무술단련이라도 해서 특별히 힘이 있는 줄 생각했다.

그런데 그 사람이 업고 일어서자마자 뒤로 나자빠졌다. "아이고! 낭패났네. 뇌진탕? 아니면 크게 다쳤겠네. 이제 정말 일 났다."라고 순간적으로 생각하니, 가슴이 철렁 내려앉았다. 바로 후회가 급습하였다. 그 조선족 남자의 말을 믿은 것이 큰 잘못이었다.

달려가 연민 선생을 부축해서 일으키니, 다행히 아무 탈은 없었다. 그 사람도 전혀 다친 데가 없었다. 미안했던지 또 업겠다고 나서는데, 말렸다. 환재가 "천운을 타고난 어른은 어디가 달라도 달라!"라고 했다. 바로 뇌진탕 걸릴 일이었는데, 아무렇지도 않았다. 정말 천운이라고 생각했다.

연민 선생이 체중이 많이 나가는 데다 본래 공항 건물 안에서만 사용하던 휠체어를 관광지의 길이 울퉁불퉁하고 턱이 있는 곳에 오래 밀고 다니다 보니, 휠체어 오른쪽 앞바퀴가 부러져 버렸다. 그래도 마침 팽 교수가 근무하는 청화대학(淸華大學) 교정에서였다.

자동차나 자전거 수리하는 곳은 있지만, 휠체어 수리하는 곳은 아무 데도 없었다. 할 수 없이 청와대학 안에 있는 자전거 수리점에 가서 부러진 부분에 큰 쇠막대를 덧대어 철사로 단단히 묶어 다녔다. 성능이 훨씬 못해졌다.

여행 다 마치고 돌아오는 날 북경공항에서 휠체어를 그냥 보행하는 통로로 밀고 왔으면, 아무 탈이 없었을 것인데, 조금 수월하고자 하여 에스컬레이터에 밀어 넣었다. 마지막 내리려는 순간 오른쪽 앞바퀴를 수리할 때 감았던 철사 끝이 그 틈이 끼어 빠지지를 않았다. 밀어도 당겨도 움직이지를 않았다.

그런데 에스컬레이터에 박혀서 움직이지 못하는 일이 그렇게 큰일을 일으키는지 예전에는 전혀 몰랐다. 어떻게 대처해야 할지 아무도 몰랐다. 뒤에 오는 사람들이 계속 앞으로 밀려와 포개지는데 정말 어마어마한 대형사고가 나게 되었다. 순식간에 수십 명 수백 명이 엎어져 포개지니, 밑에 깔린 사람은 비명을 질렀다. 사람이 포개져서 깔려 죽게 되었다. 연민 선생이 맨 아래 들어갔다. 그때 공항직원이 모니터를 보고 달려와서 스위치 하나를 누르니, 멈추었고, 사태는 수습되었다. 다행히 다친 사람은 없었다. 또 한 번 큰 한숨을 쉬었다.

1987년에 중국을 맨 먼저 다녀오신 뒤로 "중국은 한 번만 가는 거야."라는 생각을 갖고 있다가, 1995년 10월에 중국을 매년 가자고 했는데, 1996년부터 해마다 가을이 되면 중국 한 번씩 가자고 하시더니, 1999년 9월 백두산에 다녀온 뒤로 건강이 안 좋아져서 그다음 해 11월 9일 영원히 이 세상을 떠나셨다.

중국에는 세 모시고 번 다녀왔다. 여행 한 번 하면, 1주일씩 모시고 다니면서 이런 이야기 저런 이야기 들으니, 한번 모시고 다녀오면, 한 학기 강의 듣는 정도의 학문이나 인생, 중국이나 우리나라의 전고(典故) 제도 인물 등에 대해서 식견을 늘릴 수 있었다.

집안의 문집 『후산문집(后山文集)』 영인본 간행

허씨(許氏) 가운데 김해(金海)를 본관으로 둔 허씨는, 조선시대 들어와서는 그리 번성하지 못했다. 족보상에는 관직이 판서(判書)로 되어 있는 분이 있지만, "조선왕조 5백 년 동안 김해허씨 가운데는 현직 판서가 한 명도 없다."는 말이 전한다.

관직도 그럴 뿐만 아니라, 학문적으로도 큰 학자가 거의 없었다. 문집을 남긴 것도 대부분 겨우 한두 책 정도였다. 그러다가 조선 말기에 이르러 큰 학자 두 명이 나왔으니, 한 어른은 삼가(三嘉) 오도(吾道)에 거주하던 후산(后山) 허유(許愈 : 1833~1904) 선생이고, 다른 한 어른은 경북 선산(善山 : 지금의 구미시) 임은(林隱)에 세거하던 방산(舫山) 허훈(許薰 : 1936~1907)이다. 두 어른 다 평생 벼슬하지 않고 학문에만 전념하였고, 문집 분량이 방대하다.

후산은 한주(寒洲) 이진상(李震相)의 대표적인 제자인데, 당시 유림들에게 환영을 못 받던 한주의 심즉리설(心卽理說)을 철저히 신봉하고 전파에 앞장섰다.

조선 말기 근기남인(近畿南人)의 학통을 이은 성재(性齋) 허전(許傳)이 김해부사(金海府使)로 부임하여 자기 제자로 만들려고 후산의 집을 직접 찾아가 정성을 기울였을 정도였지만, 맨 처음의 스승인 한주에 대한 의리를 지켜 성재의 제자는 되지 않았다. 한주의 제자면서, 경기 출신으로 벼슬이 높은 성재의 제자가 된 사람이 많았다.

방산은 성재의 대표적인 제자였다. 그 증조부 불고헌(不孤軒) 허돈(許暾)이 조선 후기 경남 김해(金海)에서 경북 선산(善山) 임은(林隱)이란 곳으로 옮겨가 살았는데, 학문과 관직으로 임은허씨(林隱許氏)라 할 정도로 많은 인물이 나와 유명한 집안이 되었다. 유명한 의병대장 왕산(旺山) 허위(許蔿)가 방산의 아우다. 경북의 퇴계 선생 가문, 서애 선생 가문 등과 혼사를 많이 하여 집안의 위상을 높였다. 유명한 민족시인 이육사(李陸史)의 외가가 임은허씨 집안이고, 방산은 외종조부다.

방산은 학문이 대단할 뿐만 아니라, 도산서원(陶山書院) 원장과 병산서원(屛山書院) 원장을 다 지낼 정도로 유림의 추중을 받았다. 문집이 23권에 이를 정도로 방대하고, 학문이 대단하였다.

한주(寒洲) 이진상(李震相)과는 사돈 간이지만, 한주의 심즉리설(心卽理說)은 정면으로 반박했다.

반면에 후산은, 삼가 덕촌(德村)에서 평생 학문연구와 강학에 전념하였는데, 당시 퇴계학파로부터 배척을 받던 한주의 심즉리설(心卽理說)을 신봉하여 보급하려고 노력하였다. 그러다 보니 경북 지역에서 핍박을 당했고, 전국적인 인물이 되지 못했다. 퇴계 선생을 지극히 존모(尊慕)했는데도, 평생 도산서원에 한번 못 가고 말았다.

학문적으로는 퇴계 선생과 남명 선생을 다 같이 존모하여 두 선생의 학문을 융합했다. 퇴계의 『성학십도(聖學十圖)』에 관한 거의 모든 학설을 모은 방대한 『성학십도부록(聖學十圖附錄)』을 지었고,

남명 선생 학문의 핵심이라 할 수 있는 「신명사도(神明舍圖)」에 대한 역사상 가장 정밀한 주석이라 할 수 있는 「신명사도명혹문(神明舍圖銘或問)」을 지었으니, 그의 학문적 조예를 알 수 있다.

후산의 사후 후산서당(后山書堂)에서 유림들이 채례(菜禮)를 올리며 그의 학덕을 추모하고 있다. 『후산문인록(后山門人錄)』에 올라 있는 제자만 해도 2백여 명 넘었다. 그러나 대부분의 제자들은, 후산이 세상을 떠난 뒤 다시 면우(俛宇) 곽종석(郭鍾錫)의 제자가 되었으므로, 마치 후산의 제자가 아닌 것처럼 되어 버렸다. 우리나라 최초의 철학사라 할 수 있는 『동유학안(東儒學案)을 쓴 회봉(晦峯) 하겸진(河謙鎭) 선생, 해방 후 초대 성균관장과 성균관대학교 초대 총장을 지낸 유명한 독립운동가 심산(心山) 김창숙(金昌淑) 선생 등이 모두 후산의 제자이다. 이들은 후산 사후에 다시 면우(俛宇) 곽종석(郭鍾錫)의 제자가 되었다. 세상에서는 심산이 면우의 제자인 것만 알고 있지만, 원래는 후산의 제자였다.

한주(寒洲)의 아들 대계(大溪) 이승희(李承熙), 회봉, 심산, 중재(重齋) 김황(金榥) 선생 등 대단한 분들이 후산서당 당장(堂長)을 지냈다. 후산서당은 비록 서당이지만, 웬만한 서원보다 그 위상이 높았다.

반면 방산은 후산에 비하여 제자가 거의 없다. 방산의 아들들은 문집이 있는데, 후산의 아들은 문집이 없다.

후산의 문집은 1910년에 목판 19권 10책으로 간행하여 배포했다. 그 뒤 1964년 간행하지 못한 원고를 정리하여 8권 2책 연활자로 속집을 간행하였다. 이때 『성학십도부록』도 2권 1책으로 간행해서 배포했다. 후산의 기본적인 저서는 거의 다 간행된 셈이다.

당시 목판 인쇄로 1책 간행하는 데 드는 비용이 오늘날 화폐 가치로 계산하면 1억 5천만 원이 넘으니, 『후산문집』 간행하는 일은 당시 15억여 원이 든 큰 공사였다. 후산의 먼 집안의 일가면서 제자인 허용효(許容孝)라는 분이 간행 경비에 도움을 주었다. 허용효는 천석꾼이었는데, 평생 후산의 뒷바라지를 했다고 한다. 그러면서 자기 문집이 있으니, 학문도 상당했던 것 같다.

당시 목판을 만들어 보관하면서 필요한 사람은 종이를 가져와서 찍어 가도록 했는데, 실제로 그렇게 긴요한 책이 아니니, 찍어갈 정도는 못 되었다. 맨 처음 반질(頒帙)할 때 경비가 부족하여 겨우 20부 정도 찍었다고 한다.

목판은 1970년대까지 후산서당 아래채에 잘 보관되어 있었는데, 후산의 주손(胄孫)되는 현손자가 어느 날 몰래 와서 훔쳐 엿장수에게 팔아먹고 가 버렸다.

그는 무식한 사람도 아니고, 부산 모 대학의 법학과를 나와 고시를 공부하다가 안 되어 경찰에 투신하여 부산에서 파출소장을 지냈다. 퇴직 후 돈이 부족하자 몰래 고향에 와서 고조부의 문집 목판을 훔쳐 내어 팔아버린 것이다.

영인본 『후산문집』을 간행한 증손 허왕도(許旺道) 사장이 뒤에 회수해 보려고 노력했으나, 엿장수에게 팔았기에 한 장 한 장 사방으로 흩어져 도저히 찾을 수가 없었다.

이미 반질한 책의 수량은 얼마 안 되고, 목판은 없어졌으니, 『후산문집』은 얻어 보기가 정말 어려운 책이 되었다.

1995년경에 후산의 둘째 손자의 막내아들인 허왕도(許旺道)라는 분이 LG그룹에서 사장으로 퇴직하여 고향인 합천 가회면(佳會面)으로 돌아왔다. 황매산(黃梅山) 기슭에 새로 집을 잘 지어 들어와 살았다. 그는 15세쯤에 고향을 떠나 성공하여 근 50년 만에 금의환향(錦衣還鄉)하였다. 나에게는 증조 항렬이 된다.

그에게 나이 차가 많은 형님 둘이 있었다. 맏형은 진주농림고등학교 재학 중 광주학생운동에도 가담하는 등 일본에 저항하였다. 그 뒤 좌익이 되어 해방 후 지리산 빨치산부대의 대장이 되어 활약하다가 6.25전쟁 이후 행방불명이 되었다.

둘째 형도 일제강점기에 감옥소에서 교도관을 총으로 쏘아 끌려갔는데, 역시 생사불명이 되었다.

막내인 왕도 이분은 보통학교도 못 다녔는데, 홀로 남은 맏형수가 마침 LG그룹의 창업자인 구인회(具仁會) 회장과 같은 능성구씨(綾城具氏) 집안이었기에, 구인회 회장을 찾아가 자기 어린 시동생 밥만 좀 먹여 주라고 부탁하였다. 그래서 1950년대 초반에 LG의 전신인 금성사에 심부름꾼으로 취업하게 되었다.

그러나 두뇌가 영민하고 또 사리분별이 있어, 일의 머리를 잘 알고, 혼자 영어, 일본어를 공부하여 원서를 읽고 외국인과 대화하는 데 전혀 문제가 없을 정도까지 되었다. 또 기계를 잘 알아 기계를 잘 고치는 것으로 금성사 내에서 소문이 났다. 운동도 잘하여 금성사 내에서 완력으로도 당할 사람이 없었다.

그래서 2대 총수 구자경(具滋暻) 회장의 인정을 받아 금성전선 등 몇 군데 계열사 사장을 지냈다. 퇴직하면서 상당한 퇴직금을 받아 왔다.

고향에서 자기 또래의 친구를 사귀는데, 자기는 어려서 고향에 안 살고, 하동 옥종면(玉宗面)에서 살아 고향에 어릴 적 친구도 없었고, 일가들 하고도 잘 몰랐다. 유학이나 전통문화에 대한 소양도 갖출 기회가 없었다.

그때 합천문화원장을 지낸 호당(浩堂) 김련(金煉)이란 사람을 만나 친구가 되어 자주 어울렸다. 김련 원장은 서울에서 대학을 나왔는데 일이 자기 뜻대로 안 되자, 고향에 와서 자기 부친 갈파(葛坡) 김정(金楨)으로부터 한학(漢學)을 공부하고, 부친의 친구인 중재(重齋) 선생도 자주 뵙고 견문을 넓혔다. 삼가향교 전교(典校), 합천문화원장, 경남 유도회(儒道會) 부회장 등을 비교적 이른 나이에 지내고, 나중에 덕천서원(德川書院) 원임 등을 역임했다. 남명 선생을 모신 삼가(三嘉)의 용암서원(龍巖書院) 복원의 주역이었다. 유학을 진흥하고 전통문화를 계승하고 윤리도덕을 회복하려는 뜻이 컸다.

김련 원장은 왕도 사장을 몇 번 만나 친해졌고, 말귀를 알아듣는 사람이라는 것을 알고는, "허 사장! 자네 증조부 후산 선생(后山先生)은 대학자일세. 자네 증조부 문집 구하기가 쉽지 않은데, 새로 간행하게."라고 권유했다. 즉각 허 사장이 "비용이 얼마나 들까?" "한 3천만 원하면 안 되겠나?" "그 정도 든다면 한번 해 보지." "경비만 대면, 책 만드는 일은, 자네 집안에 일 맡길 만한 학자가 있네. 한학의 대가인 허권수 교수가 있네. 허 교수한테 맡기면, 다 되네." "나도 소문은 들었다만, 아직 면식이 없는데?" "후산 선생 문집 간행할 뜻이 있으면, 나하고 같이 진주로 허 교수 만나러 가세."

얼마 뒤에 두 분이 진주로 와서 나를 만나 의논하여 『후산문집』

을 다시 영인 간행하기로 결정했다. 그래서 내가 이렇게 의견을 제시했다. "후산 선생은 경상우도(慶尙右道)를 대표하는 대학자이고 한주(寒洲) 이진상(李震相) 선생의 대표적인 제자입니다. 단순히 돈 좀 번 손자가 문집을 낸다 하면, 집안 일 밖에 안 되지만, 유림의 이름으로 내면, 유림 전체의 일이 됩니다. 그러니 일단 먼저 후산 선생문집간행추진위원회를 결성하여 회의를 한 번 하여 거기서 모든 사안을 결정하는 것으로 합시다. 그리고 국내 한학계에서 가장 명망이 있는 한문학계의 태두이고 퇴계 선생 후손인 연민(淵民) 이가원(李家源) 선생에게 서문을 받아 책머리에 실으면 책의 가치가 더 올라갈 것입니다. 퇴계 선생은 우리 집안의 췌객이고, 후산 선생이 가장 존모한 분이니, 그렇게 하는 것이 좋을 것입니다."

1999년 초여름에 간행추진위원회 1차 회의를 개최하였다. 위원장으로는 후산 가문과 세의(世誼)가 있는 덕천서원(德川書院) 원임 겸 전 성균관 상임부관장 환재(渙齋) 하유집(河有楫) 선생이 맡고, 부위원장에는 덕천서원 원임을 지낸 수헌(守軒) 정태수(鄭泰守) 선생과 역시 덕천서원 원임이면서 이 일을 제일 먼저 발의한 호당(湖堂) 김련(金煉) 선생이 맡았다. 포은(圃隱) 후손인 정직교(鄭直敎), 한주의 증손자인 국민대학교 총장 이규석(李葵錫) 박사, 사미헌(四未軒) 장복추(張福樞) 선생의 주손(胄孫)인 장지윤(張志允), 응와(凝窩) 이원조(李源祚) 선생의 종손(宗孫)인 이수학(李洙鶴), 남명 선생 후손 조의생(曺義生), 조종명(曺鍾明), 한강(寒岡) 정구(鄭逑) 선생의 후손인 정윤용(鄭允容), 삼현여고 이사장 최문석(崔文錫) 박사, 경상대학교 한문학과 이상필(李相弼) 교수 등 28명을 추진위원으로 모셨다.

그 뒤 환재, 호당, 왕도 사장 등이 연민 선생 댁으로 찾아가 친필 서문을 받았다. 그때 선생은 돌아가시기 1년 전인데 눈이 잘 안 보여 서문을 지어 친필로 쓴 붓글씨가 고르지 못할 정도였다.

내가 해제를 썼는데, 쓰다 보니 무려 5백 매를 써서 따로 문고판 단행본이 될 정도였다. 내가 쓴 해제는 『후산집』을 다 통독하고 아주 쉽게 쓴 것이라 왕도 사장이 읽어 보고는 지금까지 전혀 모르던 자기 증조부 후산 선생의 전모를 정확하게 알 수 있었다고 한다. 왕도 사장이 기분이 좋아서 나에게 중국 가서 책 사라고 원고료 이상의 돈을 더 줄 정도였다.

원판 크기로 2,350페이지에 달하는 방대한 분량을 3책으로 제본하여 3백 부를 간행하였다. 책이 다 완성되자, 추진위원들을 중심으로 한 유림들이 후산서당에 모여서 하룻밤을 재계(齊戒)하면서 담소를 나누고 다음 날 오전 2백여 명의 유림이 모여서 고유제(告由祭)를 지냈다.

전날 밤 유림들이 모였을 때, 창녕 계팔(桂八)에 살던 한훤당(寒暄堂) 선생의 후손 김태인(金兌仁) 사문(斯文)이 헌관을 하기 위해서 미리 와서 모여 이야기하는 중에 왕도 사장에게 "참 좋은 일 하셨소."라고 하자 왕도 사장은, "다른 돈 많은 재벌들은 이런 일을 하려고 해도 할아버지가 없어서 못 하는데, 저는 대단한 할아버지가 계셔서 제가 이런 일을 할 수 있는 기회를 얻었으니, 후손으로서 당연히 해야 될 일이지요. 감사하게 생각합니다."라고 대답했다. 그러자 유림들의 칭찬이 자자했다.

그때 문집 간행하고 고유제 지내고 하는 데 경비 3천만 원 정도 들었는데, 이 3천만 원은 사실 그 당시 중형 승용차 소나타 한 대 정도의 값밖에 안 되는 것이었다.

사람들이 차 바꾸는 데는 돈을 안 아끼면서 조상 문집 간행하거나 문중 일 하는 데는 여간 돈 있는 사람이라도 다 피한다. 진주 출신으로 부산에 사는 박원영(朴元榮)이란 분은 자기 조상 양대의 문집을 번역 간행해서 1천 부를 찍어 우리나라는 물론이고 전 세계 대학이나 연구기관에 다 보급하는 대단한 일을 했다. 모두 독담을 해서 했다. 자기 가까운 일가 가운데 재벌 정도의 재력을 가진 사람들이 있는데, 자기가 한번 만나자고 하면 급성 전염병 걸린 사람 피하듯 이 핑계 저 핑계를 대면서 피한다고 했다. 그렇게 큰돈이 드는 것도 아닌데, 요즈음 사람들은 조상의 문집이나 위선사업하는 데 돈 드는 것은 쓸데없는 데 돈 쓰는 것으로 잘못 생각하고 있다.

그날 참석자들에게 먼저 반질하고, 국내 각 대학 도서관, 연구기관, 전공교수, 공공기관, 경남 지방의 향교 서원 문화원 등에 다 반포하여, 후산의 학문과 사상이 다시 알려지게 했다. 내가 50질을 얻어 연구할 만한 한문학과, 철학과, 사학과 교수들에게 증정하고, 중국, 대만, 미국, 일본 등의 대학 도서관에도 보냈다.

서울대학교 철학과, 한국학대학원 철학과 등에서 교수들이 후산 선생의 『성학십도부설』을 대학원 교재로 쓴다고 했다.

2003년에 경상대학교 남명학연구소에서 '후산 허유의 생애와 학문'이라는 주제로 학회를 열어 후산의 학문을 학계에 소개하였다. 8명의 교수가 발표한 논문을 모아 『후산 허유의 생애와 학문』이라는 연구서적을 단행본으로 만들었다. 이때도 왕도 사장이 단독으로 1천 5백만 원을 남명학연구소에 기부하였다. 학문은 대단해도 전국적으로 그렇게 알려지지 않았던 후산은, 그 증손자의 노력으로 전국적으로 널리 알려진 학자가 되고, 그의 학문이 연구되기 시작했다.

왕도 사장은 그 뒤 후산서당을 중수하고, 채례(菜禮)에 드는 비용도 부담을 하는 등 조상을 받드는 일에 정성을 다했다.

내가 자기 집에 걸라고, 후산 선생의 수 가운데 두 구절을 골라서 중국의 유명한 서예가 북경사대(北京師大) 진영룡(秦永龍) 교수의 글씨를 얻어 주었다.

한문학과 교수 내외의 중국 문화탐방

2001년 북경사범대학(北京師範大學) 교수로 있다가 청화대학(清華大學)으로 옮긴 팽림(彭林) 교수가 남명 탄신 5백 주년 기념 학술대회에 발표자로 참석하면서, 부인도 함께 왔다. 1993년 12월 남명학연구소 초청으로 한국을 오기 시작한 팽 교수가 계속 혼자 다니니까 미안해서 그때는 부인도 같이 오라고 권유하여 초청장과 경비를 보내어 같이 오게 해 주었다.

중간에 한국국제교류재단의 초청으로 6개월간 와 있으면서 우리나라의 예학(禮學)에 관심을 갖고 자료를 모으고, 사진 촬영도 많이 하고 많은 사람들을 만났다.

특히 1995년 겨울 안동 수곡(水谷) 전주유씨(全州柳氏) 종가 길제(吉祭) 때 환재(渙齋) 하유집(河有楫) 선생이 정보를 제공하여 강영(姜瀅) 사장이 팽 교수를 위해서 차를 제공해서 안동 수곡에 가서 처음부터 비디오로 길제 지내는 전 과정을 모두 촬영해서 가져갔다. 그 밖에도 한국에 오면 무료로 재워주고 식사 제공하고 돌아갈 때 여비까지 주어서 보내니, 고마웠던지 한문학과 교수들과 자기가 좋아하는 성균관대학교 송재소(宋載卲) 교수에게 부부 동반으로 자기 고향 무석(無錫)에 꼭 한번 초청하겠다고 했다.

그때까지만 해도 중국 대학교수 한 달 월급이 20만 원 정도였고, 청화대학(淸華大學)으로 옮긴 뒤에는 월급이 상당히 올랐다 해도, 한국 교수들을 초청하려면 부담이 크기 때문에 안 가려고 핑계를 대도 막무가내였다.

팽 교수는 평소에 자기 고향 무석에 대한 자랑을 많이 했다. 무석은 주(周)나라 문왕(文王)의 조부의 형님 태백(泰伯)이 왕위를 양보하고 남쪽으로 내려와 오(吳)나라를 세운 곳이다. 중국에서 세 번째로 너른 태호(太湖)가 있고, 운하가 지나가고, 혜산(惠山)이 있다. 혜산의 혜산천(惠山泉)은 당나라 말기의 다성(茶聖)인 육우(陸羽)가 '천하제이천(天下第二泉)'이라고 명명하였다. 천하에서 물맛이 두 번째로 좋다는 곳이다. 명나라 말기에는 나라를 망치는 위충현(魏忠賢) 등 환관집단들과 싸운 강직한 선비들의 본산인 동림서원(東林書院)이 있는 곳이다. 인구가 650만 명 정도 되고, 중국에서도 3대 아름다운 도시에 드는 곳이다. 역대로 인물이 많이 나는데, 특히 학자, 예술인이 많이 나왔다. 근세에 유명한 전종서(錢鍾書), 전목(錢穆) 등이 이곳 출신이다. 팽 교수도 자신이 무석 출신임에 늘 자부심을 느꼈다.

주석(朱錫)이 많이 나 원래 지명은 석산(錫山)인데, 주석을 다 캐어 주석이 없다는 뜻의 무석(無錫)이 되었다. 아득한 옛날 은(殷)나라 때 청동기(靑銅器)를 제조하면서, 구리에 주석을 넣으면 청동이 되는데, 융해점은 낮아지면서 강도가 높아진다는 것을 알고 청동기 제조에 주석을 많이 사용하여 많이 채굴해 가 진시황(秦始皇) 때 이미 주석이 없어졌다고 한다.

한문학과 최석기(崔錫起), 황의열(黃義洌), 이상필(李相弼) 교수와 나, 그리고 송 교수까지 해서 부부 동반하면 10명이 된다. 2002년 2월 말에 간다고 약속은 했다. 그러나 말이 그렇지, 10명이 한꺼번에 가면 팽 교수에게 크게 부담이 된다고 안 가는 방향으로 가닥을 잡았다. 그런데 팽 교수가 한사코 오라고 계속 팩스를 보냈다. 만약 안 갔다가는 자기를 무시하는 걸로 여길 분위기였다. 그래서 가기로 결정했다.

2002년 2월 말에 상해 공항에 내리자, 팽 교수가 소형 버스를 빌려서 마중을 나와 있었다.

무석에 도착하니, 호텔이고 식사고 모두 팽 교수가 계산을 다했다. 자기 아우가 나와 동갑인데, 무슨 금속회사 공장장이라 하고, 그 밖에 무석 지역의 아나운서, 사업가, 영화배우 등등을 불러내어 우리와 어울리게 했는데, 보아하니 팽 교수가 구한 스폰서 같았다.

그때 무석 인근에 있는 여러 도시를 많이 가 봤다. 자사(紫沙) 도자기 산지로 유명한 의흥(宜興), 학문과 예술로 유명한 양주(揚州), 정원으로 유명한 소주(蘇州) 등지를 구경하고, 무석에서는 태호에 뱃놀이를 하는 등 5일간 잘 지내다가 돌아왔다.

그 당시 중국 교수들 월급이 뻔한데, 아무리 청화대학으로 옮겨 월급이 좀 올랐다 해도, 팽 교수 한 사람에게 너무 큰 부담이 되니 그래서는 안 된다고 하고, 마지막 날 돈을 모아 쥐어주었더니, 한사코 받지 않으려고 몸부림을 쳤다. 그의 아우도 수시로 나와 우리를 대접했다. 할 수 없이 한국 오면 잘 대접하자고 하고는 상해공항에서 헤어졌다.

한 번 다녀오고 나서, 우리가 전공이 한문학이라 중국을 잘 알아야 할 필요가 있어 어차피 자주 다니고 있으니, 어차피 친목도 도모하고 서로 이야기도 나눌 겸 해서 매년 2월 말경에 중국 여행을 한 번 하는 것으로 하자고 결정하고, 매달 10만 원씩 모으기로 했다. 학과의 나머지 교수 2명은 사정상 빠지고, 송재소 교수가 대신 참여했다.

나는 1989년부터 중국을 계속 다녔지만, 이상하게도 나머지 교수들은, 중국에 나갈 기회를 쉽게 얻지 못했다. 그래서 이 기회에 중국을 문화탐방하는 기회로 삼기로 했다.

2003년 2월에는 항주(杭州), 소흥(紹興), 영파(寧波)와 천태산(天台山), 천도호(千島湖) 등지를 구경하고 돌아왔다. 영파에서 섬인 보타산(普陀山)에 가서 불교 성지를 보려 했으나, 바람이 불어 배가 뜨지 않아 못 갔다. 나는 중국의 장서각(藏書閣)을 주로 많이 보았는데, 중국 사대 장서각을 다 가봤다. 영파에는 유명한 장서각인 천일각(天一閣)이 있는데, 중국의 장서각 가운데서 역사가 가장 오래되었다. 명나라 병부시랑 범흠(范欽)이 1561년에 지었다. 2층으로 지었는데, 청나라 건륭(乾隆) 황제 때 전국의 책을 다 모아 사고전서(四庫全書)를 만들고, 그 책을 보관할 문연각(文淵閣) 등 장서각을 전국에 일곱 곳 지었는데, 대부분 천일각을 본떠 지었다.

2004년에는 황산(黃山), 구화산(九華山) 마안산시(馬鞍山市)의 채석강(采石江)을 거쳐 저주(滁州)의 취옹정(醉翁亭)을 보고 남경(南京)을 거쳐 돌아왔다.

2005년에는 무한(武漢)의 황학루(黃鶴樓)를 거쳐 악양(岳陽)의 악양루(岳陽樓), 형양(衡陽)의 석고서원(石鼓書院)을 거쳐 영주(永州), 유주(柳州)를 거쳐 계림(桂林)으로 갔다. 거기서 상해를 거쳐 귀국하였다.

2007년, 2008년에는 내가 북경에 머물고 있었으므로 그냥 중국 여행을 하지 않았다.

그러다가 마지막으로 2010년에 광동성(廣東省) 광주(廣州), 조경(肇慶), 심천(深圳) 등지를 관광하였다. 조경은 옛날의 단주(端州)로 당(唐)나라 때부터 유명한 단계(端溪) 벼루 산지이다. 조경에 들어가 괜찮은 벼루 하나 사려고 마음먹고 여러 벼루 가게에 들렀으나, 종류도 다양하지 않고 모양도 좋지 않아 북경보다 훨씬 못하였다. 결국 아무도 안 샀다.

나는 중국에 세 번 1년 이상 장기간 머물 기회가 있었는데, 그때마다 모두 북경에 거주하였다. 중국의 가장 대단한 인물, 가장 뛰어난 교수, 가장 좋은 책, 가장 좋은 물건이 북경에 다 모이기 때문이다. 단계에서 벼루를 보면서도 나의 생각이 맞다는 확신을 가졌다.

1978년 개혁개방 이후 만든 신도시인 심천은 천지개벽이 일어난 곳인데, 1980년까지는 조그만 어촌 마을이었다. 지금은 인구가 1,300만 명에 이르는 큰 도시로 중국 3대 창의(創意) 도시가 되었다. 그 넓은 길과 화려한 고층 건물을 보면 경제건설의 위력이 얼마나 대단한 지를 직접 눈으로 볼 수 있었다. 앞으로 홍콩을 능가할 것이라고 하는데, 그럴 것 같았다. 그때 장예모(張藝謀) 감독이 제작한 쇼가 있어 구경했는데, 중국의 쇼 수준이 세계적이라 할 수 있을 것 같았다. 쇼 중간에 말이 달리고 실제 차도 등장해서 달렸다.

2010년 이후로는 교수 각자 모두 바쁘고, 또 개인적으로 갔다 온 지역이 많이 겹치고, 여행노선 잡기도 힘들고, 교수들이 나이가 드니 더 사방에 얽매여 더 이상 학과 교수 단체여행은 진행되지 못해 아쉬움이 남는다. 그 뒤 모았던 여행기금도 다 분배하고, 여행을 끝냈다.

한문학을 전공하는 교수들이 다니니, 일반 관광과는 다르고, 중국 문학, 중국 역사의 현장을 직접 탐사하는 답사다. 이백(李白), 두보(杜甫), 유종원(柳宗元), 구양수(歐陽脩) 등 중국 문학사에서 커다란 족적을 남긴 시인, 문인, 학자들의 창작 현장을 방문하여 그들의 숨결과 체취를 체험하는 과정이었다.

「파리장서(巴里長書)」 작자 시비에 연루

　사람이 조금 이름이 나면, 처신하기가 더욱더 쉽지 않다. 이쪽이나 저쪽과 다 관계를 원만히 해야지 어느 한쪽 사람을 위해서 다른 한쪽 사람과 관계를 끊을 수는 없는 것이기 때문이다. 그리고 비난과 비방이 쉽게 따르고, 마음을 상하여 토라지는 사람도 점점 많아진다. 마음을 겸손하게 가지고 배려하려고 해도 잘 안 된다. 저쪽에서는 좀 이름나고 살 만하니, 전과는 달리 나를 별로 대접하지 않는다는 느낌을 갖는 사람이 점점 생긴다.

　나는 어릴 때부터 타성이 대성(大姓)을 이루고 사는 마을 속에서 소수로 살아서 그런지 몰라도 본인의 의견을 뚜렷이 밝히지 않는 습성이 있다. 그래서 웬만한 것은 그냥 "괜찮다" 하고 참고 지낸다. 좋게 보면 융합주의자고, 안 좋게 보면 흐릿한 사람이다.

　한문학과 대학원생들이 나의 이런 특징을 관찰하고서, '한문학과 삼무효(三無效)'라는 말을 지어내어 유행한 적이 있는데, 내가 '괜찮다'라고 하는 것이 첫째 무효고, 어떤 교수가 웃는 것이 둘째 무효고, 어떤 교수가 맛있다고 하는 것이 셋째 무효라고 했다. 한 교수는 언제나 웃기 때문에 그 교수가 웃는 것은 아무 의미가 없는 일이고, 한 교수는 무슨 음식이든지 다 맛있다고 하기 때문에, 그 교수가 맛있다고 하는 음식이 꼭 맛이 있는 것이 아니라는 것이다. 나는 무슨 일이든지 괜찮다고 하기 때문에, 내가 괜찮다고 하는 것은 별 의미가 없다는 뜻이라 한다.

1919년 심산(心山) 김창숙(金昌淑) 선생의 주도로 파리에서 열리고 있던 만국평화회의에 우리나라의 독립을 호소하는 「한국독립청원서(韓國獨立請願書)」를 보냈다. 소위 말하는 파리장서(巴里長書)다. 한국유림대표 면우(俛宇) 곽종석(郭鍾錫) 선생 등 137명이 한국유림대표로 서명하였다.

삼일만세운동에 참여하지 않아 정말 면목이 없게 된 유림이 국제회의에 한국의 독립을 청원하여 세계만방에 그 기상을 드높였다.

1970년에 이르러 중재(重齋) 김황(金榥) 선생의 제자인 국민대학교 국사학과 허선도(許善道) 교수가 「파리장서의 실질적인 작자는 중재 김황이다」라고 발표하여 크게 한번 말썽이 되었다. 그 뒤 잘 진화가 되어 1999년까지 별 말썽 없이 잘 지내왔다.

뜻하지 않게 1999년에 이르러 「파리장서」 작자 시비가 다시 야기되었다. 이때는 파리장서 작자의 문제로 내 입장이 대단히 곤란하게 되었다. 나하고는 연대 차이도 크게 나고 하여 전혀 관계있으리라고 생각도 못 했는데, 내가 연루가 되어 그 중심에 휘말려 들어갔다.

흔히 선비들은 생산에 종사하지 않고 편안히 놀고먹는다는 생각을 가진 사람들이 많다. 선비는 생산노동에 종사하지는 않지만, 국가민족을 생각하고 일반 백성들을 선도하고 세상의 윤리도덕을 유지할 책임을 진다. 임진왜란 때 의병을 일으켜 나라를 구한 사람들은 거의 모두 선비다. 조선 말기부터 일본의 침략에 저항하여 의병을 일으킨 사람들도 모두 선비다. 사실 일제강점기 내내 유교 측에서 독립운동을 제일 열렬히 하였고, 상해(上海) 대한민국 임시정부 참여자들도 대부분 유림들이다.

그런데 1919년 양력 3월 1일 기미삼일독립운동 때 발표한 「독립선언문」에 서명한 민족대표 33인에 유교 측 대표는 한 사람도 들어가 있지 않다. 여러 가지 이유야 있겠지만, 이 이후로는 일반 국민들은 유림은 독립운동에 아예 관여하지 않은 것처럼 잘못 생각하게 되었다. 해방 이후 「기미독립선언문」이 고등학교 국어교과서에 실려 웬만한 사람은 다 외울 정도가 되었는데, 그때마다 민족대표 33인, 불교 몇 명, 기독교 몇 명, 천도교 몇 명 등등으로 소개되었고, 유교는 없다.

조선왕조가 5백 년 동안 국가의 힘을 기울여 선비를 길러온 유교국가였음을 생각할 때, 일본에 나라가 망한 뒤 독립운동을 하며 독립을 선언하는 일에 유림들이 수수방관했다면, 유림들은 사대주의적이고 비현실적이고, 공리공론만을 일삼는 썩은 무리라는 비난을 면하기 어려웠을 것이다. 5백 년 동안 유교를 국시(國是)로 해온 국가의 유림으로서는 최대의 수치가 아닐 수 없었다.

3.1운동 당시 고종(高宗)의 인산(因山)에 참석했던 면우의 제자 심산(心山) 김창숙(金昌淑) 선생과 그 일가인 해사(海史) 김정호(金丁鎬) 공이 맨 먼저 논의하여, 파리에서 개최중인 세계평화회의에 우리나라 유림대표를 파견하여 열강의 대표들에게 우리의 독립을 호소하여, 국제적인 공론을 확대시켜 우리나라의 독립을 확인시키도

록 하자고 합의했다.

심산은 "이 일은 중망(衆望)을 입고 있는 유림의 큰 어른이 나와서 주도해야만 전국적으로 영향력을 발휘하여 유림을 규합할 수 있을 것이다. 급히 사람을 거창(居昌)으로 보내어 면우 선생의 지휘를 받아서 시행하는 것이 옳겠다."라고 발의하여, 면우의 의견을 듣기로 두 사람이 합의했다.

심산은, 면우가 서울의 상황을 알아보기 위해서 파견하여 서울에 와 있던 면우의 조카 겸와(謙窩) 곽윤(郭奫)과 면우의 제자 중재(重齋) 김황(金榥)에게 그 전후 사정을 자세히 이야기하여 그들로하여금 돌아가 면우에게 사정을 고하게 하고, 유림대표가 파리평화회의에 보내는 글을 미리 지어서 준비해 두도록 부탁했다.

면우는 심산의 부탁을 전해 듣고, 이 일을 결행하면서 제자 창계(滄溪) 김수(金銖)와 중재에게 일러 말하기를, "내가 이 일을 맡는 것은 국가 대의(大義)를 위해서 일뿐만 아니라 우리 유림을 위해서다."라고 했다.

1919년 파리의 세계평화회의에서 약소국의 독립을 지원하는 서양열강들의 결의가 있자, 유림들은 일신의 안위를 염두에 두지 않고 한국의 「독립청원서(獨立請願書)」를 유림대표 137인 명의로 보냈다. 유림대표는 당시의 대학자 면우(俛宇) 곽종석(郭鍾錫) 선생이었고, 일제의 감시망을 뚫고 「독립청원서」를 중국에 가지고 가서 영어, 불어, 중국어, 일본어 및 우리말로 번역해서 내외에 널리 배포한 인물이 심산(心山) 김창숙(金昌淑) 선생이었다.

중재(重齋) 김황(金榥) 선생은 이때 24세의 청년으로서 면우 선생의 뜻을 받들어 1919년 2월 고종(高宗) 인산(因山) 때 면우의 조카 겸와(謙窩) 곽윤(郭奫)과 함께 서울로 가서 상황을 파악하고 거창에 계신 면우 선생에게 돌아와 '유림대표 추대를 수락하시고 「독립청원서」를 준비하시라'는 집안 종손(宗孫)인 심산의 뜻을 전달하였다.

3월 초에 심산이 거창으로 내려가서 면우 선생을 만났다. 면우는 심산의 손을 잡고서, "윤(奫)과 김황(金榥)을 통해서 서울에서의 거사의 전말은 다 알고 있다. 이 늙은이가 망한 나라의 대부(大夫)로서 늘 죽을 곳을 얻지 못해 한으로 여겼더니, 지금 전국의 유림을 인도하여 천하만국(天下萬國)에 대의(大義)를 부르짖게 되었으니, 이제 이 늙은이가 죽을 곳을 얻었다. 파리에 보내는 글은 내가 병으로 인하여 생각이 좋지 못하여 붓을 댈 수가 없었다. 그래서 장회당(張晦堂 : 이름 錫英)에게 지으라고 부탁해 두었으니, 자네가 회당 집으로 가서 찾아가도록 하라."라고 했다. 장회당은 경북 칠곡(漆谷)에서 살았는데, 한주(寒洲) 이진상(李震相)의 제자로 면우와 동문으로 절친하였다.

그 뒤 심산이 회당(晦堂)에게 가서 파리에 보낼 글을 찾아 읽어보았더니, 너무 장황한 것 같았다. 그래서 심산이 몇 군데 고쳐 달라고 했다. 그러나 회당은 심산에게 심하게 화를 내며 한 글자도 고쳐 주지 않았다. 그때 회당은 이미 자기가 지은 글을 면우에게 보낸 상황이었다.

심산이 다시 면우에게 갔다. 면우는 "자네가 틀림없이 다시 올 줄 알았다. 회당이 보내온 글을 보니, 그렇게 상세하게 갖추어지지 못하여 내가 부득이 고쳐서 지어 두고, 자네가 오기를 기다리고 있었네."라고 했다. 심산이 면우가 지은 글을 다 읽어보고 나서, "사실에 있어서는 매우 자세하고 분명하나, 문장이 필요 없이 긴 데가 없지 않습니다."라고 하고 몇 군데를 지적하자, 면우는 "자네 말이 매우 훌륭하네."라고 하고는 심산의 의견에 따라 몇십 줄을 지워 버렸다. 그러고는 "이렇게 하면 크게 잘못된 데는 없겠는가?" 라고 묻고는, 조카 곽윤(郭奫)을 불러 정본(正本)을 쓰게 하였다.

그리고는 이「파리장서」를 심산으로 하여금 다 외우게 하고, 또 파리장서를 쓴 종이를 찢어 노끈으로 꼬아서 삼신의 날로 삼아 심산이 비밀리에 감추어 갖고 가기에 편리하도록 했다.

면우는 이미 중국에 왕래한 적이 있던 진주 출신 제자 정산(鼎山) 이현덕(李鉉德)을 파리에 가는 부대표로 삼아 심산과 같이 가도록 조처해 두었고, 비용 일체도 유림 전체에서 책임지도록 준비를 해 두었다. 이때 경비는 면우의 제자인 봉화(奉化)에 거주하던 권상정 (權相政)이 다 부담하였다고 한다.

심산이 73세 때 쓴 회고록인『벽옹칠십삼년회상기(躄翁七十三年 回想記)』에는「파리장서」 발송에 따른 상세한 정황이 기록되어 있 는데,「파리장서」의 작자로 중재(重齋) 김황(金榥)의 이름은 한 번도 거론되지 않았다.

심산이 중국으로 떠난 뒤 국내에서 파리평화회의에 한국독립을 청원하기 위하여 청원서를 보낸 사실이 발각되어 거기에 서명하거 나 연관된 사람들이 일본 헌병대에 검거되어 대구법원에서 재판을 받았다. 그때 회당(晦堂) 장석영(張錫英)은 신문과정에서「파리장서」 는 자신이 지었다고 주장했다. 왜냐하면 회당은 면우의 요청으로 자신이 지어 보냈기 때문에 면우와 심산이 고쳐 새로 지은 사실을 알지 못했다.

그 밖에도 「파리장서」를 자신이 지었다고 주장한 사람이 몇 명 더 있었다.

중재 김황은 한문으로 일기를 썼다. 그 일기 가운데 1958년부터 1973년까지는 거의 매년 썼으나, 그 이전 것으로는 1919년『기미일기(己未日記)』, 『평화장서(平和長書)』, 『기파리소서사(記巴里愬書事)』라는 제목으로 분류된 일기가 3종 있다. 그 밖에 1931년의『도산배행기(陶山陪行記)』 등이 있다.

1969년 당시 육군사관학교 국사 교수로 있던 중재의 제자 허선도(許善道) 교수가 동아일보에서 주관하는『3.1운동 50주년기념논문집』에 「3.1운동과 유교계(儒敎界)」라는 논문을 썼다. 유림들의 독립운동을 처음 다룬 논문인데, 거기서 「파리장서」를 보내게 된 전후 과정을 밝혔다.

이 논문이 문제가 된 것은, "「파리장서」의 작자는 세상에서 누구나 면우(俛宇) 곽종석(郭鍾錫) 선생이라고 알고 있지만, 실제로 맨 먼저 지은 사람은 중재(重齋) 김황(金榥)이다."라고 주장했기 때문이었다. 유림사회가 발칵 뒤집혔다.

허선도 교수는 나와는 18대조에서 분파되었는데, 합천군(陜川郡) 가회면(佳會面) 덕촌(德村)에서 태어났다. 그 조부 허상규(許祥奎)는 후산(后山) 허유(許愈)의 제자로 가학(家學)이 있었다. 1945년 해방되던 해 진주사범학교를 나와 초등학교 교사로 있다가, 그 뒤 다시 서울대학교 사학과에 입학하여 1953년에 졸업했다. 졸업 후 서울대학교 등지에서 시간강사를 하다가 "한국사의 기본사료(基本史料)의 해석도 안 되면서 대학 강의를 맡아서는 학생들을 속이는 일이다. 우리 다시 한문공부하러 가자."라고 단단히 결심하고, 서울 생활을 청산하고, 고향에 내려가 중재(重齋) 김황(金榥) 선생의 문하에 정식으로 집지(執贄)하여 제자가 되었다. 그의 고향 마을과 중재 선생이 사는 마을은 10리쯤 떨어져 있었다. 5년 동안 사서삼경(四書三經)을 완전히 배우고, 그 이외 선비의 일상생활을 체험하고 유학이나 한학(漢學)에 의문이 나는 것은 수시로 질문하여 한문학에 대한 상식을 넓혔다. 그러나 한문을 공부하느라고 기회를 놓쳐 대학원에는 진학하지 못하여, 석사학위도 없었다.

그 뒤 주로 국방사(國防史)를 연구하여 그 방면의 전문가가 되었다. 1958년부터 육군사관학교 교수를 지내다가, 1973년부터 국민대학 교수로 옮겨 근무했다.

1960년대 말 방학 때 중재 선생을 찾아뵙고 며칠 머물다가 중재 선생이 쓴 읽기가 있다는 것을 알고는 졸라 얻어 보게 되었다. 거기에는 삼일운동과 파리장서와 관한 기록이 많이 수록되어 있었다.

중재의 「기미일기(己未日記)」 음력 2월 11일 기록에, "장서(長書) 초본(草本)이 이루어져 선생님께 드렸다. 면옹(俛翁)께서 보시기를 마쳤다. 대황제(大皇帝)가 마지막 돌아가신 내용을 빼라고 하시고는 그대로 자리 사이에 두었다. 권명섭(權命燮)과 김수(金銖)에게도 지어보라고 했으나, 권명섭은 공손하게 사절하고, 김수는 묵묵부답이었다."라고 되어 있었다.

허 교수는 그 기록을 발췌하여 1969년에 「3.1운동과 유림계」라는 논문을 썼던 것이다. 학계에서는 그때까지 유림은 독립운동을 한 줄 모르고 있었다가 이 논문이 나오자 큰 반향을 일으켰다. 그러나 유림에서는 야단이 났다. "스승 면우(俛宇)가 지은 「파리장서」를 중재가 지었다고 하니 말이 되느냐?"는 요지였다.

그때는 면우 선생의 둘째 아들인 곽정(郭湞)이 살아 있었다. 중재를 만나 항의하고, 다시는 이런 말이 나오지 않게 하겠다는 다짐을 받았다. 그리고 중재는 허선도 교수에게 편지를 보내 "가볍게 글을 써서 내 처지를 곤란하게 만들었다. 다시는 그런 이야기를 꺼내지 말게나."고 나무라면서 당부했다.

1979년에 중재가 세상을 떠나고 난 뒤, 허선도 교수가 문집 편찬을 주도하여 1988년에 8천 페이지에 달하는 『중재문집(重齋文集)』 12책을 간행했다. 거기에는 중재 선생 자신이 지은 시문과 저서만 수록되어 있다. 아직 만사(挽詞), 제문(祭文), 행장(行狀), 묘갈명(墓碣銘) 등이 담긴 부록문자(附錄文字)가 더 편찬되어 간행되어야 했다. 그런데 『중재문집』의 편집을 책임졌던 허선도 교수는 1993년 세상을 떠났다.

1998년에 이르러 『중재문집』의 부록에 해당하는 13, 14책이 간행되어 반포되었다. 여기에는 만사, 제문 등 부록문자뿐만 아니라, 중재가 쓴 여러 종류의 일기가 수록되어 간행되었다.

그런데 이 일기가 간행되자, 유림사회가 발칵 뒤집혔다. 중재의 일기 가운데, "「파리장서」를 내가 지어 스승님께 드렸다."라는 내용이 있었기 때문이다. "제자인 중재가 스승 면우를 배반했다.", "면우의 업적을 가로채려고 한다.", "중재가 독립유공자의 급수를 높이려고 그랬다." 등등 중재를 비난하는 목소리가 곳곳에서 나왔다.

급기야 서부 경남의 일부 유림들이 서명을 하여 중재를 성토하는 통문(通文)을 각 서원 향교 유림 개개인에게 돌렸다. 중재를 성토하는 일을 주관하고 통문을 지은 사람은 전날 중재의 사랑을 받던 제자 모씨였다.

중재 장례식은 유월장(踰月葬)이라 하여 한 달 이상 걸렸고, 조문객이 3천 명을 넘었다. 중재를 성토하는 그 제자 모씨는 그때 한달 동안 헌신적으로 중재의 전통적 장례를 주선하였다. 유월장이라 하여 한 달이 지난 뒤 매장을 하였는데, 그동안에 전국에서 다녀간 조문객이 3천 명이었다. 중재가 살던 마을에서 10리 이내에 있는 인근 마을의 각 문중이나 집에서는 자발적으로 자기 집안 재실, 서당 등에 불을 넣어 각지에서 온 조문객들을 며칠 동안 재워주고 식사를 제공하였다. 이때의 장례식을 전국의 각 신문에서 여러 차례 보도하였고, 서울의 문화방송에서는 장례의 전 과정을 1시간 길이 프로로 만들어 특집방송을 내보낼 정도로 전국적인 화제가 되었다.

그러나 장례가 끝난 뒤, 중재 집안에서는, 헌신적으로 장례를 도운 타성 집안이나 지역 사람들에게 감사하는 인사를 빠뜨리고 말았다.

그리고『중재문집』편집 책임도 지역의 제자들에게 맡기지 않고, 중재 문하에서 공부한 허선도 교수 등 서울에서 활동하는 제자들이 맡았다. 유림들이 볼 적에는 교수들의 한문 실력이『중재문집』을 편찬할 정도가 안 된다고 보았고, 또 진주지역의 유림들이 소외된 것에 대해서 불만을 가진 사람이 많았다.

파리장서 작자를 두고 시비가 벌어졌을 때, 대부분의 유림들이, 면우 집안과 중재 집안에 모두 깊은 인연이 있지만, 이런 연유 때문에, 면우 쪽을 편드는 사람이 더 많아졌다.

중재는 나이로는 면우보다 50세나 어린 가장 막내 제자지만, 대표적인 제자이고, 면우 사후 제자로서 해야 할 일을 책임지고 하여 제자의 도리를 가장 잘한 제자다. 면우 장례식 때 치상(治喪)을 책임지고 했고, 면우 묘소의 묘표(墓表)를 지었다. 면우에게 채례(菜禮)를 드리는 산청 남사(南沙)의 니동서당(尼東書堂), 거창의 다천서당(茶川書堂) 등의 건립과 의절(儀節) 확립에 공이 많았다. 그리고 1926년 면우문집을 편찬할 때 2년 동안 서울 가서 살면서 편집과 교정 등의 일에 전력을 다 바쳤다. 1950년대 『면우연보(俛宇年譜)』를 편찬하는 일도 중재가 주관했다. 중재는 면우의 가장 충실한 제자라 할 수 있다.

그러나 「파리장서」를 지었다는 기록이 실린 책을 출판한 바람에 성토를 당하고, 스승 집안의 후손들과 그 지지자들과 관계가 악화되어 매일 공격의 대상이 되었다. "일기 아니라도 지은 글이 많고 많은 학자가 중재인데, 일기를 그냥 감추어 둘 것이지 무엇 한다고 쓸데없이 간행을 해서 말썽을 듣는가?"라며, 중재 쪽에 서서 중재를 동정하는 사람들마저 중재 아들이나 제자들을 원망하는 말을 했다.

「파리장서」 작자를 두고 면우와 중재 사이에 분쟁이 심해진 것은, 배반한 중재 제자 한 사람이, 일을 자꾸 선동하여 일을 크게 만든 것도 하나의 중요한 원인이었다.

옛날부터 유림의 가장 큰 문제는 파쟁(派爭)이다. 공자(孔子)께서 『논어(論語)』에서 사람을 논할 때, 군자(君子)와 소인(小人)을 대비해서 말씀하신 경우가 많았다. 후세 유림들도 사람을 군자와 소인으로 나누는 경우가 많았다. 그러나 군자와 소인을 물리적으로 나눌 수가 없으므로, 자연히 자기와 친하고 잘 아는 사람은 군자로 여기고, 자기와 멀고 자기가 잘 모르는 사람은 소인으로 여기게 되므로, 유교는 애초부터 분열의 소지가 있었다. 실제로 유학이 융성했던 중국의 송(宋)나라나 명(明)나라나, 우리나라 조선시대 등에 당쟁이 가장 심했는데 이런 원인이, 사람을 군자와 소인으로 나누어 보는 데서 기인한 바가 크다.

이때 원래 중재 집안과 친했던 집안의 사람들도 면우 쪽으로 옮겨가서 중재를 비난한 경우가 많았다. 이때 중재의 둘째 아들 김창한(金昌韓) 씨가 나를 찾아와 "허 교수가 우리 선친을 변호하는 글을 하나 지어 억울함을 풀어주면, 그 은혜 잊지 않겠소."라고 간곡히 부탁했다. 내 성격상 못 한다고 딱 잘라 말하지 못하고 동정하는 듯한 말을 하고, 다 같은 유림이고 더구나 면우 선생과 중재 선생은 아주 좋은 사제관계이니, 서로 싸우지 않는 것이 좋겠다고 말해 주었다. 중재 아들도 "우리도 전혀 싸우고 싶은 마음이 없는데, 저쪽에서 지나치게 부당하게 나와 매일 싸움을 거니, 할 수 없어 대응하려는 것뿐이요."라고 했다. 그 뒤에 몇 차례 전화를 해서 그 글을 좀 빨리 지어 자기 선친을 변호해 달라고 재촉했다.

내 생각은 이러했다. 비록 「파리장서」를 주도한 심산의 『벽옹칠십삼년회상기』에 기록이 나오지 않지만, 연만한 면우가 제자에게 이런 글을 지어야 하는데, 한번 초(草)를 잡아보라고 충분히 말할 수 있고, 제자가 지은 초고를 참고로 해서 글을 지을 수도 있다. 그러나 최종적으로 그 글은 스승의 글인 것이다. 중재의 일기에 "내가 「파리장서」의 초고를 지어 스승에게 드렸다."라는 기록이 있어도 상관없고, 싸울 일도 아니다.

그 바로 며칠 뒤 거창(居昌)에 사는 면우의 손자 곽목(郭穆) 씨도 전화를 해서 "중재가 괜히 엉터리 글을 만들어 「파리장서」를 가로채려고 하니, 허 교수님이 글을 한 편 써서 우리 할아버지께서 지은 것임을 밝혀 주시기 바랍니다."라고 했다. 이분은 성미가 급하여 분개를 잘하는 분으로 전화기에서 중재와 그 아들, 제자들을 비난하는 말을 목소리를 높여서 했다. 역시 못 한다고 말을 못 하고, 그냥 듣기 좋은 말로 위로를 하고, 싸우지 않는 게 좋겠다는 원칙적인 말만 했다.

그 이후 두 분이 번갈아 가면서 계속 전화를 해 자기 측을 변호하는 글을 하나 써서 신문에 실어 달라고 부탁했다. 어떤 때는 거의 같은 날 같은 시간대에 전화가 오기도 했다. 한쪽이 완전히 이겨 압도하면 좋겠지만, 그렇지 못하니 시비가 오래갔다. 후손들은 내가 태도를 결정하면 자기 쪽이 이길 것으로 생각하였다. 중재를 옹호하는 쪽이나 중재를 비난하는 쪽이나 모두 나와 잘 아는 가까운 유림들이다. 가까운 사람이 싸우면 옆에 있는 사람이 정말 괴로운 법이다. 조선 말기 매천(梅泉) 황현(黃玹)의 「절명시(絕命詩)」에서 "세상에서 지식인 노릇하기 어렵구나.[難作人間識者人.]"라는 구절처럼 지식인 노릇하기가 정말 쉽지 않았다.

두 선생 모두 내가 지극히 존모(尊慕)하는 어른들이고, 나의 학문적 모델인데, 어떻게 한쪽을 지지하는 입장 표명을 할 수가 있겠는가? 한쪽을 편들면 한쪽과는 원수가 되기 때문에 같은 지역에 살면서 그렇게 할 수 없으니, 어물어물하지 않을 수 없었다. 애초에 딱 잘라 말했으면, 그분들도 나에게 아예 기대를 안 할 것인데, 나의 우유부단한 성격 때문에 이 시비의 가운데 말려들게 되어 스스로를 탓하기도 했다. 날이 갈수록 고민이 심해져 갔다.

그래서 어느 날 결심하고, 전화는 못 하겠고, 양쪽에 다 간곡한 편지를 보냈다. 그 요지는 이러했다.

"유림이 단결해도 지금 이 시대에 살아남기 힘듭니다. 더구나 가장 친밀한 스승과 제자 사이에 이렇게 비난하는 글이 오가는 분쟁이 계속되어서는 곤란합니다. 계속 이렇게 가까운 사람들끼리 서로 싸우고 공격하면 유교를 비난하거나 비웃는 사람들이 제일 좋아합니다. 한 발씩 양보하여 서로 싸우지 않는 것이 좋겠습니다. 제자가 스승의 명을 받아 스승이 필요한 글을 기초할 수 있습니다. 또 스승이 필요에 따라서 제자에게 어떤 글을 초 잡아 보라고 할 수도 있는 것입니다. 크게 보면 싸울 일이 아닙니다.

유림들이 다른 종교나 다른 단체의 사람들이 못된 짓을 해도 아무런 비판을 안 하면서, 유림 내부에서는 조그만 일에도 목숨을 걸고 싸우니, 유림이 함께 망하는 길입니다. 서로가 서로를 이해하는 방법을 모색하는 것이 좋겠습니다."

양쪽 다 아무런 답이 없었다. 더 이상 변호하는 글 지어 달라고 전화를 하지는 않았다. 그 뒤 유림의 모임에서 두 분과 간혹 마주쳐도 이 일에 대한 언급은 없었다. 그러나 경상우도(慶尙右道) 지역의 유림들은, 이 일로 인해서 더욱 파가 나누어지게 되었다.

그러나 지금은 분쟁의 선봉에 섰던 분들이 다 돌아가셨고, 오늘날 젊은 사람들은 그런 관계도 모르니, 자연히 시비가 해소되었다. 지금은 그런 문제가 아예 사람들의 관심거리가 되지도 못하니, 유교가 현대사회와 더욱 멀어졌다는 것을 증명하는 것이다.

중재(重齋) 선생 장서는 생각도 못 한 곳으로

우리나라 유학자 가운데서 개인 장서가 가장 많은 분이 바로 중재(重齋) 김황(金榥) 선생일 것이다. 한적으로 약 4천 권 정도 되었다. 옛날에는 책이 귀하기 때문에 학자라 해도 책이 별로 많지 않았다. 1천 권을 넘으면 학자의 장서로서 매우 많은 것이다. 큰 서원 등의 장서도 1천 권 넘는 곳이 몇 군데 안 된다. 특히 남부지방의 많은 집안에서는 6.25전쟁 때 불탄 경우가 많았다. 근년에 와서는 도난을 많이 당했다.

대구 달성군(達城郡) 화원면(花園面) 인흥리(仁興里) 남평문씨(南平文氏)의 광거당(廣居堂)에 7천여 권이 소장되어 있는데, 우리나라에서 개인장서로는 가장 양이 많다고 한다. 지금은 인수문고(仁壽文庫)로 만들어 목록을 만들어 잘 분류되어 있다. 그러나 인수문고 장서는 형성된 것은 일제강점기로서 아주 오래된 한적은 많지 않고, 중국 서적이 많다.

선사(先師) 연민 선생(淵民先生)이 소장했던 한적이 4천여 권 되었는데, 지금 단국대학교 연민기념관에 소장되어 있는데, 역시 정리하여 목록을 만들어 잘 관리되고 있다. 여기에는 『퇴계문집』 초간본, 『열하일기(熱河日記)』 연암(燕巖) 친필본 등 귀중본이 많다.

중재 선생은, 조선 중기의 명현 동강(東岡) 김우옹(金宇顒) 선생의 후손인데, 생가로는 약봉(藥峯) 김극일(金克一)의 후손이다. 그 조상들이 조선 후기에 동강 집안으로 양자를 왔다.

중재의 부친은 매서(梅西) 김극영(金克永)으로, 자신이 농사를 지으며 거의 독학을 하였는데, 학문이 대단하였다. 특히 『주역(周易)』을 3천 번 읽었다는 이야기가 전해 오고 있다. 1931년에 도산서원(陶山書院) 원장을 지냈다.

경상우도 지역 인물로는 유일하게 도산서원 원장을 지냈는데, 안동에 사는 일가인 의성김씨(義城金氏) 집안의 추천으로 원장이 되었다고 한다. 도선서원 유생들이 원장을 환영하는 의미로 서원 앞 낙동강에 뱃놀이를 시켜 주었는데, 뱃속에서 "나는 남명(南冥) 선생만 유명한 줄 알았는데, 여기 와 보니 퇴계(退溪) 선생도 유명하네." 라는 말을 하여, 도산서원 유생들이 들어서 물에 던져버리려고 했다는 이야기가 안동지방에 전해오고 있다. 심지어 대학자인 연민 선생도 이런 이야기를 나에게 들려주었다.

그러나 이는 전혀 근거 없는 지어낸 이야기다. 매서가 진주(晉州) 근방에 산다고 퇴계 선생을 모를 리가 없고, 또 설령 마음속으로 남명 선생을 퇴계 선생보다 더 존경한다 해도, 도산서원 원장으로 취임하면서 도산 유림들 앞에 가서 그런 이야기를 할 턱이 없다. 이런 이야기는, 퇴계학파와 남명학파의 갈등을 조장하려는 사람들이 지어냈거나, 경상우도(慶尙右道) 사람들이 식견이 좁다는 것을 강조하기 위해서 경상좌도(慶尙左道) 쪽에서 지어낸 이야기일 가능성이 크다.

이때 아들 중재 선생이 모시고 가서 매일 일어난 일을 한 가지도 빠짐없이 상세히 적은 「도산배행기(陶山陪行記)」라는 기행문이 기록되어 남아 있는데, 그 기록에 의하면 배를 탄 일은 애초에 없었다.

매서는 집이 가난하여 농사일을 직접 하였는데, 학자면서 '쟁기질 잘하는 것'으로도 널리 알려져 있다. 그 당시에는 선비가 농사일을 하면 흉을 보는 잘못된 생각이 지배하던 시대였는데, 직접 농사일을 했다. 둘째 아들 중재를 위해서 어릴 때부터 정성을 들여 학문에 전념할 수 있도록 키웠는데, 처음에는 집이 가난하여 그 흔한 사서삼경(四書三經)도 없어 남의 책을 빌려와서 베껴서 읽었다. 매서는 세상을 떠날 때까지 아들 중재를 위해서 2천 권의 장서를 마련해 주었다. 그 당시로서는 어마어마한 양이다. 희망이 보이는 아들을 위해서 전력을 다해 지원한 것이다. 중재 20대부터 배우러 오는 학생이 있으면, 매서 자신이 가르치지 않고, 아들 중재에게 배우게 했다. 중재의 형이 있고, 그 형도 문집을 남겼지만, 매서는 중재를 집중적으로 지원했다.

그 뒤 중재는 경상도 일원의 학자들의 문집을 편집해 주거나 서문 등을 지어 주고 이 지역의 문집을 많이 기증받았다. 일제강점기 때 서울 등에 있던 중국 서점에서 산 책들도 얼마간 있다.

특히 중재가 소장하고 있는 경상도 일원의 크게 이름나지 않은 학자들의 문집 등은, 서울 학자들에게는 관심의 대상이 되지 못하지만, 경상도 지방의 역사나 학문 연구하는 데는 아주 소중한 가치가 있는 자료들이다.

나는 어려서부터 중재 선생의 명성을 들었지만, 내가 사는 마을 인근의 시골학자들과 별로 다를 바 없을 것이라고 잘못 생각하고 만나 뵐 생각을 적극적으로 하지 않았다. 그때는 연민(淵民) 이가원(李家源), 방은(放隱) 성낙훈(成樂熏) 등 서울에서 교수로 있는 한학자들만 너무 대단하게 생각하고 있었다.

그러나 가는 곳마다 중재 선생이 거론되고 대단하다고 하기에 한번 뵈어야겠다고 마음을 먹었다. 중재 선생 집안 손녀로 경상대학교에 다니는 어떤 여학생을 통해서 1978년 초가을 중재 선생을 뵈러 가기로 날짜를 잡아두었다. 그런데 얼마 뒤 몸이 많이 편찮으니, 다음에 오라고 연락이 왔다.

나을 줄 알고 기다리고 있는데, 그해 연말 양력 12월 14일에 서거하고 말았다. 지금 내 이름이 『중재선생문인록』에 올라 있는데, 이에는 사연이 있다. 중재 선생 생존 시부터 방문하는 사람들의 성명, 자(字), 본관 생년, 문중(門中), 거주지 등을 적은 『과방록(過訪錄)』이라는 책자가 비치되어 있었는데, 중재 선생 사후에 방문한 내 이름이 그 뒷부분에 들어 있으니까, 문집 편찬하면서 그것을 그대로 『중재선생문인록』으로 만드는 바람에, 내가 중재 선생 제자인 것처럼 되어 있다. 그 책이 널리 배포되는 바람에 나를 중재 선생 제자로 알고 인사하는 사람들이 적지 않다.

그 뒤 큰아들 정관(靜觀) 김창호(金昌鎬) 어른도 계속 제자들을 가르쳤다. 우리 과 학생 가운데서 방학 때 가서 배운 학생들도 있고, 또 휴학하고 배운 학생도 있다. 한문학과의 장원철(張源哲) 교수 등도 대학원 다닐 때 정관에게 글을 배운 적이 있었다.

중재 선생이 사시던 산청군 신등면(新等面) 내당(內塘)은, 진주에서 약 30킬로 정도 떨어져 있는데, 교통이 아주 불편했다. 신등면 소재지인 단계(丹溪)까지는 노선버스가 자주 있었으므로 거기서 내려서 택시를 타거나 아니면, 약 15리 정도를 걸어서 가야 한다.

내가 중재 선생 댁에 가는 목적은 주로 책을 빌리려는 것이었는데, 가면 정관 어른과 옛날이야기도 하고, 유림 사이에 있었던 일화 등을 듣기도 했다. 해마다 적어도 4, 5차례 갔다. 지금 경상대학교 고문헌도서관에서 일하는 이정희(李政喜) 학예사 등이 가끔 따라갔다. 옛날 학자들의 공부하고 생활하던 모습을 보게 하려고 우리 아들도 몇 차례 데리고 갔고, 우리 누님 아들 정황부(鄭黃夫) 등 친척들도 전통학문에 관심을 가지라고 데리고 갔다. 서울 등지에서 오는 한문학 전공의 교수들도 인도하여 간 적이 몇 번 있었다. 흥국물산(興國物産) 대표를 하다가 그만두고 고대사 연구가로 활동하던 채현국(蔡鉉國) 선생도 그 아들 채윤하(蔡潤夏) 군을 데리고 몇 번 갔다. 중재 선생의 사위로 국민대학교 국사과 교수로 있던 송찬식(宋贊植) 교수와 서울대학교 동창이라 잘 알았기 때문이다.

우리나라 한적이 많기에 중국 학자들에게 보이기 위해서 가끔 데리고 갔다. 북경대학 중문과 왕춘홍(汪春泓) 교수 등도 데리고 간 적이 있다. 왕 교수와 같이 갔다가, 원래는 오후에 나오려고 했는데, 이야기하다 보니 저녁때가 되었다. 그래서 정관 어른이 저녁 먹고 가라고 해서 저녁 먹고 술 한잔 먹고 이야기하다 보니, 밤이 늦어 결국 예정과 달리 자고 오게 되었다. 다음 날 오후 2시에 제자 강동희(姜東熙) 군 결혼주례를 맡기로 되어 있어 그날 오후에 집으로 오는 것이 맞았다. 그런데 거기서 자고 아침 먹고 걸어 나와 시골 시외버스를 타고 진주에 나오니, 시간이 1시간 정도 남았다. 남의 결혼 주례를 서면서 목욕도 안 해서 되겠나 싶어 목욕탕으로 갔다. 그런데 목욕탕에 들어가면 옷 벗고 입고 하다 보면, 금방 시간이 간다. 간단하게 목욕하고 나왔는데, 시간을 보니, 20분밖에 안 남았다. 얼른 옷을 챙겨 입고, 택시를 탔는데, 강남동 예식장 근방에 가니, 차가 막혀 갈 수가 없었다. 할 수 없이 차에서 내려서 뛰어갔다. 한 5분 지각했는데, 다행히 그다음 차례 결혼식이 없었고, 신랑이 내가 틀림없이 올 것으로 믿고 예식장에서 추천하는 대리 주례를 쓰지 않고 굳게 기다려 주어, 주례는 예정대로 했다. 모든 일은 미리 준비하면 실패가 없다. 또 원래 계획대로 해야지 중간에 귀찮거나 남의 사정에 따라 함부로 계획을 변경하면, 문제가 발생한다는 교훈을 단단히 얻었다.

경상대학교가 진주농과대학에서 출발했으므로, 도서관에는 한국학 고전 관계의 서적이 너무나 부족했다. 중재 선생 댁에 장서가 4천 권 정도 되니, 가끔 가서 빌려와서 꼭 두고 봐야 할 책은 학교 앞 복사집에서 복사를 해서 간직하고, 원본은 돌려주었다. 어떤 책은 그냥 참고만 하고 돌려주었다. 정관 어른은 나에게 순순히 책을 잘 빌려주었다. 옛날 시골에서는 아예 남에게 책을 빌려주지 않는 사람도 상당히 많았다. 심지어 교수들도 책을 빌려주지 않는 사람이 많았다.

중재 선생이 거처하던 서재는 내당서사(內塘書舍)라 하여 살림집 동쪽에 1950년대 말에 제자들이 새로 4칸으로 지어 준 집인데, 북쪽 벽은 모두 책장을 넣어 책을 보관하도록 되어 있었다. 맨 서쪽 방은 중재 선생이 거처하던 방인데, 방 이름을 보황실(寶璜室)이라고 했다.

방의 남쪽 방문 왼쪽 위에 어안(魚雁)이라고 제목을 쓴 받은 편지 철한 묶음이 네 뭉치 걸려 있었다. 그 안에는 면우(俛宇) 곽종석(郭鍾錫), 회봉(晦峯) 하겸진(河謙鎭), 심산(心山) 김창숙(金昌淑), 면우 선생 제자로 현대학문을 하여 일본 유학하여 공산주의자로 활동하다 월북한 최익한(崔益漢) 등 유림에서 이름난 학자들의 서신이 많이 들어 있었다. 최익한이 소년 시절에 한문 실력이 대단하여 계속 공부했으면, 중재 선생보다 나았을 거라는 이야기가 있다. 면우 선생도 미국 등 서양 정세에 훤했는데, 최익한의 기질을 보고 현대학문을 하라고 권했다 한다.

내가 정관에게 "이것 이렇게 허술하게 보관하면 안 됩니다. 잘못하면 잃어버립니다. 경상대학교에 가져오시면 무료로 복사해 드리겠습니다." 그러자 정관은, "허! 그 참. 그걸 누가 무엇 하러 가져가?"라고 귀담아듣지 않았다. 그 뒤 서너 차례 더 "복사를 해 두시고, 원본은 안 보이는 데 잘 보관해 두셔야 합니다."라고 말씀드렸으나, 내 말대로 하지 않았다.

정관은 인근 합천군 가회면(佳會面)에서 면장을 오래 하다가 퇴직하고 고향집에서 농사 감독하면서 한문 배우러 오는 제자들을 가르쳤다. 물론 학비는 받지 않았다. 이때는 벌써 시골에서도 한문만 전문적으로 배우는 사람은 끊어졌고, 주로 서울, 부산, 대구, 진주 등지의 한문학과 역사과 철학과 학생들이 방학을 이용해서 배웠고 간혹 휴학하고 배우는 학생들도 있었다.

정관은 농사철이 되면 들판에 나가고, 또 유림행사 등에 자주 참석하기 때문에 집을 비우는 경우가 많았다.

그 뒤 한번 갔더니, 영 얼굴빛이 말이 아니었다. 한숨을 푹푹 내쉬면서, "내가 진작 허 교수 말을 들어야 하는 것인데, 허 교수 말을 귀 밖으로 듣다가 그만 그 간찰(簡札 : 서신) 묶음을 다 잃어버렸어. 이 일을 어쩌면 좋나? 조상님들에게 큰 죄를 지었는데, 저세상에 가서 무슨 낯으로 조상님들을 대하나?"라고 했다. 내가 "지금이라도 일단 경찰에 도난신고를 하십시오. 혹 찾는 수가 있습니다."라고 신고할 것을 권유했다. 그래서 경찰에 신고했지만 아무런 단서도 잡지 못했다.

언제 잃어버렸는지도 정확히 몰랐다. 어느 날 출타했다가 집에 돌아와, 변소 가려고 갔더니, 변소 앞에 그림 액자가 버려져 있었다. 주워보니, 중재 선생의 제자인 운전(芸田) 허민(許珉)이 그려 중재 선생에게 선물한 그림이었는데, 그림만 도려가고 액자는 버려져 있었다.

그림만 도둑맞은 줄 알고 지냈는데, 며칠 뒤 고개를 들어보니, 벽에 걸려 있던 네 뭉치의 서신 묶음이 없어졌다는 것을 알았다. 또 장서목록이 없으니, 책도 무슨 책이 없어졌는지 몰랐다.

그로부터 10여 년쯤 뒤에 내가 서울 인사동의 잘 아는 모 고서점에 갔더니, 주인이 "이것 영남지방의 어떤 집안에서 나온 것 같은데, 허 교수님 한번 보시지요."라고 했다. 보니 바로 중재 선생 댁에 걸려 있던 그 서신 묶음이었다. 원래 네 뭉치인데, 두 뭉치밖에 없었다. "이거 본래 네 뭉치인데, 어디서 났습니까?"라고 물었더니, "대

구서 누가 소개해서 구해 왔습니다. 두 뭉치밖에 없던데요."라고
주인이 대답했다. "이거 본래 중재 선생이 받은 서신을 묶어 둔
것인데, 어떻게 하실 것입니까?"라고 물으니, 주인은 "며칠 전에
성균관대학교 박물관에 넣기로 계약을 했습니다."라고 대답했다.
"그러면 잘 되었군요. 나머지 두 묶음도 찾아서 같이 넣어야 계통이
서서 연구 자료가 됩니다.""예 알겠습니다.""대구 어디서 샀습니
까?""우리 업계에서는 아무리 친한 사람이라도 그런 비밀은 이야
기 안 하는 불문율이 있습니다."

믿을 만한 대학 박물관에 들어가면, 후손에게 돌려주거나 내가
입수하는 것보다 더 보존이 잘 되기 때문에 더 이상 이야기하지
않았다.

선비가 돌아가면, 제자들이 스승의 문집을 만들고, 묘비를 세우
고, 그 다음에 서원을 지어 향사(享祀)를 올리는 것이 스승이나 학자
에 대한 최고의 예우였다. 시대가 크게 바뀌어 서원을 짓는 사람이
거의 없지만, 전통적인 학자들은 큰 스승이나 학자를 위해서 서원
을 못 지으면 계속해서 아쉬운 마음을 금치 못 한다.

중재 선생 정도 되면 그 학문이나 덕행으로 봐서 당연히 그 제자
들이 서원을 지어 향사를 해야 하지만, 시대가 크게 바뀌었고, 재력
이 없어 그렇게 하지 못하고 있었다.

그러던 중 1990년대 중반에 한창 경기가 좋아 아파트가 사방에
건립될 때 진주 촉석루(矗石樓) 건너편 남강 남쪽의 망경동(望京洞)
망경산(望京山) 기슭에도 아파트가 지어지게 되었다. 본래 거기에
중재 선생을 위한 섭천정사(涉川精舍)라는 집이 있었다. 중재 선생

이 사시는 산청은 너무 시골이라 찾아가기 힘들고 겨울에 춥기 때문에, 제자들이 성금의 모아 진주에도 집을 한 채 지었다. 중재 선생이 거기서 사람들을 쉽게 만날 수 있고, 추운 겨울에 지내도록 하기 위한 것이었다. 평소에 진주시청에 근무하던 둘째 아들 가족이 거처하다가, 중재 선생 오시면 모시고 살았다.

그런데 이 집터에 한보아파트가 들어서게 되어 그 터 값으로 그 당시 약 2억 가량의 보상금을 받았다. 이 돈으로 중재선생기념사업회를 만들 것이냐? 아니면 중재장학재단을 만들 것이냐? 등등의 논란이 있다가 최종적으로 중재 선생을 위한 서원을 짓기로 결정하고 일을 추진했다. 산청군 내당(內塘) 마을 중재 선생이 살던 집 서쪽에 터를 닦아 공사를 시작하였다.

서원이라는 것의 구조는 기본적으로 강당, 사당, 동재(東齋) 서재(西齋), 대문 채, 관리동 해서 최소한 건물 6채는 지어야 하니, 돈 2억 원으로는 턱 없이 부족했다. 일가들 사이에 약간의 모금을 해도 도저히 안 되었다.

이때 중재 선생의 큰아들은 세상을 떠났고, 둘째 아들이 일을 주관했다. 서원 건립에 모자라는 돈을 중재 선생의 장서를 기증하고, 그 사례금으로 보충하자는 의견으로 결정된 모양이었다.

2000년 어느 날 둘째 아들이 나에게 전화를 했다. "허 교수 잘 알다시피 요즈음 시골에서 고서 보관하기가 힘들어. 그래서 우리 선친 장서를 경상대학교 도서관에 기증하려고 하는데, 그냥은 힘들고 약간 사례금을 받아야 할 형편이네. 왜냐하면 우리가 지금 우리 선친을 위해서 서원을 짓고 있는데, 경비가 좀 부족해서 그 사례금으로 보충하려고 해서 그러니. 할 수 없네."라고 했다. "예! 알겠습니다. 학교 당국과 의논해서 연락 올리겠습니다."라고 대답했다.

학교 도서관에 근무하던 한문학과 졸업생 이정희(李政喜) 군에게 전화해서 의논했더니, 도서관에서는 예산 이외에 단돈 1백만 원도 내놓을 형편이 안 된다고 했다. 이 군도 중재 선생 댁에 가서 기거를 하면서 중재 아들에게 한문을 배웠으므로 중재 선생 댁의 장서를 잘 알고 있었지만, 국립대학 도서관은 예산에 편성된 것 이외에는 한 푼도 쓸 수가 없는 체재이다. 일반적으로 상당히 귀중한 한적을 기증받아도, 감사패 정도 주고 만다.

내가 중재 선생의 장서 내용을 잘 알고 있기에, 이 책은 꼭 우리 대학에 와야 한다는 생각에서 혹 다른 대학에 빼앗길까 봐 나 혼자서 얼른 둘째 아들에게 다시 전화를 하여, "사례금은 5천만 원 정도 생각하고 있습니다."라고 제시했다.

그 당시 5천만 원은 요즈음 3억보다도 더 돈 가치가 컸다. 나올 곳이 뚜렷이 있어서 그런 것은 아니고, 책 욕심에 일단 5천만 원 정도 이야기하면, 책이 절대 다른 대학에 가지는 않겠지 하는 생각에서였다. 구체적으로 돈 나올 곳이 정해져 있는 것은 아니었다. 어떻게 하든 내가 학교 바깥의 재력 있는 사람들을 설득해서라도, 이 장서를 경상대학교로 유치하겠다는 강한 결심에서 그 정도의 액수를 제시했다. 국립대학은 어림도 없고, 웬만한 사립대학도 그 정도를 내놓을 수 있겠나 하는 생각에서 그 당시로서는 어마어마하게 큰돈을 주겠다고 제시했다. 당시 대학교수 월급의 30배 정도였다.

그런데 그 뒤 예상하지 않던 좋은 일이 있었다. 중재 선생 둘째 아들과 재력이 대단한 중재 선생 집안사람들이 학교 총장실로 찾아와 장서만 기증하는 것이 아니고, 장서를 보관할 조그만 기와집도 한 채 지어서 기증할 테니, 학교 부지를 지정해 달라고 했다고 한다. 중재 선생의 집안 손자뻘 되는 분이 전라도에 가서 간척해서 큰 부자가 된 사람도 같이 왔다. 그날 나는 중국에 가 있어 진주에 없었는데, 중재 선생과 같은 의성김씨인 우리 학교 모 교수와 중재 선생 인근 마을 출신의 모 교수들을 다 총장실로 불러 약속을 같이 한 것이었다고 한다.

나는 구체적인 방안 없이 돈 5천만 원 내겠다고 말한 것이 부담이 되어 장서가 온다 해도 고민이었는데, 집까지 지어서 기증한다니까, 5천만 원의 사례금은 당연히 안 구해도 되어 내심 크게 안도의 한숨을 쉬었다.

그런데 그 뒤 한참의 시간이 지났는데도 아무런 소식이 없었다. 집은 못 짓더라도 장서는 당연히 경상대학교에 올 것으로 믿고 있었다. 하도 소식이 없어, 둘째 아들에게 전화를 한번 해 볼까 하다가도 그러면 약세(弱勢)를 보이는 것이 되겠다 싶어 그냥 있었다.

몇 달이 지난 뒤 성균관대학 유학대학에 강사로 있던 중재 선생 집안의 손자뻘 되는 사람이 진주로 와서 만나게 되었는데, 중재 선생 장서는 얼마 전에 이미 성균관대학에서 기증을 받아 싣고 갔다고 했다. 청천벽력 같은 소리였다.

집까지 지어서 장서를 기증하겠다는 것은 집안사람들의 한때의 이상적인 발상이었고, 실제상황은 서원 짓는데, 돈이 모자라 중재

선생 둘째 아들의 처지에서는 장서에 대한 상당의 사례금을 받아야
할 형편이었다.

나중에 알고 보니, 중재 선생 둘째 아들은, 책을 기증하겠다고
우리 경상대학교에만 전화한 것이 아니었다. 중재 선생의 제자인
허선도(許善道) 교수와 중재 선생의 사위인 송찬식(宋贊植) 교수가
재직하던 국민대학교, 중재 선생의 제자인 유승주(柳承宙) 교수가
근무하던 고려대학교, 우리나라에서 제일 이름난 서울대학교, 유학
과 가장 관계가 있는 성균관대학교, 영남권에서 이름난 경북대학교
등에도 다 전화를 해서 기증의사를 밝히고, 상당액의 사례금이 필
요하다는 사실도 밝혔음을 알 수 있었다.

1983년 이후로 성균관대학교는 재단이 없어서 한동안 방황하다
가 1995년 정범진(丁範鎭) 총장이 취임한 이후로 삼성 그룹을 끌어
와 재단을 맡게 만들었다. 삼성이 맡은 이후로 성균관대학교는 학
교에 무슨 일을 하는 데 있어 돈 걱정은 안 해도 되었다.

본래 삼성의 창업주 이병철(李秉喆) 회장은 유가(儒家) 출신으로
교육사업을 꼭 해보고 싶어 1960년대 초반에 성균관으로부터 성균
관대학교를 인수하여 운영하고 있었다. 그러다가 70년대 중반 재단
에 대해서 반기를 든 교수와 학생들의 시위가 계속되는 가운데 본
인이 일본에서 전화로 홧김에 "그놈들이 계속 데모하고 있으면,
학교 버려!"라고 한 말을 당시 중앙일보를 맡고 있던 홍진기(洪璡基)
사장이 성균관대학 교수와 학생들에게 잘못 공표를 하는 바람에
학교를 넘기지 않을 수 없게 되었는데, 본인은 매우 아쉬워하고
있었다. 이 회장은 세상을 떠났지만, 아버지의 뜻을 아는 그 아들

이건희(李建熙) 회장이 성균관대학교를 다시 맡게 되었다.

성균관대학교는 유학, 한국학 등이 특성 있는 대학인데, 대학도서관에 고서가 그때까지는 빈약하였다. 조선시대 성균관의 도서관에 해당하는 존경각(尊經閣)에 좋은 책이 많았는데, 이 존경각 장서를 해방 이후 성균관대학교에서 그대로 물려받아 도서관에 소속시켰다. 그런데 6.25전쟁 때 이 책을 옮기지 못하고 피난 갔는데, 인민군들의 서울 점령 때 폭격을 하여 잿더미가 되어 한 권도 건지지 못했다.

그 뒤 약간의 기증을 받고 해서 고서를 모았지만, 학교 역사나 이름에 비하여 고서가 너무 빈약했다. 삼성이 맡고 나서는 도서관 장서 확보에 대대적으로 힘썼는데, 한적이라면 도서관에 이미 소장하고 있어서 중복이 되지 않는 한, 값의 고하를 막론하고 무조건 구입하는 중이었다.

막 총장에 취임한 심윤종(沈允宗) 총장은, "중재 선생 장서를 기증받으면 약간의 사례를 해야 합니다."라는 도서관의 보고를 받자마자, 중재 선생 집안사람인 김시업(金時鄴) 교수와 한문학과 송재소(宋載邵) 교수를 산청 중재 선생 댁으로 출장 보내어 책을 살펴보게 하고는 사례금이 얼마가 들든 성균관대학교에서 기증받기로 하라고 지시하였다.

다른 대학들은 얼마를 제시했는지 모르지만, 삼성 그룹에서 지원하는 대학에 금전을 가지고 대적할 수가 없었을 것이다.

성균관대학교에서는 다른 데서도 다시 고서를 많이 구입하고 기증받고 해서 고서 수량이 많아지자, 한적도서관 이름으로 다시 존경각이라는 옛 이름을 쓰기 시작했고, 관리를 엄격하게 하여 외부 사람들이 복사 신청을 하면 한꺼번에 다 해주는 것이 아니고, 극히 일부만 해 주었다. 그러니 분량이 큰 책인 경우 복사할 수가 없어, 다른 대학교수들이 실제 연구에 활용하기는 매우 어렵다.

중재 선생 장서가 성균관대학교에 간 몇 년 뒤 중재 선생 집안 조카를 길에서 만났더니, 당장 "허 교수님! 우리가 잘못 생각했어요. 그때 경상대학교 도서관에 기증해야 하는 것인데, 서울에 기증했더니, 필요해서 책 한 권 보려면 서울까지 가야지, 내려서 택시 타야지, 수속해서 책을 보려고 하면, 금방 문 닫을 시간이 되어 버려 볼 수가 없어요. 또 진주까지 돌아온다고 고생하고."라고 하소연을 했다.

그리고 경상대학교 도서관에 있으면, 경남문화연구원이나 남명학연구소의 소중한 연구 자료가 되겠지만, 서울에 가 있으면, 경상대학교 등 경상도 일원의 대학교수나 연구자들이 중재 선생 장서를 활용할 수가 없다. 서울의 교수들은 시골의 소소한 학자들의 문집은 관심도 없고 연구 대상도 되지 않으니, 결국 사장(死藏)되는 것이나 다름없다.

실제로 우리 경상대학교의 어떤 교수가 필요해서, 중재 선생 장서에 들어 있는 면우(俛宇) 곽종석(郭鍾錫) 선생의 문집 원본을 보려고 하니, 너무 절차가 까다로워 보기가 어려웠고, 복사 신청을 해도 다 하려면 상당 기간 걸리는 모양이었다.

『면우문집』은 63책에 이르는 방대한 양으로 1926년 서울 한성도서주식회사에서 인쇄했다. 그런데 일제강점기 때 우리나라에서

문집을 간행하려면 미리 일본당국의 검열을 통과해야 했다. 예를 들면 우리 민족의 자존심을 살리거나, '왜(倭)' 자를 쓰면 안 되고, 일본을 오랑캐라고 한 글귀나 일본을 비하하거나 적대시한 표현 등등을 다 지우고 빼고 고치고 해야 했다. 간혹 일제강점기 때 검열을 거친 초고(草稿)를 보면, 일본이 검열을 얼마나 가혹하게 했는지 알 수 있다.

그러니 지금 세상에 배포되어 있는 『면우문집』에 실린 글을 면우 선생의 원래 글인 줄 알고 신봉하지만, 사실은 면우 선생 본인 글의 원래 모습이 아니다. 문집 내기 전에 검열을 받은 원본은, 『면우문집』을 다 만든 뒤 면우 자손들에게 돌려주지 않고, 문집 편찬의 실무를 봤던 중재 선생이 갖고 있었다. 중재 선생은 그 뒤 『면우선생연보』를 만드는 등 참고할 일이 많았기 때문에 그대로 갖고 있다가 세상을 떠났다.

그 뒤 면우의 자손들은 문집의 원본을 잊고 돌려받을 생각도 안 했는데, 중재 선생 아들이 성균관대학교에 장서를 기증하면서 『면우문집』 원본도 그대로 성균관대학에 기증해 버려 지금 성균관대학교 소유가 되어 있다.

『면우문집』의 원본을 보면 새롭게 밝혀질 사실이 많을 것인데, 지금으로서는 열람하기가 쉽지 않아, 매우 아쉽다. 이런 등등 당연히 경상대학교 고문헌도서관에 기증되어 활발하게 연구되어야 할 책들이 엉뚱한 곳에 가서 거의 무용지물이 되어 있다.

은사(恩師) 연민 선생(淵民先生)의 서거

　나에게 연민 선생은 가장 큰 스승이고, 가장 큰 은인이다. 낳아준 부모 못지않게 오늘날 한문학으로 알려진 허권수(許捲洙)를 만들어 주신 큰 어른이다.

　마산고등학교(馬山高等學校) 2학년 때 한문문법을 알려달라는 서신으로 인연을 맺은 이래로, 30년이 지난 2000년 양력 11월 9일(음력 10월 14)에 연민 선생께서 이 세상을 떠날 때까지 나의 학문적 전범(典範)이 되었고, 정신적인 귀의처가 되었다.

　내가 한문공부를 시작해서 계속하게 된 것은 연민 선생 덕분이다. 대학 재학 중 어떤 교수와 충돌이 있어 대학을 중퇴하고 번역이나 하면서 지낼까 생각했을 때, 대학원까지 마쳐서 박사학위를 받아야 한다고 학문의 길로 인도해 주신 분이 연민 선생이다. 『퇴계전서(退溪全書)』 번역위원회를 조직했을 때, 번역위원 제1번으로 나를 추천할 정도로 나의 한문 실력을 실제 이상으로 대단하게 인정해 주신 분도 연민 선생이다. 서울에 있는 대학에서 활동하도록 몇 차례 추천하고 일을 추진하신 분도 연민 선생이다. 친자식 이상으로 사정없이 나무라고 야단치고 하신 분도 연민 선생이다.

　선생이 돌아가셨다는 소식을 듣자 그 허탈함은 어떻게 말이나 글로 표현할 수가 없었다. 늘 기대던 큰 산이 무너진 듯, 따뜻한 집이 허물어진 듯했다.

옛날 제자들은 스승이 돌아가시면 "태산(泰山)이 무너진 듯, 대들보가 부러진 듯하다.[泰山頹, 梁木壞.]"라고 표현했는데, 정말 비교할 수 없을 정도로 허전하였다. 나는 부친이 돌아가실 때는 나이 여덟 살이라 진정한 슬픔을 몰랐는데, 선생이 돌아가시자 내 학문의 앞길이 캄캄하다는 것을 느꼈다.

선생은 그래도 건강하셔서 오래 사실 줄 알았고, 또 87세 되는 9월까지는 건재하실 것이라고 생각했다. 더 자주 찾아뵙고 더 자주 묻고 더 자주 의논드려야 하는데, 이렇게 쉽게 가시다니, 믿기지 않았다. 다시 한번 더 볼 수 없고, 다시 한마디 말도 더 나눌 수가 없게 되었다. 저세상으로 가기는 쉬운데, 저세상과 이 세상 사이에는 다시는 통할 수 있는 길이 없다.

2000년 11월 1일 성균관대학 남쪽 벽과 창경궁 사이에 있는 명륜동(明倫洞) 댁으로 연민 선생을 찾아뵈었다. 지나고 보니, 그때 찾아뵌 것이 마지막이었다. 그 이전에 『조선문학사』 중국어 번역본을 1년 만에 출판해서 2000년 4월 6일 선생의 84회 생신 때 책을 봉정한다는 계획이었는데, 남의 나라 여러 명의 교수들과 일을 추진해 보니, 뜻대로 안 되고 지지부진이었다.

연민 선생은 나에게 중국 교수들을 독려하지 않는다고 심하게 나무랐다. 10월쯤에 "서울 한번 안 오느냐?"고 전화를 여러 번 하셔서 11월 1일 오후에 댁으로 찾아뵙게 된 것이다. 그해 따라 나도 유달리 일이 많고 바빴다.

지난 8월 말 북경서 돌아오면서 뵈었을 때에 비하면, 모습이 너무나 달랐다. 얼굴이 매우 새까맣게 변했고, 몸집이 영 작아지셨다. 좀 이상하다 싶었지만, 돌아가시리라고는 꿈에도 생각 못 했다.

연민 선생께서는 87세가 되는 2003년 음력 9월에 돌아가신다고 생각하고 계셨고, 칠순 때 세운 묘소의 자찬(自撰) 묘갈명(墓碣銘)에도 돌아가실 날짜를 계미(癸未 : 2003)년 9월이라고 자신 있게 새겨 놓았다. 지금도 고치지 않고 그렇게 되어 있다.

선생께서 이렇게 돌아가실 날짜를 확신하신 데는 이유가 있었다. 선생의 집안에 사람의 운명 잘 알아맞히는 분이 있었는데, 특히 남의 수명을 정확하게 맞추었다. 그 이전에 연민 선생 조부, 부친, 모친의 수명을 단 한 해도 안 틀리고 다 정확하게 맞추었다. 이분이 연민 선생은 2003년 음력 9월에 돌아가신다고 하여 선생께서 굳게 믿었던 것이다.

11월 1일 오후 내가 선생께서 평소 거처하시던 매화서옥(梅華書屋) 방에 들어가니, 누워 계셨다. 나에게 『조선문학사』 되어 가는 상황을 물으시고는, 본래 예상 비용 2천만 원의 나머지 금액 1500만 원을 주셨다. "얼른 북경에 들어가서 일을 서둘러 완성해라."라고 말씀하셨다. 처음에 착수금으로 이미 5백만 원을 주셔서 중국 교수들에게 원고료 일부를 지급하였다. 그때만 해도 중국과 우리나라는 월급 차이가 엄청나서 북경의 교수들에게는 그 정도 번역비가 큰돈이었다. 『조선문학사』 한글판 원본 자체가 원고지 1만 매 분량이니, 중국어 번역비만 해도 어마어마하게 들 것인데, 2천만 원 가운데 7백만 원은 인쇄비로 떼어놓고, 1백만 원은 회의비라 해서 중국 교수 만나 의논할 때 식사비 등으로 쓰고, 나머지 1,200만 원으로 원고료를 충당하려고 했다. 중국어는 한국어보다 조금 줄어들기에 원고지 6천 매 정도로 보고, 한 장당 우리 돈으로 2천 원 해서 1,200만 원 정도로 예상했다.

그 이전에 선생께서 몸이 안 좋아져 고려대학교 안암병원에 입원하셔서 한 보름 계시다가 나오셨다. 뚜렷한 병명이 있는 것은 아니었다. 그러자 평소에 검소함이 몸에 밴 선생은 비싼 입원비를 내고 병원에 누워 계신 것이 마음에 편치 않아 자녀들에게 자꾸 집에 가자고 졸랐다. 또 노인은 자기가 익숙한 곳에 있어야 마음이 편하지, 낯선 곳에 있으면 불안하다.

그래서 퇴원을 했는데, 퇴원하자마자 병세가 악화되었다. 병원에서는 하루에 몇 번씩 점검이 되지만, 댁에서는 점검이 안 되기 때문이다. 뚜렷한 병명은 없고 그냥 노병(老病)이었다. 심신 전체가 기능이 떨어진 것이었다.

그때 남명(南冥) 선생 탄신 5백 주년 기념행사가 2001년에 있을 예정이었는데, 1년 전부터 경남도청에서 남명학을 홍보한다는 차원에서 경상대학교 남명학연구소에 위탁해서 경상남도 각 시군을 돌면서 남명학에 대한 강연을 하도로 되어 있었다. 내가 소장이라 주관하여 몇 명의 교수들에게 분담하여 몇 개 시군을 돌며 강연하게 하였다. 내가 주관하는 일이 되어 나도 몇 개 시군을 맡았다. 또 한국연구재단의 명저 번역에 당선되어 『대동운부군옥(大東韻府群玉)』의 번역 등에 매우 바빴다. 그 얼마 전에는 우리 누님이 쓰러져 의식불명이었으므로, 겨우 11월 1일에야 시간을 내었다.

빠른 시일 내에 북경에 가서 일을 독려하겠다고 약속하고 번역비를 받아서 연민 선생 댁에서 나왔다. 올해는 약속대로 안 되었지만, 내년 생신 때는 꼭 약속을 지켜 중국어 번역본『조선문학사』를 출판해서 선생에게 봉정해 드려야지 하고 다짐하고서 집으로 돌아왔다.

11월 9일 어느 다른 시군에 가서 남명학 강연을 하고 집에 늦게 들어가니, 집사람이 "아까 오후 4시경에 환재(渙齋) 하유집(河有楫) 선생에게 전화가 왔는데, '오늘 오후에 연민 선생 돌아가셨다.'고 전화하셨더라."라고 했다. "아니? 그렇게 쉽게 돌아가실 수 있나? 지난 1일 뵈었을 때 영 안색이 안 좋고 많이 수척했지만, 이렇게 허무하게 가시다니?" 전혀 믿기지 않았다. "혹 집에서 다른 사람의 돌아가신 소식을 잘못 전해 들은 것은 아닐까?"라는 생각이 들며 믿기지 않았다.

바로 환재에게 전화를 했더니, "오늘 오후에 연민 선생께서 숨을 거두셨네. 허 교수 내일 올라올 수 있나?" "내일은 강연 일정이 잡혀 있어서 안 되고 모레 일찍 올라가겠습니다."라고 대답했다.

사실 연민 선생의 제자로 성균관대학교 총장을 지낸 정범진(鄭範鎭) 박사 등 쟁쟁한 분이 많이 있지만, 전통적인 장례식 절차는 환재가 제일 잘 알기 때문에, 실질적으로는 환재가 장례절차를 주관하게 되어 있었다. 그러나 시대가 시대인 만큼 장례식을 환재 마음대로 할 수 있는 것이 아니었다. 당연히 자손들의 의견을 들어야 하고, 다른 제자들의 의견도 들어야 하는 것이다.

옛날에는 선비가 세상을 떠나면, 유월장(踰月葬)이라 해서 가장 짧다 해도 장례기간을 한 달 이상으로 잡았다. 근년에는 1979년 1월 산청(山淸)에서 중재(重齋) 김황(金榥) 선생의 장례를 유월장으로 치렀고, 1988년 합천에서 추연(秋淵) 권용현(權龍鉉) 선생의 장례를 유월장으로 치렀다.

환재는 나에게, "연민 같은 일국의 대학자라면 당연히 유월장을 해야지, 며칠 만에 묻어서 되겠나? 제자라고 하지만 교수들은 형편이 없어. 전부 삼일장하려고 달려드니."라고 했다. 내가 "시대가 다르니, 유월장이 되겠습니까? 절충해서 조금 장기(葬期)를 늘이는 것은 가능하겠지만, 다 직장 다니고 하는데 누가 빈소를 지키며, 병원에서 계속 빈소를 차려 놓을 수도 없는 일이고요."라고 했다. 환재는 혀를 차며 탄식했다. "다른 학자도 아니고, 우리나라 제일의 한학자고 유학자고 퇴계 선생 후손인데, 그래 갈장(渴葬 : 급하게 단시일에 장례 치르는 일)해서 연민 선생 체면에 말이 되겠나? 허 교수 자네도 확고한 소신이 없어. 다른 교수들 그런 주장 못 하게 자네가 수제자 격인데 나서서 막아야 할 것인데, 시부지기 따라가려고 하니!" 환재는 나의 태도에 대해서도 불만이 많았다.

가족들 대부분이 삼일장으로 하자는 생각이었다. 오늘날 형편에 제자들이 장례기간을 주장할 형편이 못 된다. 그러나 환재가 3일은 안 된다고 강하게 반대했다. 장례위원장 격인 성균관대학교 정범진(丁範鎭) 총장과 의논해서 고인을 높이는 뜻에서 결국 오일장으로 결정을 했다. 유월장을 한다고 한 달 동안 병원 빈소를 빌리면, 그 비용만 해도 어마어마할 것인데, 유족들이 유월장을 주장한 사람을 비난 안 하겠는가? 현실적으로 유월장이 오늘날 될 수 없는 것이다.

13일에 연민이 잡아 둔 충북 중원군(中原郡) 소태면(蘇台面) 동막리(東幕里) 산에 안장하였다. 이미 가묘(假墓)의 봉분을 만들어 두었고, 묘갈(墓碣)도 선생이 직접 지어 세워두었다.

　또 환재는 보통 사람들처럼 영구차에서 내려 맨 관을 그대로 들고 갈 수 없으니, 상여(喪輿)를 마련해야 한다고 주장하여, 그 뜻이 관철되었다.

　그런데 이때 환재가 장례식을 주관하지 못하고, 하관(下棺)하는 날은 제자인 강동엽(姜東燁) 교수가 주관하였다. 연민은 가묘에 이미 석판으로 외곽(外槨)처럼 만들어 두었는데, 모 교수가 하관하면서 관을 다 해체하고 시신에 흙을 덮는 일이 벌어졌다. 강 교수의 고향이 통영인데, 바닷가에서는 그렇게 하는지 모르겠지만, 환재의 견문으로는 도저히 납득이 되지 않았다. 거기서 언쟁을 할 수도 없는 희한한 일이 벌어져, 나중에는 환재는 마음이 상해서 외면하다시피 하고 하관하는 일에 일체 관여를 안 했다.

　13일 그날 나는 창녕군에 가서 남명학 강연을 하기로 사전에 일정이 잡혀 있어 장지에까지 따라가지 못하고 그 앞날 저녁에 진주로 내려왔으므로, 하관하는 장면은 보지 못했다.

　연민 선생께서 세상을 떠났을 때, 나는 이상하리만치 일이 겹쳐 만사(挽詞) 한 수, 제문 한 편 못 지어 올렸다. 선생께서 돌아가신 지 15년 되던 연민 선생 생신 때 선생의 일생과 학문을 다 포괄한 장편시 한 수를 지어 올렸다.

　그 시는 다음과 같다. 제목은 「돌아가신 스승 연민 선생의 학문 연구의 일생을 서술하여(歷叙先師淵民先生治學一生)」이다.

社屋丁巳閏二月,　나라 망한 뒤 정사(1917)년 윤2월,

二日戊寅時也丑.　2일 무인일(戊寅日) 축시(丑時)에,

鴻儒淵民誕吾邦,　큰 선비 연민 선생 우리나라에 태어나셨나니,

退溪宗派老山宅.　퇴계 선생 종파(宗派) 노산(老山)[1] 댁이라.

呱呱聲已非凡喤,　고고의 울음소리 보통 애들 울음과는 달라,

回甲王考喜甚特.　회갑 맞은 할아버님[2] 특별히 기뻐하였다네.

退門家學冠吾邦,　퇴계 선생 가문의 학문 우리나라에 으뜸이라,

父祖叔姪皆邃學.　할아버지 아버지 아저씨 조카가 모두 학문 깊었네.

自幼勤奮不須督,　어려서부터 부지런히 분발하여 독려할 필요 없이,

克紹箕裘求書讀.　집안 학문전통 이어 책을 찾아 읽을 줄 알았다네.

聰俊誠篤迥超倫,　총명하고 성실함 보통사람보다 월등히 뛰어났는데,

務探墳典豈暫息.　힘써 고전 탐구하여 잠시도 쉬지 않았네.

文理夙通誦才秀,　문리가 일찍 트이고 기억력 뛰어나,

經史百家吸盡力.　경서 역사서 제자백가 힘껏 흡수하였네.

撰文吟詩勤淬礪,　글 짓고 시 읊는 것도 부지런히 연마하여,

久從東田陽田學.　장기간 동전(東田)[3], 양전(陽田)[4] 따라 배웠다네.

1　노산(老山) : 연민(淵民) 선생의 조부 이중인(李中寅)의 호. 그는 퇴계 선생 12대 종손 지하(芝下) 이만희(李晩憙)의 셋째 아들이다.

2　회갑을 맞은 할아버님 : 연민의 조부는 연민과 같이 정사(1857)생인데, 환갑 때까지 손자를 못 봐 애를 태우고 있다가 선생이 태어나자 특별히 기뻐하였다. 그때 마침 인근 학동들에게 『맹자(孟子)』를 가르치고 있었는데, 선생이 태어날 때 "공자께서 태산에 올라서 천하를 작게 여기셨다[孔子登泰山而小天下]"라는 대목을 강의하고 있었으므로, 선생이 태어난 것을 기념해서 선생의 어릴 때 이름을 '태등(泰登)'이라고 지었다.

3　동전(東田) : 근세의 선비 이중균(李中均)의 호. 진사(進士)에 급제하였고, 문집 『동전유고(東田遺稿)』가 있다.

4　양전(陽田) : 근세의 선비 이상호(李祥鎬)의 호. 문집 『양전유고(陽田遺稿)』가 있다. 선생의 당숙이다.

十四娶妻水谷柳,　열네 살 때 수곡(水谷) 유씨(柳氏)[5] 집안에 장가들
　　　　　　　　　었는데,

岳丈兄弟學淵博.　장인 형제도 학문이 깊고 넓었다네.

另開書齋專讀著,　별도로 서재 마련하여 오로지 읽고 짓게 할 정도로,

愛之導之使器碩.　사랑하고 인도하여 큰 그릇이 되게 하였네.

學問漸饒聲華播,　학문이 점점 풍부해지자 명성 퍼져나가,

世云退裔出巨擘.　"퇴계 후손 가운데 큰 학자 나왔다"고 세상 사람들
　　　　　　　　　말했네.

祖國已亡世急變,　조국은 이미 망했고 세상은 급하게 변했나니,

士子出處迷難覓.　선비들 출처(出處)는 혼미하여 길 찾기 어려웠네.

欲遊中原抱壯志,　중국에 유학하려고 장대한 뜻 품고서,

隨朋入京已空橐.　친구[6] 따라 서울로 들어갔으나 주머니 이미 비었
　　　　　　　　　다네.

只得留京圖研學,　다만 서울에 머물러 학문 연구할 길 도모했는데,

艱難孤窮志益確.　어렵고 외롭고 곤궁했지만 뜻은 더욱 굳세었다네.

時適明倫校始開,　그때 마침 명륜전문학교 처음으로 개교하였는데,

全無學費供膳宿.　학비 전혀 없고 숙식까지 제공했네.

---

5 수곡(水谷) 유씨(柳氏) : 안동(安東) 임동면(臨東面) 일대에 세거하는 전주유씨(全州柳氏)
　가문. 정재(定齋) 유치명(柳致明) 등 대학자가 많이 나왔고, 한 가문의 학자 선비들이 저술한
　문집이 200여 종에 이른다. 연민의 처가는 수곡의 유씨 종가로 그 장인 회계(匯溪) 유건우(柳
　建宇) 역시 문집을 남긴 큰 선비였다.
6 친구 따라 : 소설가 송지영(宋志英, 1916년생)이 어느 날 엽서를 보내어, "내가 곧 북경(北京)
　으로 유학을 떠나는데, 같이 갈 생각이 있으면, 옹천역(甕泉驛)으로 나오라"고 연락을 했다.
　선생이 '북경 유학할 생각이 있다'는 것을 전해 들었던 것이다. 아무 준비 없이 몰래 집을
　나와 따라 나선 선생은 여비가 떨어져 서울에서 송지영을 전송하고 그대로 머물렀다. 옹천역
　은 안동 북부에 있는 역인데, 도산(陶山) 등지에서는 기차를 탈 때 이 역을 이용하였다.

已與書堂學科殊, 이미 서당과는 학과목이 달랐고,

師資新敎使開目. 교사들 새로운 가르침은 눈을 뜨게 했네.

中韓珍籍恣飽覽, 중국과 한국의 진귀한 책 실컷 보면서,

五年孜孜增學識. 오 년 동안 부지런히 학식 늘렸다네.

山康舊園時時從, 산강(山康)과 담원(舊園)[7] 때때로 따르며,

數被文宗期望篤. 자주 문장 대가들의 기대 두터이 입었다네.

時當倭虜虐壓日, 그때는 왜놈들이 잔학하게 억압하던 시절,

呻吟吾族歎喪國. 신음하던 우리 민족 나라 잃은 것 탄식했다네.

積學旣無展布地, 학문을 쌓아도 펼쳐 쓸 데가 없었으니,

鬱悶其心伊誰識? 울적하고 걱정스런 마음 그 누가 알리오?

專自讀書又撰稿, 혼자 책 읽고 원고 쓰는 일에만 전념하면서,

懇待盡快得光復. 하루빨리 조국 광복되기를 간절히 바랐다네.

遂於乙酉初秋八, 드디어 을유(1945)년 음력 7월 8일에,

倭賊敗退吾族釋. 왜적들 패배하여 물러나고 우리 민족 해방되었네.

先生聞之喜欲狂, 선생은 이 소식 듣고 미칠 듯이 기뻐하며,

切認有族當有國. 민족 있으면 마땅히 나라 있어야 한다는 것 간절히
인식했네.

不日上京訪成均, 며칠 지나지 않아 서울로 가서 성균관을 방문하여,

得謁心山提三策. 심산(心山)[8]을 뵙고 세 가지 큰 정책 제시하였네.

創刊儒報擴館域, 유교 신문 창간하고 성균관의 대지 넓혀야 된다

---

7 산강(山康)과 담원(舊園) : 근세의 대학자 문장가인 변영만(卞榮晚)과 정인보(鄭寅普)의 호.
두 분 다 선생의 시문에 평을 하고서 찬탄한 적이 있다.

8 심산(心山) : 유학자 광복운동가인 김창숙(金昌淑) 선생의 호. 면우(俛宇) 곽종석(郭鍾錫)
선생의 제자. 초대 성균관대학교 총장, 성균관장, 유도회(儒道會) 총본부장 등을 역임했다.
문집 『심산유고(心山遺稿)』가 있다.

했는데,

心山以爲迂闊極. 심산은 매우 오활(迂闊)한 견해로 여겼다네.

不欲採施將奈何, 채택하여 시행해 주지 않으니 어쩌겠는가?

仰天徊徨竊歎惜. 하늘 우러러 왔다갔다하며 길이 탄식하고 안타까
워했다네.

欣應榮州敎席聘, 영주의 교사 자리[9] 초빙에 기꺼이 응하여,

注誠薰陶生徒服. 정성 쏟아 교육을 하니 학생들이 감복하였네.

累轉金泉又釜山, 김천으로 부산 등지로 여러 번 옮겼다가,

釜山高校駐馬勒. 부산고등학교에 자리를 잡았다네.

再逢碧史於此校, 이 학교에서 벽사(碧史)[10]와 다시 만나,

講討相磨晝宵勗. 학문 강론하며 서로 연마하며 밤낮으로 힘썼네.

庚寅大訌此地遭, 경인(1950)년 큰 난리 이곳에서 만났나니,

胞族顚連不忍覿. 고생에 시달리는 동포 차마 볼 수 없었네.

釜山暫爲臨時都, 부산이 잠시 임시수도가 되자,

男負女戴湊自北. 남자는 지고 여자는 이고 북쪽에서 몰려들었네.

心山省齋山康等, 심산 성재(省齋)[11] 산강 선생 등이 오는 등,

宏師宿儒長留跡. 큰 노숙한 학자들 오랫동안 머물렀네.

講餘從遊學尤博, 강의 여가에 따라서 어울리니 학문 더욱 넓어졌나니,

---

9 영주의 교사 자리 : 영주농업학교(榮州農業學校)가 선생의 교직 초임지다. 그 뒤 영주농업고
등학교가 되었다.

10 벽사(碧史) : 한학자 이우성(李佑成, 1925~2017) 교수의 호. 성균관대학교 교수, 민족문화추
진회 회장 등을 지냈다. 『벽사전집(碧史全集)』 등 많은 저서가 있다. 1941년 벽사가 연민
선생 가문에 장가들었을 때 처음 만났다가 이때 다시 만나 5년 가까이 같이 재직했다.

11 성재(省齋) : 당시의 부통령 이시영(李始榮)의 호. 그는 조선시대 말기 문과에 급제하여 관찰
사를 지냈고, 상해(上海) 대한민국임시정부에서 활동했다. 한학에 조예가 깊었다. 연민 선생
의 학문을 깊이 인정하였다.

可謂先生學有福.　선생은 학문하는 데 있어 복 있다고 할 수 있도다.

聽從心山入學語,　대학에 입학하라는 심산의 말을 듣고서

遂登成均大學籍.　드디어 성균관대학에 들어갔다네.

謙心敬聽諸師講,　겸허한 마음으로 여러 교수들의 강의 경건히 들어,

學碩博士次第得.　학사 석사 박사를 차례로 얻었다네.

甲午被聘成均校,　갑오(1954)년 성균관 대학교의 초빙 받았는데,

兼任中文科長責.　중문학과 학과장 자리를 겸하였다네.

構科盡誠育學人,　학과 구성하여 정성을 다해 공부하는 사람 키우니,

師嚴弟恭如哹啄.　스승 엄격하고 제자 공손하여 어미 닭과 병아리가
　함께 알 깨듯했네.

附倭猾儒時闞視,　왜놈에게 붙었던 교활한 유림들 때때로 엿보면서,

再據成均釀謀略.　성균관을 다시 차지하려고 모략 키우고 있었네.

一朝逐黜心山翁,　하루아침에 심산 선생 쫓아내었고,

先生亦遭剝職厄.　동시에 선생도 교수직 박탈당하는 액운 만났네.

失職三年猶益奮,　직장 잃은 삼 년 동안에도 오히려 더욱 분발하여,

著書不輟頒諸益.　쉬지 않고 책 지어 여러 벗들에게 나누어주었네.

漢文學史是時著,　『한국한문학사』도 이때 지은 것으로서,

可謂先生代表作.　선생의 대표작이라 할 수 있다네.

吾民悅讀春香傳,　우리 백성들 『춘향전』 읽기 좋아하지만,

名物度數闕注釋.　그 속에 나오는 사물의 이름 숫자 등은 주석 부족
　하다네.

先生新注極詳博,　선생의 새로 낸 『춘향전』 주석은 매우 상세하면서
　도 해박했기에,

孤松敎授見嘖嘖.　외솔[12] 교수가 보고서 경탄하였네.

佩服其學薦延世,　그 학문에 감복하여 연세대학에 추천하니,

不惑復得敎授職. 마흔에 다시 교수 자리 얻었다네.

學有源泉講不渴, 학문에 근원지가 있어 강의 그침 없었고,

遊天戲海無偏促. 하늘에서 놀듯 바다에서 헤엄치듯 얽매임 없었네.

日夜不休硏而撰, 밤낮으로 쉬지 않고 연구하고 글 지으니,

著書累積等身倬. 지은 책이 쌓여 키처럼 높았다네.

文豪燕巖得意作, 문호 연암의 득의 저작 『열하일기』를,

熱河日記詳註譯. 선생이 번역하고 주석 다는 일 상세히 했네.

硏究燕巖諸小說, 연암의 여러 소설을 연구하여,

博士學位始獲得. 박사학위를 처음으로 얻었다네.

京鄕各地大文字, 경향각지의 중요한 글들이,

競待先生著述澤. 선생 저술해 주는 혜택 다투어 기다렸네.

書法妙絶名一世, 서법도 절묘하게 뛰어나 한 시대에 이름 있었나니,

不似僞王偃鋒蹟. 필봉(筆鋒) 눕히는 가짜 왕희지체와 같지 않았네.

各處院祠樓亭臺, 각처의 서원 사당 누각 정자 등의,

幾乎都是先生額. 편액이 대부분 선생의 글씨였네.

復建成均儒道會, 성균관 유도회(儒道會)를 다시 결성하여,

推長糾合儒林力, 회장으로 추대되어 유림의 힘 결집하였다네.

陶山深谷諸書院, 도산서원 심곡서원 등 여러 서원에서,

儒林爭推山長職. 유림들이 다투어 원장으로 추대하였네.

漢文幾廢族學危, 한문 거의 폐기되어 민족의 학문이 위태롭게 되자,

結成學會使緖續. 학회를 결성하여 그 전통이 이어지게 했도다.

---

12 외솔 : 국어학자 최현배(崔鉉培)의 호. 연세대학교 국문과 교수. 당시 부총장으로 있었는데,
연민 선생의 『춘향전주석』을 보고 그 해박함에 감탄하여 당시 백낙준(白樂濬) 총장에게
추천하여 선생을 연세대학의 한문학 담당 교수로 초빙하게 되었다.

退溪學問深而精,　퇴계의 학문은 깊고도 정밀하여,

雖有治者皆淺薄.　비록 연구하는 사람이 있어도 모두가 얕았다네.

創辦退溪硏究院,　퇴계학연구원을 창설한 것은,

先生最初勸春谷.　선생이 최초로 춘곡(春谷)[13]에게 권한 것이라.

東西各國開學會,　동서 각국에서 학회를 개최하여,

弘揚溪學全球擴.　퇴계학 선양하여 전 세계에 퍼져 나가세 했네.

各國學家相酬應,　여러 나라의 학자들이 선생 상대해 보고는,

都認宏博自欽服.　모두 그 넓고 큼 인정하고 스스로 존경하고 감복하였네.

先生自有山水趣,　선생은 산수의 취미가 있어,

國內林泉遍遊屐.　국내 경치 좋은 곳에 발길 두루 다 미쳤네

中原又及歐美地,　중국 및 유럽 미국 등의 나라도,

時時乘興遊吟樂.　때때로 흥을 타고서 유람하며 시 읊으며 즐겼네.

己卯七月念有二,　기묘(1999)년 음력 7월 22일에,

俯瞰天池陟長白.　장백산에 올라 천지를 굽어봤었지.

翌年十月幾望日,　그다음 해 음력 10월 14일에,

好學一生長休息.　학문을 좋아하는 일생 길이 멈추었네.

吾韓碩學忽遊岱,　우리 한국 큰 학자 문득 저세상으로 가시니,

親族知舊後學哭.　친족과 오랜 친구 후학들이 통곡했다네.

中原蘇臺占佳城,　충주 소대에 산소 자리를 잡고서,

已撰自銘立碣石.　이미 자신이 묘갈명 지어 돌에 새겨 세웠다네.

著書百卷留此世,　저서 백 권이 이 세상에 남아 있으니,

---

13 춘곡(春谷) : 퇴계의 15대 후손 이동준(李東俊)의 호. 퇴계학연구원을 창설하여 오랫동안 이사장으로 있으면서 퇴계학을 크게 발전시키고 국제화하였다. 선생의 재당질이다.

可徵豊垂之學德. 풍부하게 드리운 학덕 알 수 있으리라.

藏書三萬捐爲公, 장서 3만 권을 기증하여 공공의 것으로 만드니,

檀國爲建記念閣. 그 때문에 단국대학에서 기념관 지었다네.

眇末門生自幼侍, 보잘것없는 문하생이 어려서부터 모셨기에,

先生生涯熟於執. 선생 생애에 대해서 누구보다 익숙히 안다네.

玆敢執筆詠一生, 이에 감히 붓 잡고 일생을 읊었나니,

欲知先生勸一讀. 선생을 알고자 하거든 한번 읽어 보시기를.

歲在乙未之殷春下浣, 不肖門下生 許捲洙謹稿.

2003년 9월 말에 사모님 손씨(孫氏) 부인이 세상을 떠나 10월 1일 장례를 하여 연민 선생 관 옆에 합장을 하였다.

연민의 고향 안동시 도산면(陶山面)은 1970년 안동댐이 완공됨에 따라 낮은 곳은 수몰이 되어 더 이상 장지로 쓸 곳이 없어, 연민이 환갑 이후로 자신의 신후지지(身後之地)로 쓸 곳을 찾아다니다가, 1985년경에 친구 노촌(老村) 이구영(李九榮) 선생의 친구 소유의 산 2백 평을 사서 묘지로 장만한 것이다. 상당히 높은 곳으로 앞이 가팔랐다.

그런데 그 뒤 주인의 아들이 이 산의 남은 부분을 다른 사람에게 팔았는데, 새로 땅을 산 사람이 산을 깎아 거기에 공장을 지었다. 그러다 보니 연민 선생의 산소는 낭떠러지 끝에 있게 되어 모양이 이상하게 되어 버렸고, 들어가는 길도 옳게 없게 되어 안타깝다.

연민 선생의 장서와 유품은 1987년경에 단국대학교에 기증하기로 약속하여 연민 선생 생전에 대부분 다 인수해 갔다. 남은 책

2천여 권과 나머지 유품은 장례가 끝나는 날 단국대학교에서 싹 다 가져갔다.

35년이 지난 지금은 장서는 정리되고, 서화 골동 등 유품은 정리가 다 되어 목록을 작성하여 누구나 가면 열람을 할 수 있게 되어 선생의 장서나 문물이 다시 모든 사람이 활용할 수 있게 되었다. 더구나 그 속에는 연민 선생의 생애 마지막 5년 치의 한문문집 1책 분량과 한글문집 1책 분량이 들어 있다. 그런데 몇 년 전 선생의 제자인 연세대학교 허경진(許敬震) 교수와 함께 찾으러 가서 유물 보관 창고에 들어가서 찾아봤으나, 원고를 흩어버려 겨우 반쯤 찾아냈다. 그것이나마 단국대학교 직원으로 근무하는 선생의 아드님에게 복사해서 보내달라고 했으나, 그 뒤 소식이 없었다. 그 뒤에 가보니, 연민의 아드님은 이미 사직하고 단국대학교를 떠나고 없었다.

선생을 연구하는 학회인 연민학회(淵民學會)가 있어, 선생의 학문과 사상을 연구하고 있다. 또 선생이 제자 및 다른 학자들과 어울려 만든 열상고전연구회(洌上古典研究會)를 창설하여 국문학, 한문학 등을 연구하는 학회가 있는데, 지금도 잘 활동하고 있다.

연민학회는 1986년 연민 선생 칠순 때 연민을 흠모하는 후학 제자 친지들이 모여 연민 선생에 관한 기념사업회 격인 경연회(景淵會)를 창설하였다. 경연회의 이름으로 선생의 저서를 다 모아『이가원전집(李家源全集)』22책으로 간행하여 국내 대학 및 연구소, 연구하는 학자들에게 무료로 기증하고, 미국, 중국, 일본, 유럽, 소련 등 주요 대학 연구소 등에 기증하였다.

1990년 들어 경연회를 발전적으로 해체하여 연민학회로 만들었고, 1993년부터 학술지 『연민학지(淵民學誌)』를 창간하여 지금 39집 까지 간행하여 학계에 배포하고 있고, 2019년 이미 학술등재후보 지로 선정되었고, 그 뒤에도 계속 선정되고 있다.

연민학회를 정식으로 사단법인으로 등록하였고, 윤덕진(尹德鎭) 부회장의 도움으로 2018년부터 서울 인사동(仁寺洞) 남도빌딩에 학 회사무실을 개설하여 간단한 세미나나 회의를 할 수 있다.

나는 2009년 9월 9일부터 회장으로 추대되어 지금 15년째 회장 을 맡고 있고, 허경진 교수는 나와 동갑인데, 11년째 총무로서 학회 의 모든 업무를 맡아 처리하고 있다가, 2022년 이사장 서정(曙汀) 유택하(柳澤夏) 어른이 서거하는 바람에 허경진 교수가 이사장으로 취임하고, 총무이사에는 권오영(權五榮) 교수가 취임하였다.

중국 남개대학(南開大學), 주자(朱子)의 조상의 고향인 무원(婺源) 부근에 있는 상요사범대학(上饒師範大學) 등과 학술교류를 하고 있 고, 국제학술대회도 몇 차례 개최하였다.

또 중국 천진(天津) 남개대학(南開大學)의 조계(趙季) 교수와 그 제 자인 상해사범대학(上海師範大學) 유창(劉暢) 교수가 연민 선생을 연 구하여 논문을 몇 편 발표하였다. 조계 교수는 연민 선생의 한시문 을 극찬하여 "중국에도 이 정도 수준의 학자는 없습니다."라고 한다.

우리나라는 옛날 학자들에 대한 연구는 많이 하지만, 근대 학자 들에 대한 연구나 자료정리가 없어 거의 단절될 지경이다. 연민의 선배인 외솔 최현배(崔鉉培) 교수, 도남(陶南) 조윤제(趙潤濟) 교수 등 을 연구하는 학회가 있었으나 지금은 거의 활동이 없고, 오직 연민 학회만이 활발하게 활동하고 있다.

여기에는 허경진 교수의 노력이 크다. 연민 선생이 연세대학교 국문과에 23년 정도 계셨지만, 연민학회에 나오는 연세대학교 출신인 연민 선생의 제자는 거의 없고, 연민학회에 나오는 분은 대부분 연민 선생에게서 조상에 관계된 글을 받아갔거나, 집안끼리 서로 아는 사람인 경우가 대부분이다.

나는 연민 선생과 주고받은 서신, 액자 등 글씨를 많이 가지고 있으나, 병풍은 없었는데, 돌아가시기 1년 전인 1999년 음력 6월 15일 유두일에 직접 짓고 쓰신 12폭짜리 병풍이 있다. 거기 쓰인 명(銘)에서 선생의 나에 대한 평가와 기대가 담겨 있다.

병풍의 명의 한문 원문과 번역은 다음과 같다.

吾友實甫(오우실보), 나의 벗 실보(實甫, 필자의 자)는,

汗血之駒(한혈지구). 달리면 피땀이 나는 좋은 말이로다.

才氣玲瓏(재기영롱), 재기(才氣)가 반짝반짝 빛나,

判不糊塗(판부호도). 전혀 흐릿하지 않도다.

自厥靑歲(자궐청세), 그 젊은 시절부터,

逸步通衢(일보통구). 큰 길을 마음껏 다닌다네.

奇書耽讀(기서탐독), 기이한 책을 즐겨 읽나니,

倒海漉酒(도해록주). 바다 기울여 구슬을 걸러내는 듯.

神州大陸(신주대륙), 중국 대륙을,

無遠不徂(무원부조). 멀다고 가지 않은 곳이 없네.

北窮燕秦(북궁연진), 북쪽으로는 북경(北京) 장안(長安)까지,

南至杭蘇(남지항소). 남쪽으로는 항주(杭州) 소주(蘇州)에 이르렀네.

對酒當歌(대주당가), 술을 대하면 노래하나니,

其聲嗚嗚(기성오오). 그 소리 구슬프도다.

覯聞輒記(도문첩기), 보고 들으면 곧 기억하고,

瑰麗之觚(괴려지고). 시문은 진귀하면서도 아름답네.

迨其成書(태기성서), 책을 지음에 이르러서는,

仲美瞠乎(중미당호). 중미(仲美, 朴趾源의 자)도 눈 휘둥그레져.

勗哉實甫(욱재실보), 힘쓸지어다! 실보여,

期汝通儒(기여통유). 자네 통유(通儒)가 되길 기대한다네.

나를 실학자이자 대문호인 연암(燕巖) 박지원(朴趾源)에 비교하였
는데, 너무나 큰 기대를 건 것이다. 일단 노력은 하려고 한다.

1998년에 선생의 생신을 축하하는 나의 서신에 답한 시에서는,
"내 이미 그대는 능히 매를 쏠 수 있는 솜씨라고 칭찬했나니, 우뚝
한 단보(端甫 : 許筠의 자)와 비교하여 누가 더 힘 있는지?[我已詡君能
射鶻, 矯矯端甫較誰雄.]"라고 했는데, 역시 대단히 기대를 걸고 있음을
알 수 있다.

나는 연민 선생으로부터 받은 서신이 수십 통이 있는데, 상자에
보관했다가 가끔 관심 있는 친구들이나 방문객들에게 보여 주곤
했다. 1998년 어느 날 이러다가 다 잃어버리겠다 싶어 제책을 하여
연민 댁에 가지고 가서 연민으로부터 친필로 제첨(題簽 : 책 제목)도
받고 뒤에 발문(跋文)도 받았다. 외람된 생각이지만, 월천(月川) 조목
(趙穆) 선생이 퇴계 선생으로부터 받은 서신과 시문을 다 모아 『사문
수간(師門手簡)』으로 경건하게 편찬한 것에 저으기 비기고 있다.

간혹 한 장 한 장 넘겨보면, 여전히 선생의 가르침을 받는 듯하다.

연민 선생과 나와의 사제(師弟)의 인연은 깊고도 오래다. 그래서 2015년 연민 선생에 관한 모든 자료와 나와의 관계를 모아『한국학의 큰 스승 연민 이가원 평전』이라는 단행본을 내어 세상에 공포하였다.

40년 만에 다시 만난 초등학교 은사

2002년 5월에 인문대학 앞 게시판 앞을 지나가다 보니, '대동철학회(大東哲學會) 학술발표대회' 안내문이 붙어 있었다. 가까이 가서 보니 회장 안현수(安賢洙)라고 되어 있었다.

"진작 안부편지라도 한 장 올리는 것인데, 참 예의 없는 사람으로 간주되겠네."라는 생각이 들며, 일을 잘 미루는 나의 태도에 자책을 가했다.

그래서 체면 수습이라도 할 셈인 차선책으로 안현수 선생에게 미리 전화를 해서 "선생님! 우리 대학에서 학회를 개최하시던데, 하루쯤 앞당겨 오셔서 지리산이나 남해안에서 바람 한번 쐬시고 학회 개최하시지요?"라고 했더니, "내가 산을 좋아해서 지리산 등반은 여러 번 했네. 그리고 시간이 안 나네. 첫날 오후에 학회를 시작하니까, 일찍 가서 허 교수하고 점심은 같이할 수 있겠네."라고 했다.

그래서 점심을 같이하며 두어 시간 여러 가지 이야기를 나누었다.

나는 1960년 4월 초등학교 2학년이 되었다. 담임선생은 1학년 때 담임인 목진봉 선생이 그대로 맡았다. 대다수 학생들은 마음속으로 "또 저 선생인가?"라며 불만을 가지고 있었다.

그런데 목 선생도 수업하다가 중간에 갑자기 밖에 나갔다 오는 등 마음을 못 붙이는 것 같았다. 지금 생각해 보니, 아마도 도시학교에 전출 신청해 놓고 우편물이나 통지를 기다린 듯했다.

열흘 지나자 목 선생이 인사도 없이 갑자기 어느 학교로 전근돼 갔다. 한동안 담임이 없어, 자습을 하게 해 놓고는 어떤 때는 상급반 선생이 감독하기도 하고, 어떤 때는 교감선생이 대신 수업을 했다. 4월 중순쯤에 엄숙하게 생긴 선생 한 분이 왔는데, 교감선생이 우리 담임선생이라고 소개했다. 안현수 선생을 처음 만나는 순간이었다. 그때는 분교라 교장은 본교에 근무하고 교감이 주로 근무했다.

눈매가 매섭게 생겼는데, 아니나 다를까 수업시간에 조금만 떠들어도 불러내어 매를 때렸다. 책상을 삐뚤어지게 놓아도 불러내어 매를 때렸다. 청소도 잘못하면 계속 다시 하게 해, 먼지 하나 없이 잘해야 검사에 통과되어 집에 갈 수 있었다. 숙제도 매일 많이 내주고, 숙제 검사도 철저히 했다.

그때 내가 급장이었는데, 얼마 뒤부터는 나보고 대신 숙제 검사를 하도록 시켰다. 선생이 내 숙제는 검사하지 않았다. 어느 일요일 밤에 친구들하고 놀다가 늦게 들어갔는데, 쓰는 숙제인데 양이 너무 많아서 중학생인 우리 형님에게 부탁해서 반반씩 나누어 써서 겨우 다 가지고 갔다. 혹시 내 숙제 보자 하면 어쩌지 하고 불안해하고 있는데, 그날따라 "급장! 너 숙제 내 봐."라고 해서 내 보였더니, "이것 네가 썼나?" "예" "정말로." "예" "거짓말하는 것은 숙제 안 해 오는 것보다 백배로 나빠."라고 나무라면서 매를 제일 많이 때렸다. 학생들 앞에서 창피하고도 하고, 너무 심하게 때린다 싶어 마음에 반감이 생겼다.

오후에 수업 마치고 집에 가려고 하니, "허권수! 좀 남아."라고 했다. 나는 "급장도 빼앗아 가나?" 등 이리저리 생각을 하며 혼자 남았는데, 내 손을 잡고, "많이 아프지?"라고 말을 건넸다. 나는 아무 말 없이 앉아 있었다. "내가 네가 미워서 때렸겠나? 거짓말하면 안 돼. 바른대로 이야기해야지. 더구나 급장이 다른 학생들에게 모범이 되어야지. 앞으로도 절대 거짓말하면 안 돼. 앞으로 잘하리라 믿는다. 내일 보자."

그때 학생들은 모두, "아이고! 우리 이제 1년 동안 죽었다. 그래도 '별로다. 별로다'라고 해도 목진봉 선생이 좋았는데."라고 했다. 목진봉 선생도 상당히 매를 때렸는데, 때로는 감정적으로 때린 적도 있었다.

그런데 이 안 선생은 한 20일 정도 지나자 때리지 않았다. 그래도 수업시간은 물 끼얹은 듯 조용했다. 설명도 알아듣기 좋게 잘해 주었다. 누가 되지도 않는 질문을 해도 다 받아 주고, 비슷한 사례를 끌어와 상세히 설명해 주었다. 한글 모르는 애들하고 한글 아는 애들을 한 조로 만들어 오후에 남아서 한글을 가르쳐 주도록 했다. 웃기도 시작했다.

어느새 학생들이, "이번에 우리 담임 잘 만났다. 정말 마음속으로 우리들을 위하는 선생 같아."라고 말했다. 초등학교 2학년이지만 안 선생이 진정으로 우리를 위하는 선생이라는 것을 벌써 알아차리고, 좋은 선생이라는 평가를 내렸다.

어느 날 방과 후에 우리 동네 같은 반 친구인 윤형승(尹炯勝)이

어머니를 찾아뵈러 왔다. 형승이는 그 할아버지가 우리 증조할머니 친정조카라 우리 집하고 친척처럼 지내는 집이었다. 나중에 알고 보니, 자기 형수가 윤형승이 어머니의 언니였던 것이다. 그래서 안 선생의 고향이 우리 법수면(法守面) 동쪽에 있는 대산면(代山面)의 서촌(西村)이고, 광주안씨(廣州安氏)고, 할아버지가 학자인 공부하는 집안 출신이라는 것을 알았다. 형승이 모친은, 자기 언니는 일찍 남편을 여의고 지냈는데, 안현수 선생 칭찬을 수시로 했다.

"우리 담임 정말 잘 만났다"라고 하며 만족하기 시작한 지 겨우 보름쯤 지난 어느 날 아침, 평상시처럼 조례를 마치고 나더니, 조금 머뭇머뭇 거리다가 "사실은 ……, 내가 오늘 다른 학교로 전근가게 되었다. 여러분들하고 오래오래 같이 있고 싶지만 상부에서 발령이 나서 가지 않을 수 없게 됐어. 앞으로 새로 나보다 더 좋은 선생님이 올 것이니까, 말 잘 듣고 공부 열심히 하면서 잘 지내고, 착하고 훌륭한 사람이 되도록 해라."라고 했다.

그 말이 떨어지자마자, 학생들이 누가 먼저랄 것도 없이 책상에 퍽 엎어져 얼굴을 파묻고 갑자기 크게 소리를 내어 울기 시작했다. 특히 여학생들이 어깨를 들썩이며 울음을 그치지 않았다. 약 10여 분 뒤에 안 선생은 "자! 이제 그만 울어라. 내 가야 하니까." 그래도 학생들이 계속 울었다.

안 선생은 더 기다리다가 어쩔 수 없어 교실 문을 나서려고 하자, 울던 여학생들이 갑자기 몰려와 선생의 팔과 옷자락을 잡고, "선생님! 가지 마세요. 안 가면 안 돼요?"라고 매달리며 따라나섰다. 안 선생은, "자! 이제 이것 놓고 들어가거라. 들어가서 공부해야지. 나는 가야 돼!" 옷자락을 잡고 계속 따라나섰다. 안 선생 고향 대산면은 우리 법수면 동쪽에 있는데, 동쪽으로 가는 석무 마을 고갯마루까지 따라갔다. "자! 이제 돌아가라. 나는 가야 돼!"

그래도 여학생들이 따라가려고 하자, 여학생을 떼어 등을 밀어 돌려보내고, 혼자 떠났다. 학생들은 저 멀리 안 선생이 안 보일 때까지 손을 흔들며 서서 한 발짝도 차마 움직이지 못했다. 선생 떠나간 쪽을 한참 바라보고 서 있다가, 마침내 어쩔 수 없다는 것을 알고 힘이 빠져서 발을 툭툭 차며 학교로 향해서 발걸음을 한 걸음 한 걸음 옮겼다. 오면서 학생들이, "우리 참 좋은 담임 만났다 했는데, 왜 이렇게 한 달도 안 돼서 금방 가지? 무슨 이런 일이 다 있지? 참 이상하네. 한 달 만에 다시 가는 선생이 어디 있어? 이상한 일이야?"라고 하면서 궁금해 하면서 투덜거리며 학교로 돌아왔다.

실연당한 학생처럼 우리 반 누구도 공부가 손에 잡히지 않고, 계속 떠나간 선생을 그리며 지냈다. 나는 그때 울지는 않았지만, 허전한 마음은 금할 수가 없었다.

그 뒤에 온 담임선생도 괜찮았지만, 안 선생하고 비교가 되다 보니, 학생들은 마음에 영 안 찼다. 한참 동안 "안현수 선생이 좋았는데!", "안현수 선생이 좋았는데!"라고 계속 이야기했다.

그러나 안현수 선생이 어떤 사람인지, 왜 학기 중간에 왔다가 또 한 달도 안 되어서 떠나는지 궁금하기만 했지, 알 길이 없었다. 오랫동안 수수께끼였다.

1969년 고등학교 2학년 여름방학 때, 고향에 가서 지내다가 내가 졸업한 법수초등학교에 가서 다시 고향에 모인 친구들과 축구 경기를 하고 있었다. 공을 차다가 보니 운동장 남쪽 플라타너스 밑에 말쑥하게 흰 셔츠에 양복바지를 차려입은 어떤 사람이 책을 한 권 끼고 왔다 갔다 하고 있었다. 멀리서 봐도 안현수 선생임을 알 수 있었다.

공을 차다가 나 혼자 빠져나가서 인사할 수도 없고, 또 "내가 인사해 봐야 내가 누군 줄 알겠나? 누구라고 설명하기도 번거롭고." 라는 생각을 가지고 계속 공을 차고 있었다. 공이 그쪽으로 가서 힐끗 쳐다보고는 계속 공을 찼다. 그러다가 이번에는 공이 안 선생 있는 앞으로 굴러가 아웃이 되었다. 내가 그쪽에 있다가 공쪽으로 가서 주워 오지 않을 수 없었다. 그래도 못 본 체하고 급히 뛰어오려고 하니, 뒤에서 "학생!" 하고 불렀다. 돌아보니, "이리 와 봐." 다시 불렀다.

그만 자진해서 먼저 인사했으면 되었을 텐데, 입장 곤란하게 되었다. "너 날 모르겠나?"라고 물었다. 나는 머리를 긁적이며, "안현수 선생님 아닙니까?" "아는 사람을 보고 왜 인사를 안 하지?", "혹시 아닐까 싶어서예." "아는 사람을 만났으면 반갑게 인사를 해야지." "알겠습니다." "너 허권수 맞지?", "예", "지금 어느 학교 다니나?" "마산고등학교 2학년입니다." "좋은 학교 다니네. 공부 열심히 잘해라. 그때도 공부 잘했지. 그래 가 봐라." "예! 알겠습니다. 안녕히 가십시오."

그때도 "선생님은 지금 무엇 하고 계십니까?"라고 물을 수는 없는 노릇이고, 그냥 한번 우연히 만나기는 했지만, "저 선생이 지금 어디서 무엇 하나?" 하는 의문은 풀리지 않았다.

그 당시 학원사(學園社)에서 『진학(進學)』이라는 대학입시를 준비하는 고등학생을 위해 만든 잡지가 있었다. 형편이 괜찮은 친구가 구입하면, 이 반 저 반 학생들이 계속 빌려서 돌려봤다.

그 뒤 1971년 다시 복학하여 다니던 고등학교 3학년 1학기 어느 날 『학원』 잡지가 내 손에 들어왔기에 잠시 보니, 「대학 합격 수기」라는 난이 있었는데, '고등학교 졸업 11년 만에 서울대학 철학과에 합격하다'라는 글이 실려 있었다. 안현수 선생의 사진과 이력이 나와 있었다. 그때야 안 선생의 이력을 조금 알 수 있었다.

1938년 함안에서 태어나 부산사범학교를 나와 초등학교 교사를 하다가 그만두고, '소크라테스 같은 철학자가 되겠다'는 꿈을 안고 대학 간다고 서울로 옮겨 취업을 해 돈을 벌면서 대학 입시에 도전했다. 그동안 법원서기, 체신부 공무원 등을 하면서 대학 입시를 준비했다. 서울대학교에 합격이 안 되어서, 중간에 성균관대학교 법대 야간부에 좀 다니다가 마음에 안 차서 다시 도전하여 고등학교 졸업한 지 11년 만인 32세 때 서울대학교 철학과에 입학하였던 것이다.

1969년 내가 졸업한 초등학교에서 축구하다가 만났을 때는, 막 서울대학교에 입학해서 한 학기 지나고 나서 자기가 9년 전에 근무했던 초등학교에 한번 와서 옛날을 회상하는 중에 마침 자기가 담임을 맡았던 반의 급장이던 나를 만났던 것이었다.

1983년 경상대학교 부임해서 근무하면서, 1969년 전후해서 서울대학교 문리과대학에 입학했을 우리 대학에 근무하는 김덕현(金德鉉) 교수 등 몇 명에게 "안현수 씨를 압니까?"라고 물었더니, 김 교수는, "나보다 나이는 열 살 많지만 그때 대학 같이 다녔지요. 지금 경기대학교 철학과 교수로 근무합니다."라고 했다.

1983년부터 안 선생에게 언제 한번 소식을 전해야지 하고 마음을 먹었던 것이 미루고 미루다 실천을 못 하고 있는 중에, 2002년에 이르러 마침내 우리 대학에 오는 계기가 있어 만나 뵙게 되었다.

그때 만나 식사하고 이야기 조금 나누었고, 학회 둘째 날은 내가 일이 있어 떠나는 것을 못 봤다.

서울로 돌아간 뒤, 안 선생은 자신의 저서 『깊고 넓게 생각하기』를 한 권 보내왔다. 그 책의 앞부분에 자신의 이력이 조금 나와 있었다.

그의 이력은 대략 이러하였다. 부산사범학교를 나와 자기 고향인 대산면 대산초등학교 교사로 근무하던 중에 있었다. 1960년 3월 15일 대통령 부통령 선거가 있었다. 대통령 후보로는, 여당인 자유당의 현직 대통령 이승만 박사와 민주당의 조병옥(趙炳玉) 박사였다. 그런데 조 박사는 유세 중 발병하여 미국 육군병원으로 급히 이송하였으나, 결국 사망하였으므로 대통령은 이승만이 저절로 되는 것이었다.

문제는 부통령이었는데, 자유당 후보 이기붕(李起鵬)을 당선시키기 위하여 자유당이 각급 관청에 명령을 내려 조직적으로 부정선거를 자행하였다. 장면은 1956년부터 4년 동안 부통령을 해 왔는데, 대통령과 당이 다르니, 자유당으로서는 눈엣가시였다. 게다가 이 대통령이 고령이라, 만약 유고시 부통령이 대통령권한대행이 되는데, 장면이 부통령이 되어 계승하면 자유당으로서는 정권을 빼앗기는 것이 되므로, 당 차원에서 사생결단을 했던 것이다.

3월 15일 투표일이 되어 안 선생이 투표하러 기표소에 들어가니, 지서의 순경이 따라 들어왔다. 안 선생이 "나가시오.", 순경이 "그냥 찍어.", "민주주의의 기본은 자유비밀선거요.", "말이 많아. 빨리 찍어.", "안 나가?"라고 승강이를 하다가 야당후보를 찍고 나왔다.

즉각 보고가 들어갔다. 누구 만나 점심 먹고 집으로 걸어오는데, 학교 급사가 급히 자전거를 타고 바로 따라와 "교장 선생님이 빨리 학교로 오시랍니다.", "왜요?" 하고는, 발길을 돌려 교장실로 갔다.

교장실 문을 들어서자마자, 교장은, "안 선생 때문에 우리 학교 망하고 나 죽겠어. 그냥 찍으라는 대로 찍을 것이지, 뭐 잘났다고 별 죽을 부려가지고 학교에 난리가 나게 만들어요?"라며 다짜고짜 고함을 지며 퍼부었다. "교장 선생님! 그런 것이 아니고, 민주주의 선거라는 것은 개인의 비밀이 보장되어야지요. 투표도 국민의 권한입니다. 다른 사람이 감시한다는 게 말이 됩니까?……." "듣기 싫소. 아무튼 파면되어도 내가 어쩔 수 있는 일이 아니니, 날 원망하지 마세요." "알겠습니다. 걱정하지 마십시오."라고 집으로 돌아왔다.

안 선생이 투표 때문에 경찰과 다툰 일이 당장 군 교육청, 도 교육위원회(지금의 도 교육청)를 거쳐 문교부(지금의 교육부)에까지 보고되었다.

3.15선거는 이기붕 후보 득표율 79.2%, 장면 17.5%라는 압도적인 표 차로 부통령에 당선되었다. 자유당에서는 갖가지 방법의 부정선거를 자행했는데, 너무 표가 많이 나올까봐 79.2%로 조정했다고 한다.

그 당시 어른들의 말에 의하면, 마산 인근 군에서는 투표함을 투표 마친 오후에 지프차로 마산으로 싣고 가 모아서 개표를 했다. 그런데 마산 넘어가는 고개에서 싣고 가던 투표함은 버리고, 미리 투표해 둔 투표함을 싣고 가서 개표하기 때문에, 득표율을 마음대로 만들 수 있다고 했다.

선거 당일 오후 야당 민주당에서는 즉각 선거무효를 선언했고, 마산 등지에서 부정선거를 규탄하는 시위가 계속되어 전국적으로 확산되어 나갔다.

선거 결과에 아무 문제가 없었으면, 안 선생은 바로 파면되었을 것인데, 계속 시위가 일어나니까, 교육부에서는 머뭇거리다가 파면은 안 시키고, 학기가 시작된 보름쯤 뒤, 내가 다니던 법수초등학교 석무(石武)분교로 좌천시켰던 것이다. 그래서 우리 담임이 된 것이다.

3월 15일 시위 도중 행방불명된 마산상고 학생 김주열(金朱烈)의 시신이 4월 11일 마산 앞 바다에서 떠올랐다. 눈에 최루탄이 박혀 퉁퉁 부은 시신이 나타나자, 마산 시민들 분노는 극도에 이르렀고, 의거는 급속도로 전국적으로 확산되어 나갔다.

4월 19일 서울의 대학생 의거가 있었는데, 이 대통령 관저인 경무대(景武臺 : 지금이 청와대)로 몰려가자, 경찰이 발포하여 학생들이 많이 죽거나 다치자, 전 국민들이 분노하였다.

4월 25일 서울 시내 대학교수들이 모여 시위하며 '이승만 대통령 하야'를 외치자, 26일 드디어 대통령은 하야하여 하와이로 망명하였다.

이승만 대통령이 하야하고, 이기붕 부통령 당선자 일가 집단 자살로 대통령 부통령이 공석이 되자, 당시 대통령 권한 대리 서열 1번인 외무부장관 허정(許政)이 내각수반이 되어 과도정부를 운영하게 되었다.

잠시 사이에 세상이 바뀌어 완전히 다른 세상이 되었다. 이번에는 대산초등학교와 함안군 교육청, 경남교육위원회, 문교부 등에서는 안 선생을 원래 자리에 앉히려고 다투어 나섰다. 그러자 이번에는 안 선생은 안 가고 그대로 있겠다고 버텼다. 그러나 교육청에서 다시 원래 학교로 발령을 내어 버렸다. 그래서 갑자기 우리 학교를 떠났던 것이다.

대산초등학교에서도 열과 성을 다해서 가르치니, 어떤 여학생이 안 선생을 흠모하여 "나는 나중에 커서 안 선생 같은 저런 사람과 결혼하겠다."고 다짐했다.

안 선생은 늦게 공부를 하여 37세 때 서울에서 어떤 약사와 결혼했는데, 결혼한 지 12년 만에 부인이 암으로 세상을 떠났다. 그 1년 뒤 고향에서 노처녀로 있던 그 초등학교 그 제자와 결혼하여 살게 되었다.

세상에 알려진 안 선생의 이력에 3.15부정선거에 항의하여 바로 교직을 사표 낸 것으로 알려져 있으나, 사실은 4.19 이후까지 원래 학교에서 상당 기간 근무하다가 철학자가 되기 위해서 사표 내고 교단을 떠났다.

오랜만에 만났으나, 중간에 서로 떨어진 시기가 길었고, 또 공통으로 참여하는 단체가 있거나 생활상으로 서로 연관이 없기 때문에 몇 번 전화했으나, 안부를 묻는 것 이외에는 별로 할 말이 없었다.

언젠가 내가 안 선생의 좌우명이 무엇인지 물었더니, '사위지기자사(士爲知己者死 : 선비는 자기를 알아주는 사람을 위해서 목숨을 바칠 수 있다.)'라고 했다. 그래서 내가 중국의 유명한 서예가인 북경사범대학의 진영룡(秦永龍) 교수에게 부탁해서 해서로 글씨를 쓰고 '허권수가 옛날의 은사 안현수 선생에게 드린다'라는 문구를 넣어 표구를 하여 드렸다.

"이렇게 신경을 써 주어 고맙네. 다음에 서울에 오면 꼭 한번 연락해라. 술이라도 한잔하자." "예! 알겠습니다."라고 했다. 언제 한번 만나야지 하고 있었는데, 2016년경에 '도산서원(陶山書院) 참공부모임'에서 자주 만나는 연세대학교 명예교수 이광호(李光虎) 박사에게 들으니, 얼마 전에 돌아가셔서 고향에 안장하고 왔다는 소식을 접했다. 이 교수와의 관계는 나이는 안 선생이 위지만 서울대학교 철학과의 후배인 셈이다. 무척 서운했고, 그동안 다시 찾아뵙지 못한 것이 아쉬웠다.

5백 년 넘은 조상 산소, 불도저에 밀릴 위기

　나의 직계 21대 선조는 고려 말기에 중랑장(中郞將) 호은(湖隱) 허기(許麒)이다. 신돈(辛旽)이 권력을 잡고 휘두를 때 그에게 걸려 고성(固城)으로 귀양 왔다가, 고려왕조가 망하자 그대로 정착하였다.

　이 어른에게 증손자 세 분이 있었는데, 둘째가 나의 18대조 생원(生員) 예촌(禮村) 허원보(許元輔)로, 고성에서 다시 의령(宜寧) 가례(嘉禮)로 이거하였다. 이분의 아드님인 진사 묵재(默齋) 허찬(許瓚)이 퇴계 이황(李滉) 선생의 장인이니, 이분은 퇴계 선생에게 처조부가 된다.

　예촌의 맏형이 송와(松窩) 허원필(許元弼)인데, 무과에 급제하여 병마사(兵馬使)를 지내고, 성종(成宗) 때 원수(元帥) 상우당(尙友堂) 허종(許琮)을 쫓아서 여진족(女眞族)을 정벌한 공으로 원종공신(原從功臣)에 봉해졌다. 동시대의 인물인 관포(灌圃) 어득강(魚得江)이 지은 비문(碑文)이 남아 있어 생애를 비교적 상세히 알 수 있다.

　묘소가 고성 동쪽 창원 진동(鎭東)과 별로 멀지 않은 산에 있다. 묘소가 있는 산은 수백 정보 될 정도로 아주 넓다.

　2005년경에 고성군에서 진해 해군기지를 유치하기 위해서 부지를 마련하려고 할 때, 이 산소를 대상으로 삼아 집안사람들을 한 사람 한 사람 설득하여 나갔다. 그때 이학렬(李鶴烈) 고성군수는 해군사관학교를 나와 서울대학교 대학원, 미국 텍사스주립대학에서 공학박사를 받아, 해군사관학교 교수를 지내다 퇴역하여, 민선 고성군수에 막 당선되었다. 그 뒤 연속 3선을 하여, 공룡엑스포 등을 개최하는 등 고성을 널리 알린 일을 많이 한 군수였다.

해군기지를 고성으로 이전시키면, 주민 소득도 올라가고 고성을 내외에 홍보할 수 있는 계기가 되기 때문에 군청 공무원으로 있는 우리 일가 몇 사람을 독려하여 집안에 가서 친족들을 설득하라고 지시하였다.

그때 집안사람들이 반대하니까, 고성군 당국에서 설득하는 내용인즉, "해군 부대 안에 들어가도 산소는 그대로 잘 보존되게 해 주 테니, 걱정하지 마십시오."는 것이었다.

얼마 지나자 집안의 의견이 완전히 둘로 갈라졌다. "5백 년 넘은 조상 산소를 팔아넘기다니 말이 되느냐?"라고 격렬하게 반대하는 파가 있었는데, 주로 연세 든 고향을 지키는 후손들이었다. "쓸모도 없는 산을 팔아서 집안 자녀들의 장학금으로 쓰면 좋지 않으냐? 산소는 그대로 유지된다는데, 팔지 않을 이유가 어디 있느냐? 비록 땅 주인은 아니라 해도, 산소 그대로 두고 돈만 받는 것인데."라고 주장하는 파가 있었는데, 주로 외지에 나가 살거나 젊은 사람들이었다.

얼마 뒤 초등학교 교장 출신의 일가가 호은공파(湖隱公派) 종친회 회장에 당선되었다. 이분은 그때 부산에 살았는데, 적극적으로 팔자고 주장을 하는 분 중의 한 분이었다. 오랫동안 싸움만 계속하고 결론이 안 나자, 어느 해 토요일 오후에 부산, 마산 사는 일가들을 버스로 동원하여 고성에 있는 도연서원(道淵書院)에 집결시켜 팔자는 안건을 가결시켜 버렸다.

팔아넘긴 결과 50억 원 정도의 거금이 갑자기 문중에 들어오니, 이번에는 이 돈으로 무엇을 할 것인지 계속 논란이 되었다.

한편으로 고성군에서는 거금을 들여 부지를 매입했지만, 해군 당국에서는 구체적으로 해군기지를 고성으로 이전한다는 계획이 있는 것이 아니었던 모양이었다. 협상과정에서 결렬되어 해군기지 고성 이전은 완전 백지화되었다. 당시 고성 군의원이 군수를 비난하는 말 가운데 "떡 줄 사람은 생각도 안 하는데, 미리 떡이 손에 들어와 있는 것처럼 믿으면 되겠느냐?"라고 했다.

거금을 들여 토지를 매입해서 놀리고 있으면, 행정법상 담당자가 예산 부당사용 등등 해서 처벌을 받는 모양이었다. 그래서 부랴부랴 그 부지에 공단을 조성한다는 계획을 세워 발표하였다. 해군기지가 이전할 경우에는, 산의 줄기는 그대로 두고 낮은 곳에 약간 토목공사를 해서 부대를 만드는 것이니, 산소에 큰 문제가 없을 것 같았다. 그러나 거기에 공단이 들어오면 산 전체를 밀어 없애고 평평하게 새롭게 공단을 만들어 공장을 짓기 때문에 산소 자체가 아예 없어지게 되어 버렸다. 산소 몇 평만 빼고는 모두 고성군청 소유의 땅이 되었기 때문에, 이장해 가라고 강요할 수도 있고, 합의가 안 되면 산소만 남기고 사방을 절개하여 절벽을 만들어 버릴 수도 있었다. 하여튼 후손이 5천여 명 정도 되는 5백여 년 동안 수호해 온 오래된 조상의 산소가 하루아침에 사라지게 되었다. 고성 합천 등지에 사는 김해허가 들의 도선산(都先山)이라 영향이나 말썽이 이만저만 아니었다.

산소를 잘못 손댔다가 후손들이 벌을 받았다는 사례는 시골에 많이 전한다. 5백 년 된 산소를 타의에 의해서 훼손하게 되자, 팔아넘긴 종친회장에게 공격의 화살이 집중되었다. '천 사람이 손가락질하면 병이 없어도 죽는다[千人所指, 無病而死.]'라는 『한서(漢書)』의 말처럼, 그는 얼마 있지 않아 과연 암에 걸려 나이도 그리 많지 않았는데 세상을 떠나고 말았다. 정신적인 압력이 어떠했겠는가?

후손들이 연일 대책회의를 했다. 뾰족한 수가 있는 것은 아니고, 계속 말다툼만 벌어졌다. 나는 직계 후손이 아니기 때문에 그 소식을 나중에야 알았다.

그런데 어느 날 고성의 집안 어른들 몇 분이 나를 찾아와 전후사정을 설명하고, "어떤 일이 있어도 산소를 보존해야 하니, 교수 일가만 믿네."라는 말을 남기고 돌아갔다.

나 말고 부탁한 일가는, 전두환 대통령 때 청와대 정무수석, 통일부장관을 지낸 허문도(許文道) 장관이었다. 그는 직계 후손이었고, 고향도 고성이었다. 그는 5공 인물이라 하여 여론에서 비난을 많이 듣지만, 집안에서는 지극한 효자이고 집안사람들의 일도 잘 돌봐주었다.

곧 불도저를 동원하여 산을 밀어 없앨 시기에 임박했는데, 묘소를 보존할 수 있는 방법이 없었다. 궁리를 해 보니 유일한 방법은 묘소를 문화재로 지정하여 등록시키는 방법이었다. 그런데 묘소는 오래된 것도 워낙 많고 서로 모양이 비슷비슷하기 때문에, 다른 것에 비하여 연대가 오래되었다 해도 문화재 지정이 잘 안 된다. 간혹 묘비(墓碑)가 오래되고 지은 사람이 유명한 사람이면, 좀 쉽게 되는 수가 있다. 비문을 지은 어득강이 조선 성종(成宗)에서 중종(中宗) 때까지 활동한 인물이니, 비석이 오래되어 가능성이 있겠다 싶어 자세히 살펴보니, 비석은 원래 세운 것이 아니고, 조선 후기 영조 때 새로 세운 것이라 3백 년도 채 안 되었다. 유일한 특징이라면 묘소 앞 묘지 바닥 전체에 얇은 자연산 판석(板石)을 깐 것이었다.

그때 내가 경상남도 문화재위원회 위원으로서 마침 기록유산을 담당하고 있었는데, 묘지 비석 등도 관장하고 있었다. 그래서 이 판석을 특징으로 삼고 인물도 공신에 봉해지는 등 약간 비중이 있고, 묘 봉분은 원형(原型)을 유지하고 있어 문화재가 될 수 있겠다는 판단이 섰다.

그때 허문도 씨는 서울에서 거의 매일 내려와서 나와 같이 일 보고 밤에 올라갔는데, 한 달 남짓 일정을 잡아 나와 함께 경상남도 도지사, 부지사, 문화예술국장, 과장, 모든 문화재위원, 전문위원을 다 찾아가 만나 간절하게 읍소를 하였다. 순순히 도와주겠다는 위원, 난색을 표하는 위원, 절대 될 수 없다고 완강하게 거부하는 위원, 생색을 내는 의원, 거드름을 피우는 위원 등 다양했다. 그러나 두 사람이 워낙 여러 차례 찾아가 정성을 다하니, 최종적으로 논란 끝에 마침내 경상남도 유형문화재 자료로 지정되었다. 세상 사람들이 욕을 해도 뭔가 한 가지 하는 사람은 정성이 다르구나 하는 것을 느꼈다. 처음에 허 장관이 자기 차로 우리 집까지 데려다주고는, "집에 갔다 내일 올게?" 하고 인사하고 가기에, 나는 당연히 고성의 자기 고향 집에 갔다 오는 줄 알았는데, 알고 보니, 일이 있어 밤사이에 서울에 갔다 아침에 다시 오는 것이었다.

문화재로 지정되면, 문화재보호법에 따라 그 주위 2백 미터 내지 5백 미터 이내는 개발을 못 하게 되어 있다. 문화재 등급 가운데서 가장 낮은 '지방문화재자료'로만 지정되어도 보호받는 것은 마찬가지다. 그래서 송와공(松窩公) 묘소로부터 직경 4백 미터 이내는 지형을 변경하거나 공장 등을 지을 수 없게 되었다.

그래도 공단이 들어와 묘소를 에워싸면 좋지는 않지만 그 정도는 감수해야 할 것이라고 생각하고 산소를 원형대로 유지하는 것만으로도 천만다행으로 생각했다. 그 뒤 다행히 공단이 조성되지 않아, 산의 지형이 그대로 유지되고, 산소는 문제없게 되었다. 다만 산소 땅의 소유자가 고성군이니, 앞으로 무슨 변화가 있을지 계속 불안하다. 지금은 다시 관광단지 만든다는 말이 있다.

40년 마시던 술을 끊다

나는 2002년부터 40여 년 마셔오던 술을 완전히 끊었다. 그날부터 단 한 방울도 마시지 않기로 했다. 그런 일이 없겠지만, "술 한 잔만 더 마시면, 당신 원하는 대로 다 해 주겠소."라고 해도 안 마시겠다고 다짐했다. 지금까지 21년 동안 그대로 지키고 있다. 내가 한 일 가운데 아주 잘한 일 가운데 하나이다. 나는 술을 마셔도 너무 생사 안 가리고 너무 심하게 마시기 때문에 "이런 식으로 가다가 언젠가는 탈이 안 날 수 있겠나?" 하고 내심 걱정했는데, 탈이 나기 전에 끊고, 그대로 유지해 나간다.

내가 아는 범위 내에서 우리 집안은 윗대부터 대대로 술을 잘 마셨다. 체질적으로 술을 못 마시는 사람이 아무도 없었다.

우리 고조모 밀양박씨(密陽朴氏)의 친정 몇 대조의 아우는 태어날 때 겨드랑이에 날개가 있고 힘이 장사였는데, 크면 역적된다고 임금님이 암행어사를 보내어 잡아 죽였다는 전설이 전해 온다. 내 어릴 때 우리 동네에 30관[117.5킬로] 되는 역기가 있었는데, 우리 고조할머니 친정집 친척인 박진규(朴鎭奎)라는 청년이 맞추어 온 것인데, 나중에 우리가 자란 뒤 우리 친구 조현제(趙鉉濟)와 윤형승(尹炯勝)만이 들어 올릴 수 있었고, 나머지 친구들은 아무도 들지 못했다. 나는 어림도 없었다. 그런데 의령에 살던 우리 고조모 친정 일가 후손이 왔는데, 그 당시 나이가 60살 넘은 노인이었는데, 그 자리에 선 채로 힘도 안 들이고 슬며시 끌어서 들어 올려 사람들이 놀라게 했다.

우리 증조모 칠원윤씨의 친정조카의 아들인 윤종숙(尹鍾淑)이란 분은, 일제강점기 때 서울에서 고등학교 다니다가 고향 집에 오게 되었는데 함안역에서 내려 걸어오다가 인근 장명이라는 동네 앞에 이르자, 밤에 그 동네의 불량배 10명이 좁은 다리 위를 막아 돈 내고 가라고 했다. 그는 유도 유단자였는데, 10여 명을 다리 아래로 다 집어 던져 버리자, 나머지는 다 도망갔다고 한다.

우리 외조부가 장에 가서 소를 팔아 돈을 장만해서 돌아오니, 산 고개에서 도둑들이 기다리고 있다가 칼을 들이대면서 돈 내라고 했는데, 모두 잡아서 나무에 묶어 두고 왔다는 이야기가 전한다.

아무튼 우리 집안사람들은 원래 대대로 술 잘 마셨고, 또 대대로 힘센 집안하고 혼사를 해서 그런지 술을 잘 마셨다.

내가 처음 술을 입에 댄 기억으로는, 어릴 때 손님들이 남기고 간 술을 장난삼아 홀짝홀짝 마셔본 것이다. 술도가에서 술을 사오 거나 들에 일하는 일꾼들에게 술심부름 가면서 술을 조금 마셔 보 았는데, 어릴 때부터 술에 거부감이 없었다.

또 시골에서는 먹을 것이 귀할 때 막걸리 거른 지게미에 사카린 을 넣어 먹기도 하고, 막걸리는 담은 지 오래되면 맛이 시큼해지게 되는데, 그런 것을 끓여서 사카린을 타서 먹기도 한다. 그런 것도 많이 먹으면 술기운이 상당히 오른다.

내가 본격적으로 술을 마신 것은 초등학교 3학년 때이다. 음력 설을 지난 이른 봄인데, 그날 날씨가 흐리고 쌀쌀하였다. 일요일이 되어 애들과 놀이하며 놀려고, 집에 할 일이 있는 것을 알면서도 아침 먹고 슬그머니 빠져나가 놀러 갔다. 우리 모친이 당장 잡으러 와서 집에서 3킬로 정도 떨어진 악양(岳陽) 마을 앞에 있는 큰 들판의 논보리 매러 갔다.

이런 봄에 논에 심은 보리가 올라오기 시작하면, 독새라는 잡초가 빽빽하게 올라온다. 이 풀은 표준말로 '뚝새'라고 하는데, 뿌리가 깊게 박혀 질기고, 번식력도 대단하다. 보리가 한 포기면, 독새는 수백 포기는 족히 된다. 소꼴로 쓰는 것 말고는 별 용도가 없다. 또 악양에 있는 논은 넓어서 한 이랑이 1백 미터는 되는데, 오전에 한 골 오후에 한 골 매면 해가 진다.

그날은 친구들하고 놀기로 약속을 했다가 못 노니, 발광이 나서 보리 논을 매다가 뒤로 쳐져 슬며시 빠져 달아나다가 우리 모친에게 들켜 다시 붙들려 왔다. 뒤에 처져서 억지로 매니, 일이 될 턱이 없다. 일을 하면서도 "도시에 있는 애들이나, 부잣집 애들은 공부만 하면 될 텐데, 못 사는 농촌에 태어나 어릴 때부터 일만 하니, 뭐 되겠나?" 하며 그때도 마음속으로 불만이 많았다. 그런 나태한 모습을 보고 우리 모친이 "그런 식으로 일해 가지고 입에 밥알이 들어가나? 굶어 죽지."라고 심하게 나무랐다.

놀러도 못 가고 욕도 많이 들어 먹었고, 너무 지겹기도 지겨워서 애라 모르겠다 하고, 일꾼들 마시려고 가져다 놓은 막걸리를 두어 잔 연거푸 들이켜고 나서 일을 하니, 나도 모르게 그 긴 한 골을 어느새 다 매어 버렸다.

점심 먹으면서도 또 한 잔 몰래 먹었더니, 오후에는 전혀 지겹지 않고, 또 나도 모르게 긴 고랑을 다 매고 해가 져서 집에 왔다.

그 다음부터는 일만 시키면, 일꾼들 사이에 끼어 몰래 한두 잔 하고 일을 하니, 지겹지 않고 일이 금방 되었다.

술이 체질에 맞는 사람은 애 때부터 술을 마시면 기분이 좋아지고 힘이 난다. 반면 술이 체질에 맞지 않는 사람은, 술을 마시면 힘이 빠지고 기분이 나빠지고, 숨이 가쁘고 잠이 온다.

중학교 1학년 겨울 방학 때부터는 술을 일찍 배운 친구들이 밤에 몰래 와서 불러내기에, 그 친구들과 어울려 어른들 몰래 술 마시고 다녔다. 그냥 한두 잔 하는 것이 아니고, 한 자리에서 막걸리 몇 되 소주 반 되를 마시기도 했다. 그때 네 사람이 한패로 자주 만났는데, 다 술을 잘 먹어 네 사람이 막걸리 됫병 소주 한 병은 거뜬히 마셨다.

우리 조상들이 대대로 술을 많이 마시는 것은 체질적으로도 그렇지만, 지금 생각해 보면, 늦게 함안에 이사 와서 이미 5, 6백 년 터전을 잡아 대대로 살고 있는 대단한 집안인 함안조씨(咸安趙氏), 재령이씨(載寧李氏)들과 함께 어울려 살아가려고 하니, 글도 좀 알고 살림도 좀 있었다 하지만, 요즘 말로 스트레스가 적지 않았을 것이다. 그래서 대대로 술을 많이 마시게 된 것이 아니가 생각된다.

그리고 그때 나는 남모르는 심각한 병을 앓고 있다고 생각했다. 중학교 1학년 때부터 머릿속에 이성에 대한 생각이 나기 시작했다. 그런데 나는 혼자 그것은 머릿속에 잡된 귀신이 침투하여 나를 괴

롭히는 큰 병이라고 생각하고 조금도 의심하지 않았다. 가족들이나 친구들에게 이야기할 수는 없고, 날이 갈수록 더 심해져서 매우 고민하였는데, 병은 점점 더 심해져 갔다.

나는 어쩐 이유인지 소견이 좀 빨리 나서 다소 철이 든 초등학교 3학년 이후로는 오랫동안 침체한 우리 집안을 일으켜 보겠다고 단단히 결심하고 공부도 열심히 하고 바르게 살려고 나름대로 무척 노력했다. 그런데 중학교 1학년 때부터 난데없이 이런 이상한 병이 머리에 달라붙어 떨어지지 않는 것이었다.

어떤 날은 밤에 남몰래 찬 물로 목욕재계하고 꿇어앉아 하늘과 천지신명에게 제발 저의 이 병 좀 고쳐 달라고 빌고 또 빌었다. 그러나 아무 소용이 없었고, 날이 갈수록 점점 더 심해져 갔다. 그렇다고 병원에 가서 진단을 받을 수도 없었고, 혼자서 "왜? 나한테만 이런 이상한 병이 덮어 쓰이나?" 하고 억울해하고 있었다.

그때까지 낮에는 학교에서는 공부도 제일 잘하고 튼튼하고 신체도 좋고 모범적인 학생으로 알려져 있고, 동네 어른들한테도 착한 아이로 칭찬받고 있는데, 스스로 자신을 돌아보면 너무나 아니었다. "내 머릿속은 정말 불결하게 온갖 잡생각이 다 들어와 있다", "나는 위선적인 인간이야.", "겉 다르고 속 다른 짐승 같은 놈이다." "집안을 한번 일으켜 보겠다고 열심히 공부하는데, 하느님 제가 무슨 잘못을 했다고 야속하게 저에게 이런 몹쓸 병을 내리십니까?" 등등의 생각을 매일 하고 있었다.

그때 우리 또래의 양산(梁山)의 모 여자중학교 3학년 학생이 생리가 왔는데, 혼자 몸에 큰 불치병에 걸렸다고 생각했다. 나았는가

하면 한 달 뒤에 재발하고, 또 감쪽같이 나았다가 한 달 뒤 재발하여 미칠 것 같았다. 결국 유서를 써 놓고 낙동강 철교에서 강물로 뛰어 내려 자살한 일이 발생하였다. 청소년들에게 성교육이란 것을 전혀 하지 않았던 시대이므로, 그 여학생은 혼자 고민 고민하다가 생을 마감한 것이었다. 이 이야기는 마산고등학교 1학년 때 상담을 담당 하던 이호일 선생에게서 들었다.

나의 이 불치의 정신적 질병을 일시나마 치료할 수 있는 약이 있었으니, 그것은 바로 술이었다. 술만 조금 들어가면 잊을 수 있었 다. 그래서 술을 보면 그냥 마구 마셨다.

중학생활 2년 동안 이 정신병으로 고민스럽고 기분도 안 좋았는 데, 날이 갈수록 더 심해졌다. 그런데 마산고등학교 가니, 도시의 큰 학교라 그런지 상담전담 교사가 있어 어떤 교사가 결근을 하면 가끔 한 번씩 대신 강의를 들어와 학생들의 생활지도를 했고, 또 상담실이 있어 고민 있는 학생들이 찾아가 상담을 하여 문제 해결 을 하고, 진학지도도 받도록 되어 있었다.

상담실을 한번 찾아가 상담해 볼까 하다가도 너무나 더러운 병 이라고 생각하니, 창피해서 갈 용기가 나지 않았다. 용기를 내서 몇 번 상담실 문 앞에까지 갔다가 돌아오기도 했다.

그런데 어느 날 상담 담당 이호일 선생이 우리 반 수업에 들어와 서 '사춘기 생활'에 대해서 이야기해 주었다. "사람에 따라 차이가 조금 있지만, 누구나 나이가 15, 16세쯤 되면, 이성을 생각하는 마 음이 일어나는데, 이는 인류의 종족 보존을 위해서 조물주가 그렇 게 만든 것이다. 지극히 정상적인 것이니, 혹 고민하는 학생이 있다면 전혀 걱정할 것 없다. 이성이 대해서 그런 생각이 안 나면 도리어 문제다."라고 했다.

몇 년을 고민하던 큰 고질병이 하루아침에 말끔히 싹 나았다. 날아갈 것 같이 머리가 개운해졌다. 그러나 병은 나았지만 그로 인해서 술을 보면 들이키는 습관은 없어지지 않았다.

중학생으로서 술을 마시니, 술값이 적지 않게 들지 않을 수 없었다. 처음에는 명절 때 얻은 세뱃돈이나 도시서 오는 친척들이 주는 돈으로 충당하다가, 나중에는 안 되어 학교 등록금을 좀 올려 받아내고, 책값 등을 조금 부풀려 받아 조금 떼어 술값을 갚았다. 그래도 안 되어 집의 곡식을 몰래 조금씩 퍼내어 술값으로 해서 마셨다. 이래서는 안 되겠다고 각성하고 그런 친구들 사이에서 빠지기로 단단히 결심을 하고 집에 있으면, 밤에 그 친구들이 또 데리러 왔다. 네 명이 한 무리였는데, 빠져나갈 수가 없었다. 싸워 관계를 나쁘게 만들어 헤어지리라 결심했지만, 나의 우유부단한 성격 때문에 그것도 안 되었다. 또 그들 가운데는 나와 친척관계가 있어 관계를 끊을 수 있는 완전한 남도 아니었다. 이러면 안 되는데 하면서, 한편으로는 밤에 그들이 데리러 안 오면 은근히 기다려졌다.

나중에는 도저히 술값을 댈 수가 없었는데, 주막집 아주머니는 계속 외상을 주었다. 동네 가운데 의령댁이라는 약간 형편이 괜찮은 어른들이 다니는 주막이 있었는데, 술과 돼지고기 수육을 주로 팔았다. 미리 이야기하면 가져와서 민물고기 회도 팔았다. 그때 어른들은 밤 12시쯤 되면 술자리를 끝내고 다 집으로 들어갔다.

우리는 산이고 들이고 돌아다니다가 밤 12시가 넘으면 그 주막

집으로 들어갔다. 처음에는 안주는 비싸서 못 시키고, 술을 김치나 소금하고 마시다가 술이 얼마 들어가게 되면, 간이 커져서 앞일 생각 안 하고, 눈앞에 걸어 놓은 돼지고기 수육을 시켜 먹었다. 그때는 고기를 푹 삶아서 썰지 않은 채 한 다리씩 철사에 꿰어 방에 달아매 놓고 손님이 "한 근 주소." 하면 내려서 떼어내어 썰어 팔고, 나머지는 다시 걸어 두었다. 고기가 눈앞에 달려 있으니, 너무나도 심한 유혹이었다. 오늘날 마음만 먹으면 고기 먹을 수 있는 시대의 고기하고 고기의 유혹 정도가 달랐다.

소고기 한 번 먹는 일은 있을 수 없었다. 소고기는 해마다 한 번 동네 제사 지낼 때 집집마다 나누어주는 것이 전부다. 보통 집안의 제사가 들면 주로 닭고기를 썼다. 고기 먹기가 너무나 어려웠던 그때 먹던 고기의 맛이라는 것은, 오늘날은 상상도 못 한다. 세상에 이렇게 맛있는 것이 다 있나 싶을 정도였다.

처음에는 한 달에 한 번 정도 가다가 나중에는 계산은 모르겠다 하고 일주일에도 몇 번씩 갔다. 외상값은 겁이 나서 얼마인지 감히 물어보지를 못했다. 그런데 이상한 것은 그 아주머니가 계속 외상값을 재촉 안 하고 술과 고기를 우리에게 파는 것이었다. 우선은 좋은데, 갈수록 걱정이 태산이었고, 밤이면 데리러 오는 친구들이 원망스러웠다.

우리들이 먹은 술과 고기의 값이 나락 몇 가마니 팔아도 안 될 것 같은 느낌이 들었다. 겁이 나서 도저히 물어볼 수도 없고, 갚을 길도 없다. 그냥 생각을 말아야지 하는 식이었다. 집안 어른들이 알면 정말 보통 문제가 아니다. 그러나 고기의 유혹은 물리칠 수 없었다.

그렇게 우물우물해서 외상값도 갚지 않은 채, 그다음 해 봄에 고등학교 진학하여 마산으로 가서 살았다. 고향 집에는 한 학기에 몇 번 오는 정도였다. 어떤 친구는 부산으로 가는 등 뿔뿔이 다 흩어져 갔다.

나중에 보니, 그 주막집 아주머니도 자기 계산이 있었던 것이다. 우리 친구 가운데 한 애가 집이 본래 천석꾼 부자였다. 그때는 상당히 기울었지만, 그래도 다른 사람보다는 잘 살았다. 그 아주머니는 우리가 먹었던 술과 고기를 날짜별로 정확하게 적어 모았다. 우리가 고등학교 간다고 도시로 떠난 그해 봄에, 그 애의 어머니를 찾아가 "댁의 아드님 하고 친구 세 명이 와서 먹은 술과 고기 값 계산서입니다."라고 내놓았다. 동네 소문나면 아들 신세도 문제지만, 더구나 호랑이 같은 시아버지가 알면, 손자가 살아남지 못할 것 같아 벌벌 떨렸다. 그래서 "올 가을에 농사지으면 나락으로 다 갚을 것이니, 그때까지 아무한테도 말하지 말고, 조용히 있어요."라고 신신당부를 했다. 물론 자기 집 식구 누구에게도 말하지 못하게 했다.

그해 가을 그 부잣집 며느리는 큰 일꾼을 불러, "타작하는 마당에서 아무개가 가거든 나락 여덟 가마니를 실어 주라."고 당부를 했다. 큰 부잣집 타작마당에는 나락이 수십 가마니가 되는데, 누가 달구지를 끌고 왔기에, 큰 일꾼은 큰 며느리의 부탁대로 여덟 가마니를 실어 주었다. 큰 일꾼은 그 며느리가 친정에 무슨 일이 있어 실어 보내는 줄로 영원히 알고 있었다.

나는 고등학교 다니다가 고향에 가면 이 일이 터지지 않나 걱정했는데, 끝내 아무 말이 없었다. 한참 뒤에 그 친구에게 들으니, 일이 이렇게 순조롭게 해결되었다고 했다. 그때는 학생이라 그 부잣집 친구가 고맙기는 하지만, 어떻게 내가 우리 집에 이야기해서 나락을 갚아줄 수 있는 것은 아니니, 미안하기도 하고 고맙기도 했다. 그 친구는 나중에 사업가가 되었는데, 나하고는 배짱이 달랐다.

우리 이웃 동네에 우리보다 네댓 살 많은 고등학교 학생 3명도 고기와 술을 먹고 다녔다. 이들도 너무나 고기가 먹고 싶어 고기 먹는 방법을 생각해 냈는데, 그들은 남의 집 돼지를 훔쳐 먹는 방식이었다. 이들은 모두 그들의 행위가 다 들켜 다니던 고등학교에서 퇴학을 맞았다.

당시 시골에서 남의 닭 정도 훔쳐 먹는 것은 닭서리라 해서 크게 문제 삼지 않았다. 수박, 참외 등 과일도 몰래 따 먹었고, 밤에 남의 집 움에서 고구마나 무 등을 훔쳐 먹었다. 강가에 가서 어부가 잡아 큰 통발에 넣어 놓은 물고기 등도 훔쳐 먹었다. 그러나 이 정도로는 그때까지만 해도 들켜도 나무랄 뿐이었지, 배상을 하거나 고소를 하거나 처벌을 받지는 않았다.

옛날에 명(明)나라를 세운 주원장(朱元璋)이 어릴 때 집이 가난하여 남의 집 소머슴으로 있었는데, 고기가 먹고 싶어 산골짜기에 소를 끌고 가 잡아먹고는, 소꼬리만 남겨서 늪 진뻘에 박아 놓고, 주인에게 달려가 "소가 늪에 물 먹으로 들어갔다가 수렁으로 빠져 들어가고 있습니다."라고 했다. 소가 살림 밑천인 시대에 주인이 다른 일꾼들을 데리고 달려가 보니, 소꼬리만 보이고, 소 등도 안 보였다. 얼른 늪으로 달려들어가 꼬리를 당기니, 꼬리만 빠져나오고 소 몸통은 수렁 속으로 빠져들어가 버렸다. 주원장은 알지만, 주인은 죽을 때까지 주원장이 잡아먹은 줄은 모르고, 소가 늪 속으로 빠져 들어갔다고 생각했다.

그런데 이 세 학생은 기발한 방법을 고안해 냈다. 그때 아궁이에 짚 등으로 불을 때면, 하얀 재가 소복이 쌓인다. 이 재는 아주 부드럽다. 밤에 이 재를 포대에 담아서 이 동네 저 동네로 다니다가 중간쯤 되는 돼지가 있는 것을 발견하면 잠 자고 있는 돼지 위에 갑자기 메고 온 자루의 재를 덮어씌워 버린다. 그러면 돼지가 소리 한마디 못 지르고 숨이 막혀 질식해서 죽어 버린다. 돼지우리는 보통 대문 밖에 있기 때문에 밤에 주인은 전혀 모르고 자는 수가 많다.

그러면 질식한 돼지를 지고 산속에 들어가서 잡아서 부위별로 나누어 독 속에 넣어 소금을 잔뜩 뿌려 저장해 두었다가 밤에 가서 구워 먹고 삶아 먹고 술을 몇 잔 하고 헤어졌다.

이렇게 1년 이상 돼지를 잡아 그 고기를 먹었다. 그 당시 돼지라는 것이 시골에서 키워 현금 장만하는 데 아주 요긴하게 쓰였다. 돼지는 잘 자라기 때문에 농민들이 팔아서 자녀들 학비도 하고 명절도 쇠고, 필요한 물건도 구입하였다. 돼지 한 마리 가격이 집안 전체 살림에서 차지하는 비중이 대단하였던 때에 돼지 한 마리 잃어버리는 것은, 오늘날 기준으로 보면, 약 몇천만 원 정도의 손실에 해당될 것이다.

이 동네 저 동네에서 쥐도 새도 모르게 돼지가 이따금 없어지니, 돼지를 잃어버린 주인들은 정말 이상하게 생각하였다. 귀신이 곡할

노릇이었다. 돼지를 잡아먹을 짐승이 내려오나 했는데, 돼지를 잡
아먹을 짐승이 호랑이 말고는 없고, 또 다른 동물에게 잡아먹히면
돼지가 소리를 지르고 발악을 할 텐데, 아무 소리 없이 돼지가 사라
지니, 너무나 이상했다. 그 당시는 또 사방에 모두 민둥산이라 돼지
잡아먹을 짐승이 살 환경도 못 되었다.

돼지를 잃어버린 농민들이 조를 짜서 밤에 지켰다. 그 결과 어떤
동네 현장에서 세 학생은 동네 사람들에게 체포되어 결박당하여
그다음 날 바로 학교로 끌려갔다. 절도죄로 모두 구속감이었다.

그러나 그 당시 교장선생의 주선으로 학교에서만 퇴학당하고,
돼지 값을 다 물어주는 선에서 구속은 면하였다. 퇴학당하여 집에
서 놀다가 얼마 뒤 부산의 모 사립 B고등학교에 전학하여 졸업하고
정상적인 생활을 할 수 있게 되었다.

중학교 3학년 때부터 학교공부를 등한히 하고, 키도 안 크고 해
서 마산고등학교 입학한 이후에는 공부로도 운동으로도 알려질 학
생이 되지 못했다. 한문 좀 잘하고 도서관에 열심히 다니는 것 말고
는 별 특징이 없는 학생이 되었다. 학생들도 대부분 마산중학교
출신이라 자기들끼리 한통속이 되어 교실을 주도하니, 시골 중학교
출신들은 아무 발언권이 없었다.

한문공부한다고 휴학했다가 새로 복학하여 3학년 2반에 편성되
었는데, 1학기 초에 황정도(黃正道)라는 학생이 부친상을 당하여 수
업 마치고, 반장과 부반장이 대표로 문상을 가게 되어 있었다. 내가
한문을 좀 아니 예법을 잘 알 것이라고 생각해서 반장 김용식이
같이 가자고 했다. 그 밖에 황군을 잘 아는 여러 학생들이 같이

갔다. 가서 보니, 다른 반의 친구들도 많이 와 있었다. 상가에서 술하고 음식을 내어 대접을 했다.

그때 부반장으로 있던 김진한(金振韓)이라는 친구가 술을 잘 먹는다고 가끔 자부를 하였다. 친구들끼리 "허권수가 나을 걸?", "아니야! 김진한이 만만찮아."라는 말을 하고 있던 때였다.

상가에서 학생들 대접한다고 큰 대야에 술을 한 다섯 되 정도 내놓았는데, 어떤 친구가 나서서, "오늘 술은 다른 사람은 입에 대지 말고, 허권수하고 김진한이 두 사람이 바가지 하나를 가지고 교대로 한 잔씩 퍼먹어 승부를 한번 내 봐라."라고 제안했다. 그때만 해도 재미있는 오락이 거의 없던 시절이었으므로, 음식 먹기 내기를 상당히 자주 했다. 허권수가 이긴다고 허권수에게 거는 학생, 김진한에게 거는 학생 등이 나뉘어져 내기를 시작했다. 진 쪽에서 이긴 쪽에게 짜장면 한 그릇 대접하기로 정했다. 그러나 다섯 되를 다 마셨는데도 승부가 나지 않아, 그날은 그냥 헤어져 집으로 돌아왔다. 얼마 뒤에 있을 봄 소풍 때 재대결을 해 보자고 단단히 약속을 하고.

그다음 주에 애들이 학교에 와서 "봄 소풍 때 김진한이 하고 허권수하고 다시 술 먹기 시합한다."고 학생들 사이에 몰래 소식을 전하니까, 덩치 큰 애들이 생각할 때 "저 조그만 것들이 술을 마시면 얼마나 마시겠어."라고 생각하고, 덩치 큰 학생들 가운데서 술 잘 마시는 학생들이 시합에 참가하겠다고 여럿이 신청을 했다.

그래서 일 만들기 좋아하는 애들이 심판을 정하고 규칙을 정했다. 참가자들에게 미리 술 살 돈 상당액을 거두었다. 술을 아예 마산 시내 술도가에 미리 주문을 해서 경운기에 싣고 새벽에 소풍갈 장소인 마산 서쪽 가포 해수욕장 위 비탈 산 숲속에다 감추어 두었다.

4월 중순쯤 3학년은 가포 해수욕장 위로 소풍을 갔다. 지도주임의 간단한 주의말씀을 듣고, 일반 학생들이 모여서 게임을 할 적에, 술 마시기 시합에 참여한다고 신청한 학생이나 심판을 맡은 학생들은, 숲 뒤로 슬슬 모여 '술 마시기 대회'를 열었다. 반 되 이상 들어갈 큰 바가지로 규정대로 술을 한 바가지 한 바가지 순서대로 마시기 시작했다. 봄날 따뜻한 양지쪽에서 멀리서 일찍 버스 타고 오느라고 아침도 별로 챙겨 먹지 않은 학생들이 술을 얼마간 마시니, 너나 할 것 없이 모두 갑자기 취해서 소리를 지르고 발광하기 시작했다.

이 소식을 전해 들은, 지도주임 표동종 선생 등 각반의 담임선생들이 달려왔다. 술에 취한 학생들의 갖가지 취한 행태가 나왔다. 술에 취해 고함을 지르는 학생, 노래하는 학생, 교사를 노려보고 "당신이 뭐요?"라고 시비 거는 학생, 쓰러져 자는 학생, 괴로워서 토해내는 학생 등등 삽시간에 해수욕장 뒷산은 아수라장이 되어 버렸다.

지도주임 표동종 선생은, 대단한 분이었다. 그 당시 각 고등학교의 지도주임들은 대개 학생들에게 욕설 잘하고 학생 잘 패기로 소문났는데, 표 선생은 큰 학교의 지도주임이면서도 학생을 때리거나 욕설을 한 적이 내가 알기로는 단 한 번도 없었다. 그런데도 전 학교가 조용하였다. 수학을 담당하였는데, 수업시간에도 역시 큰소리 한 번 안 냈으나, 교실 안은 언제나 조용하였다.

표 선생 주도로 당장 마산 시내 택시회사에 연락을 해서 택시

20대를 동원해서 술 취한 학생 한 명당 술 안 취한 학생 두 명이 양쪽에서 끼고, 택시를 타고, 다 학생들의 집이나 하숙집, 자취방으로 돌려보냈다. 그리고는 정상적으로 소풍행사를 마치고 돌아왔다.

나도 그때 술이 되게 취하였는데, 집을 아는 김성규하고 조용헌이라는 친구가 부축해서 택시를 타고 북마산에 있던 우리 고모 집으로 점심때쯤에 돌아왔다. 집에 와서 누워 있어도 천장이 빙빙 돌 정도로 술을 많이 마셨다.

다음 주에 학교 가면 틀림없이 지도주임이 불러서 처벌할 것인데, 유기정학 정도의 처벌을 받으리라고 일찌감치 예상하고 있었다. 맨 먼저 이 일을 모의했으니, 다른 학생은 몰라도 나와 김진한은 처벌을 면치 못할 것으로 생각되었다. 그런데 학교 갔는데, 지도부에서 아무런 호출이 없었다. 1주일이 지났다. 여전히 아무 호출이 없었다. 끝까지 조용히 그냥 넘어갔다. 표동종 지도주임의 학생 사고 처리방식이었다. 불러서 정학을 시키면, 학생이 더욱 빛나가게 되고, 학생들 사이에서는 영웅인 체 계속 객기를 부릴 것이지만, 조용히 가만히 놔두면 죄를 지은 학생들 모두가 미안해하고 고마워하며 자기 말을 잘 듣는다는 생각에서 이런 식으로 처리했던 것이다. 아무튼 나와 그때 술 마시고 난동을 피웠던 학생들은 표 선생을 고맙게 생각했고, 지금도 가끔 그 이야기를 하면서 표 선생의 처리방식에 찬사를 보내었다. 이상하게도 김진한은 나중에 한국체육대학 교수를 했고, 표 선생은 경남 교육감을 지냈다.

군대생활할 때나 대학생 때도 술을 어지간히 먹었다. 대학생 때는 경영학과의 김모 학생이 내가 술 잘 먹는다는 소문을 듣고 찾아와 술 한번 붙어보자고 하여 찾아왔다. 나도 그때는 객기가 대단하여, "그래! 잘 되었다." 하고 붙었다. 그때 고량주가 처음 나와 시판되었는데, 각자 고량주 다섯 병 정도 마시고 취하지도 않고 서로 인정하고 헤어졌다. 그 조금 뒤 남강 다리를 건너는데, 동서남북 방향을 잃어 합천 쪽으로 걸어갔다가 밤에 길에서 잠이 들어 얼어 죽을 뻔하였다가 잠이 깨어 몇십 리 길을 걸어왔던 일도 있었다.

나는 술을 먹어도 머리가 아프거나 속이 아픈 것이 별로 없었지만, 술을 먹으면, 일단 일을 뒤로 미루게 되고, 되게 많이 먹으면 1년에 두어 번 실수를 하게 된다.

한국학대학원에 가니, 학교가 서울 남쪽 청계산(淸溪山) 산속에 있어 마을과 떨어져 있었다. 이제부터 술을 끊고 지내야겠다고 다짐했는데, 며칠 지난 뒤 신입생 환영회 때 그만 술을 마시고 말았다. 또 교문 옆에 민가가 몇 집 있었는데, 거기서 술과 안주를 파니, 밤에 나가서 마시기도 하는 등 처음 결심과 달리 술을 끊지 못했다.

1983년 1월 말경에 경상대학교에 채용 서류 제출하러 온 첫날, 김현조(金玄操)라는 술 잘 마시는 교수를 만났다. 그는 사회학과 교수였는데, 몸무게 60킬로도 안 되는 호리호리한 체형으로 술이 대단히 세었고, 승부기질이 있어 대결을 좋아했다. 1935년생이니, 나보다 17살 더 많았다.

본래 함흥(咸興)이 고향인데, 1951년 흥남부두 철수할 때 어머니와 형님 세 사람이 배를 탔다가, 배에서 내릴 때 어머니와 형님을 잃어버렸다. 그래서 부산에 도착해서 고아원에 들어가 2년쯤 생활하다가 어느 날 부산 국제시장 속을 지나가는데, 자기 어머니가 거기 앉아서 장사를 하고 있어 다시 만났다.

전쟁 속에 고아원에서 지내다 보니, 남과 싸우기를 좋아하고 주정이 심했다. 자기는 지금까지 싸움이고 술이고 싸워서 져 본 적이 없다며, 술을 먹으면 막판에 가서 꼭 내기를 하고, 또 꼭 씨름을 하자고 했는데, 나보다 나이가 17세나 많았으니, 술이나 씨름이 나에게 될 턱이 없었다.

그리고 다른 사람들을 씨름 등 대결을 잘 붙였다. 지금 생각하면 아찔하지만, 유도 3단 되는 사람과 내가 술을 마시고 아스팔트 위에서 대결을 붙은 적이 있었다.

내가 술을 얼마나 많이 마셨느냐 하면, 한문학과 학생이 160명인데, 학생들이 권하는 술잔을 단 한 잔도 거절 안 하고 다 마신 적도 있었다.

2001년 술을 끊기 직전 군대에서 나에게 한문 강의를 들었던 이선종(李善鍾) 중대장을 25년 만에 다시 만나 재회의 기쁨을 나누며 대접을 받을 때, 내 생애에서 아마도 술을 제일 많이 먹는 기록을 세운 것 같다. 저녁 8시에 만나 이야기 좀 하다가 저녁 9시에 술집에 들어갔는데, 12시 문 닫을 때까지 둘이 양주 10병을 맥주 컵으로 마셨다. 중대장은 그때 삼성 에스원 남부 본부장이었는데, 따라온 운전기사가 있었다. 우리들 술 마시는 것 보고 놀란 술집 주인이 나중에 그 기사를 가만히 불러, "방에 계신 저 손님들 술 좀 그만 마시라고 말씀하십시오. 저러다가 쓰러질까 겁납니다. 우리 집 술집 개업한 이후로 저렇게 빨리 많이 마시는 손님은 처음 봤습니다." 라고 했다 한다. 그런데 그다음 날 아침 9시 강의를 지장 없이 했다.

그때 내 나이 50세였는데, '술에 장사 없다'고, 그 이후부터 가끔 필름도 끊어지고, 실수도 잦았다. 그 시기에 학생과 씨름 시합하다가 갈비뼈를 부러뜨리기도 했다.

2001년 8월 남명(南冥) 조식(曺植) 선생 탄신 5백 주년 추모제를 치를 앞날 저녁에, 덕천서원(德川書院) 강당에서 야화(夜話)를 하다가 그만 술판이 벌어져 소란하게 이야기가 계속되었다. 원임(院任)을 맡고 있던 환재(渙齋) 하유집(河有楫) 선생이 멀리서 눈길을 주면서 "이제 그만 마치라."고 몇 번 경고를 했는데도, 술을 좋아하는 유림 몇 사람이 권하고 마시고 하다가 밤이 늦었다. 소변보러 가려고 마루에서 내려가는데 갑자기 천 길 낭떠러지로 떨어지는 것 같았다. 마루 끝을 잘못 파악하여 발이 허공을 밟아 바로 아래로 떨어진 것이었다. 다행히 다친 곳은 없었지만, 아찔하였다.

다음 날 아침 남명 선생 추모제를 마쳤는데, 환재는 나에게 눈길도 한번 안 주고 종일 옆에 있어도 말 한마디 안 걸었다. 이분은 평소에 술 많이 먹고 실수하는 사람은 사람으로 취급하지 않는 분이고, 나에게도 술을 끊으라고 15년 동안 줄기차게 권유해 왔다.

며칠 뒤 행사 다 마치고 집에 돌아와서 "댁에 잘 들어가셨는지요? 이번 5백 주년 추모행사가 전반적으로 어떠했습니까?"라고 전화를 했더니, 그만 그동안 참았던 감정이 폭발하여 나에게 한바탕 퍼부었다. "그동안 내가 누차 허 교수에게 알아듣게 술 끊으라고 했는데, 덕천서원 강당에서 술판을 벌이다니, 그게 무슨 추태냐? 다른 사람이 술판을 벌이려 해도, 허 교수가 '대현(大賢) 남명 선생을 모신 서원 강당에서 이러면 안 됩니다.'라고 말려야 될 것인데, 도리어 뒤숭한 노인들하고 어울려 앉아서 밤새도록 술을 마시고 떠들고 하면서 다음 날 아침에 제사 드리면 그게 무슨 의미가 있겠어? 그래 가지고 향사(享祀) 치른다고 할 수 있겠어? 술 안 끊으면 허 교수는 망해! 한문 잘하면 뭐 할 거야? 사람이 안 된 사람이 글 하면 뭐하나? 옛날에도 글 잘한다 하면서 술로서 망하는 사람 내 눈으로 많이 봤어. 탁객(濁客)이 되어 가지고 글은 알아도 어디 가서 천대받는 사람 많았어. 나는 앞으로 다시는 술 끊어라 마라 이야기 안 할 것이야. 내 말을 귀담아듣지 않는 사람에게 이야기해서 뭐하나?" 서먹서먹하게 전화를 끊었는데, 덕천서원 강당에서 얼마나 주책을 떨며 떠들었는지는 모르겠는데, 하여튼 하 선생은 화가 대단히 나 있고, 나에게 실망을 많이 하고 있다는 것을 느낄 수 있었다.

수헌(守軒) 정태수(鄭泰守), 봉주(鳳洲) 강영(姜濚) 등 내 주변에서 나를 아끼는 많은 분들이 모두 "허 교수! 술 적당하게 마셔야지. 허 교수 같은 사람이 오래 살아야 책도 많이 짓고, 제자도 많이 길러 우리나라 한문학이 계승되어 나갈 수 있지.", "앞으로 유림의 종장(宗匠)이 되어 유림을 이끌어 나갈 사람이 지나치게 술을 많이 마셔 몸을 상하고, 실수를 하면 허 교수 개인 문제가 아니야. 술 끊는 게 좋겠어."라고 정성어린 충고를 했다.

술을 마시는 사람이 술을 끊는 것은 쉬운 일이 아니다. 술이라는 것은 혼자 마시는 것이 아니고, 친한 친구들과 어울려서 권하기 때문에 술을 안 마시려고 해도 권하는 사람이 있어 끊었다가 금방 다시 마시게 된다.

나도 그동안 술을 몇 번 끊은 적이 있었다. 가장 길게 끊은 것이

3개월 정도였는데, 끊기가 쉽지 않았다. 말을 위주로 강의하고 사람 상대하는 교수나 교사들은 말 한마디 한마디에 신경이 쓰이는데, 학생의 질문을 받거나 학회 등에 나가 토론을 할 적에 한마디 말을 잘못하면, 큰 실수가 되고 실력 없는 교수로 낙인이 찍히기 때문에 남 보기에는 강단 앞에 서면 그냥 줄줄 말하는 것 같아도 한 마디 한 마디 말에 신경이 많이 쓰인다. 그래서 강의를 마치거나 학회 등을 마치면, 보통 술을 한잔하면서 긴장을 푼다.

또 논문이나 원고 등 상당 기간 신경을 잔뜩 쓰다가 마침내 종결을 짓게 되면, 답답한 것에서 풀려난 해방감에서 한잔하고 싶은 생각이 난다.

술을 오래 마시다 보면, 주변에 술 잘 마시는 사람들이 모여들어, 술을 권하는 회수가 잦아진다. 어느 날 혼자 연구실에 앉아 있다가 해가 지면 "누가 한잔하자고 전화 안 하나?" 하는 생각이 드는데, 이 정도 되면 알코올 중독 초기 증세라고 한다.

거의 40년 가까이 술을 마시다가 51살 되던 양력 1월 1일부터 술을 완전히 끊었다. 다행히 그때까지는 술 때문에 어떤 병이나 이상이 없는 상태에서 술을 끊었다.

나는 술을 잘 마시고 많이 마시는 것으로 알려졌지만, 폭주형이라 1주일이 한 번 정도 마시지 매일 마시지는 않았다. 집에서는 전혀 술을 마시지 않았고, 혼자서도 절대 술을 마시지 않았다. 그렇게 많이 오래 마셨지만, 사실 술의 맛을 거의 모른다. 아는 분에게 "저는 집에서는 술을 입에도 안 댑니다."라고 했더니, 그분이, "진정한 술꾼이네."라고 했다. 그분 지론은, "한 잔을 해도 술은 술집에서 먹어야 맛이 나지, 자기 집에서 먹으면 그것은 음식이지 술이 아니지."라고 했다.

그리고 탁주, 맥주 등 약한 술을 마셨지 소주만 되어도 독해서 될 수 있으면, 안 마셨다. 그때만 해도 양주나 중국술은 아주 귀한 때라, 비싼 돈을 주고 마시는 사람이 있었지만, 나는 양주나 중국술은 입에도 대기 싫었다.

지금은 중국술이 우리나라에 수입되어 싼값으로 팔리고, 술맛을 아는 사람들이 "뭐니 뭐니 해도 술은 중국술이 최고야! 양주보다 낫지."라고 말하는 사람이 있지만, 중국술은 내 입에 맞지 않았다. 중국을 자주 다니지만, 술을 많이 마실 때도 중국 가면 주로 맥주를 마신다. 벽사(碧史) 이우성(李佑成) 교수 같은 분은 중국술 예찬론자인데, 중국 여행 중에 여러 사람 가운데서 나만 맥주를 마시고 있으면, "허 교수는 참 이상해. 다른 것은 중국 것을 좋아하면서 왜 술은 왜 중국술을 싫어하는지 몰라?"라고 의아해 하셨다.

오랫동안 술을 마셨으면서도 탈이 안 난 원인은, 자주 안 마시고, 또 독한 술을 안 마셨기 때문인 것 같다.

사람이 나이가 들면 누구나 자신의 건강을 걱정한다. 특히 부모나 조부모가 일찍 돌아간 사람은, 더욱더 건강 걱정을 많이 한다. 그래서 일반적으로 부친이 일찍 돌아간 사람들은 몸에 좋다는 약을 쉽게 잘 산다.

나는 술 마시는 것 말고는 몸에 나쁜 것을 먹거나 나쁜 일을 하지 않는다. 자연산 생약 판매처나 약방 앞을 지나가면, 걸핏하면 들어가서 약을 산다. 얼마 지나면 점점 늘어나 내가 봐도 좀 심하다

싶게 조그만 약방 진열장처럼 책장 앞에 약병이나 봉지가 쭉 놓여 있다. 나도 모르게 사고 또 사다 보니 유통기간 지난 것도 적지 않다. 그러면 어느 날 우리 집사람이 청소하면서 나에게 물어보지도 않고 싹 다 쓸어다 없애 버린다.

술을 많이 마시는 사람이라고 자기 몸을 상하게 하고 싶은 사람은 아무도 없다. 술 마시는 사람들도 대부분 "앞으로 적당히 마셔야지."라는 말을 매일 하면서도 자기 뜻대로 잘 안 된다.

거기에는 여러 가지 이유가 있는데, 첫째는 서로 권하는 것이라 안 마시겠다고 마음을 먹었다가도 다시 마시게 된다. 또 술이 몇 잔만 들어가면, 술이 술을 끌어당기는 힘이 있기 때문에 적당한 선에서 멈추기가 힘들다.

둘째는 분위기가 술을 마시게 한다. 우리나라 사람들은 옛날 시골에서 어른들 밑에서 그냥 입 닫고 조용히 살면서 자라다 보니, 어른이 되어서 누구를 만났을 때 대화를 자연스럽게 이끌어가지 못한다. 그래서 술을 한 잔 먹어야 분위기가 쉽게 무르녹고, 대화가 오간다.

나의 경우에도 책 안 보면, 그냥 편안하게 앉아 있지 못한다. 무언가 어색하기도 하고, 심심해서 못 견딘다. 특히 사람을 만났을 때 대화를 잘 못 한다. 그러니 술의 힘에 의지해서 말을 주고받는 경우가 많아 사람을 만나게 되면 으레 술을 찾는다.

셋째 안 좋은 습관이 붙는 것을 옛날에는 흔히 '인이 박힌다.', '인이 붙는다'라고 했는데, 이 '인'이라는 말은, 한자 '은(癮)'이라는 글자의 발음이 변해서 '인'이 된 것이다. 병적인 습관이 붙어 나중에는 본인이 통제를 못 하고 나쁜 줄 알면서도 계속하는 상태를 말한다.

술에 인이 붙어놓으면, 본인이 마음으로 안 마셔야지 다짐을 해도 몸이 이미 술을 부른다. 의학적으로 말하면 중추신경이 이미 한쪽으로 기울어져 조절이 안 되는 지경에 이르렀다는 것이다. 그래서 술을 끊기가 힘들게 된다고 한다. 정도의 차이는 있지만 다 중독현상이다.

술이라는 것은 상당히 중독성이 있어 마시면 마실수록 맛이 있고, 많이 마셔서 심하게 고통을 당하고 나서 그 며칠 뒤에 다시 마시면 더욱더 맛이 있다.

2000년 11월 18일에는 우리 누님이 57세로 뇌출혈로 세상을 떠났다. 그다음 해 2001년 2월에는 우리 형님이 뇌출혈로 쓰러졌다. 1903년 우리 고조부가 환갑을 지낸 이후 우리 집안 어른 가운데는 환갑을 넘긴 어른이 단 한 분도 없었다. 우리 부친 3형제도 다 일찍 돌아가셨다. 몇 대를 단명으로 지내왔으니, 우리 대에 와서는 하늘이 좀 측은하게 여겨 우리들의 수명을 좀 연장해 줄 줄 알았는데, 다시 가혹한 참화(慘禍)가 시작되는구나 하고 생각하니, 술을 조심 안 할 수가 없었다.

우리 형님도 술을 많이 마셨고, 술친구가 많았는데, 쓰러져 병원에 오래 입원해 있으니, 그냥 친한 친구들은 한 번 문병 와 보면 그만이고, 매우 가까운 친구라야 두 번 정도 와 보았다. 결국 술친구는 술 마실 때는 천하라도 다 줄 듯이 인심을 쓰지만, 술친구는 술 마실 때만 친구지, 어렵게 되고 나면 가족이나 친척이 책임져야 했다. 술 마시는 사람은 술을 권할 때 상대방이 술에 취해 쓰러져 있어도 또 술을 권한다. 그러니 제정신이 아닌 것이다. 술 인심이라는 것이, 술자리에서만 통하는 인심이지, 그 친구가 술로 인해서 탈이 나도 아무도 책임 안 진다.

2001년부터 내가 마라톤을 시작하여 그해 연말부터 42.195미터 풀코스 대회를 나가기 시작했다. 기록에 신경 안 쓴다 하지만, 마라톤에 참여하는 사람들은 다 기록에 신경을 쓴다. 기록이 안 좋으면 완주하고 나도 기분이 별로 안 좋다. 기록이 안 좋은 이유는 연습해야 할 동안 술을 마시는 등 연습을 소홀히 했기 때문이다. 풀코스를 뛰다가 30킬로를 넘어 몸에 힘이 다 빠지면, 자아비판이 시작된다. "그날 저녁 술을 안 마셔야 하는 건데."라고. 그러면 그다음 대회가 있으면, 미리부터 술 마시는 것을 더욱더 자제한다.

마라톤을 시작한 처음 한동안 술에 취했다가 다음 날 아침 한바탕 뛰고 나면 말짱하게 술이 깨었다. 그래서 처음에는 술 마신 다음 날은 달리기를 하여 술을 깨웠다. 나중에 알고 보니, 이 방법은 극도로 위험하였다. 술을 마셔서 해독한다고 심장이 매우 지쳐 있는데, 거기다가 또 달리기를 하여 심장에 부담을 주면 심장이 견디지 못하여 큰일 난다는 것이다.

이런 이유 저런 이유로 술을 끊기는 끊어야 하는데 하면서 세월을 보내고 있었다.

2002년 양력 1월 1일 내 나이 만 50세가 되는 아침에 올해 무엇을 해 보나 하고 생각하다가, 문득 이런 생각을 했다. "허권수 너야말로 천하의 불효자다. 옛날 『효경(孝經)』에 '몸과 머리카락 등은 부모한테서 물려받았다. 감히 헐어 상하지 않는 것이 효도의 시작이다.[身體髮膚, 受之父母, 不敢毀傷, 孝之始也.]'라는 말이 있는데, 꼭 몽둥이나 무기가 아니라도 술로서 몸을 상하는 것도 다 같이 부모가 준 자신의 몸을 상하는 것이다. 더구나 옛날 어릴 때 우리 조모나 모친이 우리 살림 형편과 상관없이 큰돈을 들여서 손자 몸에 좋다는 것이라면, 아무리 비싼 것도 사서 너의 몸을 튼튼하게 만들었는데, 네가 술을 먹어 가지고 몸을 상한다면, 너의 조모나 모친의 뜻을 저버리는 것이 된다. 오늘부터 너는 한 잔의 술이라도 더 마시면 사람의 자식이 아니다."

이어서 스스로 맹세했다. "오늘부터 한 잔의 술도 먹지 않겠다. 만약 먹는다면 사람이 아니다. 허권수 너의 의지가 어떠한지 한번 보자."

그 뒤 학교나 모임 등의 술자리에 가서 술을 받게 되면, "금년 초부터 술을 마시지 않기로 맹세했습니다."라고 정중하게 사양했다. 평소에 입에 댔다 하면 바로 들이키던 사람이 태도가 싹 바뀐 것이었다. 보통 동료나 아는 사람들의 반응은, "그냥 하시는 말씀이지요.", "며칠 가겠어요?", "며칠 뒤에 다시 마실 것이면서 뭘 안 마신다고 합니까?", "술 잘 마시는 분으로 소문났는데, 술을 안 마시면 허권수 교수님이 아니지요." 등등의 반응이었다.

술자리에서 술을 안 마신다고 했더니, 어떤 친구는 화를 내며, "오래간만에 만났는데, 한 잔 마신다고 죽나?"라고 기분이 상해서 헤어졌다. "술을 마시는 우리들은 안 좋은 것 먹고 먼저 죽으란 말이네.", "그래 너 혼자 천년만년 잘살아 봐라.", "몇십 년 술친구가

이렇게 하루아침에 배반할 수 있나?", "주류회사도 좀 살게 해 주셔
야지요." 등등의 말로 술을 권했다.

그때부터 술뿐만 아니라 일체의 음료수, 간식 등도 안 먹었다.
커피와 담배는 본래 안 했다. 술만 끊으면 식사 때 식사 말고는
다 끊는 것이 되었다.

2002년부터 한문학과 교수들이 부부 동반해서 중국 여행을 네
번 했는데, 성균관대학교 송재소(宋載邵) 교수도 동참했다. 송 교수
는 술 예찬론자이고, 매일 마시는데 과음은 절대 안 할 정도로 자제
가 잘 되는 경지에 도달한 분이다. 특히 중국술을 좋아한다. 나를
제외한 최석기, 황의열, 이상필 등 네 명의 교수들이 저녁마다 술자
리를 열어 술을 맛있게 먹는 분들이다. 나도 그 자리에 끼이기는
하지만 술은 안 마셨다. 아무리 권해도 내가 술을 안 마시자, "중국
여행 중에만 몇 잔 하시지요.", "중국에서 술 마셔도 국내 가서 술
마셨다고 소문내지 않겠습니다."라고 권해도 술을 마시지 않았다.

장사(長沙)에 가서는 밤에 하도 강하게 술을 권하기에, 내가 "오
늘 낮에 본 호남성(湖南省) 박물관에 있는 미라 시신에 고인 물은
마셔도 술은 안 마시겠습니다."라고 했고, 한번은 "하수도 물은 마
시겠지만, 술은 안 먹겠습니다."라고 했더니, 송재소 교수는 신성한
술을 모독했다 하여, "다음에 술에 관한 책을 쓸 것인데, 술을 배신
한 사람들의 열전(列傳)에 허 교수를 1번으로 올려야겠다."라고 해
도 나는 술을 안 마셨다.

중국에 가면 중국 교수들 사이에서 내가 술 잘 먹는 사람으로
소문이 나 있었는데, 2002년부터는 술을 안 마신다 하니, 중국 교수

들이 나를 여자라고 놀리며 남자 화장실에 출입을 못 하도록 한 일도 있었다.

술을 안 마시며 몇 년 지나고 나니, 이미 참고 지내온 세월이 아까워 다시 술을 마실 수가 없었고, 점점 술 안 마시는 것이 편하다는 것을 알게 되었다. 술을 많이 마실 때는 술을 끊으면 친구도 다 떨어져 나가고 사회생활이 안 될 줄 알았는데, 정작 끊어 보니 아무런 지장이 없었다.

술을 5, 6년 잘 끊어 오다가 어느 날 친한 친구의 권유를 못 이겨 그만 술을 마셔버려 5, 6년 들인 공이 하루아침에 허사가 되어버려, 그다음 날 술이 깨어, "허권수 네놈이 그러면 그렇지. 네 놈이 어떻게 술을 끊어."라고 가슴을 치며 통탄한 적이 있다. 너무나 아쉬웠다. 그러나 꿈속에서 그러고 있었다. 깨어나니 너무나 기분이 좋았다.

술을 안 마시는 것보다 더 고수가 술자리에서 분위기 안 깨고 술 마시는 척하는 것이라고 한다. 이는 분위기 따라 한두 잔 하지만, 자기 의지대로 술을 제한할 수 있는 경지에 오른 사람이다. 그래서 요즈음은 나는 술자리에 가면 잔을 받아놓고 술 마시는 척하면서 다른 사람이 술 마시지 않는 줄 모르게 한다.

나와 가까운 분이 여러 해 동안 모임에서 내가 술 잘 마시는 것으로 여겨 왔다. 알고 보니 남의 술 시중만 들고 술은 안 마신다는 것을 최근에 알고 놀란 적이 있다.

전에는 술을 먹으면 내가 노래를 불러 좌중의 흥을 돋웠다. 술과 노래는 뗄 수 없는 관계라, 나도 "술을 끊었으니, 노래가 이제는 안 되겠구나!"라고 생각했다. 그러나 노래는 술과 상관이 없었다. 술 안 마셔도 노래하는 데 아무 지장이 없었다.

아무튼 술을 마시지 않으니, 건강이 유지되고, 시간이 절약되어 연구하고 논문 쓰는 데 크게 도움이 되었다.

내 스스로도 술로 인해서 탈나기 전에 술을 끊은 나의 결단을 대견하게 생각하고 있다.

친형제 같던 팽(彭) 교수의 변심

지금 우리나라 젊은이들의 중국에 대한 반감은 대단하여 81%가 중국을 싫어한다. 중국과 관계를 맺은 나라 가운데서 1등이다. 대만이나 일본보다 우리가 더 중국을 싫어한다. 2015년까지만 해도 반감을 가진 젊은이가 37% 정도였는데, 8년 사이에 중국에 대한 반감이 극도에 달하였다.

왜 이럴까? 가장 큰 원인은 중국 지도부나 중국 사람들의 태도의 변화다. 1989년부터 30년 이상 중국을 다녀 본 사람으로서 내가 느끼는 것이 그대로 보인다.

1989년 처음 중국에 가니, 막 88올림픽이 끝난 뒤라 한국이 비교적 잘 알려져 있었다. 그 이전에는 중국과 북한의 선전 때문에 조선인민공화국만 있고 남쪽에는 나라가 있는 줄도 몰랐고 미국 사람들이 점령한 식민지인 줄 알았다는 것이다. 서울 올림픽 중계방송 때 보니, 높은 빌딩과 거리에 가득한 차로 놀랐다고 한다.

그 이후 친척 방문 등의 형식으로 한국을 방문했던 사람들의 입소문을 타고 한국의 발전상을 전해 듣고 한국에 한 번 가보는 것이 중국 사람들의 꿈이었다. 한국 사람이 가는 곳에 중국 사람들이 저절로 접근하였다. 1994년, 95년도에 내가 북경에 1년 반 있는 동안에도 교수 한 사람을 부르면 서너 명이 같이 왔다. 한국 교수와 관계를 맺어 한국에 한번 가서 돈을 좀 벌어 오는 것이 꿈이었기 때문이었다. 한국이 중국 사람의 선망의 대상이 되었다.

1993년 연말에 한국의 초청으로 한국에 왔던 교수는 김포공항에 내려 의자에 한참 앉아서 자기 꿈이 실현되었다고 말하고, 자기에게도 마침내 이런 날이 오다니 라고 했다.

그러다가 한국에 대한 평가가 좀 떨어진 것은, 1997년 한국이 IMF 구제금융을 받게 된 때부터이다. 중국 사람들이, "한국 저것 별것 아니구나!"라는 생각을 하는 것 같았다.

2002년부터 200년까지 추진한 중국의 동북공정(東北工程)을 통해서 역사를 왜곡함으로 해서 한국과 거리가 생기기 시작했다. 실제로는 1996년부터 중국에서 동북공정을 내부적으로 시작했는데, 요지는 고구려(高句麗)와 발해(渤海)의 역사를 중국 역사로 바꾸는 것이었다. 그때는 중국 교수들이 한국 교수 만나면, 으레 중국의 역사해석 방식이 옳다는 것을 설득함으로 해서 점점 한국 교수와 거리감이 생기기 시작했다. 그 이후 사드를 문제로 중국이 한국에 부당한 제재를 가한 것과 2020년 이후 중국의 코로나 대응 등이 한국 사람들의 중국에 대한 관심이 멀어지게 만들었다.

중국도 점점 경제가 발전하여 살 만하게 되니까, 한국을 이전처럼 부러워할 것도 없고, 한국 사람에게 그렇게 친절하지도 않았다. 국가 간의 이런 일이 자꾸 생겨나니까 자연히 거리가 멀어졌다.

그 가운데 변하는 모습을 보여준 전형적인 교수가, 나와 친형제처럼 가장 가까이 지내던 팽림(彭林) 교수이다.

팽림 교수는 1992년 10월 산동대학(山東大學)에서 개최된 동양삼국 실학대회에서 내가 처음 만나 사귀었다. 내가 비교적 이른 시기에 중국 북경사범대학(北京師範大學)에서 고급방문학자로 지내게 된 것은 팽 교수의 주선 덕분이었다. 그가 그때는 북경사범대학 교수였다.

1994년 2월 내가 중국말도 거의 못 하면서 가족을 다 데리고 북경에 정착하는 데 여러 가지로 많은 도움을 주었다. 내가 거주하던 명광촌(明光村) 아파트로 자주 찾아와 문제가 없는지 살펴보고 갔다. 1년 반 동안 살면서 매주 두 번씩 만났고, 지방에 학회나 고적 답사 같은 것도 같이 가자며 자주 정보를 제공해 주었고 같이 다니며 아주 친하게 지냈다.

팽 교수 자기 입으로 한국 사람 가운데 가장 좋아하는 사람이 송재소 교수고, 내가 둘째고, 고려대학교 김언종(金彦鍾) 교수가 셋째라고 했다. 그는 1949년생이므로, 송 교수가 큰형님, 자기가 둘째 형님이고, 김언종 교수와 나는 자기 아우라고까지 여러 사람 앞에서 말할 정도였다.

송 교수는 나보다 먼저 1992년 1학기에 한 학기 동안 북경사범대학에서 방문학자로 지내며, 팽 교수와 가까이 지냈다. 팽 교수가 한국에 나왔을 때 한 달 이상 자기 집에 재우고, 사모님이 일찍 운전을 배워 차를 운전해서 그때그때 필요한 일을 도와주는 등 친가족처럼 대접했다. 김언종 교수는 한국 학자 가운데서 팽 교수와 가장 먼저 관계를 맺은 사람이다.

나는 그때까지 외국인과 그렇게 깊게 사귀어본 적이 없었는데,

팽 교수의 태도를 보고, "민족이 다르고 국적이 달라도 사람이 이렇게 가까워질 수가 있구나!" 하는 것을 느낄 정도로 팽 교수의 진지하고 친절한 태도에 감동을 받았다.

그때 중국 사람들은 한국 사람을 완전히 선진국 사람으로 대접했고, 거의 대부분의 중국 교수들이 외국에는 나가 본 적이 없던 시절이라, 한국 교수와 친하면 한국을 방문할 기회를 얻을 수 있는 이점도 있었다. 한국 학회에서 논문 발표 한 번 하여 발표비를 받으면, 자기들의 열 달, 스무 달 월급에 해당하였으니, 한국 사람들에 대한 선망의 정도가 지금과는 완전히 달랐다.

팽 교수는 한국에서 돌아오면, 중국사회과학원에서 발행하는 『당대한국(當代韓國)』 등에 한국을 소개하는 글을 써 한국의 문화를 소개하고 찬양하였다. 내가 장서가 많다는 것도 소개하였고, 하동 옥종에 거주하던 하유집(河有楫), 창녕에 거주하던 김태인(金兌仁) 등 한국 유림의 가정을 방문하여 제사지내는 방법, 손님 접대하는 방법 등 전통예절을 잘 지켜나가고 있다는 사실도 소개했다. 수시로 나에게 한국에 관한 자료를 찾아 중국 각지를 다니며 한국 문화를 소개하기에 바빴다.

내가 말을 안 했는데도 내가 중국에 오는 비행기 시간을 내 제자가 하는 여행사에 알아내 나를 마중하기 위해서 시내에서 50리 이상 떨어진 북경공항까지 교수 4, 5명을 데리고 마중 나와 있을 정도였다.

그러니 내가 북경 살 적에 꼭 필요한 일 아니라도 내가 사는 집에 자주 찾아왔고, 올 적에 자기가 아는 교수나 대학원생 등을 같이 데리고 오는 경우가 많았다.

나도 팽 교수를 위해서 한국에 머물면서 연구할 기회를 만들어 주었다. 처음 왔을 때 중국 교수들이 자기 돈 내어 한국의 여관에도 못 들 형편이었는데, 우리 집에서 반 달, 서울의 송재소 교수 댁에서 반 달을 지내며, 교수들이 번갈아 가며 안내하여 한국의 유적지를 많이 다녔다. 또 나의 주선으로 한국국제교류재단으로부터 6개월 동안 한 달에 2백만 원씩 연구비를 받고, 무료로 숙식을 제공받으며 한국서 지냈고, 곳곳에 다니면서 강연을 해서 용돈을 상당히 벌도록 했다.

그런데 세월이 지나자 여러 가지 사정으로 그렇게 좋던 우정도 금이 가기 시작했다. 사람의 관계란 것은 한쪽에서 아무리 잘해도 한쪽에서 받아들이지 않으면, 소용이 없는 경우가 많다. 나는 남을 먼저 저버리지 않는다고 은근히 자부심을 갖고 있는 사람인데, 저쪽에서 변심하여 돌아서면 나도 어쩔 수 없어 완전히 끊는 형이다.

나는 한번 관계를 끊은 뒤에는 그 사람의 이름도 다시 입에 올리지 않는다. 사마천(司馬遷)의 『사기(史記)』에, "군자가 관계를 끊으면 나쁜 소리를 내지 않는다.[君子交絕, 不出惡聲.]"는 말이 있듯이, 관계를 끊은 사람에 대해서 다시 좋지 않은 말을 하지 않는 것이 좋다. 그러나 팽 교수의 경우에는 돌변하는 태도가 의리는 따질 것도 없지만, 너무나 경위가 아니라서 한번 짚고 넘어가려는 것이다. 잘 알고 지낸 사람을 이런 식으로 배신한다면, 사람을 어떻게 믿고 사귀겠는가?

나와의 관계에서 첫 번째로 문제가 생긴 것은, 내가 1995년 8월

21일 내가 귀국했을 때였다. 그때 내가 중국서 쓰던 냉장고, 세탁기 등 가구를 자기에게 안 주었다고 내가 돌아오고 나서 펄펄 뛰면서 비난했다고 전해 들었다.

나는 그에게 두 번 세 번 "비록 헌 것이지만 가지겠느냐?"고 물어 보니, 너무나도 강하게 사양했다. 몇 번 사양하기에, 떠날 날은 다 되어가고 방은 비워야 하고 해서 어쩔 수 없어 주변의 아는 사람들에게 부랴부랴 처리했다. 냉장고는 우리 집 앞에서 음식점 운영하던 조선족에게 주었고, 세탁기 같은 것은 내가 머리 몇 번 깎으러 갔던 아무런 관계없는 이발관의 여자 이발사에게 사정을 이야기하고 주었다.

그런데 팽 교수는 마음속으로 "내가 체면상 사양한다고 당신이 중국에서 사는 데 아무런 도움도 안 준 사람들에게 마구 주느냐?" 하는 서운한 생각을 가졌던 것이다.

1996년 2학기부터 팽 교수가 6개월 동안 한국국제교류재단의 초청으로 한국에서 체류하게 되었다. 국제교류재단에서 지정하는 숙소에 살아도 되지만, 자기가 사는 곳을 자유롭게 정할 수도 있다.

팽 교수는 1993년 12월 처음 한국에 왔을 때 청명(靑溟) 임창순(任昌淳) 선생이 설립한 지곡서당(芝谷書堂)을 방문해 보고, 그곳의 분위기가 너무 마음에 들어, 지곡서당에 있겠다고 자청을 했다. 지곡서당 측의 허락을 받아 성사가 되었다. 우리 경상대학교 한문학과의 황의열(黃義洌) 교수가 지곡서당 출신이라 여러 가지로 주선을 해 주었고, 고려대학교의 김언종(金彦鍾) 교수도 청명 선생을 잘 알아 많은 도움을 주었다. 황 교수와 김 교수는 차로 태워 직접 따라가 청명 선생과 지곡서당의 이광호(李光虎) 교수에게 부탁하고 돌아왔다.

지곡서당은 유명한 한학자 청명 선생이 구상해서 지은 대표적인 전통식 한문 교육기관이었다. 경기도 남양주(南楊州市) 수동면(水東面) 마석리(磨石里) 산속에 기와집을 여러 채 지어 서당, 기숙사, 도서관 등을 만들고, 학생들에게 무료로 숙식을 제공하였는데, 그곳에 기거하면서 한학을 익히도록 했다. 사서삼경을 외우도록 전통적인 한문 교육을 하고 있었다. 매년 대학이나 대학원 졸업생 가운데서 5명 정도 뽑아 한문을 가르쳤다. 지금 전국 각 대학에 지곡서당 출신의 교수가 많이 있다. 그러나 안타깝게도 청명 선생이 돌아간 뒤, 한림대학에서 맡았다가 서당은 폐지하고 말았다.

팽 교수는 인적이 드문 산속에 기와집을 지어 학생들이 한문공부하고 있는 것을 보니, 너무나 마음에 들었던 것이다. 거기서 생활하는 것을 아주 만족하게 생각하였고, 서울에 일이 있으면 서울 가서 며칠 지내다가 돌아왔고, 가끔 전국을 다니며 사람도 만나고 자료를 수집하고, 우리 선현들의 유적지를 답사하였다.

팽 교수가 거기서 생활하던 1996년쯤에, 중국 정부가 동북 지역 국가 경계에 대한 문제를 확실하게 정리하고자 하여 동북공정(東北工程)이라는 것을 시작하기 위해서 준비하는 단계였다. 그 일 때문에 중국과 우리나라 사이에 첨예한 대립을 하기 시작할 때였다. 그 뒤 중국은 고구려와 발해의 역사를 자기 나라 역사로 넣어 연구하고, 그것을 확실히 하는 국가적 대형연구를 진행하였는데, 이것이 이른바 '동북공정'이었다. 겉으로 드러난 것은 2002년부터였지만, 실제 중국 정부는 10여 년 전부터 대대적으로 인력과 물력을 들여 동북삼성(東北三省)의 역사를 자기 것으로 만드는 국가적 계획을 세워 연구하고 있었다.

중국은 백두산이 완전히 중국 자기들 소유인 것으로 간주하여, 동계올림픽을 "백두산에서 개최하겠다"고 전 세계에 선언했다. 만약 북한이 붕괴되면, 중국이 북한 땅에 대한 소유권도 당연히 주장할 심산이었다.

우리나라의 시민단체나 학술단체 등이 발칵 뒤집혀 연일 격렬한 시위를 하고, 중국 대사관에 항의 방문, 전화하였다. 우리 국민들이 중국에 대한 감정이 아주 안 좋아졌다.

그 결과 나중에 우리 정부 차원에서 중국의 역사왜곡에 대응해서 동북아역사연구재단(東北亞歷史研究財團)을 만들어 체계적으로 고구려 발해의 역사를 연구하게 하였다. 그 이전에 일본이 독도를 자기네 땅이라고 우리 민족의 감정을 자극하였을 때, 중국이 우리나라와 일본에 공동대처하자고 약속해 놓고, 자기들은 비밀리에 고구려사, 발해사 전체를 중국 역사로 만들어 갔으니, 한국 국민들의 분노가 형언할 수 없을 정도로 격렬한 것은 당연한 일이었다.

그때 지곡서당의 학생들이 자기들 좌담회 장소에 팽 교수를 초빙하여 이야기하다가 한 학생이, "고구려나 발해 역사가 어느 나라 역사인지 팽 교수님 한번 말씀해 보시지요."라고 핍박했다는 것이다. 그러자 팽 교수는 "국가 간의 역사인식 문제는 한 개인이 어떻게 단정적으로 이야기할 수 있는 문제가 아닙니다. 전문연구자가 연구해서 결과를 발표하는 것을 두고 봅시다."라는 정도로 이야기했더니, 학생들의 반응이 영 안 좋았고, 그 뒤로부터는 팽 교수가 심하게 따돌림을 당하였던 모양이었다.

거기 있는 학생들은 대부분 학부를 졸업하고 온 대학원 학생들이거나 각 대학의 시간강사들이었는데, 숙식은 무료이지만, 공동경비 등은 각자 내어서 충당하였다. 그 경비를 거둘 때 팽 교수가 자기는 그곳에 소속된 학생이 아니라고 이의를 제기하고 공동경비를 안 냈던 모양이었다. 그러면서 서당의 전화로 장거리 시외전화를 자주했다고 한다.

아무튼 팽 교수는 좋은 인상을 가지고 들어가 6개월 생활하던 지곡서당에 대해서 나올 때는 영 안 좋은 감정을 갖고 나왔다.

1996년 11월경에 팽 교수가 창녕군(昌寧郡) 계팔(桂八)에 사는 한훤당(寒暄堂) 선생의 후손 김태인(金兌仁) 옹의 집에 가서 하룻밤 묵었는데, 그때 경상대학교 교수와 부산 등지의 교수들이 많이 모였다. 그다음 날 아침 다른 교수들은 다 먼저 가고 팽 교수와 내가 창녕의 유림 하태천(河泰天) 씨의 식사대접에 초대되었는데, 지곡서당 이야기가 나오자 팽 교수가 울먹이면서 분개를 하였다. 내가 통역을 다 안 했지만, 그 내용인즉, "중국이 하루빨리 발전하여 세계적인 강대국이 되기를 간절히 원한다."는 이런 것이라, 내가 들어도 섬뜩하였다.

그날 밤 우리 집에 와서 저녁에 이야기하고 놀았는데, 경상대학교 교수들이 많이 왔다. 그 자리에서도 팽 교수가 분개해서 계속 똑같은 이야기를 몇 번이나 했다. 여전히 그 부분은 내가 통역은 안 했다. 나는 지곡서당에서 정신적으로 많이 당했구나 하는 것을 감지할 수 있었지만, 한편으로는 팽 교수의 사고에 문제가 있다는 생각이 들었고, 상당히 우려가 되었다.

1997년 11월 21일 한국의 경제가 나빠지고 외환보유액이 바닥이 나 한국 정부는 국제통화기금(IMF)에 정식으로 구제금융을 신청하였다. 이것이 세상에서 일컫는 IMF인데, 여러 가지 변화가 있었지만, 쉽게 말해 한국이 국제통화기금의 경제적 식민지가 되는 시작이었다. 이때부터 한국경제를 한국 정부가 마음대로 할 수 없고, 국제통화기금의 통제를 받아 처리하게 되었다.

1997년 연초부터 1998년까지 한국의 대표적인 대기업 2백여 개가 부도가 나는 등 한국경제가 날로 어렵게 되었다. 경제가 마이너스 성장을 하고, 수출이 줄고, 실업률이 4.5%까지 치솟고, 환율이 1달러에 2000원까지 치솟았다. 국민들도 실제로 나라가 망하는 줄 알았고, 다시 회생하지 못할 줄 알았다. 친척이나 친구들 가운데서 직업을 잃어 좀 괜찮게 사는 친척들에게 도움을 요청하는 사람이 속출하였다.

나는 그날 영주(榮州)에서 우리 외선조인 창계(滄溪) 문경동(文敬仝) 선생의 유적비를 세우고 돌아오는 차 속에서 라디오 교육방송을 듣고 있는데, 국악프로를 맡은 최종민(崔鍾敏) 교수의 멘트를 듣고 비교적 구체적으로 알았는데, "정말 김영삼 대통령이 경제를 전혀 모른다더니, 나라의 운명을 이렇게까지 망쳤나? 한국 국민들 조금 살 만하다고 교만을 떨더니 올 것이 왔구나!" 하고 한편으로 걱정하면서 한편으로 김 대통령을 원망하던 기억이 난다.

중국은 우리나라의 안 좋은 일이 있을 때마다 실제보다 더 크게 계속 여러 번 방송을 한다. 중국이 우리나라를 부러워하면서도 내심 국가적으로 질투를 심하게 하는구나 하는 것을 느낄 수 있었다. 내가 중국에 있는 동안, 삼풍백화점 붕괴, 성수대교 붕괴, 대구 지하철 화재 등등의 대형사고가 있었는데, 중국 방송에서 하루 종일 거의 매시간 그런 화면을 보내었다. 우리나라 국회의원들 싸우는 화면도 중국 텔레비전에 수시로 내보낸다.

한국이 IMF의 구제금융의 지원을 받고, 연일 한국의 이름 있는 "기업이 부도났다.", "도산됐다.", "외국에 넘어간다."는 방송을 북경에서 본 팽 교수는 한국이 금방 망하는 줄로 생각했다고 나중에 말했다.

그래서 1998년 1월 말경에 팽 교수는 그 당시 중국 돈으로 8만 원을 한국 정부에 기부하였다. "본인은 한국을 몹시 사랑하는데, 요즈음 한국 경제가 어렵다고 하는 소식을 듣고 걱정이 돼서 조금이라도 보탬이 될까 해서 보냅니다. 이 돈은 제가 한국에서 번 강연료와 많은 분들로부터 받은 돈입니다."라고 기부 의사를 전달했다. 한국 돈으로는 8백만 원에 해당하는 돈이다. 그 당시 중국 교수가 10년 동안 자기 월급을 한 푼도 안 쓰고 모아야 할 정도의 큰 액수였다. 그 당시 중국에서 구매할 수 있는 가치로 계산할 때 지금의 한국 화폐 3억 원 정도에 해당하는 돈이다. 당시 중국 교수의 생활 수준에 비추어 볼 때는, 지금 한국 교수가 10억 원 이상 내놓는 정도의 힘이 드는 액수이다.

그때는 김대중 대통령이 당선되어 취임하기 직전이었는데, 그 직전에 팽 교수가 송재소 교수에게 기부의 뜻을 내비치기에, 송 교수가 "한국이 당장 망하는 것도 아니고, 당신 형편에 그런 큰돈을 내어서는 안 되고, 꼭 내려면, 성의 표시 정도만 하면 된다."라고 이야기해 주었다고 한다.

그런데 팽 교수는 자기 처음 뜻대로 굳이 중국 돈 8만 원을 내었다. 나는 처음에는 몰랐는데, 누가 텔레비전을 보니까, 대통령인수위원회 대변인이 "중국 청화대학 모 교수가 한국 경제 회복을 기원하며 8백만 원을 기부했습니다."라고 발표했다고 전해주었는데, 알고 보니 그 교수가 바로 팽 교수였다.

대단하다 싶었다. 팽 교수에게 그런 면이 있었나 하는 생각이 들었다. 그가 관광지 등에서 입장료 몇 원 때문에 표 파는 사람하고 심하게 다투는 것을 본 적이 있었기 때문이었다. 그러나 나 같은 사람으로서는 도저히 할 수 없는 어마어마한 일을 하였으니, 저절로 존경심이 생겼다.

우리 한국 사람들은 인정이 많아 그 당시 우리보다 훨씬 못 사는 중국 동포들이 오면 물건도 팔아주고 여비도 주고 했다. 1993년 한국을 방문하기 시작한 팽 교수에게도 많은 사람들이 인정을 베풀어주었다. 음식 대접하는 것은 물론이고, 여비를 주는 분, 책 사보라고 책값 주는 분, 호텔비를 대신 대 주는 분, 자기 집에 재워주는 분, 옷 구두 등을 사 주는 분이 많았다. 성균관대학교 대동문화원장 김시업(金時鄴) 교수 등은 대동문화연구원에서 간행한 책 일체를 기증하였다.

그때만 해도 중국에서 나온 교수가 많지 않았으므로, 중국 교수가 한국 나오면 곳곳의 대학에서 강연을 요청하였다. 시시한 대학도 아니고, 북경사범대학 교수라 하니, 강의 요청이 쇄도하였다. 사람들 가운데는 북경사범대학이라고 하니, 대부분 북경대학교에 속한 사범대학 교수로 알고 있었다. 심지어 많은 교수들도 그렇게 알고 있었다. 북경대학과 북경사범대학은 완전히 다른 대학이다. 중국에서는 대학교라는 말은 아예 없고 안 쓴다. 중국에서 대학이 종합대학이고, 학원(學院)이 단과대학이다.

사람이 자기 돈 아깝지 않은 사람이 없는데, 아무리 팽 교수가 한국을 사랑한다지만, 그렇게 큰 거금을 순수하게 한국을 걱정하는 마음에서 내놓았을까? 팽 교수를 알고 그 사실을 아는 사람들이 만나면, 서로 논란이 있었다. 나처럼 "그럼 순수하게 내놓았겠지요."라고 생각하는 사람들과 "아니지요. 무슨 목적이 없이 그리 큰 돈을 내겠어요?"라며 목적이 있을 것으로 생각하는 사람들로 나뉘었다. 나는 순수하게 생각하였는데, 아무튼 큰돈이니까 한국 정부에서 그냥 있어서는 안 되겠다고 생각했다. 그냥 있으면 안 되니, 한국 정부에서 사례 인사를 하도록 대통령 측근들에게 부탁해야 한다고 나에게 귀띔을 해 주는 사람이 여럿 있었다.

그래서 내가 김대중 대통령과 가깝고, 대통령 측근들과 잘 아는 박석무(朴錫武) 전 의원을 만나, "팽 교수가 한국 경제가 어렵다고 성금 8백만 원을 내놓았는데, 한국 나오면 대통령이 청와대로 불러서 감사패 하나 주고 식사를 한번 대접하도록 하십시오. 그렇지 않으면, 김 대통령이 곧 중국 가신다는데, 강택민(江澤民) 주석 만날 때 특별히 팽 교수를 불러서 대통령이 직접 감사 표시를 한번 하도록 해야 합니다."라고 특별히 부탁을 했다. 박 의원은 "알겠어!"라고 했다. 박 의원도 그 이전에 한국에서 송재소, 임형택(林熒澤) 교수 등과 함께 팽 교수를 만나 식사를 같이한 적이 있었다.

1998년 11월 중순 김대중 대통령이 중국에 가서 강택민 주석 등을 만났고, 11월 12일 김대중 대통령이 북경대학에서 강연하였고, 강연 도중에 IMF에 관해서 몇 차례 언급했고, 강택민 주석 등 중국의 도움으로 극복이 되어가고 있다고 말하면서도 팽 교수를 한 번도 언급하지 않았다. 김대중 대통령은 중국을 떠날 때까지 팽 교수를 찾기는커녕 언급도 한 번 하지 않았고, 수행해온 장관이나 대통령의 비서들도 팽 교수를 찾지 않았다.

김대중 대통령이 중국에 도착한 날부터 떠나는 날까지 팽 교수는 계속 텔레비전을 켜 놓고 김 대통령의 동정을 주시하고 있었다고 한다. 김대중 대통령이 중국을 떠나는 날, 마침 한국 교수가 팽 교수 집을 방문하였는데, 김대중 대통령이 떠나자, 팽 교수가 장시간 대성통곡을 하더라는 것이다.

그 뒤 한국대사관에서도 팽 교수를 불러 식사대접 한번 하지 않았다.

팽 교수는 어마어마한 거금을 내놓았는데도, 한국 측에서 감사 인사 한번 하지 않았고, 단지 대통령인수위원회 대변인이 한 30초 길이로 사실을 발표한 것이 전부였다.

내가 팽 교수를 만나게 되면 미안해서, "한국 정부가 너무 의리가 없지요. 그러면 안 되지요."라고 하면, 팽 교수가 도리어 "상관없어요. 나는 내가 하고 싶은 대로 한 것이지, 애초에 무엇 바라고 한 것은 아닙니다."라고 해서 그런 줄 알았다. "그런 줄 몰랐는데 생각보다 통이 대단히 크구나!"라고 감탄했다.

그런데 어떤 한국 교수는 나보고 이렇게 말했다. "허 교수님은 순진해서 세상 물정을 전혀 모릅니다."라고 하면서 이렇게 추리해서 말했다. "팽 교수가 베팅(betting : 도박, 투기성 투자)을 잘못한 것이지요. 아마 자기의 구상은, 8백만 원 정도의 성금을 내면, 김대중 대통령이 중국 와서 강택민 주석 만날 때, 배석시켜서 '이 팽림 교수 대단한 분입니다. 우리 한국이 어려울 때 8백만 원이라는 거금을 내어 도와주었어요. 강 주석님께서 각별히 신경을 써 주셔야 하겠습니다.'라고 칭찬하면, 강택민 주석이 기억했다가 교육부 고위 관료나 어떤 대학 총장으로 발탁할 것을 생각하지 않았겠습니까? 그렇지 않으면 교수가 그리 큰돈을 왜 기부하겠어요?"

확실하지는 않지만, 전혀 허황된 추리는 아닌 것 같았다.

아무튼 IMF가 있고 난 이후로부터는 대단한 선망의 대상이던 한국과 한국 사람들에 대해서 팽 교수는 존경하는 마음과 기대가 많이 줄어들었다. 다른 교수들도 그런 경향이 점점 더 심해져 갔다. 한국 사람들의 가치가 많이 떨어졌고, 중국의 경제가 날로 발전하여 생활수준이 높아지자, 중국 사람들의 자존심이 눈에 보일 정도로 세어졌다. 1990년대 초반에는 중국 교수들이 한국 지도학생을 만나자고 수시로 불렀는데, 요즈음은 유학생이 지도교수 만나기가 너무 힘들다고 한다.

북경공항까지 자진해서 마중 나오던 사람이, 2000년 이후부터는 내가 북경에 왔다고 연락해도 어떤 때는 바쁘다고 바로 나오지 않고 다음에 만나자고 하는 경우가 있어, 세상이 많이 바뀌었다는 것을 나도 실감했다.

팽 교수는 청화대학으로 옮긴 얼마 뒤 새로 학교 구내의 아파트를 배정받아 40여 평 되는 전에는 상상도 못 한 큰 집으로 이사를 했다. 내가 이사했다는 소식을 듣고 선물을 들고 축하하러 찾아갔는데, 동(棟)을 잘못 알아 팽 교수의 아파트를 쉽게 찾지 못했다. 그때는 중국 휴대폰이 있는 것도 아니고 해서 어렵게 멀리 있는 공중전화를 찾아 전화를 걸었는데도 끝내 내려와 보지 않고, 말로 어떻게 어떻게 해서 찾아오라고만 했다. 몇 번 전화하여 한참 뒤에 찾기는 찾았지만, 7, 8년 사이에 사람이 이렇게 변할 수 있나 하는 생각이 드니, 기분이 별로 안 좋았다. "전에는 내가 분수 넘치게 너무 지나친 대접을 받았으니, 이렇게 하는 것이 정상이지."라고 스스로 위안을 했지만, 서운한 마음을 감출 수가 없었다.

그동안 팽 교수가 너무 자주 한국을 왕래하면서 한국 사람들을 많이 알다 보니, 북경에서 한국 사람들을 위해서 처리해야 할 일이 너무 많아져 한국 사람이 귀찮아졌을 수도 있다. 웬만한 교수는 누구의 소개를 받아 북경에 가면 거의 대부분 팽 교수를 찾으니까, 자기 생활에도 지장이 많아주었을 것이다.

2001년에 서부 경남 출신의 어떤 기업가가 남명 선생 탄신 5백 주년 기념사업의 일환으로 남명 선생의 석상(石像)을 만들어 기증했는데, 중국에서 제작하는 것이 가격이 훨씬 싸고, 조각 기술이 좋다 해서, 중국 하북성(河北省)의 석가장시(石家莊市)에 있는 어떤 석물공장에서 제작하여 배로 실어 와 산청군 덕산(德山)의 산천재(山天齋) 뒤 남명기념관 마당에 세운 일이 있었다.

처음에 나를 통해서 팽 교수와 연락이 되었고, 팽 교수가 그 업체를 알아내어 소개하여 연결이 되었다. 연락 관계나 회계 등은 기업가의 처남 되는 남명 선생의 후손 한 분이 담당하였다. 나는 바빠서 그 일로 중국에 같이 간 적은 없었고, 환재(渙齋) 하유집(河有楫) 선생이 안목이 있다 하여 그분과 함께 몇 차례 중국을 왕래하였다. 북경 도착하면 차를 내어 팽 교수의 안내로 함께 그 석물공장에 갔다.

남명 선생 후손 그분은 팽 선생과 아주 친했고, 중국 갈 적마다 선물도 자주했다. 그때 한창 동북공정으로 한국 국민들의 중국에 대한 감정이 안 좋을 때였는데, 그분이 국내의 각종 일간지, 월간지 등에 난 우리나라 학자들의 글을 다 오려 모아 가지고 가서 팽 교수에게 주면서, "팽 교수! 당신들 공부 좀 하라고. 고구려, 발해 역사는 분명히 한국 역사인데, 왜 당신들 역사라고 우겨요. 요즈음 중국 사람들 왜 이러는지 모르겠어? 팽 교수 당신이 공부해서 바로잡아 주세요."라고 훈계조로 한참 이야기하였다. 그 당시는 한국 사람들은 당연히 중국 사람보다 훨씬 우월하다고 생각했고, 중국 사람들도 생활수준 등으로 한국을 선진국으로 생각했고 자기들은 훨씬 못 미친다고 생각했다. 팽 교수는 아무 말 없이 가만히 듣고만 있었다.

그러나 중국 사람들은 겉으로 보기보다는 자존심이 대단히 강하고 자기 속마음을 잘 표출하지 않는다. 특히 자기들 중화민족 중국 문화 등에 대한 자부심은 세계 어느 나라보다 강하다. 미국이나 유럽 등 서양 학자들이 중국 역사, 중국 문학, 중국 철학 등을 연구한다고 하면, 중국 사람들은 마음속으로 "네까짓 것들이 어떻게 중국을 알아?"라는 마음을 품고 있다.

사실 팽 교수는 1996년부터 동북공정(東北工程) 이전에 먼저 진행된 '하상주단대공정(夏商周斷代工程)'에 참여한 학자로서, 동북공정의 진행과정을 미리부터 깊이 알고 있는 사람이었다. 공산주의자들은 유물론자로서 역사도 눈에 보이는 물증(物證)이 나온 것만 인정하고, 그 이전 것은 인정하지 않았다. 갑골문(甲骨文)이 출토되고 청동기가 남아 있는 상(商 : 殷나라의 정식 명칭)나라까지의 역사는 인정하지만, 은나라 이전 왕조인 하(夏)나라의 역사나 그 이전인 요(堯)임금과 순(舜)임금 시대 등은 인정하지 않았다. 요임금 순임금은 공자(孔子) 맹자(孟子)가 자주 언급했고, 『서경(書經)』 등에도 상세히 실려 있지만, 공산주의 학자들은, 전설시대라 하여 정식 역사시대로 취급하지 않았다.

　그러다가 1995년부터 중국 민족을 정신적으로 통일하기 위하여 고대사를 정확하게 규명할 필요가 있었다. 그래서 국가적으로 고대사의 연대를 구체적으로 증명하는 작업이 하상주단대공정인데, 팽 교수는 전국에서 선발된 2백 명의 전문학자에 들어가 활동하였다. 거기에 든 학자들은 다른 교수들의 부러움을 샀는데, 학문적 권위뿐만 아니라 매달 중국 국무원(國務院)으로부터 특별수당을 받고 있었다.

　동북공정은 하상주단대공정의 후속연구사업이었다. 팽 교수는 그 연구계획의 수립단계부터 잘 알고 있었지만, 속을 드러내지 않고 있었다. 남명 선생의 후손은 팽 교수가 한국 편인 줄 잘못 알고 믿고 하고 싶은 말을 했다. 통역하는 사람이 "당신 공부 좀 하시오." 라는 등등의 말은 빼고 해야 팽 교수가 기분이 안 나쁠 것인데,

곧이곧대로 통역을 다 해 주어 버렸다.

팽 교수는 1999년 북경사범대학에서 청화대학으로 옮긴 이후로, 중국 학계의 신화적인 대학자인 이학근(李學勤) 교수의 지원에 힘입어 하루가 다르게 이름이 났다. 국가에서 주도하는 하상주단대공정에 참여하는 교수가 되었고, 예학(禮學)의 권위자로 중국의 대표적인 학술방송인 백가강단(百家講壇) 등에 나와 방송을 하기도 하였다. 또 대만, 일본, 프랑스 등 외국에도 자주 나가는 등, 이제는 이미 한국만 자주 다니며 한국 교수들과 어울리던 팽림이 아니었다.

그래도 2004년까지는 나와 개인적인 관계는 별 변화 없이 유지되어 있었다. 그때 퇴계학부산연구원(退溪學釜山研究院)에서 10월에 퇴계학 국제학술대회를 개최하니, 청화대학(淸華大學)의 팽림 교수와, 인민대학(人民大學)의 장립문(張立文) 교수를 교섭해서 초청해달라고 두 사람을 지정해서 부탁했다.

장립문 교수는 1985년부터 퇴계학을 연구하여 퇴계학국제학술대회에 안 빠지고 참석하는 대표적인 학자인데, 쉽게 초청에 응했다. 팽 교수에게 전화했더니, 일단 바쁘다고 하다가 별 탐탁찮게 여기듯 하면서 수락을 했다. "요사이 한동안 한국 올 일이 없었는데, 오는 김에 1주일 정도 있다가 아는 교수들도 만나보고 가시지요." 라고 했더니, "내가 요즈음 너무 바쁜데, 1주일 동안이나 한국서 뭘 하겠소? 그렇게 오래 있을 시간 없어요."라고 잘라 말했다. 그래서 자기 사정에 맞춘다고 다시 3박 4일로 일정을 바꾸어 비행기표를 사서 보냈다.

"비행기표 받았습니까?"라고 전화를 했더니, 이번에는 "3박 4일이면 가는 날 오는 날 빼고 나면, 이틀 남는데, 학회 하루하고 하루 겨우 남는데, 수속해서 비행기 타고 가서 이틀 만에 돌아와야 되겠네요? 그렇게 가서 무엇 하겠어요?"라고 너무 짧다고 도리어 불평을 했다. 그래서 다시 원래대로 5박 6일로 비행기 시간을 고쳐서 바꾸고 알려주었다.

팽 교수가 한국에 도착해서 퇴계학부산연구원에서 발표를 하는데, 12년 전 1992년 가을 산동대학 동방실학회(東方實學會)에서 발표했던 논문을 그대로 발표했다. 나는 "아! 이 사람이 이제 성실성을 상실하고 한국을 무시하고 발표비에만 관심이 있구나!"라는 생각이 들었다.

퇴계학부산연구원에 와서 발표를 마치고 서울로 가겠다 했다가 안 가겠다 했다가 변덕이 심해서 일정을 잡을 수가 없었다. "이제 중국 교수들도 교만이 늘어서 한국 사람에 대한 존경심은 조금도 없구나."라는 생각이 들었다.

이리저리 변덕을 부리다가, 그 이틀 뒤 산청 덕천서원(德川書院)에서 가을 향사(享祀)가 있기에, 같이 가자고 했더니, 거기는 순순히 가겠다고 했다. 자기가 예학(禮學) 전공이고, 장립문 교수도 철학 전공이니, 두 사람이 합의가 되었기 때문이었다. 더구나 팽 교수에게는 덕천서원이 한국에서 맨 먼저 가 본 서원이었으므로, 의미가 크다. 1993년 12월에 왔을 때 맨 먼저 덕천서원에 가 봤다. 그리고 중국에서는 서원에서 거의 향사의식을 안 하니, 한국 와서 진귀한 광경을 접하는 행운을 얻었다.

부산서 학회 마친 그 뒷날 오후에 덕천서원으로 갔다. 서원 원임

(院任)인 환재(渙齋) 하유집(河有楫), 호당(浩堂) 김련(金煉) 선생 등이 팽 교수를 처음 왔을 때부터 만나 잘 알기 때문에 반갑게 맞이해 주었다. 팽 교수가 경상대학교 남명학연구소에 자주 와 발표를 했기 때문에 팽 교수를 아는 유림이 많아 분위기가 좋았다.

그런데 그날 밤에 팽 교수와 장 교수에게 배정된 방이 보일러가 잘못되어 냉방이 되어 버렸다. 아침에 가보니, 방이 싸늘하였다. "잘 주무셨습니까?"라고 인사를 하니, 팽 교수가 "방이 추워서 잠을 전혀 못 잤습니다."라고 했는데, 인상이 별로 안 좋았다.

어제 오후 집사분정(執事分定)하면서 팽 교수와 장 교수를 학생(學生)에 넣었다. 덕천서원에서 분방(分榜)할 때 학생은, 향사의 자문에 응할 수 있는 원로유림을 대접하는 지위다. 아침 7시 향사를 시작하여, 8시쯤에 마치고, 팽 교수와 장 교수에게 한 말씀하라고 시간을 주었다. 팽 교수는, "지금 중국에서는 서원에서 향사를 하고 있는 곳이 없는데, 한국은 그대로 살아 있으니, 중국의 전통문화를 한국에서 볼 줄은 생각도 못 했습니다. 서원은 건물이 중요한 것이 아니라, 서원에 출입하는 유림들의 활동이 중요하니, 잘 계승해 나가기 바랍니다."라는 요지의 말을 깔끔하게 잘하였다. 장 교수도, "퇴계 선생을 알고 도산서원(陶山書院)에는 몇 번 출입을 했지만, 퇴계 선생과 동시대 대등한 위상에 있는 남명 선생을 모신 서원의 향사에 참여하여 대단히 의미 있게 생각합니다. 앞으로 남명 선생에 관심을 갖고 기회가 되면 연구하도록 하겠습니다."라고 간략하면서도 할 말을 다한 인사말을 했다.

조금 뒤 아침을 먹으면서 환재가 팽 교수와 친하기 때문에 이야기하다가 농담으로, "팽 교수 당신은 바보다. 허 교수는 중국 조금 살았는데, 중국말을 잘하는데, 당신은 한국에서 반년이나 살았고, 그렇게 자주 오가면서도 한국말을 못 하니, 바보 아니냐?"라고 했다. 그런데 팽 교수는 한국에 6개월 살았고, 한국 오기 전에 한국말을 조금 배운 적이 있었다. 그런데 공교롭게도 그날 환재가 한 말은, 한마디도 빠지지 않고 전부 다 알아들었다.

외국어를 배우는 사람이 제일 알아듣기 어려운 것이 농담이나 만화다. 농담은 뜻으로 파악하는 것이 아니라, 그 당시의 분위기로 파악해야 한다. 그리고 저속한 속어를 잘 알아야 한다. 어떤 나라 외국어를 아주 잘하는 사람이라도 코미디 프로를 보면 무슨 말하는 것인지 이해가 안 되고 우습지도 않다. 글자의 뜻만 알고 사전적으로 해석하면, 코미디가 되지 않는다.

팽 교수는 환재가 한 농담을 완전히 자기를 무시하고 놀리는 말로 알고, 허 교수는 칭찬하면서 자기는 깎아내렸다고 생각하고 단단히 화가 나 버렸다. 그날 저녁 술자리에서 하 선생의 그 말에 대해서 심한 불만을 털어놓았다. "허 교수 당신은 중국에 1년 6개월 이나 있었고, 나는 한국에 6개월 밖에 안 있었고, 허 교수는 국가 돈 받아와서 북경에 와서 실력 있는 교수들을 불러서 강의를 들었지만, 나는 한국말 거의 독학을 했소. 허 교수 당신은 중국말이 전공 공부하는 데 꼭 필요하니까 열심히 하지만, 나야 전공하는 데 한국 말이 아무 필요 없소. 그리고 한국말은 솔직히 말해서 한국 밖에 나가면 아무런 쓸데가 없어요. 그런데 하 선생이 나를 바보라고 취급하니, 기분 나쁩니다."

"하 선생이 말한 뜻은 그런 것이 아니고, 웃기 위해서 한 말이었어요."라고 해도 듣지 않았다. 팽 교수는 독학을 한 사람이라 평소에도 남의 말을 잘 안 듣는 것으로 알려진 사람이다.

그날 저녁에 화교가 경영하는 야래향(夜來香)이라는 식당에서 한문학과 교수들과 만나기로 약속이 되어 있었다. 마침 그날 해외한글 보급의 공로로 한국에 상 받으러 나온 중국 중앙민족대학(중앙민족대학) 조선어연구소장 서영섭(徐永燮) 교수도 나에게 찾아왔기에 합석을 하기로 했다. 서 교수는 북경에서부터 팽 교수와 잘 알고 왕래하고 있었다.

팽 교수는 1994년 나에게 술을 배운 이후로 갈수록 술이 늘어 옛날 술 마시지 않을 때와는 완전히 달리 성격이 아주 호탕하게 변했다. 술자리를 주도하며 술을 강하게 권하였다. 본래 중국 사람들은 억지로 술을 권하지는 않는데, 팽 교수는 한국 사람들을 많이 만나다 보니, 술 권하는 방식이 이미 완전히 한국 사람처럼 바뀌어 있었다. 술주정하는 폼도 한국 사람처럼 했다.

그날 저녁에 술자리가 이루어졌다. 나는 이미 술을 끊은 뒤인지라, 팽 교수가 아무리 강하게 권해도 다 사양하였다. 옆에 사람이 볼 때 지나치다 싶을 정도로 나에게 강하게 권했다. 나는 끝까지 한 잔도 안 받아 마셨다. 나의 이런 행동도 자기 성의를 무시한다고 생각했다. 한문학과 다른 교수들도 많이 마시지 않고, 공교롭게도 무슨 일이 있다며 다 일찍 가버렸다. 한문학과 이상필(李相弼) 교수만 대작을 해 주었다. 팽 교수는 빨리 마셔 금방 술에 취했다.

그 자리에 모인 사람들이 우리말을 할 줄 아는 서영섭 교수와 자꾸 이야기하고 팽 교수하고는 별로 이야기하지 않았다. 그 내용을 내가 팽 교수에게 한국말로 일일이 통역해 주지도 않았다.

밤에 진주서 30킬로 떨어진 산청군 차황면(車黃面) 철수리(鐵水里)에 있는 효산서원(孝山書院) 앞의 무첨산방(無忝山房)에 가서 잤다. 서영섭 교수 부부와 팽 교수와 나밖에 남지 않았다.

공교롭게도 그다음 날은 팽 교수를 아는 한문학과 교수들은 일이 있어 단 한 명도 나오지 못했다.

점심은 산청문화원장으로 있던 수헌(守軒) 정태수(鄭泰守) 선생이 냈다. 그때 수헌이 30만 원이 든 여비 봉투를 나에게 주었는데, 봉투에 '팽림 교수'라고 적어 놓았다. 내가 받아서 헤어지면서, 팽 교수 20만 원, 서 교수 10만 원으로 나누어 주었다. 이것도 팽 교수는, "이미 자기 돈인데, 왜 허 교수 당신이 마음대로 나누어 인심 쓰느냐?"는 생각을 갖고 불만이 생겼다.

경상대학교에 들어와서 고문서를 모아놓은 문천각(文泉閣)을 구경하였는데, 별 마음이 없는 것 같았다. 그날 오후 팽 교수와 장립문 교수를 고속버스터미널로 태워 가 서울로 전송하고 헤어졌다.

그 다음 다음 날 팽 교수가 만나기로 되어 있던 송재소 교수한테서 밤에 전화가 왔다. "오늘 저녁 팽 교수하고 저녁밥을 같이했는데, 사람이 좀 이상하더라. 인상을 안 펴고, 우리 집에 가자고 해도 안 가겠다고 하더라. 전에 하고는 뭔가 다른데, 무슨 일이 있었나?"라고 물었는데, 나는 "별 일 없었습니다."라고 대답했다.

팽 교수는 서울에서 바로 중국으로 갔기 때문에 그 다음 소식은 나는 전혀 몰랐다. 전에 하고는 뭔가 좀 다르다는 느낌만 받았다.

2005년 5월 말경 어느 날 아침에 중국에 다녀온 송재소 교수한테서 전화가 왔다. "이번에 북경 다산학학술대회에 갔다가, 팽림이한테 씻을 수 없는 모욕을 당하고 왔다. 사람이 그렇게 변할 줄 몰랐네. 내가 그 사람은 어떤 사람이 변해도 변치 않을 사람이라고 믿고, 여러 사람들 앞에서 자신 있게 이야기해 왔는데, 어떻게 사람이 그럴 수가 있는지? 정말 나쁜 놈이야. 이제 한국 사람 필요 없다는 것인 것 같아. 도저히 믿기지 않아. 내 앞에 무릎 꿇고 사과하기 전에는 다시는 용서할 수 없어. 자세한 이야기는 다음에 만나서 하지. 하여튼 악질적인 놈이야! 어이가 없어." 하고 전화를 끊었다.

나는 그때 학술대회에 참여하지 않았기 때문에 모르는데, 그 뒤 송 교수로부터 전후 상황을 들으니, 대략 이러했다.

2005년 5월 개최할 다산학국제학술회의를, 송재소 교수의 추천으로 팽 교수가 다산학술문화재단의 위탁을 받아 자기가 근무하는 청화대학(淸華大學)에서 준비하고 있었다. "준비 비용을 너무 과다하게 지급합니다."라고 다산 집안의 일가인 성균관대학교 전 총장 정범진(丁範鎭) 박사 등이 이의를 제기했다. 정 총장도 중문학 전공자고 중국을 자주 다니기 때문에 그런 생각이 든 것이었다. 그러나 송 교수가 "이 사람 정말 믿을 만한 사람입니다. 한 푼도 허투루 쓸 사람 아닙니다."라고 적극 신임하였다.

그런데 5월 19일 국제학술대회를 개최하여 한국에서 발표자 등 손님이 갔는데도, 준비를 맡은 팽 교수가 계속 인상을 쓰며 투덜거렸다. 한국에서는 재단이사장인 정해창(丁海昌) 전 법무부장관, 집안사람이고 전 성균관대학교 총장을 지낸 정범진 박사, 고려대학교 김언종(金彦鍾) 교수 등 비중 있는 인사들이 많이 갔다.

계속 투덜거리기에 김언종 교수가 "팽 교수! 왜 그러시오."라고 물어도 대꾸를 안 했다. 학회 마치고 만찬을 할 때, 전에부터 국제퇴계학회를 같이 하여 한국 학자들과 오랜 친분이 있는 사회과학원의 신관결(辛冠潔) 교수, 보근지(步近智) 교수 등을 불렀다. 그랬더니 또 자기 허락 없이 불렀다고 투덜거렸다. 팽 교수로 인해서 학회 분위기가 엉망이 되어 버렸다.

그다음 날 이른 아침에 팽 교수가 한국 교수들의 숙소인 청화대학 안의 근춘원(近春園) 로비로 찾아와 먼저 송 교수를 찾더니, 한참 동안 고래고래 고함을 지르더니, 돈 2백만 원을 복도 바닥에 핵 던지고는 가버렸다. 1백만 원은 팽 교수의 논문발표비이고, 1백만 원은 학회 준비한 것에 대한 사례비였다. 심한 고함 소리에 정 총장과 김언종 교수 등이 내려가서 왜 그러냐고 물어도 말은 없고 한참 고함지르며 씩씩거리다가 가버렸다. 시끄러운 팽 교수의 고함 소리에 정해창 법무부장관 등 한국 측 참석자 대부분이 내려가 그 광경을 보았다.

그날부터 한국 교수들이 북경 관광 때문에 그 숙소에 이틀을 더 머물렀는데도, 팽 교수는 그 지근거리에 있는 학교 안에 살면서도 한번 와 보지도 않았다.

그 이후로는 팽 교수는 한국 교수들을 일절 만나지 않았다. 송 교수가 2007년경에 퇴임 후 청화대학에 취임할 소장 자리 상의차 청화대학을 방문하였는데, 팽 교수는 나와 보지도 않았다.

나는 그 소식을 듣고 그 이후로 팽 교수와 연락을 취하지 않았고,

팽 교수도 나에게 연락을 하지 않았다.

2009년 안동(安東)의 한국국학진흥원에서 '주자가례(朱子家禮)와 동아시아 문화교섭(文化交涉)'라는 주제를 걸고 국제학술대회를 개최하였다. 학술대회 초청장을 받아보니, 팽 교수가 발표자로 되어 있었다. 자기와 잘 아는 대부분의 한국 교수들과 사이가 나빠져 있는 상황에서 누구의 교섭에 의해서 초청되었는지 모르겠지만, 상당히 뻔뻔하다는 생각이 들었다. 정 한국에 오지 않을 수 없으면, 자기와 잘 지내다가 자기의 불손한 행위로 기분이 상한 교수들에게 먼저 사과해서 관계를 정상화하고 와야지, 자기 멋대로 한국에 온다면 더욱더 한국 교수들을 무시하는 꼴이 되는 것이다. 나는 "그 자가 그렇게 처신해 놓고 한국 오면 되겠나?" 하고 불쾌하게 생각했다.

그런데 며칠 뒤 김언종 교수한테서 전화가 왔다. "권우(卷宇, 나의 字)! 안동 국학진흥원으로 좀 와야겠어.", 내가 "왜? 무슨 일 있나?"라고 대답하니, 김 교수가 "며칠 뒤 팽림이가 국학진흥원에 발표하러 오게 되어 있네. 우리 팽림이 하고 안 지 오래되었는데, 그만 풀고 지내자고."라고 말했다. 내가 "팽림이가 연락했더나?"라고 물으니, "그런 것은 아니지만. 아이고! 불쌍한 그놈. 그런 인간이지만 우리가 감싸 안아야지. 누가 감싸 주나? 마음 크게 먹고 안동으로 와서 술 한잔하고 다 잊고 옛날처럼 잘 지내자고. 꼭 와야 돼."라고 했다. "나는 안 간다. 품어줄 놈을 품어 주어야지. 공자(孔子)님도 『논어(論語)』에서 '이덕보덕(以德報德, 덕으로써 덕 있는 사람에게 갚고)하고, 이직보원(以直報怨, 곧음으로써 원한을 갚으라)하라'고 하지 않았나?

안 돼!"라고 김 교수의 간곡한 요청을 단호하게 거절하였다. 김 교수가 관대한 것은 좋은데, 관대할 사람에게 관대해야 한다는 것이 나의 신조였다.

얼마 지난 뒤에 김 교수를 만날 일이 있었기에, "팽 교수 만나서 관계 개선 잘했나?"라고 물었더니, "이 인간이 안 왔어."라고 대답했다.

팽 교수는 하루 전에 오지 않고, 발표 당일에 북경서 출발하려다가 눈이 많이 와서 비행기가 뜨지 않아 못 왔다고 했다. 이런 태도도 문제인 것이, 남의 나라의 중요한 학술대회에 발표자로 초청되었으면, 적어도 하루 전에 그 나라에 가 있어야지 당일 날 아침에 출발한다는 것도, 한국을 무시하는 건방진 태도다.

그 뒤 김언종 교수가 중국학회에서 우연히 팽 교수를 만나게 되었다. 김 교수가 다가가, "'비 온 뒤에 땅이 더 굳어지는 법이다.'라는 한국 속담이 있다. 지난 일은 다 잊고, 앞으로 잘 지내자."라고 했으나, 도리어 화를 내며 "절대 화해 안 한다."고 해 김 교수가 당황했다고 한다.

한국 사람 전체에 대한 증오의 감정이 사라지지 않았더라고 한다. 거기에는 몇 가지 이유가 있을 수 있다.

첫째 중국이 못 살 때 자주 한국에 와서 여러 가지로 도움을 받았는데, 그때 한국 사람들이 무의식적으로 중국을 무시하거나 자기를 무시한다는 감정을 받았을 수가 있다. 또 한국 사람들의 동정을 받던 자신의 지난날이 부끄럽고 기분 나쁠 수가 있다. 여비를 준 사람, 밥을 사준 사람, 옷 등 선물을 사준 것이 자기가 잘살게 되면, 동정받은 것이 도리어 수치스런 과거가 되는 것이다.

둘째 많은 한국인들을 위해서 중국에서 여러 가지 주선을 해 주었는데, 약속을 지키지 않는 한국인, 자기를 일회용으로 써먹고 버리는 한국인 등 좋지 않은 경우를 몇 번 당했을 것이다. 자기가 북경에서 중국 오는 수속해 주는 등 잘해 준 한국 교수인데, 한국에 와서 찾으니, 바쁘다고 자신을 만나 주지 않더라는 말을 한 적이 있었다.

셋째 옛날 홍위병(紅衛兵)의 버릇이 남아 자기도 모르게 자주 태도를 바꾸어 남을 공격한다. 1950년 전후에 태어난 내 또래 나이의 중국의 교수들은 오늘날 모두가 숨기지만, 거의 대부분 문화대혁명 때 홍위병으로 활동한 경력이 있다. 자신은 뭔지도 모르고 중학교 고등학교 때 붉은 완장을 차고 모택동의 앞잡이로 동원되어 시위에 참여하고, 문화재를 파괴하고, 저명한 인사들을 잡아다 때리고 모욕을 주고 하였다. 모택동의 반대세력이라면 집단으로 몰려가 시위하고 타도하였다. 중국국가주석 유소기(劉少奇)와 한국전쟁 때 중국 인민군 총사령관 팽덕회(彭德懷) 등이 홍위병 학생들에게 맞아 죽었을 정도니까, 그 행패가 어떠했는지 짐작할 수 있다.

그래서 그들은 남을 공격하는 것이 습관화되어 있다. 사람은 어릴 때 든 습관을 고치기 어려운데, 청소년 시기에 홍위병이 되어 매일 남의 약점을 잡아 공격하고 파괴하다 보니, 어른이 되어서도 교수가 되어서도 그런 습관을 버리지 못했다.

팽 교수가 옮겨간 청화대학은 본래 미국 사람들이 중국의 전쟁 배상금을 받아 세운 종합대학이었다. 1952년 대학 학과 조정하면서, 이공계만 남기고, 인문계열은 북경대학에 다 넘겨주었다. 반면 북경대학은 순수학문 인문 사회 자연만 남기고 공과계열은 청화대학에 넘겼다. 1990년대 들어와 청화대학이 옛날의 명성을 되찾는다고 종합대학으로 확장하면서 역사과를 새로 세웠다.

이공계열만으로는 중국 최고대학인 북경대학과 경쟁하기 어렵기 때문에 종합대학으로 만들어 북경대학을 능가하겠다는 계획이었다. 1990년 이후로 청화대학 출신들 가운데 고위 지도자가 많이 나왔다. 국무총리 주용기(朱鎔基), 인민대상무위원장 오방국(吳邦國), 국가주석 호금도(胡錦濤), 지금의 시진핑도 청화대학 출신이다. 2011년 청화대학 개교 100주년기념식에는 호금도 국가주석 등 주요국가지도자들이 기념식장에 다 참석하였다.

청화대학 역사과는 매학기 3, 4명씩 전국 각 대학에서 유능하다는 교수 30여 명을 모아 교수진을 편성하였다. 팽 교수도 1999년 그런 케이스로 학과 선임자 이학근 교수의 초빙으로 청화대학 역사과에 합류하였다. 이런 식으로 역사과 교수들을 모두 급하게 뽑은 것이다.

팽 교수뿐만 아니라 새로 뽑힌 교수들은 대부분 홍위병 출신이다. 그러다 보니, 새로 학과를 만들자 각 대학에서 뽑혀 온 교수들이 학교 안에서 매일 싸움을 하였다. 학과의 부임 순서가 연령과 경력하고 맞지 않은 것도 있지만, 홍위병으로 참가한 경험 때문이었다. 학과를 맨 처음 만든 갈조광(葛兆光)이란 교수는 견디다 못해 자기가 먼저 자기의 뿌리인 청화대학을 버리고, 상해의 복단대학(復旦大學)으로 피신해 옮겨갔다. 얼마 지나지 않아 팽 교수는 청화대학에서도 싸움 잘하는 교수로 주도권을 잡았다. 청화대학 역사과 대학원에 한국유학생이 있어 내가 그 사정을 잘 알게 되었다.

그의 습성을 곁에서 보면, 누구하고 어느 정도 잘 지내다가 일정한 시간이 지나면 슬슬 그 사람의 약점을 잡아 공격하기 시작했다. 1992년부터 한국 사람들을 매우 좋아하다가 1999년 청화대학에 옮겨간 이후에는 한국 사람들을 슬슬 비난하기 시작했다.

한국 사람들에게 잘하던 1990년대 중반에도 자기 학과에서는 아주 못된 사람으로 찍혀 있는 모양이었다. 북경사대 역사과에 김상춘(金相春)이라는 조선족 교수가 있었다. 이분이 내가 아는 중앙민족대학의 서영섭(徐榮燮) 교수를 만나 가끔 팽 교수 이야기를 했는데, "워낙 못되게 구니까, 학과에서 좋아하는 사람이 아무도 없답니다."라고 했다.

1994년 2월 내가 갔을 때, 팽 교수는 북경사대 연구생원(研究生院) 판공실(辦公室) 부주임(副主任)을 맡고 있었다. 우리나라로 치면 대학원 사무부처장쯤 되었다. 그런데 중국 대학에서는 교수가 보직을 맡으면, 소속을 아예 그 부서로 옮겨 버린다. 그러니 팽 교수는 역사과에 소속되어 있다가, 대학원 소속으로 바뀐 것이다. 부주임을 그만두고 학과로 돌아가려고 하니, 학과의 모든 교수가 반대해서 학과로 돌아가지 못하고, 선진연구소(先秦研究所)라는 곳으로 배정받아 간 적이 있다. 이런 데서 그가 다른 교수와 관계가 어떤지, 인간성이 어떤지를 알 수가 있다.

자기 학과 교수 가운데 그를 좋아하는 사람이 한 사람도 없는 그런 사람인데, 그동안 한국 사람들에게는 어떻게 그렇게 친절하며, 그렇게 부지런히 일을 봐주었는지 알 수가 없다. 저의가 있지 않다고 보기 어렵다.

그래도 지구상에서 한국 사람만큼 인정이 많은 사람들은 없다. 그가 당시『중국경학(中國經學)』이라는 학술지를 창간하여 주관하고 있었는데, 처음에 주로 한국 사람들이 도움을 받아 발간했다. 내가 아는 몇 사람도 팽 교수에게 약간의 금전적 지원을 한 적이 있었다. 그런데 한국 사람들과 관계를 끊자, 자금줄이 끊어진 모양이었다. 일본 사람, 프랑스 사람, 대만 사람들에게 접근해 봤지만, 그들은 뚜렷한 이유 없이는 한 푼도 지원 안 했다. 나와 잘 알고 팽 교수도 잘 알던 북경대학의 왕춘홍(汪春泓) 교수를 만났더니, "팽 교수가 요즈음 경비가 없어『중국경학』학술지를 내는 데 어려움이 있다고 하소연합디다."라고 전했다. 내가 "당연히 그렇겠지요."라고 대답했다. 사실 한국 사람들처럼 특별한 이유 없이 인정적으로 외국인을 도와주는 사람은 없으니까.

잘 알고 친하게 지내던 사람과 이렇게 관계가 끊어지고 나니, 기분은 안 좋았다. 이는 팽 교수 한 사람의 변한 모습만이 아니고, 가난하게 살다가 잘살게 된 중국 교수들의 변화는 모습이 이러했다.

변함없이 아직도 친하게 지내는 교수가 적지 않으니, 팽 교수 한 사람의 사례를 가지고 중국 교수 전부를 재단해서는 안 될 것이다.

이런 교수, 저런 교수

국문학 분야 원로 대학자 조동일(趙東一) 교수는, 교수와 학자는 완전히 다르다고 주장한다. 그분의 교수분류법에 의하면, 교수인 사람, 교수이면서 학자인 사람, 학자인 사람 등 세 종류로 나누었다. 학자는 학생들 앞에 군림하지 않고, 공부해서 새로운 것을 밝혀내는 사람이다. 꼭 교수 자리가 필요한 것이 아니다. 교수는 학생들보다 우위에 서서 이미 있는 지식을 이리저리 주워 모아 전달하는 사람이다. 교수 가운데 학자인 교수도 있고, 학자에 가까운 교수도 있고, 학자라고 해야 하나 말아야 하나 하는 경계선에 있는 교수도 있고, 학자적 자질이 조금 있는 교수도 있고, 학자인 것처럼 장식을 하고 다니는 교수도 있고, 전혀 학자가 아닌 교수도 있다. 전혀 학자가 아니면서 자기는 대단한 학자인 양 영원히 착각하고 있는 교수도 있다. 조 교수의 주장에 의하면 대한민국에는 전혀 학자가 아닌 교수가 대부분이라는 것이다.

대학을 상아탑이라고 그래도 세상에서 고상하게 보지만, 학문과 전혀 관계없는 대학도 있고, 도리어 학문을 망치는 대학도 있다. 대한민국 교육부가 지금까지 진정한 학문연구에 도움을 준 것이 거의 없다.

참된 학자는 자기가 교수라도 어디 가서 인사할 적에, 자기 이름만 이야기하는데, 교수는 자기 소속과 교수라는 것을 반드시 다 이야기한다. 개중에는 자기 이름 뒤에다 교수를 붙여서 "□□□ 교수입니다."라고 소개하는 사람이 있는데, 이것은 큰 실례다. 누구한테 처음으로 자기를 소개할 때는 자기 이름만 이야기하는 것이 원칙이다. 상대가 물으면, 그때 자기 직책과 하는 일을 말해야 한다. 어느 대학교수라고 자기를 소개할 때는 자기가 학문적으로 전혀 내세울 것이 없어 무시당할까 봐 미리 교수라는 직위의 힘을 빌리려고 그 직위를 밝히는 것이다. 이는 마치 "무슨 무슨 상표의 옷을 입은 □□□입니다."라고 말하는 것과 같다. 퇴계 선생이나 남명 선생 같은 대학자를 모신 서원의 위패(位牌)에는 '퇴도이선생(退陶李先生)', '남명조선생(南冥曺先生)'이라고 써 놓았다. 벼슬로 인해서 이런 대선생의 학덕에 아무런 영향을 주는 것이 아니기 때문이다.

그러나 학자가 교수직을 얻지 못하면, 생계유지가 안 되어 학문을 연구할 수가 없다. 반면에 교수직을 얻는 순간 얽매이는 것이 많아 학문의 자유가 제한받는다. 은사인 교수, 선배인 교수, 심지어는 동료 교수, 후배 교수들과의 관계를 생각해야 하고, 심지어 논문 발표할 때도 은사 교수와 정면으로 대립되는 주장을 하기는 현실적으로 쉽지 않다.

그래서 교수가 되면, 진정한 학문의 자유에 제한을 받는다. 17세기 네덜란드의 철학자 스피노자는, 역사상 최초의 근대적 철학자로서 사후에 명성이 대단히 높았다. 20세기 최고의 철학자 러셀이, 그의 『서양철학사』(1945)에서 스피노자를, "위대한 철학자들 중에서 가장 고귀하고 가장 가까이하고 싶은 사람"이라고 평가했다. 살아 있을 때의 직업은 안경 유리 깎는 직공으로서 귀리죽을 먹으며 생계를 유지했다. 그러다가 유릿가루를 너무 많이 마셔 46세에 폐병으로 세상을 떠났다. 그의 저서 『신학정치론』을 보고 독일 하이델베르크대학에서 교수로 초빙해도 가지 않았고, 프랑스 국왕이 생계가 보장될 연금을 준다 해도 정중하게 거절했고, 자식 없는 어떤 친구가 많은 재산을 준다 해도 거절했다. 학문의 자유를 구속받을까 봐서.

시인이나 소설가가 대학교수가 되는 순간, 시나 소설이 안 된다는 말이 있다. 생활이 안정되면 창작력(創作力)이 죽어 버리기 때문이다. 교수도 교수라는 자리에 안주하면, 학문이 안 된다. 맹자(孟子)께서, "걱정하고 근심하는 속에서 살아나고, 편안하고 즐거운 속에서 죽어간다.[生於憂患, 死於安樂.]"라는 말씀을 했는데, 학문이나 예술도 편안하고 즐거운 가운데서 본래의 참된 모습을 잃어가는 것이다. 그러니 학자가 어떻게 살아야 할까? 생계유지를 하는 것과 편안하고 즐거운 것에 빠지지 않는 그 중간에서 살아야 한다.

그러나 교수를 하지 않으면, 생활이 안 된다. 우리나라에서 제일 간다는 서울대학교 강사들 가운데서 자살을 생각해 본 사람이 아주 많다고 한다. 최고의 대학 나와 박사 받고 외국에 유학했지만, 교수 자리를 얻지 못했기 때문이다. 우리나라에서 가장 좋은 대학 나와서 미국 시카고대학에서 박사학위 받고 국내로 돌아와 어떻게 지방 사립대학에 취직했다가, 너무나 대학이라는 것이 원칙이 없어 사표내고 서울 와서 시간강사 하다가 자살한 박사가 실제로 있었다.

2022년 국내 대학에서 박사학위를 받은 사람 수가 17,600명에 이른다. 그리고 외국에서 박사학위를 받아 온 사람이 2천여 명이다. 국내에서 1년에 대학에 신임교수로 채용되거나 대학에 준하는 연구기관에 연구원으로 채용되는 숫자는 4천 명도 안 된다. 매년 1만 4천 명 정도가 박사학위를 받고도 안정된 직장을 구하지 못한다. 그러니 박사를 받으면, 거의 취직이 안 된다고 보면 된다. 이공계열의 박사는 기업체라도 가지만, 인문계열의 박사는 취업하기가 정말 곤란하다.

"그래도 실력이 월등하면 교수가 되지 않습니까?"라고 반문하는 사람이 있는데, 누가 월등한 실력을 평가해서 인정해 주느냐 하는 것이다. 수학, 물리, 화학 등은 국제적인 평가기준이라도 있지만, 국문학, 국사학, 한문학 등은 주관적 평가가 너무 지나치다. 첨단 분야나 특수 분야의 경우, 학과의 기존 교수들이 새로 초빙하는 분야를 아무도 모르는 경우도 있다. 그러면서 심사를 하면, 옳게 되겠는가? 채용 심사하는 사람은 갑이고, 채용 당하는 사람을 을이니, 억울한 일도 많이 당한다. 어떤 경우에는 기존 교수들이 투표를 해서 뽑는 경우도 있다고 한다. 심사라는 것은 그 분야를 아는 사람이 심사를 해야 정확하게 할 수 있지, 전공 아닌 사람은 대학교수라고 해서 심사할 수 있는 것이 아니다.

"요즈음은 시간강사들도 신분이 보장되고 강사료도 괜찮은 것 같던데, 대학에 취직 못 해도 시간강사를 하거나 강연 저술 활동을 해서 생계를 유지할 수 있지 않습니까?"라고 반문하는 사람이 많다. 그러나 항상 불안하고 장래 노후보장이 전혀 안 된다.

우리나라같이 좁은 나라에서 책 팔아서 생활할 수는 없다. 그래서 대학교수 아닌 대부분의 시인, 소설가들이 밥을 못 먹고 산다. 그러니 무슨 문학 창작이 되겠는가? 국민들이 너무 책을 안 사 보는데, 요즈음은 컴퓨터나 스마트폰 때문에 책이 더 안 팔린다.

그래서 대한민국에서는 순수 학자로서는 살아갈 수가 없다. 상당히 괜찮은 학자였다가, 대학교수가 된 이후 학자이기를 포기한 사람이 대부분이다. 특히 대학교수라는 직업이 괜찮아 보여 대학교수 되기 위해 대학교수 된 사람 가운데 그런 사람이 많다. 대학교수의 대부분이 그런 사람이다.

축구가 좋아서 죽어라고 축구를 하다 보면, 국가대표선수, 나아가 세계적인 선수가 된 사람이 있다. 박지성이나 손흥민 같은 선수이다. 축구선수 되면, 연봉도 괜찮고, 텔레비전에도 자주 나오니, 축구선수 해 볼까 하고 축구를 한 사람은, 괜찮은 연봉을 받거나 텔레비전에 나올 정도까지 가지 못할 것이다.

나는 다행인 것이 한문이 좋아서 한문을 하다 보니, 교수가 된 경우이다. 내가 중고등학교 다닐 때, 담임선생이나 아는 사람들이, "한문 그것 하다가 굶어 죽는다. 말아라."라고 다 말렸지만, 나는 했다. 내 생각에, "사람들이 왜 이 좋은 것을 모르고 안 하는지 모르겠다."고 생각했다. 그때 나의 심경은, 만약 누가 있어 "허권수 너 한문공부하면, 총살한다."라고 해도 나는 하겠다는 열정이었다. 오늘날까지도 한문을 좋아하는 마음은 변함이 없다.

대학에서 오래 생활하다 보면, 아주 훌륭한 학자이면서 교수인 존경할 만한 동료 교수도 많이 있다. 그러나 개중에는 정말 공부를 안 해서 저런 사람은 대학교수하면 안 되는데, 하는 사람도 적지 않다. 그러나 어느 집단이나 우수한 집단이 있고, 열등한 집단이 있듯이 대학교수 집단도 그런 것이다.

대한민국에 4년제 대학교수가 5만 명, 2년제 대학교수까지 합치면, 7만 명 정도 된다고 한다. 대한민국 군대 장교 숫자가 7만 명, 경찰 숫자는 12만 명, 치과의사 포함한 의사 숫자가 15만 명, 약사가 7만 명, 변호사 숫자가 3만 명이니, 대한민국 교수 숫자는 의사의 절반, 약사나 군대 장교 숫자와 비슷한 정도로 많다.

그러나 7만 명 교수 가운데 단 한 사람도 만만한 사람이 없다고 한다. 대학교수가 된 사람들은 나름대로 다 자기의 강점과 특징을 갖고 있다. 그 분야의 실력이 특출한 교수, 논문을 잘 쓰는 교수, 강의를 잘하는 교수, 강연 잘하는 교수, 학교 일을 잘하는 교수, 기획 잘하는 교수, 대외 활동을 잘하는 교수, 사람 잘 동원하는 교수, 다른 사람 설득 잘하는 교수, 언변이 청산유수인 교수, 심지어는 로비 잘하는 교수 등등 나름대로 다 한 가락 하는 사람들이라 한다.

교수들 가운데는 정말 학문적 열정을 갖고 자기 전공에 최선을 다하는 교수가 많이 있다. 천성적으로 공부를 좋아하여 언제나 학문에 관심을 두고서 연구하고 가르치는 교수들이다. 옆에서 봐도 존경심이 저절로 일어난다.

조사기관에 따라 달라지지만, 경상대학교가 국내 2백여 개 4년제 대학 가운데서, 공사립 포함해서 서열이 30위 안에 들 정도다. 언론 발표에 의하면, 경상대학교 교수들 가운데는 노벨상 후보에 들 가능성이 있는 교수도 3명 정도 있다. 어떤 의과대학 교수는

자기 분야의 특허가 50개 정도인 교수도 있다. 한림공학원 정회원
도 여럿 있다. 전국단위의 전공 학회 회장으로서 학계를 주도하는
교수들도 있다.

세계 어느 나라에 간다 해도 우수한 대학교수가 될 만한 실력과
자질을 갖춘 교수도 경상대학교에 많이 있다.

공부 열심히 하고 괜찮은 교수들은, 대개 부지런하고, 적극적
이고, 긍정적이고 책임감이 강하고, 창의력과 호기심과 모험심이
많다.

경상대학교에도 세계적인 대학에 유학 가서 박사학위를 받고
돌아와 교수가 된 사람도 있다. 그들 가운데는 계속 외국 학술대회
에 가서 수준 높은 논문을 발표하는 교수도 적지 않게 있다. 그러나
그 가운데 상당수는 "내가 세계적인 대학을 나와서 내가 지방대학
교수로 있어 되겠는가?"라는 지나친 자존감을 갖고 계속 서울 등지
로 옮기려고 하다가 한평생 아무것도 이룬 것 없이 정년하고 마는
교수도 많다. 어떤 교수는 세계적인 대한 나온 것만을 무기로 교수
가 된 이후에는 전혀 공부하지 않는 교수도 있다.

공부 안 하는 교수들은, 대개 나태하고, 소극적이고, 부정적이고,
책임감 없고, 다른 사람이나 환경 핑계 잘 대고, 남 따라 하거나
남의 것 잘 베끼는 등 안일하다. 그런 교수들은, 대학교수면서 자신
이 학자고 교육자라는 생각이 없이, 거저 월급이나 받는 직장인으
로 생각하는 사람도 많이 있다. 40대 넘어서 학문적으로 아무 이룬
업적이 없으면, 보직 같은 것을 해서 좀 이름을 알리려고 노력한다.

그러나 연구업적이 많은 교수나 강의를 잘하는 교수라고 해서

꼭 훌륭한 교수라고 하기는 어렵다. 연구업적을 많게 하려고 의도적으로 연구업적을 만들어 내거나 부풀리는 교수가 있는데, 그런 교수가 쓴 연구논문은 학문적으로 별 가치도 없고, 다른 교수의 연구에 인용도 되지 않는다. 평생 비슷한 주제를 가지고 이런저런 논문을 쓰고, 이리저리 앞뒤 바꾸어 책을 편집해 낸다. 연구를 열심히 해서 강의를 잘하는 교수가 있고, 별 연구는 안 해도 학부 학생들 들을 정도의 강의를 잘하는 교수가 있다.

교수들 사이에 공동연구를 하는데, 공동연구라는 것이 말로는 그럴듯한데, 현실적으로는 공동연구가 쉽지 않다. 정확하게 연구 영역이나 업무를 분담해야 하는데, 연구라는 것이 칼로 자르듯이 하나의 연구를 3등분이나 5등분해서 연구할 수 있는 것이 아니다. 결국은 마음이 약하고 일을 걱정하는 교수가 대부분 다 연구하고 논문을 제출하는 경우가 많다.

연구는 하나도 안 하면서 후배나 제자 교수의 논문에 이름을 얹어 늘 업적을 올려나가는 교수도 있다. 심지어 자기 박사학위논문도 후배에게 시키는 교수도 있었다. 총장에 당선되어 총장을 지낸 어떤 교수는 자기 박사논문 이름도 모른다는 말이 있었다. 자기 제자나 자기 후임자나 시간강사 등에게 시켜서 박사학위를 대신 쓰게 했다는 말이다.

지금은 그런 일이 없겠지만, 심지어 제자 출신인 후배교수가 얻은 좋은 실험결과를 발표 못 하게 횡포를 부리는 교수도 있다. 왜냐하면 자기 수준을 능가하면 안 되기 때문이다. 자기에게 아첨하는 후배 교수들만 좋아하고 어울리니, 결국 학문을 망치고 자기 학생들을 망친다.

자기 연구는 안 하면서 평생 학생들 앞에서 다른 교수의 연구 평가만 하고 있는 교수도 있다. 자기가 연구를 안 하는데 어떻게 남의 논문을 평가할 수준이 되겠는가? 학생들을 오도하는 것이다.

1980년대에는 교수들 사이의 대표적인 스포츠로 테니스를 많이 쳤다. 테니스를 매우 좋아하는 교수가 자기 학과 후임 교수 뽑을 때, 전공 실력보다는 테니스 잘 치는 것에 더 가산점을 주어 뽑은 경우도 있었다. 한때 '주테 교수', '야테교수'란 말이 유행했는데, 공부는 안 하고 낮에는 테니스만 치고, 밤에는 텔레비전만 보는 교수라는 뜻이다.

2000년도쯤에 스키가 보급되자, 교수들은 스키 타러 다닌다고 한창 열을 올렸다. 얼마 뒤 골프가 보급되자 또 골프 치는 데 정신이 쏠렸다. 교수 휴게실에 가면 온통 골프 이야기가 화제를 피웠다.

교수휴게실에 바둑판이 있는데, 출근하면 바둑판 들고 앉아서 밤늦게까지 음식 시켜 먹으면서 바둑만 두는 교수도 있었다. "일과시간에 바둑 두지 마십시오."라고 학생회의 항의가 들어올 정도였다.

지리산(智異山)이 가까이 있으니까, 2000년대 들어와 산속에 별장 짓는 일이 한때 유행하여, 우리 대학교수들 가운데서도 지리산에 별장을 갖는 사람들이 많아졌다. 별장이 아니라 아예 진주의 집을 팔거나 전세 주고 산청의 지리산이나 합천의 황매산(黃梅山)의 기슭에 집을 지어 출퇴근하는 교수들이 적지 않았다. 거기서 조그만 밭을 가꾸면서 전원생활을 하면서 인생을 즐기려는 것이었다.

우리 집사람도 시골로 이사 가자고 몇 번 이야기를 했지만, 나는 진짜 시골 사람이라 시골 마을에 이사 가지 않는다. 왜냐하면 자기 몸으로 농사일을 열심히 할 사람이 아니라면 시골 마을에 들어가서 살면 안 된다는 것이 나의 지론이다. 괜히 농사에 전념하는 농민들 가슴에 바람을 넣기 때문에 농사일도 안 하는 사람이 농사짓는 사람 옆에 얼쩡거리면 괜히 농민들 부아만 돋운다. 그래서 절대 집사람 말에 동의하지 않는다.

산속에 집 지어 들어가는 사람들은 주로 농촌 출신이 아니고, 농촌을 이상적으로 생각하는 도시 출신의 사람인 경우가 많다. 시골 자연환경 속에 아담하게 집 한 채 지어 살면 정말 좋아 보인다. 그러나 집 한 채를 관리하는 데는 품이 많이 든다. 주말마다 가서 청소하고 나무 손질하고 풀 베고 약 쳐야 한다. 또 마을 사람들과 어울려 살려면 적지 않은 신경을 써야 한다.

그래서 우스운 이야기로 대학교수의 삼대 부담이란 말이 있는데, 세 가지는 곧 연구비, 별장 및 애인이라고 한다. 다른 교수가 연구비를 따면 자기는 학문적으로 무능력한 사람처럼 여겨진다. 그러다가 막상 자기가 연구비를 따면, 그때부터 보고서 쓰고 연구원 관리하고 연구비 관리하고 연구 결과물 제출하는 등 거기에 매여서 아무것도 못 한다. 연구사업 마칠 때까지 큰 빚쟁이가 된다. 다른 교수가 별장 갖고 있으면, 자기도 별장이 있었으면 하는데, 막상 별장이 있으면, 매주 가서 청소하고 풀 베고 약 쳐야 하니, 별장에서 쉰다는 것은 책에서나 나오는 이야기다. 다른 교수가 애인이 있으면 자기도 있었으면 하지만, 막상 애인이 있으면 비위 맞추어야 하고 돈 많이 들고, 들켜 망신당할까 늘 마음이 편하지 않다는 것이다.

얼마 지나자 산속이나 교외에 별장을 지어 나가서 살던 대부분의 교수들이 별장을 팔거나 전세를 주고 다시 도시로 나왔다. 안 팔려서 그냥 매물로 내놓고 나오는 사람도 있었다. 자기 차를 타고 출퇴근하는 것도 하루 이틀이지 매일 하려면 힘들고, 또 날씨가 매일 좋은 것도 아니고, 가끔 뜻하지 않게 차가 고장 나는 수도 있다. 그리고 밤 시간을 전혀 활용할 수가 없이 출퇴근하는 데 시간을 다 보내야 한다.

어려서 농촌에서 자라 농사일이 얼마나 힘든지 아는 교수는 대개 시골에 안 간다. 시골에 농토 장만한 사람들은 대부분 도시 출신 교수들이 많다. 농사일이라는 것은, 거기에 전념하지 않으면 안 된다. 언제나 농작물을 주시하고 있어야 한다. 물을 줄 시간인가? 비료 줄 시간인가를 정확하게 진단하여 파악해야 한다. 조금만 시간을 어겨도 농작물이 안 된다. 그리고 농사는 많이 하나 적게 하나 필요한 농기구는 다 갖추어야 한다. 공부하는 사람으로서 거기에 너무 많은 시간을 빼앗기기 때문에 쉬운 일이 아니다.

또 부동산 투기, 주식투자 등으로 이재(理財)에 관심이 많은 교수가 있다. 관심의 대부분이 재산 증식에 있으니, 공부가 될 턱이 없다. 차 타고 시간만 나면 부동산 보러 다니는 교수가 있고, 심지어 일과시간에 주식시장에 가 앉아 있는 교수도 있었다.

지나칠 정도로 취미생활에 빠져 전공공부를 안 돌보는 사람도 있다. 난초 키우기, 진돗개 키우기, 각종 스포츠 관람, 연극영화 관람, 지나치게 잦은 등산 여행, 종교활동 등등해서 관심과 재력을 그 방면에 다 쏟는 사람도 있다.

책은 많이 보기는 보는데 좀 힘든 전공 책은 안 보고, 시사잡지, 신문, 연예계 소식 등등을 주로 보아 많이 아는 체하는 교수가 있다. 무슨 과목의 강의를 맡던 말하는 내용은 거의 같다. 학생들이 교수들의 특징을 잡아 말을 잘 지어내는데, 그런 교수를 두고 '전공 말고는 모르는 것이 없는 교수'라고 비웃는다.

정말 교수가 되어서는 안 될 이런 교수도 있다. 옛날에는 계절제 대학원이라 하여 여름 방학과 겨울 방학에 몇 시간 출석하면 되는 제도가 있었다. 그런 대학원을 졸업한 어떤 중등학교 교사가 경상대학교 어떤 학과의 교수 공모에 원서를 접수하러 와서 그 학과장을 찾아가, "우리 숙부님께서 원서를 내보라고 해서 왔습니다."라고 말했다. 그 학과장이 "선생님 숙부님이 어떤 분이십니까?", "문교부 (文敎部, 오늘날 교육부) 차관입니다."라고 한마디 말하고 가버렸다.

그런데 그 학과장은 다음에 학장이나 총장을 하고 싶은 강한 야심이 있었다. 그때는 대통령이 지방 국립대학교 총장을 임명할 때인데, 문교부 차관을 잘 알아 놓으면, 학장이나 총장 되는 데, 절대적으로 유리할 수 있겠다 싶었다. 그래서 그 학과장은 학과 교수들의 반대를 무릅쓰고, 그 사람을 교수로 뽑았다. 나중에 알고 보니, 그 교수는 문교부 차관의 친조카는커녕 단지 성(姓)만 같았을 뿐이었다.

완전히 속였지만, 그 사람이 교수로 발령이 났으니, 어쩔 수도 없었고, 학과장 자신도 당했다고 이야기해 봤자, 자기만 이상한 사람 되니 조용히 지냈다. 그렇게 들어온 교수는 연구를 안 할 뿐만 아니라, 교수와 학생에게 재직기간 내내 행패를 부리는 등 학과를 망치다시피 했다. 학생을 편애하여 공부를 할 만한 학생은 대학원에 못 들어오게 하고, 공부를 할 사람이 아닌데, 자기에게 아첨하거나 예쁘장하게 생긴 여학생은 대학원에 합격시켜 주었다. 심지어 매 학기 대학원 시험지를 훔쳐내어 자기 마음에 드는 여학생들에게 미리 알려 주었다.

총장이 대학교수 임명을 좌지우지할 때는, 자기 친척 가운데 안기부 고위직에 있는 사람이 있으면 교수 임용되는 데 아주 유리했다. 교육부에 아는 사람이 있는 것보다 훨씬 유리했다. 그 당시는 안기부 직원들이 학교에 들어와서 비밀리에 온갖 정보를 수집해서 중앙에 보고하기 때문에, 총장 임명되거나 재임용 되는데, 안기부 동향보고가 아주 큰 영향을 미치기 때문이다. 안기부장의 가까운 친척이라 하여 박사학위도 없는데 임용절차도 안 거치고, 교수로 임용된 사람도 있었다. 그 교수는 임용된 뒤에도 박사학위를 못 받았다. 학생들에게 늘 "내 말만 잘 들으면, 취직 걱정 안 해도 돼. 내가 우리 삼촌에게 이야기해 주지." 등등의 말을 하며 속였다.

대학이 좋은 대학이 되려고 하면 좋은 교수가 많아야 하는데, 이런 교수가 몇 사람만 있으면 학교 전체에 엄청난 손해를 입힌다.

좋은 교수를 뽑으려고 여러 가지 제도를 만들어 두었지만, 뜻대로 안 된다. 논문이 몇 편 안 되어도 대단한 학자가 있고, 논문이 수십 편 있어도 실력이 형편없는 사람이 있기 때문이다.

좋은 대학 나오고 세계적인 대학에 유학하여 박사학위를 따서 돌아와 경상대학교 교수가 된 사람이 몇몇 있었다. 30여 년 경상대학교 교수를 지냈으면서도, 논문 같은 논문 한 편 없고 그냥 이름 없이 퇴직하는 교사가 있다. 자기가 좋은 대학 나오고 이름 있는 외국대학에 유학 갔다 온 것이 최고인 줄 알고 자기 권위를 내세우며 지내다 보니, 아무것도 안 하고 정년퇴직한다.

한편 지방대학 나오고 유학 가본 적도 없었지만, 열심히 하여 세계적인 학자가 된 사람도 몇몇 있다.

"붓하고 사람은 써 봐야 안다"라는 속담이 있다. 좋은 붓이라고 샀는데, 써 보면 안 좋은 붓이 있고, 싸게 샀는데도 좋은 붓이 있다. 좋은 사람이라고 뽑았는데, 안 좋은 경우가 있고, 뽑을 때는 별로 만족하지 못했는데, 좋은 경우도 있다.

다만 공정한 마음을 갖고 뽑으면, 좋은 사람을 뽑을 확률이 높고, 사심을 가지고 뽑으면, 좋은 사람을 뽑을 수가 없다.

다른 교수에 비하면, 나는 매우 단조로운 생활을 하면서 전공 공부에 충실한 편이라고 할 수 있다. 어릴 때부터 한문 아니면 안 될 정도로 한문에 집중하였다. 고등학교 때부터 대학의 학과 가운데서 가고 싶은 학과는, 한문학과뿐이었다. 그러나 그 당시는 한문학과가 없었으므로, 내가 갈 수 있는 학과는 국사학과, 국문학과, 중문학과 정도였다. 다행히 대학 국어교육과를 나와서 한문학과 교수를 지냈으니, 나는 매우 운수가 좋은 교수라 할 수 있다. 운수 좋게 경상대학교는 물론이고, 전국 다른 대학의 교수들도 '한문 하면 허권수, 허권수 하면 한문'이라 생각할 정도로, 오로지 한문으로 특허 명패를 달아 주었다. 외국도 중국만 다니고, 주로 책 사러 다니지, 개인적으로 경치 좋은 곳 여행하는 일은 거의 없다.

교수로 임용될 적에도 신현천(申鉉千) 총장의 특별 배려로 특채(特採)라는 방식으로 아주 쉽게 임용이 되었다. 1983년만 해도 이미 교수 되기 쉽지 않은 때였는데, 국립대학이라도 특별히 실력이 있거나 한 사람을 총장 마음대로 학기 중간에도 채용하는 방식이 허용되었다. 그 당시 이미 여러 가지로 악용되어 부작용도 많이 발생했지만, 나는 그 덕을 크게 봤다.

1988년 한문학과가 생긴 이래로 30년 동안 줄곧 학과의 선임자로 지냈다. 30여 년 전에는 하늘의 별따기처럼 어렵다고 하던 교육부 선발 국비해외파견 교수에 선발되어 교수 월급 1년 치에 해당하는 연구비를 받으며, 1년 반 동안 중국 북경사범대학(北京師範大學)에 머물며, 저명한 중국 교수들을 마음대로 만나고, 이름만 듣던 책을 마음껏 샀다.

대학에서 지내는 동안 별 능력 없는 사람이 추진하는 일마다 잘 되었다. 이룬 일을 열거하면, 한문학과 창설, 남명학연구소 창설, 경남문화연구원 창설, 9백 평 규모의 남명학관 건립, 2천 평 규모의 고문헌도서관 건립, 강우전통문화연구기금 10억 조성이다. 꼭 내가 다 한 것은 아니지만, 다른 교수들이 다 내가 했다고 인정하는데, 만약 내가 없었으면, 이루어지기 어려운 일이다. 그래서 「예비군가」라는 노래 가사에, "예비군 가는 길에 승리가 있다."라는 것이 있는데, 이것을 변용해서 어떤 교수가 "허권수 가는 길에 성공이 있다."라는 우스운 말을 지어냈을 정도였다.

잘하는 것이라고는 한문책 보는 것 말고는 별로 없는데, 이런 큰일이 이루어진 것은, 내가 생각해도 무슨 기적 같다. 그러니 운수가 좋다고 하지 않을 수 없다. 별 기교 안 부리고, 거저 자기 맡은 일 성실히 하니, 많은 사람들이 도와준 것 같다.

사실 나는 한문책 보는 것과 운동하는 것 이외에는 다른 취미생활이나 활동을 하는 것이 전혀 없다. 술도 많이 마시다가 50세 이후 단 한 방울도 마시지 않는다.

120권 정도의 저서, 130편 정도의 논문이 대학교수로서 업적이고, 그 이외에 여러 사람들이나 여러 가문의 요청에 의해서 지어준 비문이나 문집 서문, 번역서 등이 많이 있다. 대부분의 시간을 책상 앞에 앉아 있으니, 저술되는 것이 있게 되었다. 아직 발표 안 하고, 출판 안 해낸 책이 10여 종이 넘는다.

그러나 논문의 많은 것이 다른 대학 학술발표회 등에 요청에 의해서 남의 사정 봐주다가 쓴 것이 많고, 저서나 번역서도 그런 것이 많다. 그러니 한평생 글 빚쟁이가 되어 쫓기는 신세다. 아침이 되면, 많은 전화가 오는데, 대부분 원고 독촉하는 전화다. 돈빚은 다음에 갚으면 되지만, 글 빚은 기한을 넘기면, 나 때문에 어떤 학회의 학술대회를 못 하거나 책이 편집이 안 되기 때문에 결국은 잠을 줄이지 않을 수가 없다.

그러나 편안하고 즐거운 인생이다. 한문학은 남이 보기에는 어려워 보여도 사실은 대단히 쉬운 학문이다. 열심히만 하면 얼마든지 수확이 있기 때문이다. 마치 매장량이 풍부한 금광에 들어가 열심히 파기만 하면, 얼마든지 수확이 있는 것과 같다.

사실 국문학 분야의 경우, 남은 작품이 얼마 안 되는데다, 이미 많은 교수들이 논문을 썼기 때문에 더 이상 연구할 것이 없다. 예를 들면 향가(鄕歌) 25편을 두고 일제 때 소창진평(小倉進平), 양주동(梁柱東) 교수부터 지금까지 전공하는 국문학자가 수도 없이 많다. 그러나 어떤 학자가 엄밀히 검토해 보니, 지금까지 나온 수많은 연구 논문 가운데서 양주동 교수의 수준을 뛰어넘는 논문은 아무것도 없었다고 한다. 그러니 그동안 많은 교수들이 하나마나한 논문을 쓴 것이다. 시조나 가사, 한글소설 분야도 그런 경우가 많다.

국문학 분야에서 연구할 거리가 없으니까, 요즈음은 국문학과 교수들이 한문학을 연구하는 사람들이 많다. 그러나 한문학 연구는, 한문의 기초가 없는 사람은 어느 정도 들어가면, 더 이상 들어갈 수가 없다. 마치 괭이 정도 밖에 없고 채굴장비가 없는 사람이 금광에 들어가도 채굴할 수 없는 것과 같다. 요즈음 한문고전번역본이 많이 나와서 번역본 보고 연구하는 교수들이 있지만, 일반인이면 몰라도 전문학자가 연구한다고 하면서 번역본을 보고 연구하는 것은 정확한 연구가 될 수 없기 때문이다. 번역이라는 것은 일반인들을 위해서 겨우 의미 전달하는 정도이기 때문이다.

나는 수학이나 물리학 의학 등 다른 학문을 보면, 어려워서 어떻게 하나 하는 생각이 든다.

그리고 학자는 글을 한 편 쓰거나 책을 한 권 내면, 얼마나 오래 갈지는 모르지만, 모두 자기 것이 된다. 어떤 저서가 계속 살아남아 후세에 남는 것은 그 책의 수준이 좌우한다. 그러니 학문의 수준을 높이는 일이 가장 중요하다.

만약 기업체에 들어가 승진해서 아무리 많은 연봉을 받고 일한다 해도, 그만두고 나면, 자기 것이 없다. 장관 국회의원 등도 거의 마찬가지다. 또 정치가가 되려면, 수많은 경쟁자를 물리쳐야 한다. 각종 공무원도 승진 경쟁을 해야 한다. 장사를 하려고 해도 누구와 경쟁을 해야 한다.

그러나 공부는 누구와 직접적으로 경쟁하는 것은 아니고, 자기와의 싸움이다. 마라톤 선수가 1등을 한다고 2등, 3등이 부러워하지, 원망하지 않는다. 공부는 결국 자기가 잘하는 것이고, 자기가 잘하면 자기보다 못한 사람들이 부러워하고 우러러보는 것이다.

간혹 질투하는 교수가 없는 것은 아니지만, 그것은 정정당당한 경쟁이 아니다. 교수들 가운데서 자기가 연구하는 것은 중요하고 다른 교수가 연구하는 것은 중요하지 않다고 선전하고 다니는 사람이 있는데, 다른 사람의 연구를 존중해 주어야 한다. 연구 열심히 하는 교수는 대개 다른 교수의 연구도 존중한다. 연구 안 하는 교수들이 학생들을 상대로 자기 연구만 최고라고 한다.

다른 일은 안 해봐서 모르겠지만, 공부는 농사일보다는 몇 십 배 쉽다. 내가 어려서 농촌에 살면서 농사일을 거들어봐서 알지만, 농사일만큼 힘든 일도 드물다. 도시에 사는 직장인들이 무엇이 마음에 안 들면, "다 집어치우고 고향 가서 농사나 지어야겠다."라는 말을 잘하는데, 농사는 사람 마음대로 되는 것이 아니다. 우선 엄청나게 품이 많이 든다. 하루 종일 일해도 일이 끝이 없다. 농사일은 하면 표가 안 나고, 안 하면 당장 표가 난다. 그리고 비가 와도 걱정, 안 와도 걱정, 바람 불어도 걱정, 추워도 걱정, 더워도 걱정, 병충해가 생길까 걱정, 곡식 값이 내릴까 걱정, 소 값 내릴까 걱정, 닭 병들까 걱정, 돼지 전염병 옮을까 걱정 등등 잠시도 마음을 편안히 놓을 때가 없다. 그리고 농작물이라는 것이 정확하게 그 시간을 맞추지 않으면, 농사가 안 된다. 물 댈 시기를 놓치면, 잠시 뒤 물 대도 안 된다.

그런 것에 비하면, 한문공부는 너무 쉽다. 또 글이라도 하나 지어 주고, 번역이라도 하나 해 주면, 모두가 고마워한다. 심지어 모르는 글자 하나 가르쳐 주고, 고사성어(故事成語) 하나 가르쳐 주어도 고 맙다고 생각한다. 또 한문학은 전공하는 사람 숫자가 아주 적기 때문에, 희소가치가 있어 많은 사람들이 나를 필요로 한다.

그러나 나는 글을 지어주거나 번역을 하거나 근본적으로 무슨 대가를 바라지 않는다. 일단 내가 좋아서 하는 것이고, 나의 조그만 지식으로 필요로 하는 사람들에게 도움을 주면, 그것으로 만족한 다. 가끔 선물을 하거나 사례를 하는 사람도 없지 않다.

이 세상의 많은 학문 가운데 한문학을 전공으로 선택한 것이 잘한 것 같고, 여러 가지 직업 가운데서 교수라는 직업이 괜찮은 것 같다. 다른 사람의 간섭 거의 안 받고, 자기의 생활이나 자기의 일생을 자기가 만들어 갈 수 있으니까. 그 가운데서도 한문학 전공 하는 교수가 가장 낫지 않나 생각한다. 다른 교수들은 어떻게 생각 할지 모르지만. 교수마다 자기가 연구하는 분야가 중요하고 제일 즐겁다고 하면 그것은 좋은 일이다.

그러나 지금은 교수 되기가 너무 어렵다. 어떤 분야를 전공해도 보장이 되지 않으니, 후배나 제자들에게 한문학이 좋다고 권유해 도, "허 교수님은 가능해도 우리는 안 됩니다."라며 쉽게 달려들지 않는다. 그렇다고 장래가 보장되지 않는 길을 강요할 수는 없다.

내가 어떻게 해 줄 수가 없으니. 그러나 장래가 완전히 보장되는 전공은 없다. 도전해 보는 것이다. 국가대표선수 선발되는 것 보장 받고 운동하는 사람은 없는 것과 마찬가지다. 한 가지로 목표를 정하여 열심히 하다 보면, 잘하고 잘하면 선발되는 것과 같다.

이 세상에 모험이 안 따르는 결실은 없다. 실력을 쌓아 놓으면 기회가 오면 발탁된다. 그러나 실력을 쌓아 놓지 않으면, 기회가 와도 발탁될 수가 없다.

나의 개성 및 특징

　나는 한문책 읽는 것을 좋아하는 것 말고는, 특별히 잘하는 것이 없고 뚜렷한 특징도 없고, 스스로 별 고집도 없이 순리대로 사는 사람이라고 생각하고 있다. 남을 공격하거나 남이 한 일에 대해서 비판을 가하는 일도 거의 안 한다. 그런데도 대부분의 사람들은 나를 상당히 개성 있는 특이한 사람으로 생각하는 것 같다.

　다산연구소(茶山硏究所) 이사장인 박석무(朴錫武) 선생 같은 경우, "허 교수 같은 사람은 대한민국 10대 기인에 들겠어. 그런데 기인의 첫째 조건은 자연스럽게 되는 것이지, 자기가 기인이 되려고 하면 안 되거든."이라고 자주 이야기한다.

　내 주변에 있는 사람들도 나를 아주 고집이 센 사람으로 여기는 경우가 많다. 이는 내가 고집을 부리거나 내 주장을 강하게 해서 그런 것보다는, 내가 남이 안 하는 한문공부를 일관되게 하고, 내가 살아가는 노선을 일반사람들을 따르지 않고 내 나름대로 수십 년 동안 거의 바꾸지 않고 한결같이 지켜나가기 때문인 것 같다. 내가 지켜나가는 태도 가운데는, 내가 봐도 상당히 괜찮은 것도 있고, 아주 사소한 것도 있다.

　이런 것을 나의 개성이라면 개성이고 특징이라면 특징이라고 할 수 있는데, 이런 것 몇 가지를 생각나는 대로 대충 적어 보면 아래와 같다.

1. 재산 등에 큰 관심이 없다

내가 무슨 청렴결백하려고 의도적으로 노력하는 것은 아니지만, 책을 너무 좋아하다 보니, 재산 늘리기 위하여 부동산 거래를 한다든지 주식 투자를 한다든지 하는 것을 평생 하지 않았다. 아예 할 줄을 모른다.

다행히 고정된 월급이 있고, 번역이나 글 짓는 부탁을 받고 약간의 사례를 받아서, 학술활동하고 책 사고하는 데는 지장이 없이 지내왔다.

나는 말을 잘하지 못하는 것으로 소문이 나 있기 때문에 강연 요청 등은 그리 많이 들어오지 않는다. 연민 선생께서는 늘 "자네 말은 너무 빨라서 무슨 말하는지 알아듣기 힘들어."라고 하시고, 환재(渙齋) 하유집(河有楫) 선생도 내가 논문 발표나 강연 같은 것을 하면, 못 알아들을까 봐 미리 마음이 쫄린다고 한다.

나의 말이 빠르고 말끝을 흐리는 것을 아무도 지적해 주지 않았다. 그러다가 군대 가서 이선종(李善鍾) 중대장을 만났더니, 처음으로 "말 좀 똑바로 해. 말 똑바로 안 하면 장기하사로 만들어 제대도 못 하게 만들어 버릴 거야!"라고 하기에, 내 말이 똑똑하지 않다는 것을 그때야 처음으로 알았다.

한동안 말 잘하는 사람을 부러워했다. 그러나 말을 잘하지 못하는 것이 도리어 다행인 것이 간혹 있다. 말을 잘해서 강연한다고 여기저기 불려 다니지 않고, 그 시간에 글을 읽고 글을 쓰니, 도리어 다행이라고 생각한다. 강연 잘하고 많이 하는 사람들 가운데 학자로 성공하지 못하고 학문을 망치는 경우가 상당히 많다. 젊은 날 주가가 올라가 여기저기서 부르면, 조용히 혼자 책상 앞에 앉아서 책 보고 연구하는 것보다는 사람들 앞에 나가서 그럴 듯한 말로 인기를 얻는 것이 좋기 때문이다. 젊은 시절 그른 데 맛들여놓으면, 공부가 안 된다. 약간의 돈은 벌지 몰라도 공부에 집중할 수가 없다.

또 말을 좀 어눌하게 하니, 사람들이 "저 말솜씨로 어디 가서 사기는 못 치겠다." 싶으니까, 사람들이 나를 더욱더 신뢰해 주고 도와주려고 노력하는 것 같았다.

나는 한문을 번역해 주거나 글을 지어 주고 내 입으로 돈을 달라고 대가를 요구하지는 않는다. 저쪽에서 사례로 주면 거절하는 것은 아니지만, 내 마음속으로 장사처럼 글을 가지고 거래하지 않겠다는 신조는 갖고 있다.

남명학관 건립을 위해서 약 45억 원 정도 모금을 했는데, 20여 년 전에는 어마어마한 금액이다. 내가 모금하거나 전달한 돈의 액수만 해도 몇십억 원은 되겠지만, 나는 단 한 번도 내 손으로 돈을 1원도 만지지 않고, 즉각 우리 대학의 담당 직원이나 남명학연구소 총무에게 소개하여 받도록 했다. 그 외 연구소 후원금 등도 총무에게 맡겼고, 나중에는 통장에 직접 넣도록 했다.

나는 계산에 밝지 못한 사람이기 때문에, 내가 돈을 만지면 흐릿하게 될 가능성이 있다는 것을 내가 잘 알고 미리 대처한 것이다. 퇴임할 때까지 돈 때문에 말썽이 나지 않은 것은, 이런 원칙 때문이었다고 생각한다.

국민주(國民株)라 하여 1988, 89년도에 공무원들에게 포항제철, 한전 등의 주식을 싸게 사게 하여 투자하도록 권유한 적이 있었다. 거의 의무적으로 사게 했는데, 그때 나도 50주를 샀다. 그런데 스스로 재물에 별 관심이 없다고 생각하는 사람이었는데, 주식을 조금 사고 나서부터는 매일 아침 신문을 받아들면, 주식시세란에 맨 먼저 눈이 갔다. 또 수시로 올랐으면 하는 생각이 저절로 들었다. "아아! 나도 재물에 관심이 없는 사람이 아니구나" 하고 생각하고는 곧바로 다 팔아 버렸다. 주변에서 "벌써 그걸 왜 팝니까?"라고 말리는 사람이 있었지만, 주식을 조금이라도 갖고 있으니, 관심이 거기에 쏠려 정신이 분산되어 공부하는데 막대한 지장이 있을 것 같았기 때문이다.

진주 평거동(平居洞)이란 곳에 한주아파트를 새로 짓는데, 추가로 응모하여 당선되었다. 그곳은 진주에서도 집값이 제일 빨리 오르는 곳인데, 학교에 출퇴근하기에 불편했다. 그래서 곧 팔아버렸다.

연암(燕巖) 박지원(朴趾源) 선생의 「허생전(許生傳)」이란 글에, '재물 때문에 정신을 수고롭게 한다.[以財勞神]'란 말이 있다. 나는 돈 때문에 쪼들려 걱정하지 않고, 또 돈 관리 때문에 고민하지 않으니, 가장 적의(適宜)하게 생활하고 있다고 스스로 늘 감사하게 생각하며 살아간다.

우리 선친이 고향에 중학교를 짓다가 많은 빚을 져 돌아가신 뒤 내 초등학교 1학년 때 집에 차압이 들어오는 것을 직접 본 적이 있다. 그때 "나는 커서 절대 남한테 빚은 안 지겠다."라고 다짐했는데, 지금까지는 그대로 지키고 있다.

2. 잡기를 거의 할 줄 모른다

나는 어릴 때부터 이상하리만치 한문에 집중하여 다른 잡기를 일절 배우지 않았다. 화투, 바둑, 장기, 당구 등을 조금도 할 줄 모른다. 낚시, 등산 등도 애초부터 하지 않는다.

영화나 연속극 등도 좋아하지 않아 거의 안 본다. 텔레비전 자체를 아예 안 튼다. 저녁 9시 뉴스도 안 본다. 다만 신문은 열심히 본다.

하는 것이란, 오로지 책보고 글 쓰고, 틈나면 달리기, 아령 등 개인 운동하는 것뿐이다.

3. 노래 부르기 좋아한다

우리 집안은 유전적으로 노래를 좀 잘하는 편이다. 그 가운데서도 나는 노래를 더 좋아하고 좀 더 괜찮게 하는 편이다.

노래를 잘하는 것보다 더한 장기(長技)는 노래를 잘 기억한다는 것이다. 어릴 때는 물론이고 지금도 악보를 전혀 볼 줄 모르는데도 노래는 잘 기억한다. 그런데 이상하게 악기는 전혀 안 된다. 중학교 때 없는 돈을 한 푼 두 푼 모아 중고 하모니카 중고 기타를 사서 배워봤지만, 전혀 안 되었다. 기억력도 다 같은 것이 아니고 종류가 많은 것 같은데, 노래를 빨리 배우고, 또 안 잊어버리는 데는 내가 상당한 재주가 있는 것 같다.

우리 부친이 6.25전쟁 때 피난을 못 가고 인민군들 속에서 고생을 했다. 또 전쟁이 끝난 뒤에는 경찰에 불려가 인민군과 무슨 관계를 맺었는지 조사받느라고 시달린 이후로 몸이 안 좋았다.

내가 여섯 살 때, 우리 숙부님이 살림이 좀 넉넉하여 큰 축음기한 대를 사서 형님 심심할 때 들으라고 주었다. 축음기를 그때 '유성기(留聲機)'라고 했는데, 그 당시 유성기 한 대는 시골에서 논 다섯마지기 값에 해당하였으니, 지금으로 치면, 몇 천만 원의 값이 나가는 고가품에 해당되었다. 우리 집 것도 완전히 새것은 아니고, 어떤망한 부잣집 것을 사 온 것이다. 우리 동네에 유성기가 3대 있었는데, 천석꾼 부잣집과 면장을 지낸 분의 집에 있었는데, 두 집 다고장이 나 틀 수 없는 상태였고, 우리 집 것만 새것이라 돌아갔다.

동력은 태엽을 감아서 쓰는데, 심하게 감으면 태엽이 터져 버려못 쓴다. 그러면 유성기를 달구지에 싣고 읍내까지 가서 고쳐 와야했고, 세 번 이상 터지면 더는 못 고치고, 거금을 들여서 새것으로갈아야 했다. 그리고 음반 한 판을 듣고 나면 반드시 음반 판에닿아 소리를 내는 바늘을 갈아야 하니, 바늘 값이 적지 않게 들었다. 바늘 값을 아끼기 위해서 우리 부친이 가끔 사용한 바늘을 숫돌에갈아 쓰기도 하였다.

한 장에 앞뒤로 노래 한 곡씩 들어가는 작은 음반[SP]이 몇 백장도 같이 끼워 샀는데, 내가 그것을 2절, 3절까지 전부 다 외워부를 수 있었고, 대사(臺詞)가 있는 것은 대사까지 저절로 다 외워버렸다. 그때 음반 가운데는 유행가만 있는 것이 아니고, 민요 판소리 등도 있었는데, 그것도 다 외웠다.

요즈음 정동원 같은 어린이 가수가 나왔지만, 어릴 때 교육하면 대부분의 아이들이 정동원처럼 될 수 있다. 나도 정동원 못지않게 노래를 잘 했다고 지금도 착각을 버리지 않고 있는데, 그때는 어른들이 노래하지 말라고 계속 나무랐다.

공부도 마찬가지다. 어릴 때 열심히 하면 평생 남보다 뛰어날 수 있다. 내가 어려서부터 한문을 너무 좋아했다고 늘 자랑하지만, 나만 그런 것이 아니고, 우리 친구 한 사람도 어릴 때 열심히 공부해서 성공한 경우가 있다. 그 친구는 집이 워낙 가난하여 논밭이 없으니 부친이 남의 일 하다가, 마산에 나가서 길가에서 구두 수선공을 했다. 그 친구는 남의 단칸 달셋방에 살았다. 집에 장난감이라고는 아무것도 없고, 시골에서 전학 갔는데 너무 가난하니 아무도 놀아주지 않아 친구도 없었다. 우울하게 지내다가 우연히 초등학교 4학년 때부터 책 읽기에 재미를 붙여 닥치는 대로 책을 보았다. 분야를 가지지 않고 중독되듯이 책만 보았다. 중학교 고등학교 때 공부를 워낙 잘해, 대학 마치고 미국 유학 가서 박사 받고 유명한 미국 펜실베이니아대학 경제학과 교수를 지냈다. 우리나라 초등학교는 교과내용이 너무 쉬워 많은 학생들이 허송세월하는 경향이 없지 않다. 어린이라고 무시하면 안 되고, 초등학교 때 공부를 많이 시켜야 된다는 것이 나의 주장이다. 외국어를 배우기 가장 좋은 시기가 6세부터 13세라고 하니, 초등학교 때 공부를 잘 시켜야 하는 것이다. 요즈음 어릴 때는 놀려야 한다고 주장하는 교육학자들의 주장은 안 맞는 것 같다.

그때는 남인수, 박재홍, 손인호, 명국환 등의 가수가 전성기였던 것 같다. 그런데 설날 동네 사람들이 우리 집에 모여 술을 마시고 유성기 노래를 들으면서 춤을 추었는데, 뚱뚱한 외송 아지매라는 분이 술에 취해 춤추다 그만 축음기 위에 주저앉아 버리는 바람에, 음반 하나의 끝이 깨어져 버렸다. 그 음반에는 앞면에 박재홍의 「비에 젖은 주막집」과 뒷면에 명국환의 「군사우편」이 들어 있었는데, 깨진 이후로 그 노래들의 1절을 들을 수 없게 되어 그 당시 내가 심하게 원망했던 기억이 난다.

우리 부친이 밖에서 술을 한잔 드시고 친구들을 데리고 우리 집에 축음기 들으러 오시는데, 그 기척이 나면, 나는 얼른 태엽 감는 손잡이['점마이'라고 했는데, 아마 일본말인 듯]를 감추어버리고는 그 옆에서 이불 덮어쓰고 자는 척하고 있다.

그러면 우리 부친이 들어와 손잡이를 찾다가 없으면 나를 깨워 묻는데, 나는 과자를 주어도 안 내어놓고, 돈을 주어도 안 내어놓고, 오직 나에게 노래 몇 곡을 부르게 하면, 내놓았다. 그때 내 생각으로는 "내가 축음기보다 노래를 더 잘하는데, 왜 내 노래는 안 듣고, 축음기만 왜 틉니까?"라는 불만이 있었다. 그래서 어른들이 모여 있는 가운데서 박수를 받으며 노래를 몇 곡 부르고 "잘한다."는 칭찬을 듣고 나서 내주었다.

요즈음 유명한 가수 주현미(周炫美) 씨 집에도 유성기가 있었는데, 주현미 부친도 노래 들으러 친구들을 데리고 집으로 오는데, 주현미 씨 부친은 자기 딸 노래 잘한다고 자고 있는 초등학생 딸을 깨워 친구들 앞에서 몇 곡 부르게 했다고 한다. 그래서 가수가 되었다고 한다. 주현미 씨는 나보다 아홉 살 아래이니, 그때의 축음기 위력하고 내 어릴 때 축음기 위력하고는 하늘과 땅 차이였다.

내가 여덟 살 때 부친이 돌아가셨다. 장례를 치르고 난 뒤 나의 관심은 그 축음기에 쏠려 있었다. 그만 우리 숙부님이 우리 집에 유성기 사준 것을 까맣게 잊어버려서 찾아가지 않았으면 하는 것이 그때 나의 가장 간절한 소원이었다. 그때 나는 노래에 관심이 많으니 축음기를 혼자서 소작할 수 있었다. 얼마 지나자 축음기 바늘을 다 써 버려 나 혼자 헌 바늘을 숫돌에 갈고 있으면, 우리 모친이 "애가 뭐 갈고 있노?"라고 물어, 달밤에 몰래 갈아 축음기를 듣곤 했다.

장례를 마친 지 서너 달 되도록 유성기 돌려달라는 말이 없어서 "이제 완전히 잊어버리신 모양이다. 아! 드디어 됐다. 축음기 우리 것 되겠네!" 하고 아주 안심을 하고 있었다. 그런데 어느 날 숙부님이 사촌 형을 보내어 누님에게 "누야! 아버지가 유성기 이고 오라 하더라."라는 말을 전했다. 그 말을 듣는 순간 한 가닥 기대가 무너지니 너무나 허망하였다. "별로 듣지도 않을 것이면서 그냥 두면 좋을 텐데."라며 아쉬워했지만, 현실은 축음기를 다시 들을 수 없는 것이었다. 마치 큰 사업하다가 망한 것처럼 상당히 오랫동안 너무나 아쉬웠다. 다시 축음기 찾아오는 꿈을 몇 번이나 꾸었다.

그 뒤로는 노래를 배우는 것은, 나보다 나이 많은 동네 청년들이나 우리 누님 친구들인 동네 처녀들이 부르는 노래를 듣고서 배웠는데, 그들이 부르는 노래는 음반을 듣고 배운 것이 아니고, 먼저 배운 다른 사람들에게 배운 노래이기 때문에 가사나 곡조가 정확하지 않은 것이 많았다. 다 배우고 나서 나중에 읍내 나가서 전파상을 지나다가 원판 노래를 들어보면 아주 거리가 먼 것도 있었다.

나는 노래를 잘 기억했을 뿐만 아니라, 가사가 없는 반주까지도 잘 기억했다. 초등학교 2학년 때 4.19가 끝나 세상이 바뀌었을 때, 상급생들이 배우던 "학도는 용감하다. 거룩한 피를 흘려, 민주주의 만방에 헌양하였네. ……"라는 노래가 있었는데, 나는 지나가면서 상급생들이 배우는 것을 한두 번 들었는데, 지금도 그 가사를 정확히 기억한다. 요사이 그런 노래가 있기나 했나 하고 검색을 해 보니, 제목이 「4.19행진곡」이었다.

중학교 2학년 때 함안고등학교 음악교사로 와 있던 우성규라는 음악교사가 함안중학교 음악도 담당하였는데, 첫 시간에 곱은 손을 풀며 피아노로 「터키행진곡」을 두 번 연주하였는데, 내가 그 음률을 그때 다 외워 지금도 흉내 낼 수 있을 정도다.

그 밖에 5.16 직후에 국가에서 만들어 보급한 노래, 군대 가서 들은 군가, 동네 앰프에서 나오는 노래, 읍내 전파상에서 틀어 놓은 노래 등등해서 노래를 많이 배웠다. 거의 다 저절로 외워졌다.

나는 초등학교 때부터 노래 잘 부르는 것으로 알려졌다. 6살 때 초등학교 들어가서 상급생들 반에서 배우는 노래도 듣고 다 기억했다. 4학년 때 담임선생 윤종호 선생의 추천으로 노래 부르기 대회 나갔는데, 예선에서 탈락했다.

그러나 나는 학교 노래보다는 어른들이 부르는 유행가를 잘 불렀고, 가사는 초등학교 때 벌써 노래 좀 하는 청년들이라 해도 나만큼 아는 사람이 없을 정도로 노래 가사 많이 아는 아이로 소문이 났었다.

중학교 1학년 말쯤 되니, 어느 날 갑자기 이상하게 고음(高音)이 안 되고 내가 봐도 전보다 영 노래가 잘 안 되었다. 그때 시골에서는 전혀 몰랐는데, 나중에 알고 보니, 그때가 바로 변성기가 올 때로서, 목을 심하게 쓰면 안 되는 시기인데도 그것도 모르고 마구 노래를 불렀다. 그때 약간 목을 상했다.

그때 풍속으로 다른 동네서 누가 장가를 오면, 결혼식을 올린 그 이튿날이나 사흘날쯤에 날을 잡아, 신랑이 자기 또래의 처가 동네의 청년들을 초청하여 술을 한잔 대접하면서 논다. 신랑 된 사람이 앞으로 처가 동네에 자주 출입할 것이니, 그 동네 청년들과 친분을 두터이 하려는 관례적인 행사였다. 그래서 장가온 사람의 처가에서는 술과 음식을 풍성하게 준비하여 동네 청년들을 초청한다. 술을 마시고 놀다가 마지막에 가면 노래를 하고 판을 두드리고 흥이 많은 사람은 일어나 춤까지 춘다. 그러면 서먹서먹한 분위기가 없어져 신랑과 처가 동네 청년들이 친하게 된다. 그것을 '신랑 방에 논다'라고 했다.

주로 동네 청년들이 초대받는데, 고등학생들도 간혹 거기에 끼이는 수가 있다. 그러나 중학생은 당연히 거기에 못 오게 하는데, 청년들이 좀 적을 때는 가끔 쫓아내지 않고 봐주는 수가 있다. 그런데 중학생 나이쯤 되면 거기에 끼고 싶어서 안달한다. 신랑 방에 끼면 돈 안 들이고 좋은 음식 먹고 술도 한 잔쯤 하게 되고, 노래도 한두 곡 부를 수 있으니, 그런 좋은 일은 시골서 쉽게 얻을 수 없는 기회다.

그래서 대부분 쫓겨나지마는, 번번이 모르는 체하고 나하고 몇 명 덩치가 큰 중학생들은 신랑 방에 먼저 가서 시치미를 뚝 떼고

떡 앉아 있다. 그러면 동네 청년들이 들어오는데, 그중에서 좀 별난 청년이 "요 머리에 쇠똥도 안 벗겨진 놈들이 어디서 벌써 신랑 방에 들어와? 안 나가?" 하고 고함을 치거나 꿀밤을 먹인다. 그러면 대부분 아쉽지만 쫓겨나간다. 나도 멋쩍게 다른 친구들 따라 나가려고 하면, 청년들이, "권수 니는 남아 있어야지!"라고 한다. 왜냐하면 내가 그때 이미 노래 가사 많이 안다고 온 동네에 소문이 났기 때문이다. 나중에 청년들이 노래 부르다가 가사가 막히거나 적당한 노래를 못 찾을 때, 내가 노래를 이어주거나 새로 시작해 주니까, 분위기를 살릴 수 있었기 때문이다.

그때 우리 조모님은 '노래 부르면 가난하게 산다'고 노래를 부르지 못하게 했다. 그때까지만 해도 가수들을 '딴따라'라고 하여 아주 천시하였다. 대단한 가수 몇 명 빼고는 유랑극단에 따라다니며 겨우 입에 풀칠을 하였다. 그때는 시골 읍 단위 극장에도, 서영춘, 구봉서, 배삼룡, 양훈, 양석천 등등, 상당히 이름 있는 연예인들이 가끔 와서 시골 동네까지 포스터를 붙여 놓았다. 전국노래자랑 사회자로 유명한 송해 같은 분도 다 유랑극단 출신이다. 그래서 나는 주로 소죽 소에 불 땔 때나 산에 소 먹이러 가서 노래를 실컷 불렀다. 나중에는 습관이 되어 저절로 노래를 흥얼거렸다.

노래가 되게 부르고 싶은데 어른들이 부르지 말라고 하니, 속이 답답했다. 그래서 1964년 12월 중학교 입학시험 쳐 놓고, 매일 뒷산에 올라가 노래를 부르다가 내려왔다. 그때 이미 9일 동안 계속 불렀는데, 그때 이미 9일 동안 같은 노래를 다시 안 부를 정도로 노래를 많이 알았다.

1963년에 우리 고향 법수면에 유선방송이라는 것이 생겼다. 사장이 우리 친구 부친이었는데, 자기 집에 본부를 차려놓고 선으로 앰프를 각 가정에 연결하여 라디오를 중계방송하거나 자체적으로 음반을 틀어주는 시설이었다. 그 요금으로는 봄가을로 앰프를 단 집집에 다니면서 벼와 보리를 받아갔다.

그 사장이 머리를 써서 매주 일요일 오후 6시부터 7시 사이에 직접 방송실에서 면민들 가운데 희망자들의 노래를 방송으로 내보내고, 노래 한 곡에 얼마씩 해서 돈을 받았다. 사장 자신이 사회를 보면서 "다음은 윤산동에서 온 가수 허권수 씨를 소개합니다. 오늘은 무슨 노래 부르시겠습니까?", "백년설의 「나그네 설움」 부르겠습니다.", "예! 잘 부탁드립니다."식이었다. 당시 서울 KBS 라디오 방송에서 이광재(李光宰) 아나운서 사회로 '전국노래자랑'이라는 프로가 매주 일요일 밤 8시부터 9시 사이에 방송되었는데, 그것을 흉내 낸 것이었다.

시골에서 노래 부르고 싶은 청년 처녀들이 줄을 서서 기다리다가 자기 차례가 되면, 노래를 불렀다. 그러면 전 면민들이 저녁에 다 듣게 된다. 나도 고등학교 시절 방학 때 고향 가면, 몇 차례 출연한 적이 있었다. 그때 노래 한 곡 부르는데, 쌀 한 되 정도의 돈을 냈으니, 상당히 비싼 가격이었다. 그래도 그때는 그것을 매우 신기하게 여겼다. 신청해도 사람이 많이 밀려서 그날 바로 못 부르는 경우가 많았다. 노래 한 곡 하겠다고 몇십 리를 걸어왔다가 헛걸음하는 사람도 적지 않았다.

고등학교 때는 지금보다는 노래 실력이 나았든지 친구들이 서울로 가서 가수 심사를 한번 받아보라고 권유하기도 했다. 추석 때 인근 마을에서 개최하는 가요 콩쿠르대회에 몇 번 나가 봤지만, 한 번도 입상은 못 했다. 그때 내가 부른 노래는 금호동의 「젊은 내 고향」, 나훈아의 「강촌에 살고 싶어」, 「잊을 수가 있을까」 등이었다. 노래 콩쿠르에서 떨어졌으면, 겸손하게 '내 실력이 모자라는가 보다', '나보다 노래 잘하는 사람이 많구나'라고 생각해야 할 것인데, 그때는 철이 아직 안 나 "저 심사위원들이 무슨 심사를 하겠어?"라고 건방진 마음으로 불만을 품었던 기억이 난다.

내가 노래를 많이 알고 특히 가사를 잘 안다고 점점 소문이 나서 많은 사람들이 그 사실을 알게 되었고, 가끔 사람들이 모인 자리에서 노래를 시켰다. 나는 노래하기를 좋아하는 사람이라 속으로 은근히 노래 한 곡 시켜주기를 바랐다.

우리나라에서 유행가를 잘 부르는 사람으로는 시인 김지하(金芝河) 씨와 영남대학교 국문과 이동순(李東洵) 교수가 있다. 김지하 씨가 유행가 잘 부르고 많이 알기로 자부를 했다. 그래서 김지하 씨가 도전장을 내어 1985년 서울 어떤 여관방을 잡아 8시간 동안 이동순 교수와 한판 대결을 벌였다. 저녁 먹고 방바닥에 앉아서 다른 사람으로 하여금 심판을 보게 하고 노래를 번갈아 가면서 했다. 같은 노래 두 번 하면 안 되고, 노래 부르다가 중간에 가사가 막혀도 점수 안 치고, 상대방 노래가 끝났는데 노래가 안 나와도 안 되는 등 규칙을 만들어 노래를 했다. 새벽 4시쯤에 김지하 씨가 항복을 했다.

이동순 교수는 동아일보 신춘문예에 등단한 시인이고, 평론가인데, 백석(白石)의 시 연구로 유명하다. 실제로 유행가를 연구하고 가사를 연구하고, 본인이 색소폰과 아코디언 등을 연주하고 동호인들과 악단활동도 하고 있다. 가요 관계 방송에도 나오고, 요즈음은 대중가요힐링센터를 만들어 활동하고 있다. 자기 말로 8백 곡 정도를 부른다고 했는데, 나보다는 많지 않은 것 같다.

이동순 교수와 같이 영남대학교 근무하는 어떤 교수가 나와 노래 대결을 한번 붙여 준다고 했는데, 아직 성사가 되지 않았다.

우리나라에서는 유행가는 무조건 저속한 것으로 간주하여 학교에서 유행가를 못 부르게 한다. 특히 음악 전공하는 교수나 교사들은 유행가는 노래도 아닌 것으로 아주 폄하해서 말한다.

대중가수 이동원과 함께 대중가요 「향수(鄕愁)」를 불렀다고, 서울대학교 음악대학 박인수 교수를 클래식 음악계에서 제명한 일이 있었다. 그러나 박인수 교수는 인기가 더 올라가 다른 클래식 음악을 전공하는 사람들의 추종을 불허했다.

박인수 교수가 외국에 나가서 서양 노래를 부르고 나서, 끝날 때쯤 서비스 차원에서 한국 음악이라고 「봉선화」니, 「사월의 노래」 등을 부르면, 서양 음악가들이 "그것은 우리 노래지 당신들 노래 아니오."라고 하다가, 「밀양아리랑」이나 「뱃노래」를 부르면, "그건 당신들 노래 맞소." 하더라는 것이다.

솔직히 말해 국민들이 일상생활에서 부르는 것은 대부분 유행가다. 흔히 음악가들이 작곡하거나 부르는 노래는 가곡 명곡(名曲)이라고 하는데, 실제로는 서양 음악으로 우리 정서에 맞지 않기 때문에 학교만 졸업하고 나면 부르지 않게 되는 것이다.

요즈음 여러 방송에 트로트도 가요에 관한 방송이 많이 생겨나고, 대중들의 인기가 폭발적이다. 외로운 현대인의 마음에 그 가사와 곡조가 위로가 되기 때문이다.

클래식 음악 하는 사람들이 하도 유행가를 무시하기에, 우리도 가곡 같이 작사 작곡할 수 있다는 것을 대학의 음악교수들에게 보여주기 위해서 반야월(半夜月)이 작사하고, 이재호(李在鎬)가 작곡해서 남인수(南仁樹)에게 부르게 해서 만든 노래가 50년대 말기에 나온 「산유화」다.

유행가 가사 가운데 심금을 울리는 것도 상당히 많고, 시로서 손색이 없는 것도 많다. 유명한 작사가 정두수 씨는 하동 출신 시인 정공채 씨의 아우인데, 본인도 정식 시인으로 데뷔하여, 남긴 시도 많이 있다. 중앙대학교 영문학과 교수이자 시인이며 가곡 「산들바람」의 작사자인 정인섭(鄭寅燮) 박사가 뽑은 역대 우리나라 대중가요 가운데 가장 아름다운 가사는, 1968년에 나온 정진성 작사 「청포도 고향」이다. 시인들이 뽑은 가장 아름다운 가사는 손로원 작사의 「봄날은 간다」라고 한다.

내가 노래를 많이 아는데, 근래에 와서 가만히 헤아려 보니, 약 1천 곡 정도는 좀 잘 부른다 싶을 정도로 정확하게 잘 부를 수 있을 것 같다. 몇 곡 부를 수 있는지 한 자리에서 헤아리면서 불러본 적이 없기 때문에 나도 정확하게는 모른다. 사람들은 "허 교수는 1천 곡 부를 수 있다.", "아니다. 3천 곡이다.", "5천 곡이다." 하지만 나도 모른다. 또 그렇게 장시간 시험할 시간도 없고, 들어 줄 사람도 없기 때문이다.

한 35년 전에 서울에서 진주까지 고속버스로 6시간 걸릴 때, 어느 날 서울 갔다 오는데, 고속버스 자리가 창가가 아니라 불을 켜고 책을 볼 수도 없고, 비도 오고 해서 답답해서 속으로 가만히 노래를 불러봤더니, 여섯 시간 동안 180곡 정도 부를 수 있었다.

교육대학원에 어떤 고등학교 교사가 입학했는데, 노래를 잘 불렀고, 가사도 많이 알았다. "웬만한 노래는 다 압니다."라고 노래에 대해서 자부를 하였고, 나에게 "노래로 자신이 있습니다?"라고 했다. 어떤 모임에서 그 사람이 꺼내는 노래마다 내가 다 따라 하니, "선생님! 이 노래는 모르시겠지요."라고 부르는데, 「경상남도 도민가」였다. 중학교 2학년 때 이상하게 일주일에 한 시간 든 음악 시간마다 공휴일이 되거나 소풍을 가는 등 한 학기 내내 거의 음악수업을 한 적이 없었다. 다른 반에서 「도민가」 배우는 것을 두어 번 듣고서 「도민가」를 부를 수 있게 되었다.

그러자 그 교사가 "선생님! 이 노래는 정말 모르실 겁니다." 하고 부르는데, 그가 부르는 노래가, "빛나는 동해바다 태양을 안고, ……."였다. 내가 따라 부르니, "아이구! 선생님. 이 노래까지 어떻게 아십니까?" 육군 제21사단 사단가였다. 그 교사가 21사단에서 근무했는데, 나도 21사단에서 근무했기 때문에, 사단가를 부를 수 있었던 것이다. 40여 년 동안 안 부르다가 한번 듣고 바로 부르는 것도 신기했던 것이다. 그 교사는, "아이고! 노래 가지고는 도저히 선생님한테 안 되겠습니다." 하고 한번 웃은 적이 있었다.

조카 결혼식 때문에 호주에 간 일이 있었는데, 결혼식이 끝나자 노래방에 갔다. 거기도 한국 노래방이 많이 있었다. 사돈 되는 사람이 노래를 부르는데, 바로 김상진의 「석양 길 나그네」였다. 돌아와서 혼자 불러보니, 완전하게 부를 수 있었다. 고등학교 2학년 때 몇 번 부르다가 어찌된 셈인지 그 노래는 완전히 잊어버려 그런 노래가 있는 줄도 몰랐는데, 50년 만에 부르니, 하나도 안 틀리고 그대로 부를 수 있었다. 그래서 한시(漢詩) 같은 것을 읽을 때 눈으로만 읽을 것이 아니라, 가락을 넣어 읊으면, 잘 기억되고 오래 갈 수 있는 것이 증명되었다.

친구 자녀 결혼식이 있어 50여 년 만에 중학교 친구를 만나 노래방에 갔는데, 어떤 친구에게 "이 노래 자네가 중학교 2학년 때 좋아해서 자주 부르던 노래였다"라고 하며 틀어주자, 그 친구는 이미 그런 노래가 있다는 것도 까맣게 잊어버리고 있었다.

우리 학과에 노래방 가기를 싫어하는 교수가 한 분 있다. 그분은 평소에 가사를 아는 게 하나도 없다는 이유로 노래를 안 하고 지내왔다. 그런데 노래방이 나오고 나서는, 노래방에 함께 가서 "가사를 아는 게 하나도 없다." 하면, 다른 사람들이 "가사가 저기 있는데, 왜 노래를 안 하느냐?"고 강요하니, 더 괴로웠다.

나는 노래는 되게 좋아하지만, 노래방은 아주 싫어한다. 왜냐하면, 나는 노래방 기계를 안 보고도 웬만한 노래는 가사를 다 기억하고 있는데, 노래방에 가면, 가사를 기억하고 있는 것이 별 필요가 없다. 그리고 노래방 기계라는 것이, 한 곡 하고 나서 또 눌러 선택하고 하다 보니, 맥이 끊어져 흥이 나지 않고, 가사나 음률에 따라가다 보면, 거기에 압박을 받아 감정을 넣어 마음껏 부를 수가 없다.

나는 내가 생각해도 가사는, 머리로 생각해서 나오는 것이 아니고 우리 말하듯이 입만 벌리면 나온다. 그리고 고음도 거의 마음대로 된다. 그러니 전력을 다해서 노래한다. 심폐기능에 좋다는데 하여튼 전역을 다해서 노래한다.

중국의 강택민(江澤民) 전 주석이 노래하기를 무척 좋아했다. 미국 방문 때 중국 교민들과 노래하는 장면이 텔레비전 방송에 나온 적이 있고, 북경대학 방문할 적에도 학생들과 노래하는 장면이 텔레비전에 나온 적이 있었다. 악기도 몇 가지 다룰 줄 안다.

전하는 이야기로는 노래를 워낙 좋아하여 일과 후에 신분을 감추고 측근들과 노래방에 자주 간다고 했다. 그러다가 어떤 노래방에서 여주인에게 신분이 노출된 적이 있었다.

어떤 노래방에 갔는데, 여자 주인이 알아보고, "손님 강택민 주석님 맞지요?"라고 묻자, 강택민 주석은, "아니오. 내가 강택민 주석하고 많이 닮아, 어디 다니면 강택민 주석이라고 오해받는 수가 자주 있어요."라고 변명하였다. 노래방 주인이, "거짓말하지 마세요. 강주석님 맞지요?", "아니라고. 내가 많이 닮아 그렇게 말하는 사람이 많다니까."라고 계속 시치미를 뗐다. 그 여자 주인은 물러서지 않고, "천하 사람들을 다 속여도 저는 못 속여요."라고 했다. 강 주석이 "어떻게 그렇게 자신 있게 말할 수 있소?"라고 되물었더니, 그 여자 주인이 강택민 주석의 허리띠를 가리키며, "주석님 허리띠 보십시오. 허리띠 그렇게 높게 올리는 사람이 주석님 말고 어디 또 있습니까?"라고 하자, 강택민 주석도 "당신 정말 대단하오. 그래 내가 강택민 맞소. 내가 노래를 너무 좋아하지만, 낮에는 다닐 수 없고, 밤에 가만히 왔는데, 알아보는 사람이 있으니, 곤란하네."라고 했다. 여

주인이 "앞으로 우리 집에 오시면, 소문내지 않겠습니다."라고 하여 단골이 되었다고 한다. 텔레비전을 보면 강택민 주석은 허리띠를 아주 높이 올려 가슴 바로 밑에 매는 것이 남 다른데, 그 노래방 여주인이 알아 본 것이다.

나는 아침에 일어나면 혼자서도 노래를 몇 곡 부른다. 아침 먹고 학교 가려고 양치질하기 전에 몇 곡 부른다. 칫솔에 치약을 묻혀서 손에 들고 양치질 시작하기 직전에 몇 곡 한다. 처음에 한두 곡 하다가 신이 나면, 한 곡만 더 한 곡만 더 하다가 시계를 보면 급하여 뛰어가 통근버스를 타는데, 가끔 노래 때문에 통근버스를 놓치는 경우가 있었다.

내가 1983년 경상대학교에 첫 발령을 받아 결혼하기 전에 혼자 하숙집에서 살았는데, 가끔 방에서 노래를 불렀다. 주말 밤이면 옥상에 올라가서 상당히 장시간 노래를 불렀다. 그때 이웃집 아주머니들이 우리 하숙집에 놀러 왔는데, 우리 하숙집 주인이 "우리 집에 경상대학교 교수가 하숙하고 있소."라고 자랑을 하였다. 이웃집 아주머니가 "무슨 과 교수요?"라고 묻자, 우리 하숙집 주인은 조금도 주저하지 않고, "음악과 교수요."라고 대답했다. 하숙집 주인은 한동안 내가 음악과 교수인 줄 알고 있었다.

내 승용차를 산 뒤에는 차 트렁크에 노래 CD나 테이프를 쌓아놓고 번갈아 가면서 듣는다. 가끔 고속도로 휴게소나 축제 마당에 음악 CD 파는 곳이 있으면, 반드시 훑어보고 옛날 어릴 때 듣던 노래 재생한 것이 있나 하고 찾아보고 있으면 산다.

노래는 단순히 가사나 곡조 자체가 좋아서 부르는 것도 있지만,

노래 속에 내 어릴 적 과거의 추억이나 생활이 들어 있어 노래 한 곡 부르는 동안 머릿속에는 여러 가지 상념들이 스쳐 지나간다. 특히 우리 부친과의 1년 반 남짓한 노래에 얽힌 사연이 늘 떠올라, 노래와 추억이 범벅이 되어 있다.

노래는 약간 유전적인 것이 있는데, 우리 부친은 노래를 정말 잘 한다고 사람들이 이야기했다. 우리 큰 고모님이 "권수 니가 노래 잘 한다고 해도 너거 아버지보다는 영 못 하지. 너 아버지는 배속에서 우러나오는 목수린데."라고 평가하였다. 우리 부친은 많은 노래 가운데서 50년대 중반 박재홍의 「울고 넘는 박달재」를 십팔번처럼 잘 부르셨다. 십몇 년 전에 명절에 우리 가족들이 노래방에 갔는데, 나는 주차하느라고 좀 늦게 들어갔다. 들어가자 딸이 "아빠 무슨 노래 부를 거야?" 하기에, 「울고 넘는 박달재」라고 했더니, "그 노래 오빠가 아까 불렀어."라고 했다.

한국학대학원 한문학 전공자로 입학하니, 거기에 한국음악과도 있었다. 거기 박사과정에 황준연 선생이 있었는데, 그때는 시간강사였지만, 나중에 서울대학교 국악과 교수를 지냈다. 이분이 내가 읊은 한시 「관산융마(關山戎馬)」를 듣더니, 나에게 와서 "허 선생 목소리에는 서양 음악의 영향이 조금도 없는 순수한 우리 전통 목소리입니다. 지금이라도 한문학 떠나, 한국음악을 전공하면 내가 앞날을 보장해 주겠습니다."라고 했다. 그러나 내가 국악 전공하겠다고 한문학을 버릴 수 있겠는가.

1983년 3월 한국학대학원을 졸업하고 경상대학교에 부임할 적에 대학원의 조동일(趙東一) 교수가 나에게 당부한 몇 가지가 있는데, 그 가운데 하나가 "학생들 앞에서 함부로 노래 부르지 말아라."였다. 그러나 내가 노래 부르기를 좋아하고, 학생들이 그런 줄 금방 알았기 때문에, 학생들의 모임이 있으면 가끔 노래를 불렀다. 노래를 부르고 싶은 생각이 은근히 간절하기 때문이다.

반야월(半夜月)이라는 작사가가 있는데, 6천5백 곡을 작사하여 세계 기네스북에 등록되었다. 작곡가로는 반야월인데, 원래 진방남(秦芳男)이라는 이름의 가수로 활동하였다. 월북작사가들 노래 개작할 때는 무적인(無迹人)이라는 이름을 썼고, 그 외도 추미림(秋美林), 박남포(朴南蒲) 등 이명이 많다. 워낙 작사를 많이 하니까 이 노래도 '반야월 작사', 저 노래도 '반야월 작사'라니 미안하기도 하고, 다른 사람들의 질투를 방지하기 위해 예명(藝名)을 많이 지었다고 한다. 원래 이름은 박창오(朴昌吾)다.

우리나라에서 노래를 제일 많이 알고 있던 분이고, 노래 부르기를 제일 좋아했다. 나도 노래 부르기 좋아하지만, 이분은 나보다도 더 노래 부르기를 좋아한다고 한다. 진방남 씨는 본래 창원(昌原) 출신인데 보통학교 졸업하고 김천의 어떤 양복점에서 일했다. 그 주인도 노래를 좋아하여 하루 종일 양복점에서 둘이서 노래를 부르며 일하다가 1937년 김천의 노래자랑에 나가서 진방남 씨는 1등을 하고 주인은 떨어졌다. 그때부터 가수로 활동하다, 작사가로 전향하였다. 해방 후 대표적인 10대 가요에 드는 「울고 넘는 박달재」, 「유정천리」 등이 모두 그의 작사다.

이분은 노래 부르기를 좋아해 마음에 맞는 친구 몇 사람과 술집에 들어가 돌아가면서 노래를 한 곡씩 하는데, 자기가 한 곡 부르고 나면, 다음 차례까지 못 기다려 밖에 나가서 몇 곡을 더 부르고 들어와 자기 차례의 노래를 불렀다고 한다.

본래 중국 고대의 유학에서는 예법(禮法)뿐만 아니라 음악도 대단히 중시하였다. 그래서 예악(禮樂)이다. 공자(孔子) 맹자(孟子)도 다 음악을 중시하였다. 공자가 제(齊)나라에서 옛날 성인 순(舜)임금의 음악을 듣고, 거기에 심취하여 그 이후 석 달 동안 고기 맛을 모르고 지냈는데, 탄식하기를, "음악이란 것이 이 정도에 이를 줄은 상상도 못 했다.[不圖爲樂之至於斯也.]"라고 하셨다. 그 당시 고기 맛이라는 것은 오늘날과는 비교가 안 될 정도로 귀한 것이다. 또 공자는 노래를 잘하는 사람이 있으면, 반드시 재창을 시켰고, 그러고 나서 자기가 거기에 답례로 한 곡을 불렀다.

송(宋)나라 성리학자에 이르러 유학이 너무 엄숙한 것만 강조하다 보니, 예법만 강조되고 음악은 천시하기 시작했다. 그 결과 유학이 대중들에게서 더욱 멀어졌다. 특히 조선의 선비들은 예법만 너무 강조하다 보니, 유학이 지나치게 딱딱하게 여겨지게 되었다.

오늘날은 서양 음악만 너무 고상하게 가치를 쳐 주고, 우리 음악이나 유행가는 낮게 평가하는 경향이 농후하다. 학교에서 배우는 노래가 거의 전부 서양 노래인데, 그런 노래는 사람들이 학교에서만 배우고 밖에 나와서는 일절 안 부른다. 우리 체질에 맞지 않아 흥이 나지 않기 때문이다. 그래서 서울대학교 음대 교수가 "우리는 아무도 찾지 않는 제품만 생산하고 있다."라고 탄식한 적이 있었다.

내가 어릴 때부터 노래를 많이 기억하고 자주 부르는 덕분에 무슨 글 지을 일이 있으면, 붓만 잡으면 줄줄 이어지는 이점이 있다.

편지 같은 것이나, 연설문 같은 것도 한번 쓰면, 거의 고칠 데 없이 그대로 쓴다. 이것이 노래 가사를 많이 외우고 있는 덕이 아닌가 한다.

또 노래를 부르면 운동하는 것 못지않게 심장과 폐에 좋다고 하고, 울적한 기분을 해소할 수도 있다.

4. 식초를 수시로 많이 먹는다

내가 식초를 먹기 시작한 것은 1977년 대학생 때이니까, 지금부터 43년이 지났다. 어떤 동급생이 중국집에 같이 가서 짜장면을 시켜 먹는데, 식초를 뿌려 먹으며, "형! 짜장면 먹을 때 식초를 뿌려 먹으면 맛이 더 납니다."라고 하기에, 따라 해 봤더니, 과연 맛이 있었다.

그래서 그 이후 짜장면은 물론이고, 우동, 짬뽕, 국수에 식초를 쳐 먹었고, 나중에는 라면에도 식초를 쳐서 먹었다. 그때는 식초가 건강에 좋아서 먹는 건강식품이라고 생각한 것은 아니었고, 그냥 입에 맞아서 식초를 많이 먹었다. 나중에는 쇠고기, 돼지고기, 생선 등도 식초에 찍어 먹었다. 횟집에 가면 다른 사람들은 간장에 찍어 먹는데, 나는 반드시 식초에 찍어 먹었다. 밥 비벼 먹을 때도 식초를 몇 방울 넣으면, 밥맛이 초밥 맛처럼 먹을 만하게 된다.

2000년도에 이르자, 식초가 몸에 좋다고 붐이 일어나 각종 방송 신문 등에 소개되었다. 각종 식초 제품이 많이 나왔고, 마시는 식초도 다양하게 나왔다. 식초에 관한 책이 많이 간행되었다. 샘표식품 박승복(朴承復) 회장은 식초 예찬론을 펴며 식초 강연하러 다닌다.

식초가 피부에 좋다고 몸에 바르는 여성도 있었다.

식당마다 가서 식초 달라고 하면, 가끔 식초가 없는 식당이 있어, 늘 가방에 식초를 넣어 다닌다. 학교 연구실에도 식초를 몇 병 사 놓아두고 가끔 타 먹고, 차 트렁크에도 식초가 몇 병 준비되어 있다. 그래서 한때 유머 있게 나의 호를 '패초거사(佩醋居士, 식초를 차고 다니는 선비)'라고 한 적이 있다.

식당에 몇 번 가면 알아서 식초를 내놓는 식당이 있고, 갈 때마다 달라고 해야 내놓는 식당이 있는데, 미리 알아서 내놓는 식당이 대체로 영업을 잘하는 식당으로, 반드시 흥성하였다.

나는 나만 식초를 매일 매끼 먹고 많이 먹는 줄 알았는데, 나보다 더 많이 먹고 즐기는 사람이 있었다. 식초에 밥을 말아 먹는 사람, 비누 대신 식초로 세수하는 사람, 샴푸 대신 식초로 머리 감는 사람, 식초로 목욕하는 사람, 크림 대신 식초를 얼굴에 바르는 사람도 있다.

내가 직접 보지는 않았는데, '세상에 이런 일이'라는 프로에 어떤 여고생이 나와 하루에 식초를 4리터 먹는 것을 방영했다고 한다. 가수 민혜경은 매일 아침 식초를 맥주 컵에 한 컵씩 마신다고 한다.

식초를 좋아한다고 소문이 나서 식초를 담근 사람들이 가끔 식초를 선물하는데, 감식초, 사과식초 등 다양하다.

『동의보감(東醫寶鑑)』에 식초의 효능이 나와 있고, 우리 조상들도 꾸준히 식초를 먹어 왔다. 내가 매우 좋아하는데 건강에도 좋다니, 다행이다.

5. 자칭 타고난 요리사

우리 부친은 친구들 모인데 가면 손수 회도 치고, 요리에 대해서 이야기를 많이 했다. 우리 아들은 자기 직업과 관계없이 책을 읽어 요리사 자격증을 취득했다. 우리 딸은 식품을 전공하여 식품회사 연구원이다.

내가 요리를 좋아하는데 마침 군대 가서도 식료품 취급하는 일종(一種) 보급병 및 취사반장 등을 지내다 나왔다. 밥이 모자라면 큰 일 나기에 취사반장인 내가 직접 밥을 폈는데, 1개 대대 병력 한 끼에 6백 그릇씩 밥을 퍼고 나면, 팔목이 끊어질 듯 아프다. 만약 밥을 잘못 퍼 몇 십 그릇이 모자랄 것 같으면, 미리 좀 적게 폈다가 좀 남을 만하면 많이 푸는 등 적절히 조절했다. 모자라서 제 시간에 배식이 안 되면 병사들이 삽이나 총을 들고 취사장에 들어와 난동을 피운다. 얼른 라면을 끓어 달래야 했다. 그 당시 취사 장에서 하는 농담으로, "작전에 실패한 장군은 용서할 수 있어도 배식에 실패한 취사반장은 용서할 수 없다."라는 말이 있었다. 하루 종일 훈련하고 작업하는 병사들에게는 밥이 생명인데, 제때 배식을 못 하면, 작은 일이 아니기 때문이다.

나는 요리하기 좋아하여 맛과 상관없이, 재료만 있으면 무슨 요리든지 되는 대로 만들어 낸다. 시골말로 '조짜배기 음식' '조짜'란 옥편(玉篇) 없는 '만들어 낸 글자', 즉 '조자(造字)'에서 나온 말이다. '조짜배기'란 근거 없는 물건을 낮추어 말할 때 쓰는 말이다.

내가 만든 음식이란 것이 그런 것인데, 그 가운데 '이름 없는 비빔밥'이라는 것이 있는데, 냉장고에 남아 있는 모든 음식을 잘게

썰어서 넣어 볶고 거기에 밥을 조금 넣어 볶으면 되는 것인데, 우리 집에 오는 사람들이 먹어보고 무어라 표현은 못 하겠는데, 여하튼 맛이 있다 해서 부쳐진 이름이다.

집에서나 식당에서 나오는 음식을 그냥 먹는 것은 없고, 반드시 식초를 넣어 섞든지 다른 양념을 넣어 섞든지, 아니면 두세 가지 음식을 섞어 먹든지 다시 개조해서 먹으니, 자칭 타고난 요리사다. 청소는 자진해서 하는 일이 거의 없으면서 요리는 언제든지 하고 싶다.

요리는 하찮게 볼 것이 아니라 하나의 예술이다. 같은 재료를 가지고 어떤 사람은 맛있는 멋진 요리를 만들어 내지만, 어떤 사람은 먹지 못할 정도로 망쳐 버린다. 두세 가지를 합치면, 새로운 맛이 창조되는 새로운 요리가 되니, 학문이나 예술과 크게 다를 바 없다. 노자(老子)가 "큰 나라를 다스리는 것은 작은 생선 한 마리 굽는 것과 같다.[治大國, 若烹小鮮.]"이라는 말을 했다. 정말 이해가 되는 말이다. 생선 한 마리 굽기가 쉽지 않다. 안 태우고, 안 부수고 구워 내기가 쉽지 않다. 모든 지역 모든 계층의 사람들이 만족할 수 있는 정치를 하기가 어렵다. 가장 입에 맞는 음식으로 요리해 내기는, 나라 잘 다스리는 것만큼 어렵다.

6. 약 먹기를 좋아한다

부모가 일찍 돌아간 사람은, 대체로 나이가 들어갈수록 건강 공포증이 생긴다. 그래서 몸에 좋다는 약이나 보신되는 것을 먹기 좋아한다.

앞에서도 이야기했지만, 우리 조부 부친이 일찍 돌아가시어 우리 조모 어머니는 우리 집 살림 형편은 생각하지 않고, 좋은 약이 있다면, 천 리도 멀다 하지 않고 달려가 약을 지어와 나에게 먹였다. 우리 형님은 약 먹는 것에 신경을 쓰지 않아 거의 내가 다 먹었다. 어려서 많이 먹은 보약이 큰 효과가 있는 것 같다.

어려서부터 보약 등 약 먹는 것이 습관이 되어 그 뒤에도 몸에 좋다는 약 먹는 것을 좋아했다. 약방을 지나가면서 몸에 좋은 약 새로 나온 것 있는지 약사에게 물어서 약을 샀다. 그러면 대부분의 약사들이 이 약 저 약 권한다. 과거에 술을 많이 먹었지만, 술 마시는 것 말고는 몸을 나쁘게 하는 일은 거의 안 했다. 내가 먹는 약이라는 것이 주로 비타민, 영양제, 한약 보약 등이다.

길을 가다가 민간 생약 등을 파는 데가 있으면, 들어가 약을 사는 경우가 많이 있다. 하나 둘 쌓이다 보면, 책장이 조그만 약방처럼 된다.

다행히 몸에 이상이 있어 먹는 약은 아직 없으니, 무한히 감사할 일이다.

7. 어떤 간식도 전혀 안 먹고 오직 보이차(普洱茶)만 마신다

식사 시간 이외에는 어떤 음식 음료수도 안 마시고, 오직 보이차만 마신다. 차도 녹차(綠茶) 등은 거의 안 마신다.

차를 마신 지는 40년이 넘었다. 한국학대학원 다닐 때 1년 선배인 윤주필(尹柱弼) 교수가 차를 타서 주어 마신 것이 처음인데, 그때는 차 맛을 전혀 몰라 "볏짚 삶은 물 같은 이걸 무슨 맛으로 먹나?"

하는 생각이 들었다. 그 뒤 1983년 9월 중문학과 정헌철(鄭憲哲) 교수가 대만에서 돌아오면서 차를 가져와 자주 마시게 되었고, 정 교수의 주선으로 나도 다기(茶器) 한 세트를 갖추고 본격적으로 차를 마시기 시작했다.

원래부터 커피는 안 마셨다. 중국에 있는 동안에도 차를 많이 마셨고, 북경의 차 시장에도 가 봤다. 규모가 어마어마한 차 시장인데, 규모보다도 차나 찻잔 등의 가격에 엄청나게 비싸 놀랐다. 몇 억 원짜리 차가 있는가 하면, 몇 천만 원씩 하는 다기가 여기저기 전시되어 있었다.

한국 사람들은 간혹 술 좋아하다가 집 망하는 경우가 있다고 했는데, 중국에서는 차 좋아하다가 망하는 경우가 있다. 차와 다기 등에 사치하기 시작하면, 끝이 없다. 술은 취하기 때문에 좋은 술 마시다가 안 좋은 술도 마실 수 있는데, 차는 좋은 차 마시다가 형편이 어려워져 좀 못한 차를 마시려면 목에서 안 넘어간다고 한다. 중국에서는 부자가 망해서 맛없는 차 마시는 것만큼 비참한 일이 없다고 한다.

중국 사람들의 차 사치는 대단하다. 봄철이 되면, 새로 나온 차라면서 중국차 상점에서 진열해서 파는데, 1킬로 한 봉지에 당시 대학 교수 한 두 달치 월급에 해당되는 가격의 차를 진열해 놓고 판다.

중국의 차의 달인(達人)들은 눈을 감고 입에 찻잎을 대 보면, 이것은 '무이산(武夷山) 대홍포(大紅袍)', 저것은 '군산은침(君山銀針)' 등 다 알아맞힌다. 중국의 물도 차 끓이기 좋은 물을 등급을 매겨 놓았는데, 눈을 감고도 어느 샘에서 길러온 샘물인지 알아맞힌다.

차 끓이기에 제일 좋다는 천하제일천(天下第一泉)이라는 샘물은, 강소성(江蘇省) 진강(鎭江)에 있는데, 중령천(中泠泉)이라고 한다. 양자강 강물 가운데서 솟는 특이한 샘물이다. 그런데 천하제일천이 하나만 있는 것이 아니고, 각지에 천하제일천이라고 하는 곳이 4곳이 더 된다. 산동성(山東省) 제남시(濟南市)에 있는 박돌천(趵突泉)도 호수 속에서 물이 솟는데, 역시 천하제일천이라고 한다.

나는 차 맛을 크게 모르고, 그냥 습관적으로 아침부터 잠 잘 때까지 수시로 마실 따름이다. 그렇게 비싼 차는 안 마시고, 그냥 입에 거슬리지 않는 차이면, 마신다. 같은 차라도 녹차는 거의 안 마신다.

8. 사람이 엉성하다

엉성한 것에도 여러 가지가 있지만, 그 가운데서 비행기 놓친 사례 등 몇 가지만 봐도, 내가 얼마나 사람이 엉성한지 알 수 있다. 정말 놓쳐서는 안 될 비행기 잘 놓치는 선수라 할 수 있다.

내가 비행기를 타 본 것은 1982년 대학원 연수 때 외국 나가면서 처음이었다. 대전진주간고속도로가 뚫리기 전에는 대구 쪽으로 경유하기 때문에 고속버스로 진주서 서울까지 가장 빨리 가면 5시간 반 걸렸지만, 보통 6시간 혹은 7시간 걸렸다. 봄가을 관광철에는 10시간 걸린 적도 있었다.

서울 진주 사이에 다니는 비행기가 많을 때는 하루에 여덟 번이 있었지만, 일반 사람들은 특별한 일이 아니면 탈 수가 있는 요금이 아니었고, 탈 생각도 아예 안 했다.

1991년 5월 박사논문 제1차 심사 때 국내선 비행기를 처음 타

봤는데, 거의 다 떨구었다가 겨우 탈 수 있었다. 논문심사 날짜로 정해진 날의 바로 앞날 밤이 우리 모친 제사였다. 고향 함안(咸安)에서 제사를 지내고 아침 5시에 출발하여 김해공항에 도착하면, 논문심사 장소인 성균관대학교에 정해진 시간인 오전 10시까지 겨우 도착할 수 있었다.

밤 1시쯤에 제사를 마치고, 2시에 누웠다가 4시에 일어나 씻고 밥 먹고 김해로 갔다. 그때는 자가용차가 아직 보급 안 된 시절이었는데, 마침 우리 형님이 운전을 일찍 배워서 자기 직장의 관용차를 몰고 다녔다. 그날 아침에 안개가 꽉 끼었는데, 그 차로 김해공항까지 가니, 아침 7시도 안 되었다. 자리 배정받는 카운터에 가니, 사람이 아무도 없었다. 밖에 나와서 산보 좀 하다가 7시 20분쯤 가도 사람이 없었다. 이상하다 하면서도 다시 산보하다가 7시 50분쯤에 가니, 많은 사람들이 줄을 서 있었다. "이상하다. 8시 출발 비행기인데, 수속을 왜 이렇게 늦게 하지?" 하고 의문을 갖고서 내 차례가 되어 표를 내미니, 담당 여직원이 "지금 이 비행기는 제주도 가는 비행기이고, 서울 가는 비행기는 아까 수속 다 끝내고 문 닫았으니, 다음 비행기 탑승하시지요."라고 했다. "안 됩니다. 지금 중요한 일이 있어서 이 비행기 안 타면 안 됩니다."라고 하니, 여직원이 "비행기 타시려면 일찍 나오셔야지요?"라고 나무랐다. "내가 너무 일찍 나왔다가 사람이 없어 산보 좀 하고 오니, 그만 끝났더라고?" "어떻게 하지요?"라고 여직원이 안타까워하면서 자기 상급자와 의논을 하더니, 전화를 하고 관리용 차량을 내어 나를 비행기까지 태워 다시 문을 열어 태워주었다. 무사히 오전 10시 논문 발표시간까지 갈 수 있었다.

그때 마침 아시아나항공이 막 설립되어 대한항공을 따라잡기 위해서 서비스를 지극히 잘할 때라서 가능했다.

2차 심사는 보름쯤 뒤 오후 5시부터 실시하기로 되어 있었다. 그날은 오후 2시까지 수업이 있었는데, 사천공항에서 3시 비행기를 타려고 표를 예매해 두었다.

1시 50분 수업 마치고, 교문으로 뛰어나가니, 마침 사천 방향으로 가는 붉은 줄이 그어진 시외버스가 교문에 대기하고 있기에 마침 잘 되었다 하고 바로 올라탔다. 학교 앞에 서는 모든 시외버스는, 사천공항 앞을 경유하는 줄 알았는데, 그 버스만은 사천공항 앞으로 지나가는 것이 아니고, 사천 공항 가기 3킬로 전에 좌회전해서 강주리 산골짜기로 들어가는 차였다. 또 낭패가 났다. 운전기사에게 사정을 이야기했더니, 마침 손님이 얼마 없어 그 손님들 다 내리고 나서, 나를 고맙게도 사천공항까지 데려다 주었다.

1994년 2월 1일 가족을 데리고 중국 갈 적에 6개월 전에 비행기 표를 샀는데, 2월 1일은 비행기가 없으니, 1월 31일에 가라고 항공사 직원이 권유를 해서 그렇게 표를 샀다. 1월 31일에 김포에서 천진으로 간다고 중국에 있는 팽림(彭林) 교수에게 마중 나오라고 미리 다 이야기해 두었다.

1월 30일 서울로 가는 국내선도 다 예매해 놓았다. 떠나기 전날 밤에 집에 들어와 아이들 비행기표는 어떻게 생겼나 하고 한번 꺼내 보니 중국 가는 비행기표가 2월 1일로 되어 있었다. "이상하다." 하면서 집사람 표를 꺼내 보니, 역시 2월 1일이었다. "이상하다.

어째 내 비행기표하고 날짜가 다르지?" 하고 내 비행기표를 꺼내
보니, 내 것도 2월 1일 것이었다. 비행기 시간은 거의 매달 바뀌는
데, 6개월 전 여행사 직원이 말한 그대로라고 생각하고 있다 보니,
내가 가진 비행기표와 다르게 일정을 짰던 것이다. 부랴부랴 중국
어 잘하는 중문학과 정헌철 교수에게 부탁해서 북경에 국제전화를
해서 2월 1일에 마중 나오라고 이야기하였다. 팽 교수는 대학의
고급 승용차를 빌리기 위해서 복잡한 수속을 다 끝마쳤는데, 다시
날짜를 바꾸느라고 수속을 다시 해야 했다.

6개월 전 상담할 때의 비행기 배정된 날짜하고, 표 발권할 때의
날짜가 바뀌었던 것이다. 항공사 직원은 생각하기를, "표 받아보면
날짜 바뀐 것 당연히 알겠지?" 생각하고 표만 보냈었는데, 나는
표는 한 번도 확인해 보지 않은 채 6개월 전의 말만 믿고 1월 31일로
알고 있었던 것이다.

앞에서 이야기했지만, 연민(淵民) 이가원(李家源) 선생 모시고 중
국 여행하는 과정에서 두 번 비행기 때문에 애를 태웠다. 1996년
10월 30일 북경에서 서울로 오면서 비행기를 못 타 한 번 식겁을
하였는데, 10월 31일 대만으로 갔다가 홍콩을 거쳐 11월 3일 계림
으로 가려다가 비행기를 놓쳤다. 1주일간의 항공 예약 호텔 예약
등이 다 취소되어, 갑자기 여행일정을 새로 짜고, 항공권을 구한다
고 애를 먹었다.

1999년쯤에 내가 현금카드를 안 쓸 때 공항 등에 설치되어 있는
현금자동인출기가 뭐하는 기계인지 몰랐다. 어느 날 김포공항에서
보니까 어떤 사람이 통장을 밀어 넣어 현금을 찾았다. 아주 편리하

게 느꼈다. 그 이전까지는 은행에 가서 신청서 작성하여 도장 찍어 은행 직원에게 제출하여 현금을 찾았다.

그 뒤 중국 가면서 나도 현금은 소지 안 하고 통장만 들고 갔다. 김포공항에 가서 자동인출기에 통장을 밀어 넣었는데, 계속 뭐라 하면서 통장을 밀어내었다. 기계가 고장이 나서 그렇나 하고, 은행 창구로 가서 문의해 봤더니, 미리 등록을 한 통장이라야 된다고 했다. 내가 거래하는 은행은 공항에 지점이 없었다. 중국 가는 수속은 다 했는데, 수중에 현금이 하나도 없으니, 낭패가 났다. 북경에 있는 교수들과 약속을 다 잡아놓았는데, 중국에 못 가게 생겼다.

그때 마침 나의 제자로 중국을 상대로 여행사를 경영하는 정영웅 사장이 지나갔다. 그에게 돈을 빌려 무사히 중국에 다녀올 수 있었다.

이런 모두가 나의 치밀하지 못한 마음의 자세 때문이었다.

9. 유행을 따르지 않는다

우스갯말로 유행이 뭐냐 하면, '현명한 사람이 마음속으로 비웃으면서도 따라하는 것'이라고 한다. 유행의 힘, 압박이 한 개인의 행동을 마음대로 못 하게 상당히 구속한다. 여론의 손가락질을 견디지 못하는 것과 같다.

그러나 나는 유행을 거의 따르지 않는다. 한복을 입을 필요가 있을 때는 언제든지 한복을 입고 다닌다. 갓도 쓰고 다닌다. 서원 향교 등에 자주 출입한다. 퇴직 이후에도 거의 그대로 학술활동을 한다. 이리저리 이로울까 이름이 날까 눈치 보지 않고 내 가고 싶은 길을 계속 나간다.

유행을 타지 않는 것이 여러 가지가 있는데, 대표적인 것이 한문 공부하는 것, 노래 좋아하는 것, 운동 좋아하는 것 등을 평생 그대로 유지하고 있다.

사람도 한번 사귀면, 내가 먼저 관계를 끊지는 않는다.

10. 편지 쓰기 좋아한다

초등학교 때부터 편지 쓰기를 좋아해 왔다. 중학교 들어가서는 서점에서 한영사전이 있는 것을 보고 사와서 문법에 맞지도 않을 영어 편지를 여기저기 써서 보냈다. 영어를 잘하는 것처럼 자랑해 보이기 위해서였다.

고등학교 2학년 때 연민(淵民) 이가원(李家源) 등 서울 소재 대학의 유명한 교수 다섯 분에게 한문문법 가르쳐 달라고 편지를 썼다.

네 명의 교수들은 답장이 없고, 오직 연민 선생만 답장을 해 주어 평생의 은사가 되었고, 내가 평생 한문공부하게 된 계기가 되었다. 경상대학교 신현천(申鉉千) 총장에게 편지를 쓴 바람에 경상대학교에 특채가 될 수 있었다.

1994, 1995년 북경에 1년 반 동안 있으면서, 한국이나 중국에 보낸 편지가 5백 통 정도 되었으니, 거의 하루에 한 통 정도 쓴 셈이다.

연민(淵民) 선생은 남의 편지에 답장 안 한 적이 한 번도 없었다. 상대에 대한 지극한 배려다. 연민 선생의 선조 퇴계 선생은 남아 있는 편지만 3,100통쯤 된다. 어떤 편지는 글자가 1만 2천 자가 되는 것도 있다. 문종이 책으로 30장 분량이다. 제자 고봉(高峯) 기대승(奇大升)과 주고받은 편지가 120여 통인데, 8년 동안 학문 토론을 하였다. 돌아가시기 얼마 전에는 백곡(柏谷) 정곤수(鄭崑壽) 가 보낸 질문하는 편지인 문목(問目)에는 수십 개의 질문이 들어 있었다. 퇴계 선생은 그때 폐렴기가 있어 담이 차올라 베개를 베고 엎드려 지냈는데도, 몇 미터 되는 답장을 써서 보냈다.

나도 그 정신을 본받아 모든 사람의 편지에 답장을 하려고 노력 하고 있다. 요즈음 오는 스마트폰 문자나 카카오통신, 이메일 등도 답장을 다 해주려고 노력하고 있다.

옛날에 교통이 나쁠 때, 주자(朱子)나 퇴계 선생(退溪先生) 같은 분들은 편지를 통해서 학문을 토론하고, 어떤 일을 의논했던 것이 다. 오늘날은 교통이 너무 발달되고, 통신이 발달되어 편지가 거의 필요가 없다. 옛날 학자나 문인들의 문집에 편지가 많이 들어 있는 데, 지금은 내가 편지를 써도 상대가 전화를 해 버리니, 답장을 받을 수가 없다. 나중에 내 문집을 편찬한다 해도 옛날 어른들의 문집보 다는 편지의 편수가 현저하게 줄 것이다.

11. 좀체 빌리지 않는다

내가 어릴 때 우리 집에 빚이 많아서 초등학교 1학년 때 차압이 라는 것을 당해 봤다. 여덟 살 어린애지만, 생생하게 기억하고 동네 사람들에게 창피하다는 느낌을 심하게 받았다. 채권자는 금융조합, 지금으로 치면 농협이다.

우리 모친이 농사 열심히 짓고 사채를 빌려서 갚았다. 남의 빚을 갚는 것은 하루 이틀에 해결되는 일이 아니다. '갚아라', '돌려 달라'는 이 말이 나도 모르게 겁이 난 모양이다. 그래서 나는 어릴 때 단단히 마음속으로 다짐을 했다. "나는 빚을 지지 않겠다.", "나는 남에게 돈이나 물건을 빌리지 않겠다."라고. 그래서 나는 좀처럼 남에게 무슨 물건을 빌리지 않는다. 없으면 없는 대로 산다. 내가 책을 많이 사는 이유도 남에게 빌리면, 얼마 안 가서 '돌려 달라'는 소리를 듣기 때문인 것 같다. 이것이 나의 자주적 정신을 기르는 데도 도움이 된 것 같다.

[5권에 계속]

저자 소개

저자 허권수(許捲洙)는 1952년 음력 1월 18일 함안(咸安)의 가난한 선비 집안에서 태어났다. 어려서부터 특이한 생각을 잘했고, 자기주장도 워낙 강하였다. 어떤 일을 해도 중간에 좌절하지 않고 끝까지 밀고 나갔다.

열 살 때 단군신화(檀君神話)를 접하고, 국사에 심취하였다. 국사에 심취하다 보니, 한문을 알아야 한다는 사실을 스스로 깨닫고, 옥편을 외우고 국어사전을 다 조사하여 고사성어사전을 직접 만들며 한문공부를 하였다.

한문 해석이 뜻대로 되지 않자, 고등학교 2학년 때 연민(淵民) 이가원(李家源) 교수에게 한문문법을 묻는 서신을 보내『한문신강(漢文新講)』이라는 한문문법 책을 입수하게 되었다.『한문신강』을 반복 통독하여 한문문리를 확실히 통달하였다.

시골에 살았으면서도 한문서당은 단 하루밖에 다니지 않았고, 스스로 학습방법과 노선을 정하여 한문공부를 하였는데, 그 방법이 가장 정확하고 효과적이었다. 한문에 미쳐 단 한 순간도 생각에서 한문공부가 떠난 적이 없었다.

『조선후기 문묘종사와 예송의 연구』로 박사학위를 받았고, 1983년 경상대학교 중문학과에 부임하여, 88년 한문학과를 창설하고 교수로 35년간 근무하였다.

천성적으로 책을 좋아하여 손에서 한문책을 놓지 않았고, 우리 나라와 중국, 홍콩, 대만 등지를 다니면서 7만여 권의 한문학 서적을 구입하여 소장하고 있다.

그동안 연구면에서는 130여 편의 논문과 120여 종의 저서를 남겼고, 교육면에서는 1천여 명의 학사, 1백여 명의 석사, 10여 명의 박사를 배출하였다. 밖에서는 유림과 공고한 유대를 맺어 서원문화를 복원시켰고, 국제적으로 중국학계와 공동연구 등으로 학문교류를 활발히 해 오고 있다.

우리의 전통학문을 계승, 발전, 선양하고, 윤리도덕을 회복하는 데 큰 업적을 쌓은 사실은, 학문과 문화에 관심이 있는 사람들이라면 누구나 다 알고 있는 일이며, 방대한 저술은 많은 사람들이 읽고 정신적 혜택을 받거나 감명을 받고 있다.

정년 이후에 동방한학연구원(東方漢學研究院)과 실재서당(實齋書堂)을 열어 현직에 있을 때와 다름없이 왕성한 활동을 하고 있다.

우리나라 각계인사 8백여 명이 그의 학문연구와 학술활동을 지원하기 위해서 '허권수연학후원회'를 결성하였는데, 대표적인 학술단체로 성장하고 있다.

이번에 출판하는 그의 한문학 성취과정을 기록한 『한 우물 파기, 한문공부 60년(Ⅳ)』은 네 번째 자서전이다.

한 우물 파기
한문공부 60년 (VI)

2023년 3월 25일 초판 1쇄 펴냄

지은이 허권수
발행인 김흥국
발행처 보고사

책임편집 황효은
표지디자인 김규범

등록 1990년 12월 13일 제6-0429호
주소 경기도 파주시 회동길 337-15 보고사
전화 031-955-9797(대표), 02-922-5120~1(편집), 02-922-2246(영업)
팩스 02-922-6990
메일 kanapub3@naver.com / bogosabooks@naver.com
http://www.bogosabooks.co.kr

ISBN 979-11-6587-450-6   03810
ⓒ 허권수, 2023

정가 23,000원